Donna Leon est née en 1942 dans le New Jersey et a vécu à Venise, théâtre de ses romans policiers, pendant plus de trente ans. Son premier roman, *Mort à La Fenice*, a été couronné par le prestigieux prix japonais Suntory, qui récompense les meilleurs romans à suspense. Les enquêtes du commissaire Brunetti ont conquis des millions de lecteurs à travers le monde.

Donna Leon

ENTRE DEUX EAUX

ROMAN

Traduit de l'anglais (États-Unis)
par William Olivier Desmond

Calmann-Lévy

TEXTE INTÉGRAL

TITRE ORIGINAL
Acqua Alta
ÉDITEUR ORIGINAL
HarperCollins, New York, 1996

ISBN 978-2-7578-8438-6
(ISBN 2-7021-2974-9, 1re publication)

Pour Guy Santa Lucia

Dalla sua pace la mia dipende,
quel che a lei piace vita mi rende,
quel che le incresce morte mi dà.
S'ella sospira, sospiro anch'io,
è mia quell'ira, quel pianto è mio
e non ho bene s'ella non l'ha.

Ma paix dépend de la sienne :
ce qui lui plaît me donne vie,
ce qui la fait souffrir me tue.
Si elle soupire, je soupire aussi,
sa colère et ses peines sont miennes
et je n'ai de joie que partagée par elle.

MOZART, *Don Giovanni*

1

Une tranquillité toute domestique régnait. Flavia Petrelli, la diva en titre de la Scala, émincait des oignons dans la chaleur de la cuisine. Devant elle, en rangs, il y avait des tomates *roma*, deux gousses d'ail finement hachées et deux aubergines de forme rebondie. Elle chantait, debout devant le plan de travail en marbre, penchée sur les légumes, et son timbre aérien de soprano remplissait la pièce. Elle repoussait de temps en temps une mèche noire du revers du poignet, mais à peine les cheveux étaient-ils coincés derrière son oreille qu'ils s'en dégageaient aussitôt pour retomber sur sa joue.

À l'autre extrémité de la vaste salle qui composait l'essentiel du dernier étage, dans ce palais vénitien du XIVe siècle, la propriétaire des lieux et amante de Flavia Petrelli, Brett Lynch, allongée de tout son long sur un canapé beige, les pieds posés sur un bras, la tête sur l'autre, suivait la partition des *Puritains* tandis que des flots d'accords montaient, au grand dam des voisins, de deux immenses haut-parleurs installés sur des piédestaux en acajou. La musique allait crescendo alors qu'Elvira chantait et se préparait (pour la deuxième fois) à sombrer dans la folie. De manière tout à fait étrange, c'étaient les voix de deux Elvira qu'on entendait s'élever dans la pièce : la première provenait de l'enregistrement fait par Flavia à Londres cinq mois auparavant, et sortait maintenant des haut-parleurs, tandis que la seconde appartenait à la femme qui émincait les oignons.

De temps en temps, rompant l'unisson absolu avec lequel elle suivait l'enregistrement, Flavia s'interrompait et s'exclamait : « Et dire qu'il y en a qui m'accusent de manquer de puissance dans les médiums ! » ou bien demandait : « C'est bien un *si* bémol, pour les premiers violons ? » Puis sa voix enchaînait la mélodie pendant que ses mains reprenaient la préparation des oignons. À sa gauche, de l'huile d'olive frémissait déjà, à feu doux, dans une poêle qui attendait les légumes.

Au rez-de-chaussée du palais, quelqu'un appuya sur la sonnette. « J'y vais, lança Brett en posant la partition à l'envers sur le sol. Ce sont probablement les Témoins de Jehovah. Ils ont l'art de passer le dimanche. » Flavia acquiesça, repoussa de nouveau sa mèche de cheveux et reporta son attention sur les légumes et le délire d'Elvira, qu'elle continua à chanter.

Pieds nus, appréciant la chaleur de l'appartement en cet après-midi de la fin janvier, Brett traversa la pièce parquetée, passa dans le vestibule et décrocha l'interphone placé à côté de la porte d'entrée. *« Chi c'è ? »*

Une voix d'homme répondit, en italien : « Nous sommes du musée. Nous vous apportons des papiers de la part du dottor Semenzato. »

Cet envoi de documents, de la part du directeur du musée du Palais des Doges, avait quelque chose de bizarre, en particulier un dimanche, mais peut-être la lettre que Brett lui avait adressée de Chine l'avait-elle inquiété – pourtant, l'homme ne lui avait pas du tout donné cette impression au téléphone, quelques jours auparavant –, et voulait-il lui faire lire certains documents avant le rendez-vous qu'il lui avait accordé, à contrecœur, pour le mardi matin suivant.

« Veuillez les monter, si cela ne vous ennuie pas. Dernier étage. » Sur quoi la jeune femme raccrocha et appuya sur le bouton qui commandait l'entrée, quatre étages plus bas. Puis elle alla jusqu'à la porte du séjour et lança à Flavia, au milieu des sanglots des violons : « Quelqu'un du musée. Des papiers. »

La cantatrice hocha la tête, prit la première aubergine et la coupa en deux, sans manquer une seule mesure de ce qui comptait le plus pour elle : perdre (musicalement) l'esprit par amour.

Brett revint vers la porte palière, remit en place un coin de tapis retourné en passant, et ouvrit la porte de l'appartement. Elle entendit des bruits de pas et deux hommes firent leur apparition, marquant une pause au bas de la dernière volée de marches. « Il n'y en a plus que seize », leur dit-elle avec un sourire de bienvenue. Puis, soudain consciente du froid qui arrivait de la cage d'escalier, elle mit l'un de ses pieds nus sur l'autre.

Les deux hommes, tournés vers la porte ouverte, ne bougèrent pas tout de suite. L'un d'eux tenait à la main une grande enveloppe de papier bulle. Finalement, ils attaquèrent la dernière étape et Brett, souriant de nouveau, leur lança un encouragement. *« Forza ! »*

Le premier, un blond de petite taille, lui rendit son sourire en reprenant l'ascension tandis que le second, plus grand, le cheveu plus sombre, lui emboîtait le pas après avoir pris une grande inspiration. Une fois sur le palier, le blond attendit que son compagnon l'eût rejoint.

« Dottoressa Lynch ? demanda le premier en prononçant le nom à l'italienne.

– Oui. » Brett s'effaça pour les laisser entrer.

Poliment, les deux hommes marmonnèrent le « *Permesso* » de rigueur en pénétrant dans l'appartement. Le blond, qui portait les cheveux coupés très court et avait de séduisants yeux bleus, lui tendit l'enveloppe. « Voilà les papiers, dottoressa. Le dottor Semenzato vous fait demander de les examiner tout de suite. » Une voix très douce, un ton très poli. Le plus grand sourit et se tourna, attiré par le miroir, à la gauche de la porte.

Brett inclina la tête et commença à détacher le rabat de l'enveloppe, scellée à la cire rouge. Le blond se rapprocha, comme s'il avait eu l'intention de l'aider à rompre le cachet – puis, brusquement, il passa derrière elle et la saisit à bras-le-corps, la serrant de toutes ses forces.

L'enveloppe tomba, rebondit sur son pied nu et alla atterrir entre elle et le grand brun. Celui-ci la repoussa délicatement du pied, comme s'il prenait soin du contenu, et s'approcha à son tour de Brett. Le blond avait resserré son étreinte. Étant donné sa taille considérable, le grand fut obligé de baisser la tête pour lui dire, parlant à voix basse et d'un timbre très grave : « Vous n'irez pas au rendez-vous que vous a donné le dottor Semenzato. »

Brett éprouvait plus de colère que de peur, et c'est celle-là qui lui fit répondre : « Lâchez-moi ! Et fichez le camp d'ici ! » Elle se tortilla violemment pour essayer de se dégager, mais le blond ne fit que resserrer un peu plus sa prise, lui clouant les bras le long du corps.

Derrière elle, le crescendo de la musique continua, et la double voix de Flavia emplit la pièce. Elle chanta le passage à la perfection, et personne, absolument personne n'aurait pu remarquer qu'il y avait deux voix pour exprimer tant d'amour, de douleur et de déréliction. Brett se tourna un instant vers la musique, puis, par un effort conscient de volonté, arrêta son mouvement et demanda, s'adressant à l'homme qui lui faisait face : « Qui êtes-vous ? Qu'est-ce que vous voulez ? »

La voix de l'homme devint vulgaire, son visage laid. « Pose pas de questions, salope. »

Elle tenta de nouveau de se dégager, sans y parvenir. Reportant tout son poids sur une jambe, elle tenta de donner un coup de pied à son agresseur, mais son talon nu ne lui fit apparemment aucun effet.

« Très bien. Vas-y », fit la voix du blond, derrière elle.

C'est au moment où elle tourna la tête pour le regarder qu'arriva le premier coup, qui l'atteignit au milieu de l'estomac. La douleur, aussi violente que soudaine, la fit se plier en deux avec une telle énergie qu'elle faillit échapper à la prise du blond ; mais celui-ci parvint à la retenir et, d'une secousse, l'obligea à se redresser. Le grand brun la frappa une deuxième fois, juste en dessous du sein gauche, et sa réaction fut identique : un mouvement involontaire du buste qui la fit plonger en avant pour se protéger d'une douleur affreuse.

Puis, frappant vite, si vite même qu'elle en perdit rapidement le compte, le grand brun lui porta une série de coups au corps qui atterrissaient sur ses seins et ses côtes.

Derrière elle, Flavia, de ses deux voix, chantait l'avenir radieux qui l'attendait, maintenant qu'elle allait être l'épouse d'Arturo, et c'est alors que Brett reçut le poing de l'homme sur le côté de la tête. Son oreille droite se mit à tinter, et elle n'entendit plus la musique que de la gauche.

Elle n'avait conscience que d'une chose : son incapacité à émettre le moindre son. Il lui était impossible de crier, d'appeler, même de gémir. Les deux voix de soprano fusionnaient derrière elle, exultantes, débordantes de joie, et sa lèvre s'ouvrit sous le poing de l'homme.

Le blond n'avait plus aucune raison de la tenir étroitement, mais il garda tout de même une main sur le bras de Brett pour la maintenir debout et la faire pivoter, jusqu'à ce qu'elle lui fît face. « N'allez pas au rendez-vous avec le dottor Semenzato », dit-il, d'un ton toujours aussi poli et aussi bas.

Mais elle était loin de lui, elle n'écoutait plus ce qu'il lui disait, elle n'avait qu'une conscience confuse et lointaine de la musique et de la douleur, ainsi que d'une peur noire – celle que ces deux hommes ne la tuent.

Sa tête pendait. Elle ne voyait que ses pieds. Elle se rendit compte que le grand brun faisait un mouvement soudain vers elle, et elle sentit de la chaleur à son visage et sur ses jambes. Elle avait perdu le contrôle de ses fonctions corporelles et l'odeur âcre de sa propre urine lui parvint. Elle avait un goût de sang dans la bouche ; elle vit une goutte tomber sur le sol et éclabousser les chaussures des hommes. Elle restait suspendue entre eux, ne pensant qu'à une chose, son incapacité à émettre le moindre son, et ne souhaitant qu'une chose, qu'ils la laissent tomber, la laissent se rouler en boule pour atténuer la douleur qui montait de tout son corps. Et pendant que tout cela se passait, la double voix de Flavia Petrelli remplissait la pièce de son chant de joie, s'élevant au-dessus du chœur et du ténor, son grand amour.

Accomplissant le plus grand effort de volonté qu'elle eût fait de toute sa vie, Brett releva la tête et regarda dans les yeux du grand brun, qui se tenait à présent directement face à elle. Il lui sourit, un sourire d'une telle intimité qu'il aurait pu être celui d'un amant. Sans se presser, il tendit une main et lui saisit le sein, le pressant doucement, puis murmura : « Qu'est-ce que t'en dis, *cara* ? C'est pas mieux avec un homme ? »

Sa réaction fut entièrement instinctive. Elle lui lança le poing à la figure, mais le coup ne porta pas et elle ne lui fit aucun mal. Son geste soudain l'avait cependant libérée de la prise du blond. Elle retomba contre le mur, prenant conscience, d'une manière lointaine et désincarnée, de la solidité des briques.

Elle sentit qu'elle tombait, sentit que le grain grossier et rugueux de la brique faisait remonter son chandail. Lentement, très lentement, comme dans un film qui défilerait au ralenti, elle coula le long du mur, dont la surface rugueuse lui griffait la peau, inexorablement aspirée par la gravité.

Les choses devinrent très confuses. Elle entendit une voix de Flavia qui chantait la *cabaletta*, puis son autre voix, qui ne chantait plus cette fois mais hurlait, au comble de la fureur : « Qui êtes-vous ? Qu'est-ce que vous faites ? »

N'arrête pas de chanter, Flavia, aurait-elle aimé dire, mais elle ne savait plus comment articuler les mots. Elle s'effondra sur le sol, la tête inclinée en direction de la salle de séjour ; celle-ci était très lumineuse et Brett voyait la Flavia en chair et en os à contre-jour, dans l'encadrement de la porte, entendait une musique tout aussi triomphante que la lumière passer avec celle-ci dans le vestibule. Elle aperçut aussi le grand couteau de cuisine que Flavia tenait à la main.

« Non, Flavia », balbutia-t-elle, mais personne ne l'entendit.

La cantatrice s'élança dans l'intervalle qui la séparait des deux hommes. Tout aussi surpris qu'elle, ils n'eurent pas le temps de réagir et le couteau s'abattit sur l'avant-bras levé du blond. L'homme poussa un hurlement de douleur et ramena le membre blessé à lui, le serrant de son autre main à hauteur de la blessure. Le sang commença à imbiber le tissu de sa manche.

Il y eut un autre instant pétrifié. Puis le grand brun fonça vers la porte d'entrée, toujours ouverte. Flavia ramena le couteau à elle, le tenant à hauteur de sa hanche, et fit deux enjambées en direction du fuyard. Le blond lui porta un coup de pied, au passage, qui atteignit la cantatrice au côté de la jambe ; elle tomba, mais sur un genou, brandissant toujours son arme.

Il dut y avoir une communication silencieuse entre les deux agresseurs, car ils bondirent en même temps vers la sortie. Le grand brun voulut cependant s'arrêter au passage pour s'emparer de l'enveloppe, mais Flavia, toujours agenouillée, lui porta un coup de couteau à la main ; il n'insista pas et laissa le pli sur le sol. Flavia se releva et courut sur quelques mètres après eux, mais pour faire brusquement demi-tour et revenir dans l'appartement, faisant claquer la porte d'un coup de pied.

Elle s'agenouilla à côté de la forme allongée de son amie. « Brett, Brett ! » disait-elle en la regardant. L'archéologue avait le bas du visage couvert par le sang qui lui coulait des narines et des lèvres, ainsi que d'une plaie ouverte à la tempe gauche. Elle gisait, un genou replié sous elle, le chandail retroussé jusque sous le menton, les seins à l'air. « Brett… », répéta Flavia. Pendant quelques instants, elle crut que la femme totalement immobile, devant elle, était morte. Elle repoussa cette idée sur-le-champ et plaça la main contre la gorge de son amie.

Aussi laborieusement que se lève le jour par une matinée d'hiver couverte, une paupière se souleva, puis l'autre – la seconde, qui commençait à enfler, n'arrivant qu'à s'ouvrir partiellement.

« Stai bene ? » demanda Flavia.

Elle n'eut droit qu'à un gémissement bas en guise de réponse. Mais c'était une réponse.

« Je vais appeler les secours. Ne t'inquiète pas, *cara*. Ils vont arriver rapidement. »

Elle courut dans le séjour et voulut décrocher le téléphone. Un instant, elle ne comprit pas ce qui l'empêchait de saisir le combiné, puis elle se rendit compte qu'elle tenait encore le couteau à la main, le serrant tellement fort qu'elle en avait les articulations blanchies. Elle le laissa tomber et prit l'appareil. Les doigts raides, elle composa brutalement le 113. On décrocha au bout de dix sonneries, et une voix de femme lui demanda ce qu'elle voulait.

« C'est une urgence ! Il me faut une ambulance ; c'est à Cannaregio. »

La voix féminine, d'un ton ennuyé, demanda l'adresse exacte.

« Cannaregio 6134.

– Je suis désolée, signora. C'est dimanche et nous n'avons qu'une ambulance. Je vais vous mettre sur la liste d'attente. »

La voix de Flavia s'éleva. « Une femme vient d'être gravement blessée ! On a essayé de la tuer ! Il faut qu'elle aille de toute urgence à l'hôpital ! »

La voix, cette fois, prit l'intonation qui signifiait qu'on abusait de sa patience. « Je viens de vous le dire, signora. Nous n'avons qu'une ambulance, et il y a eu deux autres appels avant le vôtre. Dès qu'elle est libre, je vous l'envoie. » Comme elle n'obtenait aucune réaction de la part de Flavia, elle reprit : « Vous êtes toujours là, signora ? Rappelez-moi l'adresse, je vais la mettre sur la liste. Signora ? Signora ? » Flavia persistant dans son silence, la femme coupa la communication. La cantatrice, le combiné à la main, regrettait de ne pas connaître le cri qui tue.

Elle reposa maladroitement l'appareil et retourna dans le vestibule. Brett était toujours allongée à l'endroit où elle l'avait laissée, ayant cependant réussi à se tourner sur le côté ; elle ne bougeait plus mais gémissait, un bras serré contre la poitrine.

La cantatrice s'agenouilla à côté d'elle. « Il faut que j'aille chercher un médecin, Brett. »

Fia via entendit un son étouffé, et la main de Brett vint lentement chercher la sienne. Elle effleura à peine le bras de son amie, mais l'effort était trop grand et sa main retomba. « Froid », fut le seul mot qu'elle prononça.

Flavia se précipita dans la chambre, arracha les couvertures du lit et les traîna jusque dans le vestibule où elle les enroula autour de la forme immobile, sur le sol. Puis elle ouvrit la porte de l'appartement sans même prendre la précaution de regarder par le judas si les deux voyous ne seraient pas revenus. Laissant le battant ouvert derrière elle, elle dévala quatre à quatre deux étages et, arrivée devant l'appartement du second, se mit à marteler la porte du poing.

Au bout d'un moment, un homme d'âge moyen, grand, le crâne dégarni, qui tenait une cigarette d'une main et un livre de l'autre, vint lui ouvrir. « Luca ! » lança Flavia, essoufflée et luttant contre l'envie de crier qui montait en elle, au fur et à mesure que les choses s'éternisaient sans que personne ne vienne en aide à son amie : « Brett a été blessée ! Elle a besoin d'un médecin ! » Sa voix s'étrangla brusquement et elle se mit à sangloter. « Je t'en prie, Luca, va chercher un médecin. » Elle le prit par le bras, incapable d'en dire davantage.

Sans un mot, l'homme retourna dans l'appartement, écrasa sa cigarette dans un cendrier, laissa tomber son livre au sol et prit les clefs posées sur la table de l'entrée. Puis il tira la porte derrière lui et disparut dans l'escalier avant que Flavia ait eu le temps d'ajouter autre chose.

La cantatrice remonta les deux étages aussi vite qu'elle les avait descendus. Une petite flaque de sang, dans lequel baignait une mèche de cheveux, s'étalait maintenant sous le visage de Brett. Des années auparavant, elle avait lu quelque part (ou on le lui avait dit) qu'il fallait garder éveillées les personnes en état de choc, qu'il était dangereux pour elles de s'endormir. Elle s'agenouilla donc à côté de Brett et l'appela par son nom. L'œil tuméfié était à présent complètement fermé, mais au son de la voix de Flavia, l'Américaine entrouvrit l'autre, presque imperceptiblement, et regarda son amie sans que rien n'indique qu'elle la reconnaissait.

« Luca est allé chercher un médecin. Il sera là d'une minute à l'autre. » L'œil parut regarder dans le vague, puis revint lentement se fixer sur Flavia. Celle-ci se pencha un peu plus et repoussa les cheveux qui retombaient sur le visage de Brett. Elle sentit ses doigts devenir poisseux de sang. « Ça va aller. Ils vont arriver dans une minute, et ça va s'arranger, ma chérie. Les choses vont bien se passer. Ne t'inquiète pas. »

L'œil se referma, se rouvrit, se perdit dans le vague et revint enfin se fixer sur Flavia. « … fait mal, murmura Brett.

– Ça va aller, Brett. Ça va aller très bien.

– Mal… »

Restant agenouillée à côté de son amie, elle ne quittait pas du regard cet œil unique, l'obligeant à rester ouvert et centré sur elle, et continua à murmurer des choses que, plus tard, elle oublia complètement avoir dites. Au bout d'un moment, elle se mit à pleurer, mais ne s'en rendit pas compte.

Elle vit la main de Brett, à demi cachée par les couvertures ; elle la prit et la tint délicatement, comme si elle était faite du même duvet que celui de la couette qui l'entourait. « Tout va s'arranger, Brett. Ça ira très bien. »

Soudain elle entendit des bruits de pas et des voix, en provenance de la cage d'escalier. Un instant, elle imagina que c'étaient leurs deux agresseurs qui revenaient achever la besogne – quelle qu'elle fût – dont on les avait chargés. Elle se leva et s'approcha de la porte, espérant pouvoir la fermer à temps, mais c'est le visage de Luca qu'elle vit et, derrière lui, un homme en blouse blanche qui portait une trousse noire.

« Merci, mon Dieu », dit-elle, surprise de se rendre compte qu'elle était sincère. Derrière elle, la musique s'arrêta. Elvira était réunie à son Arturo, et l'opéra avait atteint son terme.

2

Flavia s'effaça pour laisser entrer les hommes. « Qu'est-ce qu'il y a ? Qu'est-ce qui s'est passé ? » voulut savoir Luca, regardant le tas de couvertures, sur le sol, et ce qu'il dissimulait. *« Dio mio »*, ajouta-t-il involontairement en se penchant vers Brett. Mais Flavia le retint par le bras et l'obligea à s'écarter pour laisser approcher le médecin.

L'homme s'agenouilla à côté de la forme allongée et posa deux doigts sur sa gorge pour chercher le pouls. Celui-ci étant lent mais régulier, il rabattit alors les couvertures pour mesurer l'étendue des dégâts. Le chandail, ensanglanté, était toujours roulé en une boule désordonnée sous le cou de Brett, laissant voir tout son buste. La peau, rouge de meurtrissures et éclatée par endroits, commençait à prendre des nuances sombres et livides.

« Est-ce que vous m'entendez, signora ? » demanda le médecin.

Brett émit un son ; les mots étaient trop difficiles à prononcer pour elle.

« Je vais devoir vous bouger, signora. Juste un peu, pour voir exactement ce qui est arrivé. » D'un geste, il fit signe à Flavia de se placer de l'autre côté de Brett. « Tenez-la par les épaules. On va lui étendre les jambes. » Il prit l'Américaine par le mollet gauche et lui déplia la jambe, puis exécuta la même manœuvre avec la droite. Ensuite, il la fit pivoter lentement pour la mettre sur le dos, et Flavia laissa les épaules de son amie reposer sur le sol. Tout cela se traduisit par une série de vagues douloureuses pour Brett, et elle poussa un gémissement.

S'adressant à Flavia, le médecin demanda des ciseaux. La cantatrice alla docilement dans la cuisine, où elle, en prit une paire, placée dans un grand pot de céramique à fleurs. À ce moment-là, elle sentit la chaleur et l'odeur qui montaient de la poêle, toujours sur son brûleur, où l'huile d'olive sifflait et grésillait. Elle éteignit la flamme d'un geste vif et revint précipitamment dans le vestibule.

Le médecin prit les ciseaux et coupa le chandail plein de sang, puis l'écarta du corps. L'homme qui avait frappé la jeune femme portait, à l'annulaire de sa main droite, une grosse bague qui avait laissé des traces caractéristiques, de petites marques circulaires qui ressortaient sur la peau violacée les entourant.

« Signora, ouvrez les yeux, s'il vous plaît », demanda le médecin en se penchant un peu plus vers elle.

Brett fit un effort pour obéir, mais ne put en ouvrir qu'un. Le médecin prit une lampe de poche dans sa trousse et dirigea le faisceau sur la pupille. Celle-ci se contracta et Brett ferma involontairement l'œil.

« Bien, bien. Maintenant, j'aimerais que vous bougiez la tête. Juste un peu. »

En dépit de l'effort que cela lui coûta, elle réussit à effectuer un petit mouvement.

« Votre bouche, à présent. Pouvez-vous l'ouvrir ? »

Lorsqu'elle voulut essayer, elle émit un hoquet de douleur ; en l'entendant, Flavia recula et se colla contre l'autre mur.

« Je vais maintenant vous toucher les côtes, signora. Dites-moi si cela vous fait mal. » Doucement, il explora la cage thoracique. Par deux fois, Brett gémit.

Le médecin prit alors un paquet de gaze chirurgicale et en déchira l'emballage. Il l'imbiba d'un antiseptique et commença à nettoyer le sang sur le visage de la blessée. Mais il en coulait toujours un peu plus de ses narines et de sa lèvre inférieure entaillée. L'homme fit signe à Flavia, qui s'agenouilla de nouveau à côté de lui. « Tenez la compresse contre sa lèvre, et empêchez-la de bouger », dit-il en lui tendant la gaze qu'elle prit aussitôt, faisant ce qu'il demandait. « Où est le téléphone ? »

D'un mouvement de tête, Flavia lui indiqua la salle de séjour. Le médecin disparut par la porte et on l'entendit qui composait un numéro, puis parlait à quelqu'un, réclamant une civière. Pourquoi n'y avait-elle pas pensé ? La maison était toute proche de l'hôpital, il n'y avait nul besoin d'une ambulance.

Luca, qui tournait autour d'elle, finit par se contenter de se pencher sur la blessée pour rabattre les couvertures sur elle.

Le médecin revint et s'accroupit à côté de Flavia. « Ils ne vont pas tarder », dit-il. Puis il se tourna vers Brett. « Je ne peux rien vous donner contre la douleur tant que vous n'aurez pas été radiographiée. Souffrez-vous beaucoup ? »

Pour l'archéologue, plus rien d'autre n'existait que la douleur.

Le praticien se rendit compte qu'elle tremblait et demanda s'il n'y avait pas d'autres couvertures, Luca se précipita dans la chambre et revint avec un couvre-pieds qu'il posa sur Brett, aidé par le médecin, sans que cela parût produire beaucoup d'effet. Le monde était devenu glacial et elle ne connaissait plus que le froid, et une souffrance de plus en plus grande.

Le médecin se releva et s'adressa à Flavia. « Qu'est-ce qui s'est passé ?

– Je ne sais pas. Je me trouvais dans la cuisine. Quand j'en suis sortie, je l'ai trouvée comme ça, sur le sol, et il y avait deux hommes…

– Qui étaient-ils ? voulut savoir Luca.

– Aucune idée. L'un d'eux était grand, l'autre petit.

– Et qu'avez-vous fait ?

– Je me suis jetée sur eux. »

Les deux hommes échangèrent un coup d'œil. « Comment ça, jetée sur eux ?

– Je tenais un couteau à la main. Comme je vous l'ai dit, j'étais dans la cuisine, en train de préparer le repas ; et quand je les ai vus, je me suis jetée sur eux sans réfléchir un instant. Ils se sont enfuis par l'escalier. » Elle secoua la tête ; ces détails ne l'intéressaient pas. « Comment est-elle ? Qu'est-ce qu'ils lui ont fait ? »

Avant de répondre, le médecin s'éloigna de quelques pas de Brett, qui pourtant n'était capable ni de l'entendre ni, encore moins, de comprendre ce qu'il allait dire. « Elle a quelques côtes cassées et plusieurs coupures profondes. Et j'ai bien peur qu'elle ait aussi une fracture de la mâchoire.

– *Oh, Gesù !* s'exclama Flavia, portant une main à sa bouche.

– Mais elle ne semble pas souffrir de commotion. Elle réagit à la lumière et elle comprend ce qu'on lui dit. Il faut cependant faire une radiographie. »

Le médecin n'avait pas fini sa phrase qu'ils entendirent des voix dans la cage d'escalier. Flavia s'agenouilla de nouveau près de Brett. « Ils arrivent, *cara*. Tu vas voir, tout va s'arranger. » Tout ce qu'elle trouva à faire fut de poser une main légère sur la couverture, à hauteur de l'épaule de son amie, et de la laisser là, comme si elle espérait lui communiquer sa chaleur. « Ça va aller très bien. »

Deux hommes en blouse blanche firent leur apparition à la porte, et Luca leur fit signe d'entrer dans l'appartement. Ils avaient laissé la civière au rez-de-chaussée, près de l'entrée de l'immeuble, comme on est toujours obligé de le faire à Venise, et pris avec eux le fauteuil d'osier avec lequel il est d'usage de négocier les escaliers étroits et biscornus de la ville quand on transporte un malade.

Les deux infirmiers jetèrent un simple coup d'œil au visage couvert de sang de la femme allongée sur le sol, comme s'ils avaient l'habitude de voir ce genre de spectacle tous les jours – ce qui était peut-être le cas. Luca se retira dans le séjour et le médecin leur demanda de bouger la blessée avec un maximum de précautions.

Pendant tout ce temps, Brett n'avait ressenti qu'une chose, l'étreinte féroce de la douleur. Elle avait mal dans tout le corps, de sa poitrine qui se contractait et la faisait souffrir le martyre à chaque respiration aux os de son visage, en passant par son dos qui la brûlait. Elle distinguait par moment tel ou tel élément particulier, puis tout se confondait à nouveau et la submergeait d'une vague unique faisant disparaître de sa conscience tout ce qui n'était pas douleur. Plus tard, elle ne se souvint plus que de trois détails : la main du médecin sur sa mâchoire, contact qui s'était traduit par un éclair de lumière blanche dans sa tête ; la main de Flavia sur son épaule, unique point de chaleur dans cet océan de froid ; et le moment où les hommes l'avaient soulevée du sol, quand elle avait crié et s'était évanouie.

Des heures plus tard, lorsqu'elle se réveilla, la douleur rôdait encore, mais quelque chose la maintenait à une certaine distance. Elle comprenait que si par malheur elle bougeait, fût-ce d'un millimètre, la douleur reviendrait, pire que jamais, et elle resta donc parfaitement immobile, décidée à rendre visite, en esprit, à chaque partie de son corps pour déterminer où se dissimulait la souffrance la plus vive ; mais avant qu'elle ait vraiment pu commencer, le sommeil eut raison d'elle.

Elle se réveilla de nouveau un peu plus tard et cette fois, prudemment, elle explora son organisme, une partie après l'autre. La douleur était toujours maintenue à distance, et il ne lui semblait plus que les mouvements seraient aussi dangereux. Commençant par les yeux, elle essaya de déterminer si c'était la lumière ou l'obscurité qui l'entourait ; incapable d'en décider, elle évoqua alors son visage, où rôdait la douleur, puis son dos, parcouru d'une pulsation brûlante, et enfin ses mains. L'une était froide, l'autre chaude. Elle demeura immobile pendant ce qui lui parut des heures, à étudier ce problème : comment se pouvait-il qu'elle eût une main froide et l'autre chaude ? Ses réflexions se prolongèrent pendant une éternité, tournant autour de cette énigme.

Voyons. Une main froide, une main chaude. Elle finit par conclure qu'il lui fallait les bouger pour voir si cela faisait une différence et, un siècle plus tard, elle s'y risqua. Elle essaya de serrer les poings, mais ne réussit qu'à bouger légèrement les doigts. Cela suffit, cependant. La main qui était chaude se trouva prise dans une chaleur encore plus intense et soumise à la plus douce des pressions, sur les deux côtés. Elle entendit une voix, une voix qu'elle connaissait sans cependant pouvoir dire à qui elle appartenait. Pourquoi lui parlait-elle en italien ? Ou n'était-ce pas en chinois ? Elle comprenait ce que lui disait la voix, sans pouvoir déterminer dans quelle langue elle s'exprimait. Elle bougea de nouveau la main. Comme étaient agréables la pression et la chaleur de la réaction, la voix qui répondait… Oh, comme c'était magique… Il y avait ces paroles qu'elle comprenait, et cette chaleur, et une partie de son corps libérée de la douleur. Réconfortée par tout cela, elle se rendormit.

Finalement, elle reprit conscience et comprit pourquoi une de ses mains était froide et l'autre chaude. « Flavia », dit-elle dans un souffle.

La pression sur sa main augmenta. Et la chaleur. « Je suis là », répondit Flavia à son oreille.

Sans savoir comment elle s'en rendait compte, Brett comprenait qu'elle ne pouvait tourner la tête pour parler à son amie ou pour la regarder. Elle essaya de sourire, elle essaya de dire quelque chose, mais son effort pour ouvrir la bouche était contrecarré par une force plus grande encore, invisible, qui la lui maintint fermée même lorsqu'elle voulut crier pour demander de l'aide.

« N'essaie pas de parler, Brett, dit Flavia en augmentant la pression de sa main. Ne bouge pas les lèvres. Tes mâchoires sont attachées. L'un des os a une fissure. Je t'en prie, n'essaie pas de parler. Tout va bien se passer. Ça va s'arranger. »

C'était très difficile de comprendre tous ces mots. Mais le poids de la main de Flavia dans la sienne, ajouté au son de sa voix, suffisait à la calmer.

À son réveil suivant, elle était pleinement consciente. Il lui fallait encore faire un effort pour ouvrir l'œil, mais elle y parvenait, même si l'autre restait fermé. Elle poussa un soupir de soulagement en se rendant compte qu'elle n'avait plus besoin de ruser avec son corps pour échapper à la douleur. Elle regarda autour d'elle et vit Flavia endormie, affaissée sur sa chaise, bouche ouverte, tête renversée. Ses bras pendaient de part et d'autre du siège. Elle était dans l'abandon complet du sommeil.

Tout en regardant son amie, Brett explorait son propre corps. Elle se sentait capable de bouger bras et jambes tout en se rendant compte que cela lui ferait mal, de manière vague et générale. Elle avait l'impression d'être allongée de côté, et son dos était en proie à une douleur sourde et ardente à la fois. Finalement, comprenant que là était le pire, elle tenta d'ouvrir la bouche et sentit une terrible pression intérieure contre ses dents. Elle avait les mâchoires verrouillées, mais elle pouvait bouger les lèvres. Le pire était qu'elle se retrouvait avec la langue emprisonnée dans la bouche, et elle sentit la panique la gagner lorsqu'elle en prit conscience. Et si elle s'étouffait ? Si elle toussait ? Elle repoussa cette pensée de toutes ses forces. Pour être lucide à ce point, il fallait déjà aller mieux. Elle ne vit aucun tuyau qui courait du lit, ne sentit aucun de ses membres paralysé dans un appareil. Sa situation aurait donc pu être pire, les choses étaient supportables. Tout juste, mais supportables.

Soudain, elle se rendit brutalement compte qu'elle mourait de soif. Elle avait la bouche parcheminée, la gorge en feu. « Flavia », dit-elle si doucement que ce fut à peine si elle entendit elle-même sa voix. Les yeux de la cantatrice s'ouvrirent et elle jeta autour d'elle des regards effarés, presque paniqués, comme toujours lorsqu'elle se réveillait en sursaut. Après un instant, elle se redressa sur sa chaise et s'inclina vers Brett.

« J'ai soif, Flavia, murmura l'Américaine.

– Et bonjour également, *cara* », répondit Flavia en riant de soulagement. Brett comprit que tout allait bien se passer.

Flavia se tourna et prit un verre d'eau sur la table. Elle plia la paille en plastique et la glissa entre les lèvres de Brett, sur le côté gauche, le plus loin possible de la coupure enflée qui lui tirait sur la lèvre inférieure. « Je l'ai même fait remplir de glace, comme tu aimes », dit-elle, tenant la paille de manière à ce qu'elle restât en place pendant que son amie s'efforçait d'aspirer le liquide. Elle avait beau avoir les lèvres collées, Brett finit par coincer l'extrémité de la paille et une eau divine, à la fraîcheur divine, s'écoula entre ses dents et jusque dans sa gorge.

Au bout de seulement quelques gorgées, Flavia retirait déjà le verre. « Pas trop à la fois. Attends un peu.

– Je me sens dans les vapes.

– Tu l'es, *cara*. On vient te faire une piqûre d'antalgiques toutes les deux ou trois heures.

– À propos, quelle heure est-il ?

– Huit heures moins le quart, répondit Flavia après avoir consulté sa montre.

– Du matin ou du soir ? demanda Brett, qui avait complètement perdu la notion du temps.

– Du matin.

– Et quel jour ? »

Flavia sourit. « Nous sommes mardi.

– Mardi matin ?

– Oui.

– Mais que fais-tu ici ?

– Et où voudrais-tu que je sois ?

– À Milan. Tu chantes à la Scala, ce soir.

– C'est pour cela qu'ils ont des remplaçantes, Brett, fit remarquer Flavia avec désinvolture. Pour chanter à la place des titulaires, quand ceux-ci sont malades.

– Mais tu n'es pas malade, s'entêta Brett, l'esprit encore lent et engourdi sous l'effet de la douleur et des drogues.

– Ne va surtout pas le raconter au directeur de la Scala, sinon c'est toi qui paieras l'amende à ma place. » Flavia avait du mal à garder un ton léger, mais elle faisait de son mieux.

« C'est bien la première fois que tu annules.

– Eh bien, il faut un commencement à tout, n'en parlons plus. C'est fou ce que vous êtes sérieux, les Anglo-Saxons, lorsqu'il est question de travail. » La légèreté du ton était à présent tout à fait artificielle. « Veux-tu un peu plus d'eau ? »

Brett acquiesça – et regretta aussitôt d'avoir bougé la tête. Elle resta quelques instants immobiles, les paupières closes, attendant que passât la sensation de nausée et d'étourdissement. Lorsqu'elle rouvrit les yeux – un en entier, l'autre à demi –, elle vit Flavia penchée vers elle, tenant le verre à la main. De nouveau, il y eut la divine fraîcheur de l'eau dans sa bouche ; elle se laissa glisser dans une demi-somnolence pendant un moment. Soudain, elle demanda : « Qu'est-ce qui s'est passé ?

– Comment, tu ne t'en souviens pas ? » s'inquiéta Flavia.

Brett continua de garder les yeux fermés. « Si, je m'en souviens. J'avais peur qu'ils te tuent. » Ses mâchoires bloquées faisaient résonner sourdement dans son crâne les mots qu'elle prononçait entre ses dents.

Sa réponse fit rire Flavia – toujours égale à elle-même quant à la bravoure. « Pas le moindre risque. Ce doit être à force d'avoir chanté le rôle de Tosca. Je me suis jetée sur eux avec le couteau, et j'en ai blessé un au bras. » Elle agita la main en l'air, répétant son geste, et sourit au souvenir, Brett en était sûre, du couteau s'enfonçant dans le bras du voyou. « Je regrette de ne pas l'avoir tué », ajouta la cantatrice d'un ton placide. Brett n'en douta pas.

« Et ensuite ?

– Ils se sont enfuis. Je suis alors descendue chez Luca, et c'est lui qui est allé chercher le médecin ; après quoi nous t'avons amenée ici. »

Flavia vit son amie fermer une fois de plus les yeux. Brett dormit quelques minutes, lèvres entrouvertes, révélant le grotesque appareil de fils d'acier qui lui bloquait la mâchoire.

Puis elle se réveilla brusquement, explora la pièce du regard comme si elle était surprise de se trouver là. Elle vit Flavia et se calma.

« Pourquoi ont-ils fait ça ? » demanda Flavia, posant la question qui la hantait depuis deux jours.

Il se passa un long moment avant que Brett ne réponde : « Semenzato.

– Le conservateur ?

– Lui-même.

– Quoi ? Qu'est-ce qu'ils ont dit ?

– C'est incompréhensible. » Si elle avait pu secouer la tête sans se faire mal, l'Américaine n'aurait pas hésité. « Ça ne tient pas debout. » Son élocution était brouillée par l'appareil qui lui soudait les mâchoires. Elle répéta le nom de Semenzato et ferma longuement les yeux. Quand elle les rouvrit, ce fut pour demander ce qu'elle avait.

Flavia s'était préparée à cette question, et y répondit brièvement. « Deux côtes cassées. Et une fissure à la mâchoire.

– Quoi d'autre ?

– C'est le pire. Tu as la peau du dos en lambeaux. » Voyant la confusion de son amie, la cantatrice ajouta : « Tu es tombée contre le mur et tu t'es raclé le dos contre les briques en tombant au sol. Et tu as le visage d'un très beau bleu, conclut Flavia en s'efforçant de prendre un ton léger. Le contraste fait ressortir tes yeux, mais le résultat n'est pas entièrement satisfaisant.

– C'est grave ? demanda Brett, qui n'avait pas aimé la fausse décontraction du ton.

– Non, pas tellement », répondit Flavia, qui de toute évidence mentait. Brett lui adressa, de son œil ouvert, un long regard qui contraignit la cantatrice à être plus explicite. « Tu vas être obligée de garder un bandage autour des côtes pendant quelque temps, et tu seras très comprimée pendant environ une semaine. Il a dit qu'il n'y aurait aucune séquelle. » Des nouvelles qu'elle avait à lui annoncer, celles-ci étaient les meilleures, et elle compléta le rapport du médecin à sa manière. « On t'enlèvera l'appareil qui te bloque la mâchoire dans quelques jours. La fissure n'est pas plus grosse qu'un cheveu. Et tes dents n'ont rien. » Comme Brett ne paraissait pas accueillir ces informations avec beaucoup d'enthousiasme, Flavia ajouta : « Ton nez n'a rien non plus. » Toujours aucun sourire. « Tu n'auras aucune cicatrice sur la figure ; une fois les hématomes résorbés, on ne verra plus rien. » La cantatrice se garda bien de parler des cicatrices qui resteraient dans le dos de Brett, ou du temps que prendraient les hématomes à se résorber sur son visage.

Soudain, Brett se rendit compte à quel point ce bref échange l'avait fatiguée, et elle se sentit à nouveau assaillie par le besoin de sommeil. « Retourne un moment à la maison, Flavia. Je vais dormir et alors... » Sa voix mourut avant qu'elle eût le temps d'achever. Elle dormait déjà. La cantatrice se redressa sur sa chaise, étudiant le visage boursouflé et violacé qui reposait de côté sur le lit. Les bleus que Brett avait au front et aux joues avaient presque viré au noir, depuis un peu moins de deux jours, et son œil gauche était toujours aussi enflé. La lèvre inférieure avait doublé de volume autour de l'entaille verticale qui la fendait en deux.

On avait obligé Flavia à sortir de la salle des urgences pendant que l'équipe médicale s'occupait de Brett, lui nettoyait le dos et lui bandait les côtes. Elle n'avait pas été là non plus lorsqu'on avait disposé l'appareil de délicats fils d'acier entre les dents de sa compagne, liant la mâchoire inférieure à la supérieure. On l'avait laissée faire les cent pas dans les longs couloirs de l'hôpital et partager ses frayeurs avec celles des autres visiteurs et patients qui allaient et venaient, encombraient le bar, ou attendaient dans le peu de lumière qui filtrait de la cour. Elle avait marché ainsi pendant une heure, extorquant trois fois une cigarette à trois personnes différentes – les premières qu'elle fumait depuis plus de dix ans.

Depuis le dimanche après-midi elle s'était tenue au chevet de Brett, attendant de la voir se réveiller, et n'était retournée qu'une seule fois à l'appartement, le lundi, pour se doucher et donner quelques coups de téléphone, inventant la maladie qui l'empêcherait de chanter le lendemain soir à la Scala. Elle était à bout de nerfs par manque de sommeil, par abus de café, par son envie brusquement revenue de fumer et par cette moiteur huileuse de peur qui s'accroche à la peau de tous ceux qui passent trop de temps dans un hôpital.

Elle regarda son amie et regretta une fois de plus de ne pas avoir tué l'homme qui lui avait fait cela. Si les regrets, cependant, n'étaient pas exactement dans la nature de Flavia Petrelli, le sens de la vengeance, en revanche, ne lui faisait pas défaut.

3

Une porte s'ouvrit derrière elle, mais Flavia ne se retourna pas pour voir qui était entré. Encore une infirmière, sans doute. Probablement pas un médecin : ils n'étaient pas très nombreux, ici. Au bout de quelques instants, une voix d'homme s'éleva : « Signora Petrelli ? »

Elle tourna la tête, se demandant de qui il s'agissait et comment on l'avait retrouvée à l'hôpital. Un homme plutôt grand, solidement bâti, se tenait dans l'encadrement de la porte ; elle avait l'impression de l'avoir déjà vu, sans pouvoir se souvenir dans quelles circonstances. S'agissait-il de l'un des médecins ? Pire, d'un reporter ? Il semblait attendre d'être invité à entrer et à se rapprocher de Brett.

« Bonjour, Signora, dit-il sans changer de place. Je m'appelle Guido Brunetti. Nous nous sommes rencontrés il y a quelques années. »

Le policier. L'homme qui avait été chargé de l'enquête sur l'affaire Wellauer, à la Fenice[1]. Il avait fait preuve d'intelligence, se souvenait-elle, et Brett, pour des raisons qui lui avaient toujours paru mystérieuses, l'avait même trouvé sympathique.

1. Voir *Mort à La Fenice*, Calmann-Lévy, 1997.

« Bonjour, dottor Brunetti », répondit Flavia à voix basse, d'un ton guindé. Elle se leva, vérifia d'un coup d'œil que Brett dormait toujours et se dirigea vers le policier, à qui elle tendit la main. Il la lui serra brièvement.

« Vous aurait-on chargé de l'enquête ? » demanda-t-elle. À peine les mots étaient-ils sortis de sa bouche qu'elle regretta l'agressivité de sa question.

Brunetti ne sembla pas en tenir compte lorsqu'il lui répondit. « Non, signora, j'ai vu le nom de la dottoressa Lynch dans le rapport sur l'agression, et je suis venu voir comment elle allait. » Et avant que Flavia eût le temps de remarquer qu'il ne s'était pas pressé, il ajouta : « On a donné l'affaire à l'un de mes collègues, si bien que je n'ai eu le rapport sous les yeux que ce matin. » Il regarda en direction de la femme endormie, son regard équivalant à une question.

« Mieux », dit Flavia. Elle recula d'un pas et lui fit signe de se rapprocher. Brunetti traversa la pièce, posa son porte-documents à côté de la chaise de Flavia, s'appuya des deux mains au dossier et examina le visage de la blessée. « Que s'est-il passé ? » demanda-t-il finalement. Il avait bien lu le rapport et la retranscription de la déclaration faite par Flavia, mais il voulait l'entendre de sa propre voix.

La cantatrice résista à l'envie de lui rétorquer que c'était précisément ce qu'il était censé trouver et lui expliqua ce qu'elle savait, parlant toujours à voix basse. « Deux hommes se sont présentés à l'appartement, dimanche dernier. Ils ont dit qu'ils venaient du musée pour remettre des papiers à Brett. C'est elle qui est allée leur ouvrir. Comme cela avait l'air de se prolonger, dans l'entrée, je suis allée voir ce qui se passait, et je l'ai trouvée allongée par terre. » Brunetti acquiesçait au fur et à mesure ; tout cela figurait dans le rapport qu'elle avait fait à deux policiers différents.

« En quittant la cuisine, je tenais un couteau à la main ; j'étais occupée à éplucher des légumes et je l'avais gardé sans y penser. Quand j'ai vu ce qu'ils faisaient, je n'ai pas réfléchi. J'en ai blessé un. Au bras, et sérieusement. Ils ont fichu le camp.

– Cambriolage ? »

Elle haussa les épaules. « C'est possible. Mais pourquoi lui auraient-ils fait cela ? » observa-t-elle avec un geste de la main vers Brett.

Il hocha de nouveau la tête et marmonna, « En effet, en effet… » Puis il se tourna de nouveau vers Flavia et lui demanda, d'une voix normale : « Y a-t-il des objets de valeur, dans l'appartement ?

– Oui, je crois. Des tapis, des tableaux, des céramiques.

– Il aurait donc pu s'agir d'une tentative de cambriolage ? » demanda-t-il, donnant à Flavia l'impression qu'il essayait de s'en convaincre lui-même.

« Ils ont dit qu'ils venaient de la part du directeur du musée. Comment de simples cambrioleurs auraient-ils pu savoir qu'elle était en rapport avec lui ? » L'hypothèse du cambriolage lui paraissait absurde, et plus elle voyait le visage de Brett, moins elle lui trouvait de sens. Si le policier n'était pas capable de comprendre cela…

« Est-elle gravement blessée ? demanda-t-il sans répondre à la question. Je n'ai pas eu le temps de parler avec les médecins.

– Des côtes cassées et la mâchoire inférieure fissurée, mais il n'y a aucun signe de traumatisme crânien.

– Lui avez-vous parlé ?

– Oui. »

La brusquerie de la réponse rappela à Brunetti que le climat n'avait pas été particulièrement chaleureux entre elle et lui, lors de leur dernière rencontre.

« Je suis désolé de ce qui est arrivé », dit-il, parlant plus à titre personnel que comme représentant des autorités.

Flavia acquiesça pour la forme, mais ne répondit rien.

« Est-ce qu'elle va aller bien ? » Ainsi formulée, la question tenait compte des liens intimes de la cantatrice avec Brett, et reconnaissait sa capacité à pouvoir évaluer la gravité des éventuelles séquelles, après les mauvais traitements qu'elle avait subis.

Flavia ne savait pas très bien comment le remercier d'avoir posé la question et, par ce biais, de montrer qu'il comprenait quels étaient ses rapports avec Brett. « Oui, elle va aller bien. » Puis, devenant plus pratique, elle demanda : « Et la police ? Est-ce qu'on a trouvé quelque chose ?

– Non, j'en ai bien peur. Votre description des deux hommes ne correspond à personne de connu dans nos services. Nous avons fait une vérification dans les hôpitaux, ici et à Mestre, mais personne n'y a été admis avec une blessure par lame. Nous vérifions les empreintes digitales de l'enveloppe. » Il ne précisa pas que le sang qui la barbouillait d'un côté avait rendu le relevé de ces empreintes particulièrement ardu, ni le fait qu'elle ne contenait rien.

Derrière lui, Brett bougea dans le lit, soupira, puis se rendormit.

« Signora Petrelli… », commença-t-il. Il hésita un instant, cherchant ses mots. « J'aimerais rester un moment auprès d'elle, si vous n'y voyez pas d'inconvénient. »

Flavia se surprit à se demander pour quelle raison elle se sentait aussi flattée de la simplicité et du naturel avec lesquels il avait accepté comme allant de soi les liens personnels qui l'attachaient à Brett, puis fut encore plus surprise en se rendant compte qu'elle ne savait pas très bien comment elle l'avait compris. Encouragée par ces pensées, elle alla prendre une chaise près de la porte et la plaça à côté de la sienne.

Il la remercia, s'assit et croisa les bras, lui donnant l'impression d'être préparé à ne pas bouger d'ici de la journée, s'il le fallait.

Il ne chercha pas à renouer la conversation, restant tranquillement installé, dans l'attente de ce qui pourrait se passer. Flavia s'était rassise à côté de lui, étonnée de ne pas éprouver le besoin de parler, de se montrer, comme on dit, bien élevée. Dix minutes s'écoulèrent. Sa tête retomba peu à peu contre le dossier de la chaise, et elle se laissa gagner par la somnolence. Elle se réveilla en sursaut lorsqu'elle piqua du nez. Elle jeta un coup d'œil à sa montre. Onze heures trente. Cela faisait une heure qu'il était là.

« Est-ce qu'elle s'est réveillée ? demanda-t-elle.

– Oui, mais seulement quelques minutes. Elle n'a rien dit.

– Vous a-t-elle vu ?

– Oui.

– Vous a-t-elle reconnu ?

– Il me semble.

– Bien. »

Après un long silence, il reprit la parole. « N'avez-vous pas envie d'aller chez vous un moment, signora ? Ou d'aller manger quelque chose ? Je resterai ici. Elle m'a déjà vu avec vous, et elle n'aura pas peur si elle se réveille et me voit ici. »

Plusieurs heures auparavant, Flavia s'était sentie tenaillée par la faim ; mais celle-ci avait disparu. Cependant, la fatigue et l'impression de se sentir sale avaient persisté, et à l'idée d'une douche, de serviettes propres, de cheveux lavés et de vêtements frais, elle se sentit prise d'une envie irrésistible d'accepter l'offre de Brunetti. D'ailleurs, Brett dormait et qui, mieux qu'un policier, pouvait assurer sa sécurité ? La tentation fut trop forte. « D'accord, dit-elle en se levant. Je n'en ai pas pour longtemps. Si elle se réveille, dites-lui où je suis partie, s'il vous plaît.

– Je n'y manquerai pas », répondit-il, se levant à son tour lorsque Flavia rassembla ses affaires et décrocha son manteau de la patère. Une fois à la porte, elle se tourna vers lui et eut un véritable sourire, le premier du genre qu'elle lui adressait. Puis elle quitta la pièce en refermant la porte le plus doucement possible.

Lorsque la signorina Elettra lui avait tendu le rapport sur le cambriolage, ce matin, c'est à peine s'il l'avait regardé, en particulier après s'être rendu compte que, de toute façon, ce n'était pas son service qui avait la responsabilité de l'enquête, mais la brigade en uniforme. Lorsqu'elle l'avait vu le mettre de côté, la jeune secrétaire lui avait glissé : « Je crois que cela vaudrait la peine que vous y jetiez un coup d'œil, commissaire », avant de retourner dans son bureau.

À première vue, l'adresse ne lui avait rien évoqué, mais dans une ville comptant seulement six codes postaux différents, cela ne représentait pas une indication très précise. En revanche, le nom, sur la première page, lui avait sauté aux yeux : Brett Lynch. Il ignorait complètement qu'elle était revenue de Chine et avait à peu près tout oublié d'elle au cours des années écoulées, depuis leur dernière rencontre. C'était le souvenir de celle-ci et de tout ce qu'ils avaient vécu ensemble qui l'avait poussé à passer à l'hôpital.

La belle jeune femme dont il se souvenait était méconnaissable – ravalée au rang de toutes les femmes battues et molestées qu'il avait vues depuis qu'il était dans la police. En la regardant, il dressa mentalement la liste des hommes qu'il savait capables d'exercer une telle violence vis-à-vis d'une femme – non pas une proche, mais une femme sur qui le hasard les aurait fait tomber lors de l'accomplissement de quelque délit. La liste, en vérité, fut courte : l'un d'eux était en prison à Trieste, et l'autre résidait en principe en Sicile. Quant à la liste des individus capables de brutaliser une femme de leur entourage, elle était beaucoup plus longue, et certains habitaient Venise, mais il doutait fort que l'un d'eux ait connu Brett, ou ait eu des raisons de la battre.

Cambriolage ? La signora Petrelli avait déclaré aux deux policiers, lors de son interrogatoire, que les deux agresseurs ne savaient apparemment pas que quelqu'un d'autre se trouvait dans l'appartement ; si bien que ce passage à tabac n'avait aucun sens. S'ils avaient voulu piller le domicile de Brett, il aurait suffi de l'attacher ou de l'enfermer dans une pièce, après quoi ils auraient eu le loisir de prendre tout ce qu'ils voulaient. Aucun des voleurs qu'il connaissait à Venise n'aurait agi ainsi. Mais si ce n'était pas un cambriolage, de quoi s'agissait-il ?

Comme elle n'avait pas ouvert les yeux, sa voix le surprit. *« Mi dai da bere ? »*

Il se rapprocha d'elle.

« De l'eau… »

Il y avait, sur la table à côté du lit, une carafe en plastique et un gobelet avec une paille synthétique. Il remplit le gobelet, lui présenta la paille ; elle but toute l'eau. Sous ses lèvres, il aperçut les fils métalliques qui lui immobilisaient les mâchoires. Voilà qui expliquait son élocution ralentie, en plus des sédatifs.

Son œil droit s'ouvrit, un œil d'un bleu beaucoup plus clair que la peau qui l'entourait. « Merci, commissaire. » L'œil cilla, mais resta ouvert. « Drôle d'endroit pour une rencontre. » À cause de sa mâchoire bloquée, sa voix faisait penser à un poste de radio mal réglé.

« En effet », répondit-il, souriant à l'absurdité de sa remarque, à ce qu'elle avait de banal et de formel.

« Flavia ?

– Elle est retournée à l'appartement, pour l'instant. Elle va bientôt revenir. »

Brett déplaça la tête sur son oreiller et il l'entendit aspirer l'air brusquement. Au bout d'un moment, elle demanda : « Pourquoi êtes-vous ici ?

– J'ai lu votre nom sur un rapport de police, alors je suis venu voir comment vous alliez. »

Elle eut un mouvement des lèvres presque imperceptible, l'esquisse d'un sourire, peut-être. « Pas très bien. »

Le silence se prolongea et finalement il formula la question qu'il s'était promis de ne pas poser. « Vous souvenez-vous de ce qui s'est passé ? »

Elle émit un bruit d'assentiment et commença à s'expliquer. « Ils avaient des papiers du dottor Semenzato, du musée… » Il acquiesça : il connaissait et le nom et l'homme. « Je les ai fait entrer. C'est alors que ce… » Elle hésita, puis reprit : « … que ça a commencé.

– Ont-ils dit quelque chose ? »

Ses yeux se fermèrent et elle resta longtemps sans bouger. Il n'aurait su dire si elle s'efforçait de rappeler ses souvenirs ou décidait de ce qu'elle devait lui dire. Son silence persistant, il commença à se demander si elle ne s'était pas rendormie. Mais finalement elle murmura : « … m'ont dit de ne pas aller au rendez-vous…

– Quel rendez-vous ?

– Avec Semenzato. » Il ne s'agissait donc pas d'une tentative de cambriolage. Il n'ajouta rien. Ce n'était pas le moment de la cuisiner.

D'une voix de plus en plus lente et brouillée, elle reprit : « Ce matin, au musée… Les céramiques de l'exposition chinoise… » Il y eut un long silence, et on sentait qu'elle luttait pour garder l'œil ouvert. « Ils savaient, pour moi et Flavia… » Sur quoi, sa respiration se ralentit, et il se rendit compte qu'elle s'était rendormie.

Il resta assis, la regardant, et essaya de comprendre le sens de ce qu'elle lui avait dit. Semenzato était le directeur – le conservateur en chef – du musée, au palais des Doges. Jusqu'à la réouverture, après sa restauration, du *palazzo* Grassi, ce musée avait été le plus célèbre de Venise, et Semenzato le plus influent directeur de musée. Il l'était peut-être encore. En effet, c'était au palais des Doges qu'avait eu lieu l'exposition Titien ; pendant toutes ces années, le *palazzo* Grassi n'avait guère présenté qu'une exposition Warhol et une autre sur les Celtes, deux manifestations représentatives de la « nouvelle » Venise, plus sensible aux coups médiatiques qu'aux études artistiques sérieuses.

C'était Semenzato, comme s'en souvenait Brunetti, qui avait contribué à organiser, environ cinq ans auparavant, l'exposition d'art chinois, et c'était Brett Lynch qui avait servi d'intermédiaire entre l'administration de la ville et les autorités chinoises. Il avait visité l'exposition bien avant de faire la connaissance de Brett, et il se souvenait très bien de certaines des pièces : les statues en terre cuite de soldats, grandeur nature, un chariot de bronze, une cotte de mailles d'apparat complète, faite de milliers de pièces de jade entrecroisées. Il y avait également des peintures, mais il les avait trouvées ennuyeuses : des saules pleureurs, des philosophes barbus, des ponts fragiles. Les statues de soldats, cependant, lui avaient fait une très forte impression, et il se souvenait d'être resté immobile devant l'une d'elles, étudiant ce visage dans lequel on lisait la fidélité, le courage et l'honneur, emblèmes d'une culture qui avait duré deux millénaires et dominé la moitié du monde.

Brunetti avait rencontré Semenzato à diverses occasions ; il l'avait trouvé intelligent et charmant, avec cette patine de bonnes manières et de grâce qu'acquièrent, avec le temps, les hommes occupant des fonctions publiques. Vénitien, issu d'une vieille famille, Semenzato avait plusieurs frères qui tous, à des titres divers, s'occupaient d'antiquités et d'art.

Étant donné le rôle que Brett avait joué dans l'organisation de l'exposition, il paraissait naturel qu'elle ait eu envie de rencontrer Semenzato lorsqu'elle était revenue à Venise. Ce qui paraissait incompréhensible, en revanche, était que quelqu'un veuille empêcher cette rencontre, et aille jusqu'à employer des moyens d'une telle brutalité pour y parvenir.

Une infirmière, portant du linge propre, entra dans la chambre sans frapper et lui demanda de sortir pendant qu'elle lavait la malade et changeait les draps. De toute évidence, la signora Petrelli avait fait ce qu'il fallait auprès du personnel de l'hôpital, et les petites enveloppes, les *bustarelle*, étaient arrivées à destination. En l'absence de ces cadeaux, même le service minimal n'aurait pas été assuré dans cet établissement, et il incombait souvent à la famille de nourrir le malade et de lui faire sa toilette – y compris en présence des infirmières.

Il quitta la pièce et se posta à une fenêtre du corridor, contemplant la cour centrale, vestige de ce qui avait été, au XVe siècle, le cloître d'un monastère. En face de lui, il vit le nouveau pavillon : une aile, ouverte au milieu des flonflons et des acclamations, où allaient être appliqués des traitements d'avant-garde utilisant les technologies de pointe, où travailleraient les médecins les plus réputés – bref, une nouvelle ère dans la médecine de Venise, au service de citoyens déjà surtaxés. Rien n'avait été épargné ; le bâtiment était une merveille d'architecture ; les hautes arches de marbre de ce qui constituait à présent l'entrée principale de l'hôpital formaient un contrepoint moderne aux arches gracieuses du campo San Giovanni e Paolo.

La cérémonie d'ouverture avait eu lieu, des discours avaient été prononcés, la presse était venue, mais le bâtiment n'avait jamais été utilisé. Absence de système de récupération des eaux usées et de tout-à-l'égout. Et aucun responsable. Était-ce l'architecte qui avait oublié de les mettre sur ses plans, ou bien l'entrepreneur qui avait omis de les installer là où ils étaient prévus ? Une seule chose était sûre : ce n'était la faute de personne, et le dispositif d'évacuation des eaux allait devoir être ajouté – à un coût exorbitant.

De l'avis de Brunetti, la malfaçon avait été prévue ainsi dès le début – prévue de manière à ce que l'entrepreneur qui avait été choisi pour la construction du nouveau bâtiment fût aussi celui qui devrait casser une bonne partie de ce qu'il avait bâti pour y installer les descentes oubliées.

Avait-on ri, avait-on pleuré ? On avait laissé le bâtiment sans protection après son inauguration avortée, et les vandales y avaient déjà pénétré, cassant et mettant hors d'usage une partie des équipements, si bien que l'hôpital payait maintenant une société de gardiennage pour surveiller les couloirs déserts, et que les malades qui auraient eu besoin des traitements et des protocoles de soins que l'établissement aurait dû offrir étaient envoyés dans d'autres hôpitaux, quand on ne leur disait pas d'attendre ou de s'adresser à des cliniques privées. Il avait oublié combien de milliards de lires cette opération avait coûté. Et pour couronner le tout, il fallait soudoyer les infirmières si l'on voulait que les draps des malades fussent changés.

Soudain, Flavia Petrelli apparut à l'autre bout de la cour et il la regarda s'avancer, la démarche impériale, dans l'espace à ciel ouvert. Personne ne la reconnut, mais les hommes qu'elle croisait ne manquaient pas de la remarquer. Elle s'était changée et portait une robe longue, de couleur mauve, qui dansait sur ses hanches à chacun de ses pas. Elle avait jeté un manteau de fourrure sur ses épaules – mais pas quelque chose d'aussi commun que du vison. Elle lui rappela soudain le passage d'un livre qu'il avait lu quelques années auparavant, et qui décrivait l'entrée d'une femme dans un hôtel. Tellement assurée de son rang et de son statut qu'elle avait laissé tomber son vison sans même regarder derrière elle, certaine qu'un domestique serait là pour le rattraper. Flavia Petrelli n'avait pas besoin de faire ce genre de lecture ; elle partageait la même absolue certitude quant à sa place dans le monde.

Il la regarda s'engager sous l'une des arches d'où partait l'escalier qui rejoignait les étages. Elle grimpait les marches deux par deux, remarqua-t-il, manifestant une hâte qui paraissait en contradiction avec la robe et la fourrure.

Quelques secondes plus tard, elle apparut à l'entrée du corridor, et son visage prit une expression tendue lorsqu'elle le vit là. « Qu'est-ce qui se passe ? demanda-t-elle en s'avançant rapidement vers lui.

– Rien. Une infirmière est venue. »

La cantatrice entra dans la chambre sans prendre la peine de frapper. Quelques minutes plus tard, l'infirmière ressortait, portant les draps sales et une cuvette émaillée à la main. Il attendit encore quelques minutes, puis frappa à la porte ; Flavia lui dit d'entrer.

On avait légèrement relevé la tête du lit et Brett se tenait redressée, la tête maintenue par des oreillers. Flavia, à côté d'elle, faisait boire la malade. Le choc que lui produisit son visage fut moins fort, cette fois, soit parce qu'il avait eu le temps de s'y habituer, soit parce qu'il voyait qu'il avait été en partie épargné.

Il se baissa pour reprendre son porte-documents là où il l'avait laissé et s'approcha du lit. Brett sortit une main de dessous les couvertures et la fit glisser vers lui, sur le drap. Il la couvrit brièvement de la sienne. « Merci, dit-elle.

– Je reviendrai demain, si je peux.

– Je vous en prie. Je ne peux pas vous expliquer pour le moment, mais demain, oui. »

Flavia commença à soulever des objections, puis y renonça d'elle-même, Elle adressa à Brunetti un sourire qui commença comme quelque chose de professionnel pour devenir – à sa surprise et à celle du commissaire – parfaitement naturel « Merci d'être venu », dit-elle avec une sincérité qui, elle aussi, les étonna tous les deux.

« Alors, à demain. » Il serra légèrement la main de Brett ; Flavia resta à côté du lit pendant qu'il sortait. Il emprunta l'escalier qu'avait pris la cantatrice et tourna à gauche, en bas, pour passer par le déambulatoire couvert qui cernait la cour. Une vieille femme en fauteuil roulant, enveloppée dans une capote militaire, tricotait sur le côté du passage. À ses pieds, trois chats se disputaient le cadavre d'une souris.

4

Sur le chemin de la questure, Brunetti se sentit troublé par ce qu'il venait de voir et d'entendre. Il se savait que Brett Lynch allait guérir ; elle allait récupérer intégralement ses capacités physiques et se retrouverait comme avant, de ce point de vue-là. La signora Petrelli pensait qu'elle irait très bien, mais lui-même savait d'expérience que les effets d'une telle violence allaient se prolonger, peut-être pendant des années, ne serait-ce que sous la forme de bouffées d'angoisse, brusques et inattendues. Peut-être se trompait-il, cependant ; qui sait si les Américaines n'étaient pas plus coriaces que les Italiennes ? Il n'était pas exclu qu'elle redevînt ce qu'elle était auparavant, mais il n'en était pas moins inquiet pour elle.

Un policier en uniforme vint à sa rencontre lorsqu'il arriva à la questure. « Le dottor Patta vous cherche, monsieur », lui dit l'homme, à voix basse, gardant un ton neutre. On aurait dit que tout le monde, ici, parlait à voix basse et d'un ton neutre lorsqu'il était question du vice-questeur.

Brunetti le remercia et emprunta l'escalier du fond du bâtiment, chemin le plus rapide pour gagner son bureau. L'interphone sonnait quand il y entra. Il posa son porte-documents sur la table et décrocha.

« Brunetti ? demanda inutilement Patta avant que le commissaire ait eu le temps de donner son nom. C'est vous ?

– Oui, monsieur, répondit Brunetti tout en fourrageant parmi les papiers qui s'étaient accumulés sur son bureau depuis quelques heures.

– J'ai passé la matinée à essayer de vous joindre, Brunetti. Nous devons prendre une décision au sujet de la conférence de Stresa. Venez tout de suite dans mon bureau… s'il vous plaît, ajouta-t-il à contrecœur, pour tempérer ce que l'ordre avait de brutal.

– Bien, monsieur, tout de suite. » Brunetti raccrocha, finit de trier ses papiers, ouvrit une lettre qu'il lut deux fois. Puis il s'approcha de la fenêtre et relut le rapport sur l'agression dont Brett Lynch avait été victime. Et finalement, il prit la direction du bureau de Patta.

La signora Elettra n'était pas à son poste, mais un vase trapu, débordant de freesias jaunes, emplissait la pièce d'un parfum presque aussi suave que sa présence.

Il frappa et attendit d'être invité à entrer. Un son étouffé lui répondit. Patta avait pris la pose dans le cadre créé par l'une des grandes fenêtres de la pièce, d'où il regardait la façade de San Lorenzo et son inamovible échafaudage. Le peu de lumière qui tombait de l'ouverture suffisait à faire briller, sur sa silhouette, un certain nombre de points : le bout de ses chaussures vernies, la chaîne en or qui barrait son gilet, et le minuscule rubis qui rutilait à sa pince de cravate. Il jeta un coup d'œil à Brunetti et regagna son bureau. Le commissaire fut frappé par la façon dont son supérieur se déplaçait : il s'efforçait d'avoir la même allure que Flavia Petrelli traversant la cour de l'hôpital, à ceci près qu'au lieu de la totale indifférence qu'avait la cantatrice pour l'effet qu'elle produisait, Patta ne visait qu'une chose, en produire le plus possible. Il prit place derrière le bureau et, d'un geste, invita Brunetti à s'installer dans le fauteuil réservé aux visiteurs.

« Qu'est-ce que vous avez fait de toute la matinée ? demanda Patta sans autre préambule.

– J'ai été m'entretenir avec la victime d'une tentative de cambriolage. » Brunetti avait donné une réponse aussi vague et inintelligible – espérait-il – que possible.

« C'est le travail de nos policiers en tenue. »

Brunetti ne répondit pas.

Revenant à ce qui le préoccupait, Patta reprit la parole. « Alors, la conférence de Stresa ? Lequel de nous deux ira y assister ? »

Deux semaines auparavant, Brunetti avait reçu une invitation pour une conférence organisée par Interpol qui devait se tenir à Stresa, au bord du lac Majeur. Étant donné qu'elle lui aurait permis de retrouver des amis et de reprendre contact avec différents membres du réseau d'Interpol, et que le programme comprenait une formation aux dernières techniques informatiques en matière de classement et de recherche des renseignements, Brunetti désirait s'y rendre. Patta, conscient que Stresa était l'une des stations les plus chics d'Italie et que son climat agréable le changerait de la glaciale humidité de l'hiver vénitien, avait laissé entendre qu'il aimerait prendre la place de son subordonné. Mais étant donné que l'invitation était adressée personnellement à Brunetti, et portait de plus un mot manuscrit de l'organisateur de la conférence, Patta avait du mal à trouver un moyen de convaincre Brunetti de ne pas exercer son droit. C'est avec la plus grande répugnance qu'il avait résisté à l'envie de lui en donner l'ordre.

Brunetti croisa les jambes et sortit son calepin de sa poche. Comme toujours, les pages étaient dépourvues de toute annotation ayant trait aux affaires de police, mais, comme toujours, le vice-questeur ne s'en rendit pas compte. « Voyons les dates, dit le commissaire en tournant les pages. Du 16 au 20, n'est-ce pas ? » Son silence se prolongea, calculé pour faire monter l'impatience de Patta. « Je ne suis plus sûr de pouvoir être libre cette semaine-là.

– Quelles dates, dites-vous ? demanda Patta, en tournant les pages de son calendrier de bureau. Du 16 au 20 ? » Son silence se prolongea de manière encore plus emphatique que celui de Brunetti. « Dans ce cas, je peux peut-être y aller à votre place, commissaire. Je devrais repousser un rendez-vous avec le ministre de l'Intérieur, mais je crois que c'est envisageable.

– Ce serait peut-être mieux, monsieur. Pensez-vous pouvoir vous libérer ? »

L'expression de Patta resta indéchiffrable. « Oui.

– L'affaire est réglée, dans ce cas », dit Brunetti, feignant le soulagement.

Il dut y avoir quelque chose dans son ton, ou dans la vivacité de sa réponse, qui alerta le vice-questeur. « Où étiez-vous, ce matin ?

– Je vous l'ai dit, monsieur, je suis allé interroger la victime d'une tentative de cambriolage.

– Qui est cette victime ? voulut savoir Patta, le ton plein de suspicion.

– Une étrangère qui habite Venise.

– Quelle étrangère ?

– La dottoressa Lynch. » Brunetti observa le visage de son supérieur qui, sur le coup, était resté sans réaction. Puis ses yeux se rétrécirent lorsque le souvenir lui revint à l'esprit. Brunetti aurait pu dire à quel moment précis Patta s'était rappelé non seulement qui était Brett Lynch, mais *ce* qu'elle était.

« La lesbienne, grommela-t-il, ne cachant pas l'opinion qu'il avait d'elle par le mépris avec lequel il prononça le mot. Qu'est-ce qui lui est arrivé ?

– Elle a été attaquée, à son domicile.

– Qui a fait le coup ? Une bouffeuse de chatte qu'elle a ramassée dans un bar ? » Quand il vit l'effet que produisait sa question sur Brunetti, il prit un ton plus modéré pour ajouter : « Qu'est-ce qui s'est passé ?

– Elle a été agressée par deux hommes, expliqua Brunetti. Aucun d'eux, apparemment, n'était un bouffeur de chatte, comme vous dites. Elle est à l'hôpital, pour le moment. »

Patta dut faire un effort pour ne pas lancer une autre remarque. « Est-ce pour cette raison que vous êtes trop occupé pour assister à la conférence ?

– La conférence n'a lieu que dans un mois, monsieur. J'ai un certain nombre d'affaires en cours. »

Le vice-questeur eut un petit reniflement de doute, puis demanda soudain : « Qu'est-ce qu'ils ont emporté ?

– Rien, apparemment.

– Comment ça ? Et vous dites que c'était un cambriolage ?

– Ils ont été dérangés par quelqu'un. Et j'ignore s'il s'agit vraiment d'un cambriolage. »

Ne tenant pas compte de la seconde partie de la réponse, Patta sauta sur la première. « Et qui les a dérangés ? Cette chanteuse ? » demanda-t-il comme si Flavia Petrelli, qui était engagée à prix d'or par la Scala, poussait la goualante au coin des rues.

Comme Brunetti restait sans réaction, Patta poursuivit : « C'était un cambriolage, évidemment. Il y en a pour une fortune, dans cet appartement. » Brunetti fut surpris, non pas par ce qu'il y avait d'envie brutalement exprimée dans le ton de Patta – sa réaction habituelle à la mention de la richesse des autres –, mais par le fait qu'il ait pu avoir la moindre idée de ce que recelait le domicile de Brett.

« Peut-être, admit Brunetti.

– Il n'y a pas de *peut-être* qui tienne, insista Patta. Du moment qu'il y avait deux hommes, il ne peut s'agir que d'un cambriolage. » Est-ce que par hasard les femmes, aurait bien aimé demander Brunetti, s'adonnent spontanément aux autres crimes ? Patta le regarda directement dans les yeux. « C'est du ressort du service chargé des cambriolages. Laissez-les s'en occuper. Nous ne sommes pas au Rotary, ici, commissaire. Nous ne sommes pas chargés d'aider nos amis quand ils ont des ennuis, en particulier nos amies lesbiennes », ajouta-t-il d'un ton qui pouvait laisser croire que Brunetti en avait des dizaines, qu'il était une sorte de sainte Ursule moderne, suivi de onze mille jeunes femmes, toutes vierges et lesbiennes.

Brunetti, qui avait eu des années pour s'habituer à l'irationalité fondamentale des propos que tenait en général le vice-questeur, restait cependant parfois confondu par la portée et la passion de certains de ses jugements les plus délirants. Confondu et furieux. « Ce sera tout, monsieur ?

– Oui, ce sera tout. N'oubliez pas, il s'agit d'un cambriolage, et c'est la brigade qui… » Patta s'interrompit. Le téléphone sonnait. Avec irritation, il s'empara du combiné et cria : « Je vous ai pourtant dit de ne me passer aucun appel ! » Brunetti s'attendait à le voir raccrocher violemment, mais, au lieu de cela, l'homme rapprocha l'appareil de son oreille ; Brunetti le vit changer totalement d'expression.

« Oui, oui, je suis là, bien sûr. Passez-le moi. »

Il se redressa dans son fauteuil et se passa la main dans les cheveux, comme s'il s'attendait à ce que son correspondant le vît à travers le micro du combiné. Il sourit à plusieurs reprises en attendant qu'on le mette en communication. Brunetti entendit le grondement lointain d'une voix masculine, à laquelle Patta répondit : « Oui, oui, très bien, je vous remercie. Et vous ? »

Il y eut une réponse dont la rumeur parvint jusqu'à Brunetti. Patta prit machinalement le stylo posé à côté du sous-main, oubliant le Montblanc Meisterstück qui pointait de la pochette de son veston, et tira une feuille de papier à lui. « Oui, oui, monsieur. Je suis au courant. En fait, j'étais même en train de parler de cette affaire. » Il se tut quelques instants, tandis que la réponse qui lui était faite ne parvenait à Brunetti que sous la forme d'un murmure assourdi.

« Oui, monsieur, je sais. C'est terrible. Ce fut un choc de l'apprendre. » Autre silence, pendant lequel la voix lointaine dit quelque chose. Patta jeta un coup d'œil à Brunetti, détournant aussitôt le regard. « Oui, monsieur. L'un de mes hommes lui a déjà parlé. » Il y eut une violente éruption de paroles à l'autre bout du fil. « Non, monsieur, bien sûr que non. C'est quelqu'un qui la connaît. Je lui ai bien précisé de ne pas la déranger, simplement de voir comment elle allait, et d'interroger les médecins… Bien entendu, monsieur… J'en ai pleinement conscience, monsieur. »

Patta, tenant le stylo à l'envers, se mit à en tapoter nerveusement l'extrémité sur son sous-main. Il écoutait avec attention. « Bien entendu, bien entendu…

J'y mettrai autant d'hommes qu'il le faudra, monsieur. Nous savons quelle est sa générosité pour la ville. »

Il eut un nouveau coup d'œil pour Brunetti, puis il baissa les yeux sur le stylo avec lequel il pianotait et se força à le poser.

Il écouta encore un long moment, les yeux fixés sur le stylo. Il tenta de dire quelque chose une ou deux fois, mais la voix lointaine le coupa. Finalement, étreignant le téléphone, il réussit à placer : « Dès que possible. Je vous tiendrai informé en personne… Oui, monsieur… Bien entendu, monsieur… Oui. » Il n'eut pas le temps de dire au revoir ; son correspondant avait raccroché.

Il reposa délicatement le combiné et regarda Brunetti. « Il s'agissait du maire, comme vous l'avez sans doute compris. Je ne sais pas comment il a eu vent de cette affaire, mais toujours est-il qu'il est au courant. » Il était clair, à l'entendre, qu'il soupçonnait Brunetti d'avoir laissé un message anonyme au bureau du maire.

« Il semblerait que la dottoressa, reprit-il en prononçant ce titre d'une manière qui semblait remettre en question la qualité de l'instruction dispensée par Harvard et Yale, les prestigieuses universités américaines où Brett Lynch avait obtenu ses diplômes, soit de ses amies… et, ajouta-t-il après un silence lourd de sens, une bienfaitrice de la ville. Si bien que le maire tient à ce que cette affaire soit traitée et réglée aussi rapidement que possible. »

Brunetti garda le silence, sachant à quel point il aurait été dangereux de faire la moindre suggestion, à ce stade. Il jeta un coup d'œil au papier posé sur le sous-main, puis regarda son supérieur.

« Sur quelle affaire êtes-vous, en ce moment ? » demanda Patta. La question, comprit Brunetti, signifiait qu'il allait être chargé de l'enquête.

« Rien qui ne puisse attendre.

– Dans ce cas, je veux que vous vous chargiez de celle-ci.

– Bien, monsieur », dit le commissaire, espérant ne pas avoir droit à des indications plus précises.

Trop tard. « Rendez-vous dans son appartement. Voyez ce que vous pouvez trouver. Interrogez les voisins.

– Bien, monsieur. » Brunetti se leva, histoire de couper court.

« Tenez-moi informé, Brunetti.

– Oui, monsieur.

– Il faut que tout cela soit bouclé promptement, Brunetti. C'est une amie du maire. » Et, comme le savait Brunetti, les amies du maire étaient les amies de Patta.

5

De retour dans son bureau, Brunetti appela la salle de garde pour demander à Vianello de monter. Le sergent arriva au bout de quelques minutes et se laissa tomber lourdement dans le fauteuil qui faisait face au bureau. Puis il prit un petit carnet de notes et eut un regard interrogatif vers son supérieur.

« Est-ce que tu t'y connais en gorilles, Vianello ? »

Le sergent étudia la question un instant avant de demander, comme s'il en était besoin : « Ceux des zoos ou ceux qu'on paie pour taper sur les gens ?

– Ceux qu'on paie. »

Vianello garda le silence un moment, l'air de passer en revue une liste qu'il aurait eue dans la tête. « Je n'ai pas l'impression que nous en ayons à Venise, monsieur. On doit en trouver quatre ou cinq à Mestre, cependant, surtout des Méridionaux. » Il se tut de nouveau, paraissant toujours consulter l'une de ses listes. « J'ai entendu dire qu'il y en avait à Padoue et quelques-uns qui travaillaient à Trévise et Pordenone, mais ce sont des provinciaux. Ceux de Mestre sont des vrais. On a eu des problèmes avec eux ? »

Comme l'escouade en tenue avait procédé aux premières investigations liées à l'enquête et à l'interrogatoire de Flavia, Brunetti savait que son subordonné devait être au courant de l'agression. « J'ai parlé à la dottoressa Lynch, ce matin. Les hommes qui l'ont attaquée lui ont dit de ne pas se rendre au rendez-vous qu'elle avait avec le dottor Semenzato.

– Au musée ?

– Oui. »

Vianello réfléchit un moment. « Alors ce n'était pas un cambriolage ?

– On dirait bien que non. Quelqu'un les en a empêchés, de toute façon.

– La signora Petrelli ? »

Les secrets des banques suisses ne tiendraient pas vingt-quatre heures à Venise. « En effet. Elle les a fait fuir. Ils n'avaient cependant pas l'air de vouloir prendre quelque chose.

– Ce n'était pas très malin de leur part. S'il y a bien un appartement à cambrioler... »

Brunetti eut du mal à garder son sérieux. « Et comment es-tu au courant de ce détail ?

– Par la voisine de palier de ma belle-sœur. C'est sa bonne. Elle va y faire le ménage trois fois par semaine et elle surveille l'appartement quand la signora est en Chine. Elle nous a parlé de ce qu'il y avait là-dedans ; d'après elle, il y en aurait pour une fortune.

– Ce ne sont vraiment pas des choses à raconter à propos d'un appartement qui est si souvent inoccupé, tu ne crois pas ? observa Brunetti d'un ton sévère.

– C'est exactement ce que je lui ai dit, monsieur.

– J'espère qu'elle t'a écouté.

– Moi aussi. »

Vianello ne semblant pas s'émouvoir de cette réprimande indirecte, Brunetti revint à ses gorilles. « Vérifie de nouveau dans les hôpitaux pour voir si celui qu'elle a blessé n'y aurait pas été soigné. Si j'ai bien compris, elle l'a sérieusement entaillé au bras. Et les empreintes, sur l'enveloppe ? »

Vianello leva les yeux de son carnet de notes. « Je les ai envoyées à Rome et j'ai demandé qu'on nous avertisse, s'ils trouvaient quelque chose.

– Essaie donc aussi Interpol. »

Vianello acquiesça et nota cette nouvelle suggestion. « Et Semenzato ? demanda le sergent. Quel était le motif de ce rendez-vous ?

– Je l'ignore. Sans doute des histoires de céramiques anciennes, mais elle était trop vaseuse, à cause des sédatifs, pour pouvoir s'exprimer clairement. Sais-tu quelque chose sur lui ?

– Pas plus que ce qui est connu de tout le monde ici. Il est au musée depuis environ sept ans. Marié. Sa femme est de Messine, je crois. De Sicile, en tout cas. Pas d'enfants. Bonne famille, et il a une bonne réputation, au musée. »

Brunetti ne prit pas la peine de lui demander d'où il tenait ces informations : la quantité phénoménale de renseignements que le sergent avait archivés dans sa tête au cours de toutes ses années dans la police ne le surprenait plus. « Vois donc ce que tu peux trouver d'autre sur lui. Où il a travaillé avant d'être nommé ici, pour quelle raison il est parti, où il a fait ses études.

– Envisagez-vous d'aller lui parler, monsieur ? »

Brunetti réfléchit quelques instants à la question. « Non. Si celui qui a envoyé les gorilles a bien voulu faire peur à la signora Lynch et empêcher cette rencontre, je préfère lui laisser croire qu'il a réussi. J'ai cependant envie d'en apprendre un peu plus au sujet du conservateur. Vois aussi ce que tu peux dégoter à propos de ces types de Mestre.

– Bien, monsieur. » Vianello prit cette suggestion en note, avant de demander : « Lui avez-vous posé la question de leur accent ? »

Brunetti y avait pensé, mais il n'avait pas disposé d'assez de temps avec Brett Lynch. Elle parlait un italien parfait, et leur accent aurait très bien pu lui donner une indication sur la région d'où ils venaient. « Je le lui demanderai demain.

– En attendant, je vais m'occuper des gorilles de Mestre », reprit Vianello, qui se mit debout avec un grognement et quitta le bureau.

Brunetti repoussa son siège, ouvrit du bout du pied le tiroir du bas de son bureau et croisa les pieds dessus. Il s'enfonça dans son fauteuil, mains croisées sous la nuque, et se mit à contempler le paysage par la fenêtre. D'où il était, la façade de San Lorenzo n'était pas visible, mais il apercevait un coin de ciel – un ciel d'hiver couvert dont la monotonie favoriserait peut-être la réflexion.

Elle avait fait allusion aux céramiques de l'exposition ; il ne pouvait s'agir que de la manifestation qu'elle avait contribué à organiser, quatre ou cinq ans auparavant ; c'était la première fois, d'ailleurs, que les amateurs d'art occidentaux avaient eu l'occasion de venir admirer les merveilles découvertes lors des fouilles les plus récentes, en Chine. Il avait cru Brett Lynch encore là-bas.

Il avait été surpris de découvrir son nom sur la liste des agressions, ce matin, et choqué en voyant son visage tuméfié à l'hôpital, un peu plus tard. Depuis combien de temps était-elle de retour à Venise ? Combien de temps avait-elle eu l'intention d'y rester ? Et pour quelle raison était-elle revenue ? Flavia Petrelli serait sans doute en mesure de répondre à certaines de ces questions ; elle était même, peut-être, la réponse à l'une d'entre elles. Tout cela pouvait attendre ; pour l'instant, il était davantage intéressé par le dottor Semenzato.

Il s'assit lourdement à son bureau, décrocha le téléphone et composa un numéro qu'il connaissait par cœur.

« *Pronto ?* fit une voix grave qui lui était familière.

– *Ciao*, Lele. Comment se fait-il que tu ne sois pas en train de peindre ?

– *Ciao*, Guido ! Comment ça va ? » Puis, sans attendre de réponse, il expliqua : « Pas assez de lumière, aujourd'hui. Je suis allé du côté du Zattere, ce matin, mais je n'ai rien pu faire. La lumière est plate, morte. Alors je suis revenu préparer le repas de Claudia.

– Comment va-t-elle ?

– Bien, bien. Et Paola ?

– Très bien aussi, comme les enfants. Écoute, Lele, j'aimerais te parler. Peux-tu me consacrer un peu de temps, cet après-midi ?

– C'est personnel ou c'est des affaires de police ?

– Des affaires de police, j'en ai bien peur. Mais je me trompe peut-être.

– Je serai à la galerie vers trois heures, tu n'as qu'à venir à ce moment-là ; j'y resterai jusqu'à environ cinq heures. » En fond sonore, Brunetti entendit un sifflement, un *« Puttana Eva »* étouffé, puis Lele lui dit : « Faut que j'y aille, Guido. L'eau des pâtes déborde. » Brunetti eut juste le temps de dire *Ciao !* et la ligne fut coupée.

S'il y avait bien une personne qui pouvait savoir quelque chose sur Semenzato, c'était certainement Gabriele Cossato, dit Lele, peintre, antiquaire, amoureux de la beauté, un personnage qui faisait autant partie de Venise, dans l'esprit du policier, que les quatre Maures figés pour l'éternité dans leur conciliabule, à droite de la basilique Saint-Marc. Aussi loin que remontaient les souvenirs de Brunetti, il y avait un Lele, et celui-ci était peintre. Lorsqu'il évoquait son enfance, il se rappelait Lele, un ami de son père, ainsi que des histoires qu'on lui racontait – car même s'il n'était encore qu'un enfant, on attendait d'un petit garçon qu'il les comprenne – sur les femmes de Lele, cette succession sans fin de *donne*, de *signore*, de *ragazze*, avec lesquels il apparaissait à la table des Brunetti. Mais cette époque était maintenant révolue et ces femmes oubliées – il aimait celle qu'il avait épousée bien des années auparavant. Il avait cependant conservé sa passion pour la beauté de la ville, ainsi que sa profonde connaissance du monde de l'art et de tous ceux qui gravitaient autour : antiquaires, marchands, musées, galeries.

Il décida de retourner déjeuner chez lui, puis de se rendre ensuite directement chez Lele. C'est alors qu'il se rappela qu'on était mardi et que Paola devait déjeuner avec les autres membres de son département, à l'université – ce qui signifiait que les enfants, eux, mangeaient chez leurs grands-parents, et qu'il lui faudrait donc se préparer lui-même son repas. Pour échapper à cette corvée, il se réfugia dans une trattoria du secteur où, tout en se restaurant, il se demanda de quelle question importante avaient prévu de s'entretenir une archéologue et un conservateur de musée, pour qu'on prenne la peine d'empêcher cette discussion avec autant de violence.

Peu après quinze heures, il traversa le pont de l'Académie et coupa à gauche par le campo San Vio, derrière lequel se trouvait la galerie de Lele. L'artiste était déjà là ; perché sur une échelle, une torche dans la main gauche, des pinces d'électricien dans la droite, il tentait de glisser l'outil au milieu d'un écheveau de fils électriques ; le câblage était situé derrière un panneau, au-dessus de la porte donnant sur les réserves de la galerie. Brunetti était tellement habitué à voir le peintre en costume trois-pièces à rayures qu'il ne trouva rien d'incongru à le voir juché sur son échelle dans cette tenue. Lele se tourna vers lui et le salua. « Ciao, Guido. Juste une minute, le temps de raccorder ces deux fils. » En disant cela, il posa la torche sur le haut de l'échelle, dénuda un fil, l'enroula autour d'un autre déjà dénudé, puis, prenant un rouleau d'adhésif en plastique dans sa poche, il reconstitua l'isolation. Enfin, avec la pointe de ses pinces, il repoussa les fils renoués au milieu de l'amas de spaghettis des autres. Il se tourna alors vers Brunetti, à qui il demanda d'aller dans la réserve et de rebrancher le courant.

Obéissant, le commissaire resta cependant un moment dans l'embrasure de la porte, le temps d'habituer ses yeux à la pénombre.

« Juste sur ta gauche », lui lança Lele.

Brunetti se tourna et vit le grand panneau électrique sur le mur. Il releva le coupe-circuit principal et la pièce se trouva brutalement éclairée. Il attendit encore – cette fois, pour que ses yeux s'habituent à la lumière – puis retourna dans la salle d'exposition de la galerie.

Lele était déjà redescendu de son échelle, après avoir refermé le panneau. « Tiens-moi la porte », dit-il à Brunetti, vers qui il se dirigea en portant son échelle. Il la rangea rapidement et ressortit de la réserve en chassant la poussière de ses mains.

« *Pantegana* », expliqua-t-il, donnant le nom vénitien pour « rat », un terme qui, même s'il désignait clairement le rongeur, parvenait tout de même, par sa tournure, à lui donner quelque chose de charmant et de domestique. « Ils viennent me bouffer l'isolant sur les fils.

– Tu n'as pas essayé de les empoisonner ?

– Tu parles… ils préfèrent le poison au plastique. Ils s'en régalent. Je ne peux même plus conserver de toiles dans la réserve ; ils les boulottent allègrement, quand ce n'est pas le bois des cadres. »

Du coup, Brunetti se tourna vers les peintures accrochées dans la galerie, des vues de la ville aux couleurs vives, pleines d'animation et débordant de la fougue de Lele.

« Non, elles sont en sécurité. Trop haut pour eux. Mais je ne serais pas surpris si un jour je découvrais que ces petits salopards ont déplacé l'échelle pendant la nuit et m'ont tout becté. » Lele éclata de rire en disant cela, mais il n'en avait pas moins l'air sérieux. Il jeta les pinces et l'adhésif dans un tiroir et se tourna vers Brunetti. « Eh bien, c'est quoi cette histoire qui concerne peut-être la police ?

– Semenzato, le conservateur, et l'exposition d'objets chinois qui a eu lieu au musée, il y a quelques années. »

Lele poussa un grognement montrant qu'il avait compris la question, et traversa la pièce pour aller se placer près d'un candélabre en fer forgé fixé au mur. Il prit l'un des ornements – une feuille au bout de sa tige – et le tordit un peu vers la gauche, recula d'un pas pour examiner le résultat, revint l'incliner encore d'un millimètre. Satisfait, il retourna vers Brunetti.

« Cela fait environ huit ans que Semenzato occupe son poste, et il s'est arrangé pour organiser un certain nombre d'expositions internationales. Ce qui signifie qu'il a d'excellents contacts avec les musées et leurs responsables dans les pays étrangers, et qu'il connaît un tas de gens dans un tas d'endroits.

– Rien d'autre ? demanda Brunetti d'un ton neutre.

– C'est un bon administrateur. Il a réussi à convaincre d'excellents professionnels de venir à Venise. Il y a entre autres deux restaurateurs qu'il a littéralement subtilisés à l'institut Courtauld. Et il a introduit de nombreux changements dans la manière de faire la publicité des expositions.

– Oui, je l'avais remarqué. » Par moments, Brunetti avait le sentiment qu'on avait fait de Venise une prostituée obligée de choisir entre plusieurs michés. Un jour, on voyait une affiche reproduite à des milliers d'exemplaires, représentant une boucle d'oreille en verre d'origine phénicienne ; elle était rapidement remplacée par la reproduction d'un portrait du Titien, qui lui-même devait laisser la place à Andy Warhol, lequel était à son tour chassé par un cerf celtique en argent ; le musée couvrait toutes les surfaces disponibles sur les murs de la ville, cherchant en permanence de nouvelles recettes pour pressurer les touristes de passage et attirer leur attention. À quoi fallait-il s'attendre, la prochaine fois ? se demanda-t-il. À des T-shirts Léonard de Vinci ? Sans doute pas, il y en avait déjà à Florence. Il avait vu tellement d'affiches annonçant des expositions d'art qu'il y aurait eu de quoi en tapisser l'enfer.

« Tu le connais ? demanda Brunetti, qui se demandait si là n'était pas l'explication de l'objectivité inhabituelle de Lele.

– Oh, nous nous sommes rencontrés à plusieurs reprises.

– Où ?

– Le musée m'a consulté deux ou trois fois pour des majoliques qu'on lui proposait ; ils voulaient savoir si elles étaient authentiques ou non.

– C'est à ces occasions que tu l'as rencontré ?

– Oui.

– Que penses-tu de lui, personnellement ?

– C'est un homme d'un commerce très agréable, qui paraît tout à fait compétent. »

Brunetti en eut assez. « Allons, voyons, Lele, cette conversation n'a rien d'officiel. C'est moi, Guido, qui te pose des questions ; pas le commissaire Brunetti. J'aimerais savoir ce que tu penses réellement du personnage. »

Lele regarda la table qu'il avait devant lui, déplaça de quelques millimètres un objet en céramique, puis se tourna de nouveau vers Brunetti. « Je crois que son coup d'œil est à vendre.

– Quoi ? s'étonna Brunetti, qui n'avait pas compris.

– Comme Berenson[1]. Comprends-tu, il suffit de devenir expert dans un domaine donné pour que les gens viennent te voir, quand ils veulent savoir si une pièce est authentique ou non. Et étant donné que tu as consacré des années de ta vie, peut-être même toute ta vie, à étudier telle époque ou à tout savoir d'un peintre ou d'un sculpteur, on te croit si tu déclares que l'objet est d'origine. Ou qu'il s'agit d'un faux. »

Brunetti acquiesça. L'Italie regorgeait d'experts ; il y en avait même qui savaient de quoi ils parlaient. « Mais pourquoi Berenson ?

– Tout laisse à penser qu'il a monnayé son coup d'œil. Des galeries et des collectionneurs privés lui ont

1. Bernard Berenson : expert et critique d'art américain. *(N.d.T.)*

demandé d'authentifier certaines pièces ; quelques-unes de celles qu'il a déclaré être originales se sont révélées fausses par la suite. » Brunetti voulut poser une question, mais Lele le coupa aussitôt. « Non, ne me demande même pas s'il n'aurait pas pu se tromper de bonne foi. On a des preuves qu'il a été payé, notamment par Duveen. Duveen avait beaucoup de riches clients américains – tu vois le genre. Pas celui à s'échiner sur l'histoire de l'art. Si ça se trouve, ils n'aiment même pas vraiment l'art. Mais ils tenaient à avoir la réputation de grands amateurs et à posséder des œuvres. Si bien que Duveen n'a eu qu'à faire coïncider leur désir et leur argent avec la réputation et le savoir de Berenson, et tout le monde était content ; les Américains avaient leurs peintures, portant toutes des attributions indiscutables ; Duveen tirait un profit respectable des ventes ; et la réputation de Berenson ne faisait que croître, sans compter qu'il touchait au passage sa part du gâteau. »

Brunetti garda quelques instants le silence avant de poser sa question. « Et Semenzato fait la même chose ?

– Je n'en suis pas sûr. Mais sur les quatre dernières pièces qu'il m'a soumises pour expertise, deux étaient des faux. » Il réfléchit un instant avant d'ajouter, à contrecœur : « De bonnes imitations, mais des imitations tout de même.

– Comment t'en es-tu rendu compte ? »

Lele le regarda comme si le policier venait de lui demander comment il distinguait un iris d'une rose. « Je les ai regardées, répondit-il simplement.

– L'as-tu convaincu ? »

Pendant quelques instants, Lele se demanda s'il devait se sentir ou non offensé par la question, puis il se souvint que Brunetti, après tout, n'était qu'un simple policier. « Les conservateurs ont décidé de ne pas faire l'acquisition des pièces.

– Et qui avait envisagé, le premier, de les acheter ? » Mais il connaissait déjà la réponse.

« Semenzato.

– Et qui était le vendeur ?

– On ne me l'a jamais dit. D'après Semenzato, il s'agissait d'une vente privée ; il aurait été contacté par un marchand d'art qui cherchait à vendre deux plats prétendument florentins et datant du XIVe siècle, et deux autres qui étaient vénitiens. Ces deux derniers étaient authentiques.

– Ils venaient tous de la même source ?

– Il m'a semblé.

– Auraient-ils pu avoir été volés ? »

Lele étudia un moment la question avant de répondre. « C'est possible. Mais quand on a affaire à des pièces majeures comme celles-ci, si du moins elles sont authentiques, leur existence est connue. Il existe un registre des ventes et les gens qui s'intéressent aux majoliques savent très bien quelles sont les plus belles pièces, qui les détient, quand elles sont vendues. Ce n'était cependant pas le problème avec les deux majoliques florentines. Il s'agissait de faux.

– Et quelle a été la réaction de Semenzato quand tu le lui as dit ?

– Oh, il a affirmé qu'il était très content que je m'en sois aperçu et que j'aie pu éviter au musée de faire une acquisition qui aurait terni sa réputation. C'est ce qu'il a dit, “une acquisition qui aurait terni sa réputation”, comme s'il avait été parfaitement normal qu'un marchand d'art cherche à vendre des faux.

– Lui as-tu fait part de tes réflexions à ce sujet ? » demanda Brunetti.

Lele haussa les épaules, un geste qui était le résumé de siècles, sinon de millénaires, de l'art de survivre. « Il ne m'a pas donné l'impression d'avoir envie de s'étendre sur la question.

– Et ensuite, que s'est-il passé ?

– Il a dit qu'il allait les renvoyer au marchand d'art en expliquant que le musée n'était pas intéressé par les deux majoliques florentines.

– Et les vénitiennes ?

– Pour celles-ci, ils ont fait affaire.

– Et elles venaient du même marchand ?

– C'est ce que j'ai cru comprendre.

– As-tu demandé de qui il s'agissait ? »

Brunetti eut droit à un nouveau regard de désapprobation. « On ne pose pas ce genre de question. »

Mais Brunetti connaissait l'artiste depuis toujours, et il demanda : « L'un des conservateurs te l'a-t-il dit ? »

Lele éclata de rire de bon cœur, en constatant que son système de défense – « je me drape dans ma dignité » – venait d'être si facilement réduit à néant. « Oui, j'ai posé la question à l'un d'eux, mais il n'en avait pas la moindre idée. Semenzato n'a jamais mentionné de nom.

– Comment savait-il que le vendeur n'essaierait pas de fourguer les deux pièces refusées ailleurs – à un autre musée, ou à un collectionneur privé ? »

Lele afficha son sourire de travers, un coin de bouche abaissé, l'autre relevé, expression qui, aux yeux de Brunetti, était celle qui exprimait le mieux le caractère des Italiens, jamais tout à fait sûrs d'être heureux ou tristes et toujours prêts à passer de la joie à l'affliction. « Je n'ai pas vu l'intérêt de lui en parler.

– Pourquoi ?

– Il m'a toujours fait l'impression de quelqu'un qui n'aime ni qu'on lui pose des questions, ni qu'on lui donne des conseils.

– N'empêche, il est tout de même venu demander ton avis sur les majoliques. »

Nouveau sourire torve. « Ce sont les conservateurs qui m'ont appelé. C'est pourquoi j'affirme qu'il n'aime pas recevoir de conseils. Ça ne lui a pas plu, quand je lui ai dit que les pièces étaient des faux. Il s'est montré courtois et il m'a remercié au nom du musée pour mon précieux concours, mais il n'était tout de même pas content.

– Intéressant, non ?

– Très, admit Lele, en particulier de la part d'un homme dont le premier devoir est de protéger l'intégrité des collections d'un musée. Et, ajouta-t-il, de veiller à ce que des faux ne restent pas sur le marché. » Quittant Brunetti, le peintre alla redresser un tableau, sur un mur.

« Y a-t-il autre chose que je devrais savoir sur son compte ? » lui lança Brunetti.

Lele répondit, le dos toujours tourné, contemplant son tableau : « Je pense qu'il y a encore pas mal de choses que tu devrais savoir sur lui.

– Par exemple ? »

Lele revint vers Brunetti et se mit à étudier les toiles de plus loin. Il semblait satisfait du résultat. « Oh, rien de particulier. Il jouit d'une très grande réputation, à Venise, et il a beaucoup d'amis très bien placés.

– Que veux-tu dire, alors ?

– Nous vivons dans un bien petit monde, Guido… ». Le peintre n'alla pas plus loin.

« Fais-tu allusion à Venise, ou au monde des gens qui s'occupent d'art et d'antiquités ?

– Aux deux, mais en particulier à celui de l'art. Sais-tu combien nous sommes à compter réellement, dans cette ville ? Entre cinq et dix. Mon frère, Bortoluzzi, Ravanello. Et nous fonctionnons presque toujours à coups d'allusion et de suggestion d'une telle subtilité que personne d'autre ne pourrait comprendre ce qui se passe. » Il vit que Brunetti ne saisissait pas très bien, et il s'efforça d'être plus clair. « La semaine dernière, par exemple, on m'a montré une Vierge polychrome tenant l'Enfant Jésus endormi sur ses genoux. Du plus pur XVᵉ. Travail toscan. Datant même peut-être de la fin du XIVᵉ. Mais le marchand d'art a alors enlevé le bébé – les deux pièces ont été sculptées séparément – et m'a fait voir un endroit, dans le dos de la statue, juste en dessous des épaules. On arrivait à distinguer, non sans mal, deux taches plus claires. » Il attendit la réaction de Brunetti, mais celui-ci n'en eut aucune, et il enchaîna donc. « Cela signifie que le bébé était un ange, et non un Enfant Jésus. Les taches dissimulaient l'emplacement auquel les ailes étaient raccordées ; on les avait enlevées, Dieu seul sait quand, et on en avait effacé la trace pour faire de l'ange un Enfant Jésus.

– Mais pourquoi ?

– Parce qu'il s'est sculpté beaucoup plus d'anges que de petits Jésus. Si bien qu'en retirant les ailes… » Lele n'acheva pas.

« … On lui donnait une promotion ? » proposa Brunetti, qui commençait à comprendre.

Les éclats de rire de Lele remplirent la galerie. « Oui, c'est ça. Il a été promu Petit Jésus, promotion qui signifiait surtout qu'il allait rapporter beaucoup plus d'argent à la vente.

– Dans ce cas, pourquoi le vendeur te l'a-t-il montré ?

– C'est à ça que je voulais en venir, Guido. Il me l'a dit sans me le dire, simplement en me montrant ces marques presque invisibles, et il aurait fait de même avec n'importe lequel d'entre nous.

– Mais pas avec un client ordinaire ?

– Peut-être pas, admit Lele. Le colmatage avait été tellement bien fait, et le raccord de peinture le recouvrait si exactement, que rares auraient été les personnes à le remarquer. Et même alors, elles n'auraient peut-être pas su ce que cela signifiait.

– Et toi, tu l'aurais découvert ? »

Il hocha vivement la tête. « J'aurais fini par m'en apercevoir, si j'avais emporté la statue chez moi, vécu avec elle.

– Mais pas un acheteur ordinaire.

– Non, probablement pas.

– J'en reviens à ma question. Pourquoi te le montrer ?

– Parce qu'il pensait que je pouvais tout de même avoir envie d'acheter la pièce. Et parce qu'il est important pour nous de savoir qu'au moins dans notre groupe nous ne nous mentons pas, nous ne trichons pas et nous n'essayons pas de refiler une œuvre, en connaissance de cause, qui n'est pas ce qu'elle prétend être.

– Y a-t-il une morale dans cette histoire ? » demanda Brunetti avec un sourire. Depuis l'enfance, il y avait souvent eu une leçon cachée dans ce que lui racontait Lele.

« Je ne suis pas sûr que l'on puisse parler de morale, Guido, mais toujours est-il que Semenzato ne fait pas partie du club. Il n'est pas des nôtres.

– Et cette décision vient de qui ? De lui ou de vous ?

– Ce n'est pas en ces termes-là que les choses se présentent, je crois. Personne n'a pris de décision. Et il est certain que je n'ai jamais entendu raconter quelque chose le concernant directement. » Lele, homme d'images plus que de paroles, regarda par la grande vitrine de la galerie, étudiant les motifs créés par les reflets de la lumière sur l'eau du canal. « On pourrait dire que nous n'avons jamais considéré qu'il était l'un des nôtres, sans que nous l'ayons pour autant délibérément exclu.

– Qui d'autre est au courant de cette affaire ?

– Tu es la première personne à qui je parle de ces majoliques. Et je ne suis même pas sûr que l'on puisse dire que quelqu'un serait *au courant*, du moins pas dans les cercles que je connais. C'est simplement quelque chose que nous comprenons tous.

– À son sujet ?

– Et au sujet de la plupart des antiquaires du pays, si tu veux savoir la vérité », répondit Lele avec un éclat de rire. Puis il ajouta, d'un ton plus sérieux : « Mais ça s'applique aussi à lui.

– Ce n'est pas la meilleure des recommandations pour le directeur de l'un des plus grands musées italiens, n'est-ce pas ? s'étonna Brunetti. J'avoue que j'hésiterais à lui acheter une madone polychrome. »

Avec un nouveau et bruyant éclat de rire, Lele répondit : « Tu devrais rencontrer certains des autres. Je ne leur achèterais même pas une brosse à cheveux en plastique. » Les deux hommes rirent pendant un moment, puis Lele demanda, retrouvant son sérieux : « Pourquoi t'intéresses-tu à lui ? »

En tant que représentant assermenté de la loi, Brunetti ne devait en aucun cas révéler des informations confidentielles à des personnes étrangères aux services de police ou de justice. « Quelqu'un n'a pas voulu qu'il puisse parler de l'exposition sur la Chine, celle qui a eu lieu il y a cinq ans.

– Ah bon ? murmura Lele, attendant plus d'informations.

– L'organisatrice de cette exposition avait rendez-vous avec lui, mais elle a été agressée, sévèrement battue, et on lui a dit de ne pas y aller.

– La dottoressa Lynch ? »

Brunetti acquiesça.

« As-tu parlé avec Semenzato ?

– Non. Je ne tiens pas à attirer l'attention sur lui. Il vaut mieux que l'instigateur du coup croie que l'avertissement a été efficace. »

Lele approuva de la tête et se passa une main légère sur les lèvres, geste machinal qu'il faisait toujours lorsqu'il réfléchissait à un problème.

« Pourrais-tu interroger les gens autour de toi, Lele ? Voir si on ne raconte pas des choses sur lui ?

– Quel genre de choses ?

– Je ne sais pas. Des dettes, par exemple. Des histoires de femme. Essaie de savoir qui était ce marchand d'art, ou d'autres personnes qui pourraient être impliquées dans... » Il n'acheva pas sa phrase, pas très sûr du mot qu'il aurait fallu employer.

« Il connaît forcément tout le monde, dans ce milieu.

– Je m'en doute bien. Ce qui m'intéresse, c'est de savoir s'il ne serait pas impliqué dans quelque chose d'illégal. » Comme Lele ne répondait pas, le policier ajouta : « Je ne suis même pas sûr de ce que je veux dire, et je ne suis pas sûr que tu puisses trouver quoi que ce soit.

– Je peux trouver n'importe quoi », observa Lele d'un ton dépassionné ; c'était une constatation, pas une vantardise. Il garda le silence quelques instants, passant toujours sa main sur ses lèvres serrées. Il interrompit finalement son mouvement. « Très bien. Je vais interroger un certain nombre de personnes, mais j'ai besoin d'un jour ou deux. L'un des hommes à qui je voudrais parler est en Birmanie. Je te rappellerai à la fin de la semaine. Est-ce que ça te va ?

– Ce sera parfait, Lele. Je ne sais comment te remercier. »

Le peintre eut un geste de la main pour dire que ce n'était rien. « Tu me remercieras lorsque j'aurai trouvé quelque chose.

– S'il y a quelque chose, ajouta Brunetti, comme s'il avait voulu atténuer l'antipathie que Lele semblait éprouver vis-à-vis du directeur du musée.

– Oh, il y a toujours quelque chose. »

6

Lorsqu'il quitta la galerie, Brunetti tourna à gauche pour emprunter le passage permettant de sortir du Zattere, la longue *fondamenta* ouverte qui court le long du canal de la Giudecca. De l'autre côté de l'eau, il vit l'église de la Zitelle et celle du Redentore, dominée par son dôme. Un vent fort soufflait de l'est, soulevant des vagues couronnées de moutons qui faisaient danser les vaporetti comme des canards en plastique dans une baignoire. Même à cette distance, il entendit le bruit sourd de l'un d'eux venant heurter son appontement ; le bateau se cabra et tira brutalement sur l'amarre qui le reliait à la terre ferme. Le policier releva son col et se laissa pousser par le vent, rasant les murs pour éviter les embruns qui passaient par-dessus le quai. *Il Cucciolo*, le bar du bord de l'eau dans lequel il avait passé de nombreuses soirées avec Paola, au cours des premières semaines ayant suivi leur rencontre, était certes ouvert, mais sa terrasse, construite de manière à s'avancer sur l'eau, était totalement vide, et on ne voyait ni tables, ni chaises, ni parasols. Pour Brunetti, le printemps arrivait véritablement le jour où ce mobilier réapparaissait, sa période d'hibernation terminée. La seule idée d'être assis là le fit frissonner. Il préféra éviter ce bar, car les serveurs étaient les plus grossiers de la ville, et leur arrogante lenteur n'était tolérable qu'en échange du droit de paresser longuement au soleil à une de leurs tables.

Cent mètres plus loin, après avoir passé l'église de i Gesuati, il ouvrit une porte vitrée et se laissa envahir par l'agréable chaleur qui régnait dans le bar de Nico. Il tapa des pieds, déboutonna son manteau et s'approcha du comptoir, où il commanda un grog. Il regarda le barman placer un verre sous le robinet de la machine à espresso, le remplir d'une vapeur brûlante qui se condensa rapidement en eau bouillante. Du rhum, une tranche de citron, une généreuse giclée d'un liquide mystérieux, et le verre se retrouva devant lui. Trois sucres. Le policier avait trouvé le salut. Il fit tourner lentement le mélange, déjà réjoui par la vapeur aromatique qui montait vers lui en volutes délicates. Comme la plupart des boissons, le parfum de celle-ci était plus agréable que son goût, mais il s'était depuis si longtemps accoutumé à cette vérité qu'il n'en était plus déçu.

La porte s'ouvrit à nouveau et une bouffée d'air glacé propulsa deux jeunes filles dans le bar. Elles portaient des parkas bordées d'une fourrure qui encadrait leur visage rougi, de grosses bottes, des gants de cuir et des pantalons de laine. D'après leur aspect, elles devaient être américaines, ou à la rigueur allemandes ; difficile à dire, chez les jeunes femmes qui ont les moyens.

« Dis donc, Kimberley, tu crois que c'est bien ici ? demanda la première en anglais, parcourant la salle de son regard émeraude.

– C'est dans le guide, Alison. Nico est plus ou moins une célébrité locale (elle prononça le nom d'une manière comique aux oreilles de Brunetti.) Il est très connu pour ses glaces. »

Il fallut un moment pour que Brunetti prenne conscience de ce qui allait probablement se produire. En plein hiver, elles allaient commander des glaces parce que c'était écrit dans leur guide. Aussitôt, il avala une rapide gorgée de son grog, qui était encore tellement chaud qu'il se brûla la langue. Pour patienter, il prit la cuillère et se mit à agiter vigoureusement le liquide, le faisant remonter le plus haut possible le long de la paroi du verre dans l'espoir qu'il refroidirait plus vite.

« Oh, je parie que c'est là, sous ces espèces de couvercles ronds », reprit la première, qui était venue se placer à côté de Brunetti et regardait par-dessus le bar. Effectivement, les célèbres *gelati* de Nico se trouvaient là, mais en quantités fortement réduites, étant donné la saison. « Quels parfums veux-tu ?

– Tu crois qu'ils auraient *Heath Bar* ?

– Mais non, pas en Italie.

– Ouais, tu dois avoir raison. Il vaut mieux s'en tenir aux classiques. »

Le barman s'approcha, sourit à ces deux beaux visages rayonnants de santé, admirant peut-être aussi leur courage. « *Si ?*

– Avez-vous *gelato* ? » demanda l'une d'elles, prononçant le dernier mot plus fort, sinon correctement.

Sans se démonter – sans doute l'habitude – et toujours souriant, l'homme se tourna pour prendre deux cônes de gaufre derrière lui.

« Quels parfums ? demanda-t-il dans un anglais acceptable.

– Quels sont ceux que vous avez ?

– *Vaniglia, cioccolato, fragola, fior di latte, e tiramisù.* »

Les deux jeunes filles se regardèrent, perplexes. « Je crois qu'on devrait s'en tenir à chocolat et vanille, non ? » proposa l'une. Brunetti n'arrivait plus à distinguer une voix de l'autre, tant elles avaient le même timbre nasillard et ennuyé.

« Ouais, t'as raison. »

La première se tourna vers le barman et demanda donc deux vanille-chocolat, mêlant anglais et italien.

Le temps de le dire, les cônes étaient prêts et le barman les tendaient par-dessus le comptoir. Brunetti se consola comme il put en prenant une longue gorgée de grog, gardant le verre sous le nez longtemps après avoir avalé.

Les deux jeunes filles avaient été obligées d'enlever leurs gants et l'une d'elles tenait les deux cônes pendant que l'autre fouillait dans ses poches, à la recherche de quatre mille lires. Le barman leur tendit des serviettes en papier, peut-être en espérant qu'elles resteraient à l'intérieur pour manger les glaces, mais on n'allait pas arrêter ces demoiselles comme ça. Elles prirent les serviettes, en entourèrent soigneusement la pointe des cônes, ouvrirent la porte et disparurent dans la pénombre grandissante de cette fin d'après-midi. Le bruit sourd et affligeant d'un bateau venant heurter la jetée emplit le bar.

Le barman jeta un coup d'œil à Brunetti. Leurs regards se croisèrent. Aucun des deux ne dit mot. Brunetti acheva son grog, paya et sortit.

Il faisait complètement noir, à présent, et il n'avait plus qu'une envie, se retrouver bien au chaud chez lui, à l'abri du froid et de ce vent qui soufflait à sa guise dans cet espace dégagé. Il passa devant le consulat de

France, coupa par l'hôpital Giustiniani, voie de garage pour vieillards, et prit la direction de son domicile. Il marchait d'un pas vif et il ne lui fallut que dix minutes pour arriver. Une odeur d'humidité montait du hall d'entrée de l'immeuble, mais le dallage était encore sec. Les sirènes avertissant du risque d'une *acqua alta* avaient retenti à trois heures du matin, réveillant tout le monde, mais la marée s'était inversée avant que l'eau ait eu le temps de s'infiltrer par les interstices des carreaux. La pleine lune ne tombait que dans quelques jours, mais il avait beaucoup plu dans le Frioul, si bien qu'il y avait un risque que la première véritable inondation de l'hiver ait lieu pendant la nuit.

En haut de l'escalier, derrière la porte de son appartement, il trouva tout ce qu'il désirait : de la chaleur, le parfum d'une mandarine que l'on venait de peler, et la certitude que Paola et les enfants étaient à la maison. Il accrocha son manteau au portemanteau, près de la porte, et passa dans le séjour. Chiara, les coudes sur la table, tenait un livre ouvert d'une main et enfournait des quartiers de mandarine de l'autre. Elle leva les yeux, lui adressa un grand sourire et lui en tendit un quartier. « *Ciao*, papa. »

Il traversa la pièce, goûtant son ambiance chaude, soudain conscient d'avoir très froid aux pieds. Il vint se placer près de sa fille et se pencha de façon à lui permettre de glisser une tranche de fruit dans sa bouche – puis une deuxième, et une troisième. Pendant qu'il les écrasait sous ses dents, Chiara finit celles qui restaient dans l'assiette, devant elle.

« Tiens-moi l'allumette, papa », dit-elle en lui tendant une pochette qu'elle prit sur la table. Obéissant, il détacha une allumette, l'enflamma et la lui tendit. L'adolescente avait choisi un fragment de pelure de mandarine qu'elle commença à plier, faisant jaillir un fin brouillard huileux qui prit feu en pétillant au contact de la flamme. « *Che bella !* » s'exclama-t-elle, affichant une expression toujours aussi ravie, bien qu'ils aient joué à ce jeu un nombre incalculable de fois.

« Il y en a d'autres ? demanda-t-il.

– Non, papa, c'était la dernière. » Il haussa les épaules, mais pas avant d'avoir vu une expression sincèrement peinée dans le regard de sa fille. « Je suis désolée de les avoir toutes mangées. Mais il y a des oranges. Tu veux que je t'en pèle une ?

– Non merci, mon ange, ça va très bien comme ça. J'attendrai le dîner. » Il se pencha pour essayer de regarder dans la cuisine. « Où est maman ?

– Oh, elle est dans son bureau, répondit Chiara en retournant à son livre. Et elle est de très mauvaise humeur ; je me demande quand nous allons manger.

– Comment sais-tu qu'elle est de mauvaise humeur ? »

Elle releva la tête et se mit à rouler les yeux. « Que tu es bête, papa ! Tu sais bien comment elle est quand quelque chose ne va pas. Elle a dit à Raffi qu'elle ne l'aiderait pas à faire ses devoirs, et elle m'a engueulée parce que j'ai oublié de descendre les ordures, ce matin. » Elle posa le menton sur ses poings et ajouta, tournée vers son livre : « Je déteste qu'elle soit comme ça.

– Tu sais, Chiara, elle a pas mal de problèmes à l'université. »

L'adolescente tourna une page. « Tu prends toujours sa défense. Mais elle n'est pas marrante quand elle est de cette humeur-là...

– Je vais aller lui parler. Avec un peu de chance, les choses vont peut-être s'arranger. » Ils savaient tous les deux qu'il aurait fallu beaucoup de chance et non un peu, mais, en tant qu'optimistes attitrés de la famille, ils échangèrent un sourire à cette perspective.

Chiara retourna à son livre ; Brunetti se pencha pour l'embrasser dans les cheveux et alluma la lumière de la suspension avant de sortir de la pièce. Au bout du couloir, il s'arrêta devant la porte du bureau de Paola. Lui parler arrangeait rarement les choses, mais l'écouter était parfois efficace. Il frappa.

« *Avanti* », lança-t-elle. Il poussa le battant. La première chose qu'il remarqua, avant même de voir Paola, debout devant la porte-fenêtre donnant sur la terrasse, fut le chaos qui régnait sur le bureau. Des papiers, des livres et des revues étaient jetés pêle-mêle sur le plateau ; certains ouvrages étaient ouverts, d'autres fermés, et des marque-pages dépassaient de plusieurs. Il aurait fallu être quasi aveugle ou faire preuve d'angélisme pour prétendre que Paola était quelqu'un d'ordonné, mais ce désordre allait beaucoup plus loin que celui qu'elle tolérait en temps normal – même si elle avait l'esprit large en ce domaine. Elle se retourna et se rendit compte qu'il regardait le bureau avec étonnement. « Je cherchais quelque chose, expliqua-t-elle.

– La personne qui a tué Edwin Drood ? demanda-t-il, faisant allusion à un article qu'elle avait mis trois mois à rédiger, l'année précédente. Je croyais que tu l'avais trouvée.

– Ce n'est pas le moment de plaisanter, Guido », répliqua-t-elle du ton qu'elle prenait lorsque son humour lui faisait à peu près autant plaisir que l'arrivée de l'ex-petit ami de la fiancée ravit le marié. « J'ai passé le plus clair de l'après-midi à chercher une citation.

– Et pourquoi en as-tu besoin ?

– Pour un cours. Je tiens à commencer par cette citation, et il faut que je leur dise d'où elle vient. Il faut que je sache où je l'ai prise.

– Et elle est de qui ?

– Du *Master* », répondit-elle en anglais et avec une majuscule. Brunetti vit son regard se voiler, comme toujours quand elle parlait de Henry James. N'était-il pas absurde, se demanda-t-il, d'être jaloux ? Jaloux d'un homme qui, du moins à en croire ce que lui avait dit Paola elle-même, non seulement n'avait pu décider à quelle nationalité il appartenait, mais quel était son sexe ?

Une histoire qui durait depuis vingt ans. Le *Master* les avait accompagnés en voyage de noces, s'était trouvé à la maternité à la naissance de leurs deux enfants, et s'incrustait à chaque fois qu'ils partaient quelque part en vacances. Solide, flegmatique, écrivant dans une prose qui s'était révélée impénétrable pour Brunetti en dépit des efforts qu'il avait fait pour la lire en italien et en anglais, Henry James paraissait être l'autre homme dans la vie de Paola.

« Et quelle est cette citation ?

– Ce qu'il a répondu, lorsqu'il était âgé, à quelqu'un qui lui demandait ce que sa longue expérience de la vie lui avait appris. »

Brunetti savait ce qu'elle attendait de lui, et le fit donc. « Et qu'a-t-il répondu ?

– "Soyez bon et puis soyez bon et puis soyez bon" », récita-t-elle en anglais.

La tentation fut trop forte pour Brunetti. « Sans la moindre virgule ? »

Elle lui adressa un regard meurtrier. De toute évidence, ce n'était pas le moment de plaisanter, en particulier dans la mesure où il était question du Maître. Dans un effort pour essayer de s'arracher au poids écrasant de ce regard, il reprit : « C'est une citation curieuse, non, pour commencer un cours de littérature ? »

Elle hésita entre répliquer à sa remarque sur les virgules ou bien répondre à cette dernière question. Fort heureusement – car il avait très envie de dîner ce soir –, elle choisit la deuxième solution. « Je commence le cours sur Whitman et Dickinson demain, et j'espère que cette citation servira à calmer un peu certains des étudiants les plus épouvantables de la classe.

– *Il piccolo marchesino ?* » demanda-t-il. Le mépris de ce double diminutif avait pour cible Vittorio, l'héritier en titre du marquis Francesco Bruscoli. On avait apparemment persuadé Vittorio d'interrompre ses études universitaires successivement à Bologne, à Padoue et à Ferrare, et il avait atterri six mois auparavant à Cà Foscari dans l'espoir de décrocher un diplôme d'anglais, nullement parce qu'il s'était pris d'enthousiasme pour la littérature anglo-saxonne, mais simplement parce que, élevé par des nounous anglaises, il parlait la langue couramment.

« C'est vraiment un petit salopard et il a une mentalité ignoble, s'exclama Paola avec véhémence. La méchanceté incarnée.

– Qu'est-ce qu'il a encore fait ?

– Oh, Guido, ce n'est pas tant ce qu'il fait que ce qu'il dit, et la manière dont il le dit. Les communistes, l'avortement, les homosexuels, tout y passe. Si jamais on aborde l'un de ces sujets devant lui, il se déchaîne, proclamant qu'il est heureux que le communisme ait été vaincu en Europe, que l'avortement est un péché contre Dieu et que les homosexuels… » Elle eut un geste de la main en direction de la fenêtre, comme si elle demandait à la perspective des toits de comprendre. « Mon Dieu ! D'après lui, il faudrait tous les rassembler et les mettre dans des camps de concentration, et coffrer tous ceux qui ont le sida. Il y a des moments où je le frapperais volontiers », ajouta-t-elle avec un nouveau geste de la main qui, se rendit-elle compte, manquait de vigueur.

« Comment ces questions-là arrivent-elles dans la discussion dans une classe de littérature, Paola ?

– Ce n'est pas fréquent, admit-elle. Mais d'autres professeurs m'ont parlé de lui. » Elle se tourna vers son mari. « Tu ne le connais pas, n'est-ce pas ?

– Non, mais je connais son père.

– Comment est-il ?

– Il ne vaut guère mieux. Charmant, riche, bel homme. Et d'une méchanceté absolue.

– C'est ce qui est dangereux chez ce garnement. Il est beau gosse et très riche, et pas mal d'étudiants seraient prêts à tuer rien que pour être vus en compagnie d'un *marchese*, même si c'est le dernier des petits merdeux. Si bien qu'ils le singent et reprennent ses opinions.

– Mais pourquoi t'inquiète-t-il plus particulièrement en ce moment ?

– Je te l'ai déjà dit – on commence à parler demain de Whitman et de Dickinson. »

Brunetti savait qu'il s'agissait de poètes ; il avait lu le premier et ne l'avait pas aimé ; quant à la seconde, il l'avait trouvée difficile, mais merveilleuse quand il parvenait à comprendre. Il secoua la tête, l'air de demander une explication.

« Whitman était homosexuel… et sans doute Dickinson l'était-elle aussi.

– Et ce genre de chose ne figure pas sur la liste des comportements acceptables du *marchesino* ?

– C'est le moins qu'on puisse dire, répondit Paola. Et c'est pour cette raison que je tiens à ouvrir le cours sur cette citation.

– Et tu penses vraiment que cela changera quelque chose ?

– Non, probablement pas », dut-elle reconnaître. Elle s'assit sur sa chaise et entreprit de remettre un peu d'ordre dans le fouillis qui encombrait son bureau.

Brunetti alla s'asseoir dans le fauteuil placé le long du mur et étendit les jambes. Paola continua à refermer les livres, à disposer les revues en piles régulières. « J'ai eu un échantillon de ce genre d'attitude aujourd'hui », dit-il.

Elle s'arrêta, un livre à la main, et le regarda. « Que veux-tu dire ?

– De la part de quelqu'un qui n'aime pas les homosexuels… Patta », ajouta-t-il après un instant de silence.

Paola ferma les yeux une seconde et demanda : « À propos de quoi ?

– Est-ce que tu te souviens de la dottoressa Lynch ?

– L'Américaine ? Celle qui est en Chine ?

– Oui à la première question, non à la seconde. Elle est revenue à Venise. Je l'ai vue aujourd'hui, à l'hôpital.

– Qu'est-ce qui lui est arrivé ? » voulut savoir Paola, de l'inquiétude dans la voix. Ses mains reposaient, immobiles, sur les livres.

« Elle a été battue. Par deux hommes. Ils se sont rendus chez elle dimanche dernier, lui ont raconté qu'ils venaient la voir pour affaires ; elle les a laissés entrer et ils se sont mis à la tabasser.

– Est-elle gravement blessée ?

– Ça aurait pu être pire.

– Que veux-tu dire, Guido ?

– Elle s'en tire avec une mâchoire fêlée, quelques côtes cassées et le dos écorché.

– Et tu trouves que ça ne suffit pas ? Tu me fais frémir ! se récria Paola. Qui a fait le coup ? Et pourquoi ?

– Cela a peut-être quelque chose à voir avec le musée, mais l'explication peut éventuellement être aussi à chercher du côté de ce que mes collègues américains tiennent à appeler son *lifestyle*.

– Tu fais allusion au fait qu'elle est lesbienne ?

– Exactement.

– Mais c'est délirant !

– Je l'admets. Mais pas moins vrai pour autant.

– Est-ce que ça commencerait ici ? » La question était manifestement rhétorique. « Je croyais que ce genre de chose n'arrivait qu'en Amérique.

– On n'arrête pas le progrès, ma chère.

– Qu'est-ce qui te fait penser que c'est peut-être la raison ?

– Elle m'a dit que ses deux agresseurs étaient au courant, pour elle et la signora Petrelli. »

Paola était incapable de résister à une boutade. « Avant qu'elle parte pour la Chine, il y a quelques années, tu aurais eu du mal à trouver quelqu'un, à Venise, qui n'était pas au courant pour elle et la signora Petrelli.

– Tu exagères, répondit Brunetti, prenant cette réaction de manière littérale.

– Admettons. Mais cela faisait pas mal jaser, à l'époque », insista-t-elle.

Ayant corrigé sa femme une première fois, Brunetti ne vit pas l'intérêt de s'obstiner. Sans compter qu'il avait de plus en plus faim et serait volontiers passé à table.

« Comment se fait-il qu'il n'y ait rien eu dans les journaux ? demanda-t-elle soudain.

– Je te rappelle que c'est arrivé dimanche. Je ne l'ai appris que ce matin, et encore parce que quelqu'un a remarqué son nom dans le rapport. L'enquête a été confiée à la brigade en tenue ; l'affaire est considérée comme étant de routine.

– De routine ? répéta-t-elle avec étonnement. Mais enfin, Guido, ce genre de chose n'arrive jamais ici ! »

Brunetti renonça à répéter son observation sur le progrès que l'on n'arrête pas et Paola, se rendant compte qu'il n'allait pas lui offrir d'explication, retourna au rangement de son bureau. « Je ne vais pas perdre davantage mon temps à la chercher. Il va falloir trouver autre chose.

– Pourquoi ne pas inventer ? » lui suggéra Brunetti, prenant un air innocent.

Elle releva brusquement la tête pour le regarder. « Inventer ? Que veux-tu dire ? »

Cela lui semblait pourtant assez clair. « Tu n'as qu'à imaginer dans lequel de ses livres cette réflexion pourrait se trouver, et leur dire qu'elle vient de là.

– Et si jamais il y en a un qui l'a lu ?

– Il a écrit des tas de lettres, n'est-ce pas ? » Brunetti savait très bien ce qu'il en était : le fort volume de la correspondance de James les avait accompagnés à Paris, deux ans auparavant.

« Et s'ils me demandent dans quelle lettre ? »

Il refusa de répondre à une question aussi stupide.

Elle n'eut aucun mal à réagir. « À Edith Wharton, 26 juillet 1906 », précisa-t-elle aussitôt, avec dans la voix ce ton de certitude absolue que connaissait bien Brunetti et qu'elle avait toujours pour donner du poids à ses inventions les plus délirantes.

« Ça me paraît parfait, dit-il avec un sourire.

– À moi aussi. » Elle referma le dernier livre, consulta sa montre, puis regarda son mari. « Il est presque sept heures. Gianni avait de superbes côtelettes d'agneau, aujourd'hui. Viens prendre un verre de vin pendant que je les prépare. Nous pourrons parler. »

Brunetti se souvint que Dante punissait les mauvais conseillers en les enfermant dans d'énormes flammes où ils brûlaient et se tordaient pour l'éternité. Mais il n'avait jamais fait mention de côtelettes d'agneau.

7

Lorsqu'un article sur l'affaire parut finalement, le jour suivant, sous le titre « Tentative de cambriolage à Cannaregio », le résumé qu'il donnait était des plus sommaires. On y décrivait Brett comme un expert en antiquités chinoises, revenue à Venise dans le but d'obtenir des subventions du gouvernement italien pour les fouilles de Xi'an, où elle coordonnait les travaux d'archéologues chinois et occidentaux. Il y avait une brève description des deux agresseurs, mis en fuite par une *amica* non identifiée qui se trouvait par hasard chez la dottoressa Lynch. Brunetti, lorsqu'il lut le papier, se demanda qui était l'*amico* qui avait fait disparaître le nom de Flavia. Les candidats étaient nombreux : il pouvait tout aussi bien s'agir du maire de Venise que du directeur de la Scala voulant protéger sa prima donna préférée de toute publicité indésirable.

Avant de gagner son propre bureau, Brunetti s'arrêta en chemin dans celui de la signorina Elettra. Les freesias avaient disparu, remplacés par une lumineuse profusion de lis. Elle leva la tête en l'entendant entrer et lui dit aussitôt, sans même prendre la peine de le saluer : « Le sergent Vianello m'a demandé de vous dire qu'il n'y avait rien à Mestre. Il a parlé à plusieurs personnes, là-bas, mais aucune ne savait quoi que ce soit sur l'agression. Et, enchaîna-t-elle en jetant un coup d'œil sur son bureau, personne n'a été admis dans un des hôpitaux de la région avec une coupure au bras. » Finalement, avant qu'il ait le temps de poser la question, elle ajouta : « Rien de Rome non plus, pour les empreintes digitales. »

Confronté à ces trois voies sans issue, Brunetti décida qu'il était temps de voir s'il ne pourrait pas apprendre autre chose sur Semenzato. « Vous avez travaillé à la Banca d'Italia dans le temps, n'est-ce pas, signorina ?

– Oui, monsieur, en effet.

– Et vous y avez toujours des amis ?

– Ainsi que dans d'autres banques. » Pas le genre à cacher son jeu, la signorina Elettra.

« Seriez-vous capable de lancer le plus léger des filets, sur votre ordinateur, pour voir ce que vous pouvez me ramener sur Francesco Semenzato ? Comptes en banque, investissements, titres. Ce genre de renseignements. »

Elle eut un tel sourire que Brunetti en vint à se demander à quelle vitesse, exactement, se propageaient les nouvelles à la questure.

« Volontiers, dottore. Rien de plus facile. Voulez-vous que je vérifie pour sa femme aussi ? Elle est sicilienne, je crois.

– Oui, pour sa femme également. »

Elle reprit la parole avant qu'il ait eu le temps de lui poser la question des délais : « Ils ont eu des problèmes de liaisons téléphoniques, et je n'aurai peut-être pas ça avant demain après-midi.

– Avez-vous la liberté de me révéler vos sources, signorina ?

– Une personne qui doit attendre que le responsable de la gestion informatisée de la banque quitte son travail », fut tout ce qu'elle consentit à dire.

– Très bien, répondit Brunetti, qui se satisfit de cette explication. Je voudrais que vous preniez aussi contact avec Interpol, à Genève. Vous n'aurez qu'à demander… »

Elle le coupa, mais avec le sourire. « Je connais l'adresse, monsieur, et je crois savoir qui je dois contacter.

– Heinegger ? demanda Brunetti, désignant le responsable des investigations financières.

– Oui, Heinegger, répéta-t-elle, ajoutant à cela l'adresse et le numéro de fax correspondants.

– Comment diable faites-vous pour apprendre aussi vite, signorina ? s'étonna-t-il sincèrement.

– J'ai souvent eu affaire à lui, dans mon précédent poste », répliqua-t-elle d'un ton innocent.

Il avait beau être policier, il préféra, pour le moment, ne pas en apprendre davantage sur les liens qui existaient entre Interpol et la Banca d'Italia. « Dans ce cas, vous savez ce qu'il faut faire, répondit-il simplement.

– Je vous transmettrai la réponse de Heinegger dès que je l'aurai. » Sur quoi elle se tourna vers son ordinateur.

« Oui, merci. Au revoir, signorina. » Il fit demi-tour et quitta le bureau, mais non sans avoir jeté un dernier coup d'œil aux fleurs, mises en valeur par l'encadrement de la fenêtre devant laquelle elles étaient posées.

La pluie qui tombait depuis quelques jours s'était arrêtée, faisant disparaître provisoirement la menace de l'*acqua alta*, et avait laissé la place à un ciel cristallin – aucune chance, autrement dit, de trouver Lele chez lui ; il serait quelque part en ville, en train de peindre. Brunetti décida de se rendre à l'hôpital pour poursuivre l'interrogatoire de Brett Lynch, car il ne savait pas encore très bien pour quelle raison elle avait traversé la moitié de la planète pour revenir à Venise.

Quand il entra dans la chambre, il se demanda si la signorina Elettra n'avait pas sévi également ici, car toutes les surfaces libres de la pièce croulaient sous les fleurs. Roses, iris, lis et orchidées emplissaient l'air de leurs parfums mêlés, et la corbeille à papier débordait d'emballages froissés en provenance de chez Biancat et Fantin, les deux fleuristes les plus appréciés des Vénitiens. Il remarqua que des Américains, ou du moins des étrangers, avaient aussi fait parvenir des fleurs : jamais un Italien n'aurait envoyé à une malade ces immenses bouquets de chrysanthèmes, variété exclusivement réservée aux enterrements et aux tombes des défunts. Il se rendit compte que leur présence dans une chambre d'hôpital le mettait mal à l'aise, mais il repoussa cette impression comme de la superstition du plus bas étage.

Comme il s'y était attendu ou l'avait espéré, les deux femmes étaient dans la chambre, Brett adossée à la partie avant relevée du lit, la tête calée contre deux oreillers, Flavia assise à côté d'elle. Éparpillés sur le lit, un certain nombre de dessins en couleurs représentaient des femmes habillées de robes longues chargées d'ornements ; elles portaient toutes un diadème scintillant de pierres précieuses. Brett leva les yeux quand il entra, et ses lèvres bougèrent, mais le moins possible ; le sourire était tout entier dans son regard. Au bout d'un instant Flavia sourit aussi, mais à un moindre degré.

Il les salua d'un « bonjour » collectif et jeta un coup d'œil sur les dessins. Deux des robes avaient un aspect oriental ; mais au lieu des dragons habituels, elles s'ornaient de motifs abstraits, des taches de couleur violentes qui auraient dû jurer entre elles mais réussissaient cependant à s'harmoniser.

« De quoi s'agit-il ? » demanda-t-il avec un geste, pris d'une réelle curiosité – et se rendant compte alors qu'il aurait dû commencer par demander des nouvelles de Brett.

C'est Flavia qui lui répondit. « Des costumes pour la prochaine mise en scène de *Turandot*, à la Scala.

– Vous allez donc chanter le rôle ? » demanda-t-il. Des rumeurs concernant ce projet n'avaient cessé d'être répercutées par la presse depuis plusieurs semaines, alors que la première n'était prévue que dans un an ou presque. La cantatrice « pressentie », celle dont « le nom aurait été prononcé », qui constituait « un choix possible » (car c'était dans ce style qu'on s'exprimait toujours, à la Scala), avait déclaré que cette éventualité l'intéressait et qu'elle allait l'envisager, ce qui signifiait clairement qu'elle n'était ni intéressée ni prête à l'envisager. Le nom de Flavia Petrelli, qui n'avait jamais chanté ce rôle, avait ensuite été cité comme l'autre possibilité. Dans un communiqué de presse Flavia avait fait savoir, quinze jours auparavant, qu'elle refusait absolument ne serait-ce que de réfléchir à cette proposition, ce qui était la formule la plus proche de l'acceptation à laquelle on pouvait s'attendre de la part d'une soprano.

« Vous avez sûrement mieux à faire qu'à essayer de résoudre les énigmes de *Turandot* », observa Flavia, d'un ton faussement léger qui lui fit comprendre qu'il venait de voir quelque chose qu'il n'aurait pas dû.

Elle se pencha pour rassembler les dessins. Le double message était clair ; on attendait de lui qu'il garde le silence sur la question.

« Comment allez-vous ? » demanda-t-il finalement à Brett.

Elle n'avait plus les mâchoires immobilisées, mais son sourire n'en restait pas moins figé : un léger écartement des lèvres, les commissures seules se redressant. « Mieux. Je vais pouvoir rentrer chez moi demain.

– Après-demain, la corrigea Flavia.

– Demain ou après-demain », concéda l'Américaine. Puis, voyant qu'il restait planté là, son manteau sur le dos, elle lui dit : « Excusez-moi. Asseyez-vous, je vous en prie. » De la main, elle lui indiqua une chaise qui se trouvait derrière Flavia. Il la prit, la plaça à côté du lit, plia son manteau sur le dossier et s'installa.

« Vous sentez-vous prêtes à me raconter de ce qui s'est passé ? » demanda-t-il, s'adressant implicitement à toutes les deux.

Brett parut intriguée. « Mais nous en avons déjà parlé, il me semble. »

Brunetti acquiesça. « Qu'est-ce qu'ils vous ont dit ? Qu'est-ce qu'ils vous ont dit *exactement* ? Vous en souvenez-vous ?

– Exactement ? répéta-t-elle, toujours perplexe.

– Ont-ils parlé suffisamment longtemps, par exemple, pour que vous puissiez deviner d'où ils venaient ?

– Je comprends », dit Brett. Elle ferma les yeux et s'efforça de se replacer dans le contexte de son vestibule, de se rappeler le visage des deux hommes, le timbre de leur voix. « Des Siciliens. Celui qui m'a frappée, en tout cas. Pour l'autre, je suis moins sûre. Il a très peu parlé. » Elle regarda Brunetti. « Qu'est-ce que ça change ?

– Ce renseignement peut nous aider à l'identifier.

– C'est bien ce que j'espère, intervint Flavia, sans qu'on ait pu dire si sa remarque était un reproche ou un espoir.

– Avez-vous reconnu l'un ou l'autre de ces hommes sur les photos ? » Brunetti avait posé la question tout en sachant que le policier qui avait présenté ces photos – des individus correspondant plus ou moins à la description donnée par Flavia – l'en aurait aussitôt averti.

Flavia secoua la tête et Brett répondit : « Non.

– Vous dites qu'ils vous ont ordonné de ne pas aller au rendez-vous avec le dottor Semenzato. Puis vous avez ajouté quelque chose à propos des céramiques de l'exposition chinoise. Vouliez-vous parler de celle qui a eu lieu ici, au palais des Doges ?

– Oui.

– Je m'en souviens très bien, dit Brunetti. Vous en étiez l'organisatrice, n'est-ce pas ? »

Oubliant son état, elle hocha la tête, mais la reposa aussitôt sur les oreillers, attendant que le monde s'arrête de tournoyer. « Quelques-unes des pièces provenaient de nos fouilles, à Xi'an, dit-elle quand elle se sentit mieux. Les Chinois m'ont prise comme intermédiaire. Je connais des gens. » Bien que n'ayant plus son appareil, elle ne bougeait la mâchoire qu'avec précaution. Un bourdonnement grave accompagnait tout ce qu'elle disait et lui remplissait continuellement les oreilles.

Flavia l'interrompit pour répondre à sa place. « L'exposition est tout d'abord passée par New York puis par Londres. Brett est allée à New York pour surveiller l'emballage des pièces avant qu'elles partent pour Londres. Mais elle a dû repartir pour la Chine avant l'ouverture de l'exposition à Londres. Il était arrivé quelque chose sur le site des fouilles. (Elle se tourna vers Brett.) Il s'agissait de quoi, *cara* ?

– Le trésor. »

Ce seul mot fut apparemment suffisant pour que la mémoire revienne à Flavia. « Oui. Ils venaient juste d'ouvrir le passage conduisant à la chambre mortuaire et ils ont donc rappelé Brett, à Londres, pour qu'elle vienne diriger l'exploration de la tombe.

– Qui a été chargé de la mise en place de l'exposition, ici ? » demanda Brunetti.

Ce fut Brett qui lui répondit, cette fois-ci. « Moi. Je suis revenue de Chine trois jours avant la fermeture, à Londres, et je me suis rendue ensuite ici pour l'installation. » Elle ferma les yeux, et le policier crut que parler l'avait fatiguée ; mais elle les rouvrit aussitôt. « Je suis partie avant la fin de l'exposition, et c'est eux qui ont renvoyé les pièces en Chine.

– Eux ? »

Brett jeta un coup d'œil à Flavia avant de répondre. « Il y avait le dottor Semenzato et mon assistante, venue de Chine pour remballer les pièces et surveiller l'expédition.

– Vous ne vous en êtes donc pas occupée ? » demanda-t-il.

Elle regarda une fois de plus son amie avant de réagir. « Non, je ne pouvais pas. Si bien que ce n'est que cet hiver que j'ai pu examiner les pièces.

– Quatre ans plus tard ?

– En effet, dit-elle avec un mouvement de la main, comme si cela pouvait expliquer ce délai. Le chargement a été retenu en cours de route, puis a pris de nouveau du retard à Pékin. Complications administratives. Il est resté bloqué pendant deux ans dans un entrepôt de Shanghai. Les objets en provenance de Xi'an ne nous ont été restitués que depuis deux mois. » Elle cherchait visiblement ses mots, la meilleure façon de s'expliquer. « Ce n'étaient pas les mêmes. Il s'agissait de copies. Pas pour le soldat ni la cotte de mailles en jade ; ceux-ci étaient bien les originaux. Mais pour les céramiques, je savais que j'avais affaire à des faux ; simplement, il me fallait procéder à certains examens pour le prouver, ce que je ne pouvais faire en Chine. »

Le regard offensé que lui avait lancé Lele avait servi de leçon à Brunetti, et il se garda bien de demander comment elle savait qu'il s'agissait de faux. Elle le savait, un point c'est tout. Ne pouvant poser une question de caractère qualitatif, il se rabattit sur une autre, à caractère quantitatif. « Combien de pièces étaient-elles des faux ?

– Au moins trois. Peut-être même quatre ou cinq. Pour ne compter que celles qui venaient des fouilles de Xi'an, où j'opère.

– Et les autres objets de l'exposition ?

– J'ignore ce qu'il en est. Ce n'est pas le genre de question que l'on pose facilement en Chine. »

Flavia n'avait pas bronché pendant tout cet échange, se contentant de tourner les yeux vers celui des deux qui parlait.

« Qu'avez-vous fait ? demanda Brunetti.

– Jusqu'ici, rien. »

Étant donné que cette conversation avait lieu dans un hôpital et qu'elle parlait avec difficulté à cause de ses blessures, Brunetti trouva que sa réponse relevait un peu de l'euphémisme. « À qui en avez-vous parlé ?

– Seulement à Semenzato. Je lui ai écrit de Chine dès que je m'en suis aperçue, il y a donc deux mois, pour lui dire que certaines des pièces renvoyées étaient des copies. Et j'ai demandé à le voir.

– Et que vous a-t-il fait savoir ?

– Rien. Il ne m'a pas répondu. J'ai attendu trois semaines, puis j'ai essayé de le joindre par téléphone ; mais de Chine, ce n'est pas très facile. Je suis donc venue lui parler. »

Tout simplement, pensa Brunetti, vous n'arrivez pas à avoir votre communication, alors vous sautez dans un avion et vous traversez la moitié du monde pour parler à quelqu'un ?

On aurait dit qu'elle venait de lire dans ses pensées. « C'est ma réputation qui est en jeu. Je suis responsable de ces pièces. »

Flavia intervint à ce moment-là. « Elles ont pu être échangées pendant le voyage de retour en Chine. Le coup n'a pas été nécessairement exécuté ici. Et on ne peut pas te tenir pour responsable de ce qui est arrivé pendant ces quatre années où elles ont circulé d'un entrepôt à l'autre. » Il y avait une réelle animosité dans la voix de Flavia. Brunetti trouva intéressant qu'elle se sente jalouse, apparemment, d'un pays.

La chose n'échappa pas à Brett, qui rétorqua vivement : « Peu importe où c'est arrivé. Le fait est que c'est arrivé. »

Pour détourner leur attention sans oublier pour autant ce que Lele lui avait appris sur l'art de distinguer un objet authentique d'un faux, Brunetti le policier demanda : « Avez-vous des preuves ?

– Oui », répondit Brett d'une voix moins claire que celle qu'elle avait quand il était arrivé.

Flavia le remarqua aussi et elle intervint sur-le-champ, se tournant vers le commissaire. « Je pense que cela suffit, dottor Brunetti. »

Il regarda Brett et fut forcé d'admettre que Flavia avait raison. Les ecchymoses paraissaient plus sombres, sur le visage de l'Américaine, et sa tête s'enfonçait plus profondément entre les oreillers. Elle sourit et ferma les yeux.

Il n'insista pas. « Je suis désolé, signora, dit-il à la cantatrice, mais la question est urgente.

– Attendez au moins qu'elle soit à la maison. »

Il jeta un coup d'œil à Brett, pour voir ce que celle-ci en pensait, mais elle dormait déjà, la tête tournée de côté, la bouche molle et entrouverte. « Demain ? »

Flavia hésita, puis finit par accepter, mais à contrecœur.

Il se leva et reprit son manteau. Flavia le raccompagna jusqu'à la porte. « Ce n'est pas seulement sa réputation qui l'inquiète, vous savez, dit-elle. Je ne comprends pas ce qui se passe, mais il faut absolument que ces pièces retournent en Chine. » Elle secoua la tête, manifestement perplexe.

Flavia Petrelli était l'une des meilleures comédiennes, parmi les cantatrices de son époque, et Brunetti se demanda un instant qui s'exprimait, la comédienne ou la femme. Il lui semblait, cette fois, que c'était la femme. C'est pourquoi il répondit : « Je m'en doutais. Je pense que c'est l'une des raisons pour lesquelles je tiens à éclaircir cette affaire.

– Et quelles sont les autres ? demanda-t-elle, soupçonneuse, sur un ton que Brunetti, surpris, interpréta comme de la jalousie.

– La qualité de mon travail ne dépend pas de motivations personnelles, signora », répondit-il, prenant le risque de lui faire croire que leur bref armistice était fini. Il enfila son manteau et quitta la chambre. Flavia regarda Brett un instant depuis le pas de la porte, puis alla s'asseoir au pied du lit, où elle reprit la pile de dessins.

8

Lorsqu'il quitta l'hôpital, Brunetti remarqua que le ciel s'était assombri et qu'un vent du sud violent balayait la ville. L'air était chargé d'une pesante humidité et la pluie menaçait ; cela signifiait que le rugissement aigu des sirènes allait peut-être les réveiller pendant la nuit. Il haïssait l'*acqua alta* avec la même passion que tous les Vénitiens, pris d'avance de fureur à l'idée des touristes bouche bée, regroupés sur les passerelles de planches, pouffant de rire, s'exclamant, prenant des photos, et surtout empêchant les gens sérieux d'aller à leurs affaires ou simplement de faire leurs courses avant de pouvoir enfin rentrer chez eux, là où il faisait bon et où on était au sec, là où on était débarrassé des tracas, du gâchis et du climat d'irritation permanente créés par l'inondation. Après quelques calculs, il comprit que l'eau n'allait le gêner que pour aller à la questure et en revenir, au moment de traverser le campo San Bartolomeo, au pied du pont du Rialto. Heureusement, le secteur qui entourait la questure était suffisamment surélevé pour n'être affecté que lors des montées d'eau les plus extrêmes.

Il remonta le col de son manteau, regrettant de ne pas avoir pensé à prendre un foulard, puis, après avoir rentré la tête dans les épaules, il se laissa pousser dans le dos par les rafales. Les premières gouttes s'écrasèrent sur les dalles au moment où il passait derrière la statue de Colleoni. Le seul avantage du vent était de faire tomber la pluie selon une diagonale prononcée, si bien qu'un côté de l'étroite *calle* restait au sec, protégé par les toits. Ceux qui avaient eu la bonne idée de prendre leur parapluie avançaient protégés, ignorant superbement les autres passants, qui étaient obligés de les éviter ou de passer sous les parapluies.

Le temps d'arriver à la questure, la pluie avait transpercé les épaules de son manteau et il avait les pieds mouillés dans ses chaussures. Une fois dans son bureau, il plaça le manteau sur un cintre qu'il accrocha à la crémone de la fenêtre, au-dessus du radiateur. Un curieux qui aurait regardé depuis l'autre côté du canal se serait peut-être imaginé qu'un désespéré s'était pendu dans son bureau ; et si ce curieux travaillait à la questure, il aurait sans aucun doute aussitôt compté les étages, pour voir si le bureau en question n'était pas celui de Patta.

Brunetti trouva une unique feuille de papier sur son bureau, un rapport d'Interpol arrivé de Genève disant qu'ils ne possédaient aucune information ni aucun dossier sur Francesco Semenzato. Sous le message, proprement tapé à la machine, il put cependant lire une courte note rédigée à la main : « Quelques rumeurs ici, mais rien de précis. Je vais faire ma petite enquête. » Et dessous, figurait une signature griffonnée qu'il reconnut comme étant celle de Piet Heinegger.

Son téléphone sonna vers la fin de l'après-midi. C'était Lele ; il avait pris contact avec quelques-uns de ses amis, y compris celui qui était en Birmanie. Aucun n'avait voulu porter d'accusations claires et précises contre Semenzato, mais on soupçonnait le directeur du musée de s'occuper de négoce d'antiquités. Non pas comme acheteur, mais comme vendeur. L'un des informateurs de Lele lui avait dit que Semenzato aurait investi dans une boutique d'antiquaire, mais il n'en savait pas davantage ; il ignorait en particulier où se trouvait cette boutique et qui en était le propriétaire officiel.

« M'a tout l'air d'avoir ce qu'il faut pour créer un conflit d'intérêts, observa Brunetti, s'il achète des œuvres chez lui, avec l'argent du musée, par l'intermédiaire de son homme de paille.

– Il ne serait pas le premier, marmonna Lele, mais Brunetti ne releva pas l'observation. Il y a cependant autre chose, ajouta l'artiste.

– Quoi donc ?

– Quand j'ai mentionné l'éventualité d'un vol d'œuvres d'art, l'un de mes amis m'a confié que des rumeurs couraient sur un important collectionneur d'art de Venise.

– Semenzato ?

– Non. Je n'ai pas posé la question, mais je suis sûr que mon ami me l'aurait dit, s'il s'était agi de Semenzato.

– Tu ne sais pas de qui il s'agit ?

– Non. Il ne le savait pas. La rumeur veut que ce soit un gentleman originaire du Sud.

– Et pas de nom.

– Non, pas de nom, Guido. Mais je vais continuer mon enquête.

– Merci, Lele. J'apprécie, crois-moi. Je n'aurais pas pu faire ces recherches moi-même.

– Non, tu n'aurais pas pu », lui confirma tranquillement Lele. Puis, sans même prendre le temps de protester pour les remerciements de Brunetti, il ajouta : « Je te rappelle s'il y a du nouveau. » Et il raccrocha.

Estimant qu'il en avait assez fait pour la journée et ne voulant pas se retrouver piégé de ce côté-ci de la ville par l'*acqua alta*, le commissaire rentra chez lui de bonne heure et put y passer deux heures en toute quiétude, avant l'arrivée de Paola. Lorsqu'elle revint de l'université, trempée par une pluie devenue plus intense, elle lui dit qu'elle s'était servie de la citation et de l'attribution fantaisiste, mais que le redouté *marchese* avait réussi à la gâcher en faisant remarquer qu'un écrivain comme James, avec la réputation qu'il avait, aurait certainement pu éviter de se montrer aussi bêtement redondant. Brunetti écouta ses explications, surpris de se rendre compte à quel point il avait fini par détester, au cours des mois, ce jeune homme qu'il ne connaissait même pas. Le repas et le vin améliorèrent sensiblement l'humeur de Paola, comme toujours, et lorsque Raffi se proposa pour faire la vaisselle, elle était devenue l'image de la satisfaction et du bien-être.

Ils furent au lit à dix heures : elle profondément endormie sur la copie très mauvaise d'un étudiant, et lui profondément absorbé par la lecture d'une nouvelle traduction de Suétone. Il venait tout juste d'atteindre la description de petits garçons s'ébattant dans la piscine de Tibère, à Capri, lorsque le téléphone sonna.

« Pronto », répondit-il, espérant que ce n'était pas un appel professionnel mais sachant que, passé dix heures, il ne pouvait pas s'agir d'autre chose.

« Commissaire ? C'est Monico à l'appareil. » Le sergent Monico, se souvint Brunetti, assurait le quart de nuit, cette semaine.

« Qu'est-ce qui se passe, Monico ?

– Je crois que nous avons un meurtre, monsieur.

– Où ça ?

– Au *palazzo* Ducale.

– Qui ? demanda Brunetti, non sans avoir déjà son idée.

– Le directeur, monsieur.

– Semenzato ?

– Oui, monsieur.

– Comment est-ce arrivé ?

– Il y aurait eu effraction. La femme de ménage l'a trouvé il y a environ dix minutes et a couru au rez-de-chaussée chercher les gardiens, en hurlant comme une folle. Ils sont remontés dans le bureau, ils l'ont vu et ils nous ont appelés.

– Qu'est-ce que tu as fait ? » Il laissa tomber son livre sur le sol, à côté du lit, et chercha du regard où il avait posé ses vêtements.

« J'ai téléphoné chez le vice-questeur Patta, mais sa femme a dit qu'il n'était pas là et qu'elle ne savait pas où il était possible de le contacter. » Deux affirmations, songea Brunetti, qui pouvaient être aussi mensongères l'une que l'autre. « Sur quoi j'ai décidé de vous appeler, monsieur.

– Est-ce qu'ils ont expliqué ce qui s'était passé – les gardiens, je veux dire ?

– Oui, monsieur. Celui qui a donné le coup de fil m'a dit qu'il y avait du sang partout et qu'apparemment, il avait été frappé à la tête.

– Était-il mort au moment où la femme de ménage l'a découvert ?

– Je crois. En tout cas, d'après les gardiens, il était mort quand ils sont arrivés.

– Très bien, dit Brunetti en repoussant les couvertures. J'y vais tout de suite. Envoie celui qui est de service avec toi – qui c'est, cette nuit ?

– Vianello, monsieur. Il est parti pour le *palazzo* dès que nous avons reçu l'appel.

– Parfait. Appelle le dottor Rizzardi et demande-lui de me retrouver là-bas.

– Bien, monsieur. J'avais prévu de l'appeler tout de suite après vous.

– Bon, dit Brunetti en posant les pieds sur le plancher. Je devrais être sur place dans une vingtaine de minutes. Nous allons avoir besoin d'une équipe de techniciens pour les photos et les empreintes.

– En effet, monsieur. Je vais appeler Pavese et Foscolo dès que j'aurai eu le dottor Rizzardi.

– Parfait. Dans vingt minutes. » Brunetti raccrocha. Était-il possible d'être sous le choc sans cependant être surpris ? Une mort violente, et seulement quatre jours après la brutale agression dont Brett Lynch avait été victime. Tout en s'habillant et se laçant les souliers, il se répétait de ne pas tirer de conclusions hâtives. Il passa ensuite de l'autre côté du lit, se pencha sur Paola et lui secoua légèrement l'épaule.

Elle ouvrit les yeux et le regarda par-dessus les lunettes qu'elle mettait pour lire, depuis un an. Elle avait enfilé une vieille chemise de nuit en flanelle, vêtement rapporté d'Écosse plus de dix ans auparavant, par-dessus lequel elle avait mis un cardigan irlandais, tricoté à la main, que ses parents lui avait offert pour un Noël presque contemporain du voyage en Écosse. À la contempler ainsi, l'expression hébétée d'avoir été tirée de son premier et profond sommeil, le regard vague et myope, il ne put s'empêcher de penser à ces femmes sans logis et apparemment folles qui dormaient dans la gare, les nuits d'hiver. Pris de remords d'avoir fait une telle comparaison, il se pencha dans le cercle de lumière créé par la lampe de chevet et l'embrassa sur le front.

« C'est le devoir qui t'appelle ? demanda-t-elle, se réveillant brusquement.

– Oui. Semenzato. La femme de ménage l'a trouvé dans son bureau, au palais des Doges.

– Mort ?

– Oui.

– Assassiné ?

– On dirait bien. »

Elle retira ses lunettes et les posa sur les papiers qui avaient glissé de ses genoux, sur les couvertures. « As-tu fait garder la chambre de l'Américaine ? demanda-t-elle, le laissant suivre le même raisonnement rapide que celui qu'elle venait de faire.

– Non, dut-il admettre, mais je vais en donner l'ordre dès mon arrivée au palais. Je ne crois pas qu'ils risqueraient le doublé la même nuit, mais je vais tout de même envoyer un homme. » Avec quelle facilité avaient-ils pris corps, ces « ils », nés de son refus de croire aux coïncidences, et de celui de Paola de croire à la bonté humaine.

« Qui t'a appelé ?

– Monico.

– Bien, dit-elle, reconnaissant le nom et sachant à qui elle avait affaire. Je me charge de l'appeler pour la garde à l'hôpital.

– Merci. Ne m'attends pas. J'ai bien peur que ça prenne pas mal de temps.

– Ça aussi, ça risque d'en prendre », répondit-elle en tendant les bras pour rassembler les copies à corriger.

Il se pencha de nouveau et, cette fois-ci, l'embrassa sur la bouche. Elle lui rendit son baiser, lui donnant même un tour encore plus sensuel. Il se redressa et la vit avec étonnement qui passait les bras autour de sa taille et appuyait sa tête contre son estomac. Elle marmonna quelques mots trop embrouillés pour qu'il puisse les comprendre. Doucement, il lui caressa les cheveux, mais son esprit était ailleurs, tourné vers Semenzato et les céramiques chinoises.

Elle se détacha de lui et reprit ses lunettes, qu'elle enfila. « N'oublie pas de prendre tes bottes. »

9

Lorsque le commissaire Brunetti, de la police de Venise, arriva sur les lieux où le directeur du musée le plus important de la ville avait été assassiné, il tenait à la main un sac en plastique blanc portant, en lettres rouges, le nom d'un supermarché. À l'intérieur, il y avait une paire de bottes en caoutchouc noires, taille 45, qu'il avait achetée à Standa trois ans auparavant. La première chose qu'il fit, en arrivant au poste des gardiens, au pied de l'escalier conduisant au musée proprement dit, fut de tendre le sac à l'homme qui se trouvait de service, lui disant qu'il le reprendrait en partant.

Tout en déposant le sac par terre, à côté de son bureau, le gardien lui dit : « L'un de vos hommes est là-haut, monsieur.

– Bien. Les autres ne vont pas tarder à arriver. Ainsi que le médecin légiste. La presse ne s'est pas montrée, pour le moment ?

– Non, monsieur.

– Où est passée la femme de ménage ?

– On a été obligés de la reconduire chez elle. Elle n'arrêtait pas de pleurer, depuis qu'elle l'avait vu.

– C'est si moche que ça ? »

Le gardien acquiesça. « Il y a du sang partout, c'est affreux. »

Une blessure à la tête, se souvint Brunetti. Oui, c'était normal qu'il y ait beaucoup de sang. « Il y a des chances pour qu'elle fasse tout un cirque, une fois chez elle, et quelqu'un va finir par appeler *Il Gazzettino*. Arrangez-vous pour que les journalistes restent en bas quand ils arriveront, d'accord ?

– Je vais essayer, monsieur, mais je ne sais pas si c'est une bonne idée.

– Faites ce que je vous dis.

– Bien, monsieur. »

Brunetti se tourna vers le long corridor à l'extrémité duquel on voyait le départ d'un escalier. « Le bureau est là-haut ?

– Oui, monsieur. Une fois à l'étage, tournez à gauche. Vous verrez la lumière au bout du couloir. Votre policier est sans doute sur les lieux. »

Le commissaire fit demi-tour et s'éloigna. Ses pas résonnaient de manière étrange, leur écho réverbéré par les murs et la cage d'escalier. Le froid, ce froid humide et insidieux de l'hiver, suintait des dalles du sol et des briques des parois. Derrière lui, il entendit le vacarme du fer heurtant la pierre, mais personne ne l'appela et il poursuivit donc son chemin. La brume nocturne s'était installée, et la condensation avait posé une pellicule glissante sur les larges marches de pierre, dans l'escalier.

Une fois en haut, il suivit les indications du gardien et vit la lumière qui sortait d'une porte ouverte, au bout du couloir. À mi-chemin, il lança : « Vianello ? » Le sergent apparut aussitôt dans l'encadrement, portant un gros manteau de laine d'où dépassait une paire de bottes d'un jaune éclatant.

« Bonsoir, monsieur, dit-il avec un geste de la main – à la fois salut et manière de l'accueillir.

– Bonsoir, Vianello, À quoi ça ressemble, là-dedans ? »

Le visage du sergent resta impassible. « Plutôt moche, monsieur. Il semble qu'il y ait eu une bagarre. Tout est sens dessus dessous, les chaises sont renversées, les lampes aussi. Il était d'un gros gabarit, et je dirais qu'il devait y avoir deux agresseurs. Mais c'est juste une première impression. Les types du labo vont certainement pouvoir nous en apprendre davantage. » Il avait reculé d'un pas, tout en parlant, pour laisser le passage à Brunetti.

Vianello n'avait pas exagéré : un lampadaire était tombé en travers du bureau et les débris de verre de son globe s'étaient éparpillés sur le plateau ; une chaise était renversée à côté ; les longues franges d'un tapis de soie roulé en boule devant le bureau entouraient la cheville de l'homme qui gisait sur le sol, mort. Tourné sur le ventre, il avait un bras coincé sous son corps, l'autre tendu devant lui, paume tournée vers le ciel comme s'il implorait déjà sa grâce aux portes du paradis.

Brunetti examina sa tête et la grotesque auréole sanglante qui l'entourait, mais il détourna rapidement les yeux. Où qu'il posât son regard, cependant, il voyait du sang : des gouttes avaient giclé sur le bureau, un filet coulait du meuble jusque sur le tapis et la brique bleu cobalt, posée sur le sol à moins d'un mètre du cadavre, en était partiellement recouverte.

« D'après le gardien, il s'agit du dottor Semenzato, expliqua Vianello, rompant le silence qui paraissait irradier de son supérieur. La femme de ménage l'a trouvé vers vingt-deux heures trente. La pièce était fermée à clef de l'extérieur, mais elle avait son passe et elle est entrée pour vérifier que les fenêtres étaient bien fermées et passer l'aspirateur. C'est à ce moment-là qu'elle l'a trouvé. Comme ça. »

Brunetti ne fit aucun commentaire ; il alla jusqu'à l'une des fenêtres et regarda dans la cour du palais des Doges. Tout était calme ; les géants de pierre montaient toujours leur garde immobile au pied de l'escalier monumental ; il n'y avait pas même un chat pour venir troubler la scène pétrifiée, sous la lumière diffuse.

« Depuis combien de temps es-tu là ? » demanda Brunetti.

Vianello remonta sa manche et consulta sa montre. « Dix-huit minutes, monsieur. Je lui ai tâté le pouls, mais il n'y avait rien, et il était déjà froid. À mon avis, la mort doit remonter à environ deux heures, mais le médecin pourra sans doute être plus précis. »

Soudain, le hurlement d'une sirène s'éleva sur sa gauche et vint rompre brutalement le silence de la nuit ; un instant, Brunetti crut que c'était l'équipe du labo faisant une arrivée stupidement tapageuse à bord d'une vedette de la police. Mais le hululement alla en s'amplifiant, de plus en plus strident, de plus en plus assourdissant, avant de retomber peu à peu vers son niveau d'origine. C'était la sirène de Saint-Marc, avertissant la ville endormie que les eaux montaient : l'*acqua alta* avait commencé.

Le bruit de leur arrivée camouflé par la sirène, les deux hommes du labo venaient d'ailleurs de déposer leur matériel dans le couloir, devant la porte, Pavese, le photographe, passa la tête par la porte et vit le cadavre allongé sur le sol. Nullement affecté par le spectacle, en apparence, il lança, d'une voix forte pour couvrir les derniers gémissements de la sirène : « Vous voulez toute la scène, commissaire ? »

Brunetti se détourna de la fenêtre au son de cette voix, et se dirigea vers le photographe en prenant soin de passer loin du corps. Il fallait attendre que les photos aient été prises, les restes éventuels de fibres ou de cheveux recueillis et les éraflures relevées, avant de s'en approcher. Il se demanda si cette précaution était vraiment utile : trop de gens avaient approché le corps de Semenzato et la scène du crime devait être déjà contaminée.

« Oui, et dès que ce sera fini, voyez ce que vous pouvez trouver en matière de fibres et de cheveux, que nous puissions l'examiner de près. »

Pavese ne parut pas agacé de se faire dicter une marche à suivre aussi évidente par son supérieur. « Souhaitez-vous avoir un jeu complet de la tête seule ?

– Oui. »

Le photographe commença à préparer son matériel. Foscolo, le deuxième membre de l'équipe, avait déjà déployé le lourd trépied et y fixait une chambre noire. Penché sur son sac, Pavese se mit à y fourrager, repoussant des rouleaux de films et de minces paquets de filtres pour finalement sortir un flash portable auquel était raccordé un gros câble électrique. Le rapide coup d'œil professionnel qu'il avait jeté au cadavre lui avait suffi. « Je vais prendre deux ou trois clichés de l'ensemble de la pièce vue d'ici, Luca, puis ensuite de l'autre côté. Après, nous irons nous installer là, entre la fenêtre et la tête. Je vais en prendre quelques-unes du corps dans son entier, puis on se servira du Nikon pour faire la tête. Je crois que l'angle de gauche devrait être le meilleur. » Il se tut un instant, plongé dans ses réflexions. « On n'aura pas besoin de filtres. Le flash suffira pour avoir le sang. »

Brunetti et Vianello attendirent dans le couloir, les éclairs du flash passant de temps en temps par la porte. « Ils se sont servis de cette brique, d'après vous ? » demanda finalement Vianello.

Brunetti acquiesça. « Tu as vu sa tête…

– Ils tenaient à être bien sûrs, hein ? »

Brunetti pensa au visage tuméfié de Brett. « Ils y prenaient peut-être aussi plaisir, suggéra-t-il.

– Je n'avais pas pensé à ça… C'est toujours possible, évidemment. »

Quelques instants plus tard, Pavese passait la tête par la porte. « C'est fini pour les photos, dottore.

– Quand les aurez-vous ?

– Cet après-midi, je dirais vers seize heures. »

Cet échange fut interrompu par l'arrivée d'Ettore Rizzardi, le médecin légiste, représentant de l'État dont la présence était requise pour constater l'évidence, à savoir le décès de la victime, puis pour déterminer la cause de la mort – ce qui n'était pas bien difficile, en l'occurrence.

Il portait lui aussi des bottes, mais contrairement à celles de Vianello, elles étaient d'un noir beaucoup plus discret et n'arrivaient qu'à l'ourlet de son manteau. « Bonsoir, Guido, dit-il en entrant. D'après le gardien, en bas, il s'agirait de Semenzato ? » Brunetti acquiesça. « Qu'est-ce qui s'est passé ? »

Plutôt que de répondre, Brunetti s'écarta d'un pas, pour laisser voir à Rizzardi la pose peu naturelle du corps et les éclaboussures de sang encore brillantes. Les techniciens avaient entouré d'un adhésif jaune vif deux rectangles de la taille d'un annuaire ; on y devinait des éraflures.

« On peut le toucher ? » demanda Brunetti à Foscolo, occupé à répandre une poudre noire sur le bureau de Semenzato.

Le technicien échangea un regard rapide avec son collègue qui, de son côté, disposait de l'adhésif autour de la brique bleu cobalt. Pavese acquiesça.

C'est Rizzardi qui s'approcha le premier du corps. Il posa sa trousse sur une chaise, l'ouvrit, et en retira une paire de gants fins en caoutchouc. Il les enfila et s'accroupit auprès du cadavre ; il tendit d'abord la main vers le cou, mais devant tout le sang qu'il vit sur la tête, il changea d'avis et saisit le poignet du mort. La peau était froide ; le sang n'y circulerait plus jamais. D'un geste automatique, Rizzardi remonta sa manchette empesée et regarda l'heure.

Il n'avait pas à aller chercher bien loin la cause de la mort : deux profondes indentations s'enfonçaient dans le côté de la tête, et il semblait y en avoir une de plus sur le front, sous les cheveux qui lui étaient retombés devant les yeux au moment où l'homme s'était effondré sur le sol. Se penchant un peu plus, le médecin vit des fragments d'os déchiquetés dans l'un des deux trous, juste derrière l'oreille.

Rizzardi s'agenouilla pour pouvoir produire un effet de levier suffisant, passa les mains sous le corps et le retourna. La troisième blessure fut alors bien visible ; la peau, autour de la plaie, était tuméfiée et bleue. Le médecin examina ensuite la main droite, puis la main gauche du cadavre. « Regarde ça, Guido », dit-il en montrant le dos de la main droite. Brunetti s'agenouilla à côté de lui pour mieux voir. La peau avait été complètement arrachée, sur les articulations, et l'un des doigts, boursouflé, pendait de travers comme s'il était cassé.

« Il a essayé de se défendre, observa Rizzardi, se redressant pour regarder le corps allongé. D'après toi, Guido, combien mesure-t-il ?

– Je dirais un mètre quatre-vingt-dix ; en tout cas, il était plus grand que toi ou moi.

– Et plus lourd, aussi. Ils devaient être deux. »

Brunetti acquiesça d'un grognement.

« J'aurais tendance à dire que les coups ont été portés de devant, et qu'il n'a pas été pris par surprise, si c'est bien avec ce truc-là qu'ils l'ont frappé, reprit Rizzardi avec un geste vers la brique d'un bleu éclatant, toujours posée au milieu de son rectangle d'adhésif. Ça a dû faire du boucan, non ?

– Les gardiens ont une télévision dans leur cagibi, en bas. Elle n'était pas branchée quand je suis arrivé.

– Oui, il me semble m'en souvenir. » Le médecin se remit debout, enleva ses gants et les fourra n'importe comment dans la poche de son manteau. « C'est tout ce que je peux faire pour le moment. Si tes gars peuvent me l'amener à San Michèle, je vais l'examiner de plus près demain matin. La cause de la mort me paraît cependant assez simple. Trois coups violents à la tête avec un angle de cette brique. Cela a suffi. »

Vianello, resté silencieux jusqu'ici, demanda soudain : « Pensez-vous que les choses ont été rapides, dottore ? »

Avant de répondre, Rizzardi jeta un coup d'œil au mort. « Tout dépend de l'endroit où il a été frappé en premier, et de la force de ce coup. Il est possible qu'il se soit défendu, mais la bagarre n'a pas dû durer bien longtemps. Je vais vérifier s'il n'y a pas quelque chose sous ses ongles. À mon avis, tout a dû se passer très vite, mais attendons de voir ce que nous allons trouver. »

Le sergent acquiesça, et Brunetti reprit la parole : « Merci, Ettore. Je vais le faire transporter tout de suite.

– Pas à l'hôpital, n'oublie pas. Directement à San Michèle.

– Bien entendu. » Le policier, en lui répondant, se demanda si cette insistance ne signifiait pas qu'un nouvel épisode venait de commencer dans la bagarre qui opposait le médecin légiste aux responsables de l'Ospedale Civile.

« Dans ce cas, je te souhaite une bonne nuit, Guido. J'aurai des informations à te donner demain après-midi, mais il ne devrait pas y avoir de surprise. »

Brunetti acquiesça. Les causes physiques d'une mort violente révèlent rarement des secrets : ceux-ci, quand il y en a, sont plutôt à chercher dans les mobiles.

Rizzardi échangea un signe de tête avec Vianello et, après avoir repris sa trousse, s'apprêtait à sortir, lorsqu'il se retourna pour examiner les pieds de Brunetti. « Tu n'as pas pris de bottes ? demanda-t-il, sincèrement inquiet.

– Je les ai laissées en bas.

– Tu as bien fait de les emporter. J'avais déjà de l'eau plus haut que les chevilles en venant, calle della Mandola. Cette bande de feignants n'avaient pas encore mis les passerelles, et je vais être obligé de passer par le Rialto pour rentrer chez moi. Sinon, j'en aurai jusqu'au-dessus des genoux, à présent.

– Pourquoi ne pas prendre le vaporetto de la ligne 1 et descendre à Sant'Angelo ? » Brunetti savait en effet que Rizzardi habitait à côté du cinéma Rossini, et il aurait pu rapidement gagner son domicile de là sans avoir à emprunter la calle della Mandola, l'une des ruelles les plus basses de la ville.

Le médecin consulta sa montre et fit un rapide calcul mental. « Non. Le prochain part dans trois minutes ; jamais je ne pourrai l'avoir. Et il faudrait attendre le suivant vingt minutes, à cette heure. Autant marcher. Sans compter que je ne sais même pas s'ils ont pris la peine de mettre les passerelles sur la Piazza. » Il fit un mouvement vers la porte, mais sa colère bien réelle contre ce qui n'était que l'un des inconvénients de la vie à Venise le fit s'arrêter de nouveau. « On devrait élire un maire allemand, la prochaine fois. Les choses iraient comme il faut, au moins. »

Brunetti sourit, lui souhaita à son tour une bonne nuit, et écouta le claquement des bottes s'éloigner dans le couloir jusqu'à ce que le bruit eût disparu.

« Je vais aller interroger les gardiens et faire une petite inspection en bas », dit Vianello avant de quitter à son tour la pièce.

Le commissaire s'approcha du bureau de Semenzato. « Vous avez fini, ici ? » demanda-t-il à Pavese. Le technicien s'occupait à présent du téléphone, qui avait terminé sa carrière en allant s'écraser sur le mur opposé ; il l'avait heurté avec une telle force qu'un bon morceau de plâtre avait sauté et s'était éparpillé sur le sol.

Pavese ayant acquiescé, Brunetti ouvrit le premier tiroir. Des crayons, des stylos, un rouleau de papier Cellophane et un paquet de bonbons à la menthe.

Le deuxième contenait du papier à lettres à en-tête, avec, gravés en relief, le nom de Semenzato et son titre exact – conservateur en chef – ainsi que le nom du musée. Brunetti constata avec intérêt que ce dernier était écrit en caractères plus petits que le reste.

Le tiroir du bas contenait quelques dossiers épais, que Brunetti retira. Il ouvrit le premier sur le bureau et se mit à le feuilleter.

Un quart d'heure plus tard, lorsque les techniciens lui dirent qu'ils avaient terminé, Brunetti n'en savait guère plus sur Semenzato qu'avant son arrivée ; il avait en revanche appris que le musée se préparait à organiser, deux ans plus tard, une grande exposition de dessins de la Renaissance, et qu'il avait déjà obtenu le prêt de nombreuses pièces de la part de musées canadiens, allemands et américains.

Brunetti remit les dossiers dans le tiroir et referma celui-ci. Quand il releva la tête, il vit un homme debout dans l'embrasure de la porte. Petit et trapu, il portait un ciré qui n'était pas fermé et sous lequel apparaissait la blouse blanche d'un employé de l'hôpital. L'homme avait lui aussi des bottes en caoutchouc, hautes et noires. « Vous avez fini, monsieur ? » dit-il avec un vague mouvement de la tête vers le cadavre de Semenzato. Pendant qu'il parlait, son acolyte, habillé d'une tenue identique, vint se placer à ses côtés dans l'entrée, une civière pliante en toile jetée négligemment sur l'épaule, comme s'il allait à la pêche.

D'un hochement de tête, Pavese lui fit savoir qu'ils avaient terminé, tandis que Brunetti répondait : « Oui. Vous pouvez l'emporter. Emmenez-le directement à San Michèle.

– Pas à l'hôpital ?

– Non. Le dottor Rizzardi a bien précisé à San Michèle.

– Bien, monsieur », répondit l'infirmier avec un haussement d'épaules. Cela ferait d'autant plus d'heures supplémentaires pour les deux hommes, San Michèle étant situé plus loin que l'hôpital.

« Êtes-vous passés par la Piazza ? leur demanda Brunetti.

– Oui, monsieur. Notre bateau est amarré près des gondoles.

– Où en est l'eau ?

– Il doit y en avoir environ trente centimètres. Mais ils ont installé les passerelles sur la Piazza, et ça n'a pas été un problème de venir ici. Quelle direction allez-vous prendre en partant d'ici, monsieur ?

– San Silvestro, répondit Brunetti. Je me demande dans quel état est la calle dei Fuseri. »

C'est le second infirmier, plus grand et mince que le premier, et dont les mèches blondes s'échappaient de la casquette réglementaire, qui répondit : « C'est toujours pire que la Piazza, et ils n'avaient pas encore mis les passerelles quand j'y suis passé pour aller prendre mon service, il y a deux heures.

– On pourrait passer par le Grand Canal, et vous laisser à San Silvestro, proposa le premier avec un sourire.

– C'est très gentil de votre part », les remercia Brunetti en lui retournant le sourire ; il n'ignorait pas, lui non plus, l'existence des heures supplémentaires. « Mais il faut que je m'arrête à la questure. Et de toute façon, mes bottes m'attendent en bas. » La seconde excuse était vraie, mais pas la première. Cependant, même s'il n'avait pas eu ses bottes, il aurait refusé leur offre. La fréquentation des morts lui était désagréable et il aurait préféré esquinter une paire de chaussures que rentrer chez lui en compagnie d'un cadavre.

Vianello revint lui faire son rapport ; l'interrogatoire des gardiens du musée n'avait apporté aucun élément nouveau. L'un d'eux avait reconnu qu'ils se trouvaient dans leur minuscule bureau, regardant la télévision, au moment où la femme de ménage avait dévalé l'escalier en hurlant. Cet escalier, lui confirma le sergent, était le seul à donner accès à cette partie du musée.

Ils restèrent jusqu'au départ du corps, puis attendirent dans le couloir pendant que les deux techniciens de la police apposaient les scellés. Les quatre hommes descendirent ensuite l'escalier ensemble et s'arrêtèrent devant la porte ouverte du cagibi des gardiens. Celui qui avait accueilli Brunetti à son arrivée leva les yeux de son journal – *Quattro Ruote* – en les entendant approcher. Comme chaque fois qu'il voyait quelqu'un plongé dans ce genre de lecture, le commissaire n'arrivait pas à comprendre comment, vivant dans une ville sans automobiles, on pouvait s'intéresser à ces engins. Est-ce que par hasard certains de ses concitoyens, prisonniers comme lui des eaux, rêvaient de voitures comme les taulards rêvent de femmes ? Au milieu de l'absolu silence qui régnait sur la nuit vénitienne (sauf lorsque retentissait la sirène d'*acqua alta*), avaient-ils la nostalgie du grondement de la circulation et des coups d'avertisseur ? Peut-être, de manière plus terre à terre, rêvaient-ils de pouvoir se rendre en voiture chez eux en revenant du supermarché plutôt que de devoir trimballer des sacs d'épicerie dans des ruelles grouillantes de monde, par des ponts précédés de marches qu'il fallait monter et descendre, sans parler des nombreux escaliers qu'on devait escalader et qui, aurait-on dit, étaient une menace permanente pesant sur tout bon Vénitien, où qu'il voulût aller.

« Vous venez chercher vos bottes ? demanda le gardien, lorsqu'il reconnut Brunetti.

– Oui. »

Il se pencha pour prendre le sac en plastique qu'il tendit au policier, et celui-ci le remercia.

– Elles étaient en parfaite sécurité », répondit le gardien avec un sourire.

Son directeur venait tout juste d'être frappé à mort dans son bureau, et le (ou les) tueur était forcément passé devant son cagibi – mais les bottes de Brunetti, elles, avaient été en sécurité.

10

Brunetti ne rentra chez lui que vers deux heures et demie du matin, si bien qu'il dormit jusqu'à huit heures passées, ne se réveillant que bien malgré lui, puisqu'il fallut que Paola le secoue légèrement par l'épaule en lui disant que son café l'attendait. Il réussit à repousser le retour à une pleine conscience pendant encore quelques minutes, puis l'arôme opulent du café lui parvint et, renonçant à la somnolence, il accueillit le jour. Paola s'était éclipsée après avoir posé la tasse sur la table de nuit, décision dont la sagesse était le fruit d'années d'expérience.

Lorsqu'il eut fini son café, il repoussa les couvertures et alla regarder par la fenêtre. La pluie tombait. Il se souvint qu'on était en période de pleine lune, ce qui signifiait qu'il allait y avoir encore une *acqua alta* au changement de marée. Il alla dans la salle de bains prendre une longue douche, avec l'espoir d'emmagasiner assez de chaleur pour qu'elle lui dure toute la journée. De retour dans la chambre, il s'habilla et en était déjà à nouer sa cravate lorsqu'il décida qu'il valait mieux mettre un lainage sous son veston : pour aller voir Brett et Lele, il allait en effet devoir se rendre, à pied, dans des coins opposés de la ville. Il ouvrit donc le deuxième tiroir de la commode et chercha son pull en lambswool gris. Ne le trouvant pas, il fouilla le tiroir du dessous, puis celui du dessus. En bon détective, il passa systématiquement en revue les endroits où il pouvait se trouver, vérifia les deux derniers tiroirs – pour se rappeler en fin de compte que Raffi le lui avait emprunté la semaine précédente. Ce qui signifiait, Brunetti en était sûr, qu'il allait le trouver roulé en boule au fond du placard de son fils ou fourré n'importe comment dans un de ses tiroirs. La récente et sensible amélioration des résultats académiques du jeune homme n'avait pas encore gagné, hélas ! ses habitudes en matière d'ordre et de propreté.

Il repartit par le couloir et, la porte en étant ouverte, entra dans la chambre de Raffi. Celui-ci était déjà parti pour le lycée et Brunetti espéra qu'il n'avait pas mis le chandail. Plus il y pensait, plus il voulait récupérer son lambswool, et plus il s'irritait de ne pas le trouver.

Il ouvrit le placard. Des vestes, des chemises, une parka de ski et, sur le sol, des bottes assorties, des tennis, des sandales d'été. Mais pas de pull-over. Il ne traînait ni sur un dossier de chaise ni sur le pied du lit. Il se rabattit sur le premier tiroir de la commode et tomba sur un fouillis de sous-vêtements. Le deuxième contenait des chaussettes toutes dépareillées et d'une propreté qu'il préféra ne pas vérifier, craignant le pire. Le troisième lui parut plus prometteur : il y trouva un sweat-shirt et deux T-shirts agrémentés de slogans que le policier ne prit pas la peine de lire. Il voulait son chandail, pas de la publicité pour la forêt pluviale. Il repoussa les T-shirts de côté et sa main se pétrifia.

Dissimulées sans grande conviction sous les T-shirts, il y avait deux seringues, bien enveloppées dans leur contenant stérile en plastique. Brunetti sentit son cœur se mettre à battre plus fort. « *Madre di Dio* », dit-il à voix haute – regardant vivement par-dessus son épaule, comme si son fils allait arriver et le trouver en train de fouiller la chambre. Il remit les T-shirts sur les seringues et referma le tiroir.

Il se souvint brusquement d'un certain dimanche après-midi qu'ils avaient passé en famille sur la plage du Lido, une dizaine d'années auparavant. En courant sur la plage, Raffi avait marché sur une bouteille cassée et s'était ouvert la voûte plantaire. Muet de douleur devant la souffrance de l'enfant, dans son amour de père, Brunetti avait enveloppé la coupure dans une serviette et parcouru au pas de course le kilomètre qui les séparait de l'hôpital, à l'autre bout de la plage. Il avait dû patienter deux heures, en maillot de bain, glacé jusqu'aux os par la peur et l'air conditionné, jusqu'au moment où un médecin était venu lui dire que la blessure n'aurait pas de conséquences. Six points de suture et des béquilles pendant une semaine, certes, mais il irait très bien ensuite.

Qu'est-ce qui avait pu pousser Raffi ? Était-il un père trop sévère ? Il n'avait jamais levé la main sur l'un ou l'autre de ses enfants, et rarement élevé la voix ; le souvenir des violences qu'il avait vécues dans sa propre enfance suffisait à réduire à néant toutes les impulsions violentes qu'il aurait pu avoir vis-à-vis d'eux. Était-il trop pris par son travail, trop occupé par les problèmes de la société pour s'inquiéter de ceux de ses enfants ? À quand remontait la dernière fois où il avait aidé l'un ou l'autre à faire ses devoirs ? Et où donc Raffi se procurait-il la drogue ? Et qu'est-ce qu'il prenait ? Mon Dieu, pourvu que ce ne soit pas de l'héroïne…

Et Paola ? En général, elle se rendait compte avant lui de ce que faisaient les enfants. Soupçonnait-elle quelque chose ? Se pouvait-il qu'elle l'ait su et ne lui ait rien dit ? Et si elle ignorait tout, devait-il se taire, la protéger de çà ?

Tendant une main tremblante pour prendre appui, il s'assit au bord du lit de Raffi, s'étreignit les mains et les plaça entre ses genoux serrés. Contemplant le plancher, il se dit que Vianello saurait sans doute qui vendait de la drogue dans le secteur. Mais le sergent lui aurait-il parlé, s'il avait été au courant pour Raffi ? L'une des chemises de l'adolescent traînait sur le lit. Brunetti la prit et la pressa contre son visage, sentant l'odeur de son fils, cette même odeur qu'il avait humée pour la première fois lorsque Paola était revenue de l'hôpital avec Raffi dans les bras, et qu'il avait enfoui son visage contre le ventre rebondi du bébé. Sa gorge se serra sur le goût du sel.

Il resta longtemps assis sur le bord du lit, évoquant le passé et refusant d'envisager l'avenir, sauf pour se dire qu'il n'avait pas le choix, qu'il fallait en parler à Paola. Bien qu'ayant lui-même essayé d'estimer sa part de responsabilité, il espérait qu'elle réfuterait la culpabilité qu'il éprouvait, l'assurerait qu'il avait été un bon père pour ses enfants. Et Chiara ? Était-elle au courant, avait-elle des soupçons ? Et au-delà de ça ? Il se leva sur cette pensée et quitta la chambre, laissant la porte ouverte, comme il l'avait trouvée.

Paola, assise sur le canapé du séjour, les pieds posés sur le marbre de la table basse, lisait le journal du matin. Cela signifiait qu'elle était sortie, en dépit de la pluie, pour aller l'acheter.

Il se tint dans l'embrasure de la porte et la regarda tourner une page. Le radar intuitionnel d'un long mariage lui fit lever la tête. « Est-ce que tu referais du café, Guido ? » lui demanda-t-elle en retournant à son journal.

« Paola… », commença-t-il. Intriguée par le ton, elle posa le journal sur ses genoux. « Paola… » Il avait répété son prénom, sans savoir ce qu'il fallait dire ni comment il devait le dire. « J'ai… j'ai trouvé deux seringues dans la chambre de Raffi. »

Elle attendit qu'il ajoute quelque chose, puis reprit le journal et se remit à lire.

« Tu as entendu ce que je viens de te dire, Paola ?

– Hein ? dit-elle, la tête renversée pour lire la manchette, en haut de la page.

– Je t'ai dit que je venais de trouver deux seringues dans la chambre de Raffi. Au fond d'un de ses tiroirs. » Il s'avança vers elle, soudain pris d'un besoin presque irrépressible de lui arracher le journal des mains et de le jeter sur le sol.

« Ah ! C'est donc là qu'il les a rangées », dit-elle en tournant la page.

Il s'assit à côté d'elle sur le canapé et, avec un effort pour que le geste paraisse calme, posa la main à plat sur le journal et le repoussa sur les genoux de Paola. « Que veux-tu dire, que c'est là qu'il les a rangées ? demanda-t-il d'une voix étranglée.

– Mais enfin, Guido, lui répondit-elle, tournant toute son attention vers lui maintenant qu'elle n'avait plus le journal sous les yeux, qu'est-ce qui t'arrive ? Tu ne te sens pas bien ? »

Sans qu'il ait la moindre conscience de ce qu'il faisait, sa main se contracta et froissa le journal en boule. « Je te dis que je viens de trouver deux seringues dans la chambre de Raffi, Paola ! Des seringues ! Tu ne vois pas ce que cela veut dire ? »

Elle le regarda fixement pendant un instant, les yeux agrandis par la perplexité, puis elle comprit l'interprétation qu'il faisait. Il soutint son regard et il vit la mère de Raffi se rendre compte qu'il croyait que leur fils s'adonnait à la drogue. La bouche de Paola se contracta, ses yeux s'écarquillèrent et, renversant la tête, elle éclata de rire. Elle s'esclaffait, au comble de l'hilarité, prise d'une telle allégresse qu'elle en bascula de côté sur le canapé, les yeux remplis de larmes. Elle se les essuya, mais le fou rire la tenait et elle était incapable de s'arrêter. « Oh, Guido, non ! Qu'est-ce que tu vas imaginer ! Pas la drogue ! » réussit-elle à articuler avant d'exploser de nouveau de rire.

Un instant, Brunetti se dit que ce devait être une crise d'hystérie provoquée par une réelle panique, mais il connaissait trop bien Paola pour y croire lui-même ; son rire était celui d'une personne qui goûte au plus haut point quelque farce. Avec un geste violent, il s'empara du journal et le jeta sur le sol. Sa rage se calma sur-le-champ et Paola, de son côté, se redressa sur le canapé.

« Voyons, Guido, *i tarli* ! » dit-elle comme si cela expliquait tout.

Se droguait-elle, elle aussi ? Qu'est-ce que les vers du bois avaient à voir là-dedans ?

« Guido, reprit-elle, d'une voix adoucie et sur un ton retenu, comme lorsqu'on s'adresse à un fou ou à quelqu'un de dangereux, je te l'ai expliqué la semaine dernière. Nous avons des vers dans la table de la cuisine. Les pieds sont complètement rongés. Il n'y a qu'une manière de s'en débarrasser, c'est d'injecter du poison dans les trous qu'ils font. Tu t'en souviens ? Je t'ai même demandé si tu m'aiderais à la transporter sur la terrasse, dès qu'il fera beau, pour que les vapeurs ne nous fassent pas tous périr étouffés. »

Oui, il s'en souvenait, du moins vaguement. Il n'y avait pas fait bien attention quand elle lui en avait parlé, mais la conversation lui revenait, à présent.

« J'ai demandé à Raffi de se charger d'acheter les seringues et des gants de caoutchouc pour faire ces injections de poison. Je croyais qu'il avait oublié, mais sans doute les a-t-il mises par étourderie dans son tiroir, en oubliant de me dire qu'il s'en était occupé. – Elle vint poser sa main sur celle de son mari. – Tout va bien, Guido. Ce n'est pas ce que tu as cru. »

Il dut s'appuyer au dossier du canapé, submergé par une vague brûlante de soulagement. Il laissa sa tête aller contre le cuir et ferma les yeux. Il aurait bien aimé rire de toute cette absurdité, il aurait bien aimé pouvoir tourner sa peur en dérision aussi facilement que Paola, mais il n'y arrivait pas, pas encore.

Lorsqu'il put finalement parler, il se tourna vers elle pour lui demander : « Surtout n'en parle jamais à Raffi, Paola, je t'en prie. »

Elle se pencha vers lui et posa une main sur sa joue, étudiant son visage ; il crut un instant qu'elle allait faire cette promesse, mais elle s'écroula contre sa poitrine, prise de nouveau d'un fou rire irrépressible.

Ce contact intime finit par le libérer cependant, et il se mit lui aussi à rire, commençant par de petits gloussements, secouant la tête d'incrédulité, puis s'esclaffant de plus en plus fort jusqu'à hurler littéralement de rire, poussant des cris de soulagement, de joie et de pur ravissement. Elle l'encercla de ses bras et le serra contre elle, le plus étroitement possible, et ses lèvres cherchèrent celles de Guido. Comme deux adolescents, ils firent l'amour sur le canapé, sans se soucier des vêtements jetés pêle-mêle sur le sol, dans un désordre qui n'avait rien à envier à celui qui régnait dans la chambre de leur fils.

11

Une fois au pied du pont du Rialto, il emprunta le passage couvert, à la droite de la statue de Goldoni, qui lui permettrait de rejoindre l'appartement de Brett en passant par San Giovanni e Paolo. Il savait qu'elle était de retour chez elle, car le policier dépêché pour monter la garde devant sa chambre d'hôpital était revenu à la questure en précisant dans son rapport que les médecins avaient autorisé leur patiente à regagner son appartement. Impossible de mettre un homme devant chez elle : tout policier en tenue montant la garde dans une ruelle étroite de Venise se faisait immanquablement demander ce qu'il fabriquait là par tous les passants, et un détective en civil n'étant pas du quartier qui aurait passé plus d'une demi-heure à poireauter dans le secteur aurait provoqué, à la questure, une avalanche de coups de fil signalant ce comportement louche. Pour les non-Vénitiens, Venise est une ville ; ses habitants, eux, savent bien que la Sérénissime n'est qu'un gros bourg assoupi, où l'on est curieux et friand de commérages, et où l'étroitesse d'esprit est la même que celle qui règne dans les patelins perdus de la Calabre ou de l'Aspromonte.

Bien que n'étant pas retourné dans cet appartement depuis des années, Brunetti le retrouva sans beaucoup de difficulté, sur le côté droit de la calle dello Squero Vecchio, voie si petite qu'on ne s'était pas donné la peine d'en signaler le nom à l'entrée. Il sonna et, au bout de quelques instants, une voix lui demanda son identité par l'interphone. Il fut content que les deux femmes prennent au moins une précaution aussi élémentaire ; trop souvent, les habitants de cette ville paisible se contentent d'ouvrir la porte sans se fatiguer à demander qui est là.

En dépit d'une restauration qui ne datait que de quelques années, et de la cage d'escalier dont les plâtres et les peintures venaient d'être refaits, le sel et l'humidité s'étaient remis au travail et dévoraient la couche de peinture, dont des lambeaux jonchaient le sol comme les reliefs de quelque repas gargantuesque. Lorsqu'il aborda la quatrième et dernière volée de marches, il leva les yeux et vit que la lourde porte blindée de l'appartement était ouverte, et que Flavia Petrelli se tenait dans l'encadrement. Si nerveux et tendu qu'il fût, c'était bien un sourire qu'il y avait sur son visage.

Ils se serrèrent la main devant la porte, et elle recula pour le laisser entrer, parlant en même temps, lui pour dire l'inévitable « *Permesso* », elle pour lui avouer : « Je suis contente que vous soyez venu. »

Elle portait une jupe noire et un sweater ras du cou d'un jaune canari que peu de femmes auraient osé arborer. Le teint olivâtre de Flavia et ses yeux noirs ressortaient sur cette nuance vive. En l'examinant de plus près, cependant, il se rendit compte que les yeux, si beaux qu'ils fussent, n'en étaient pas moins fatigués, et que de petites rides de tension étoilaient sa bouche.

Elle lui proposa d'enlever son manteau, qu'elle alla accrocher dans une grande armoire, sur le côté gauche du vestibule. Ayant lu le rapport de police qui relatait l'agression, il ne put s'empêcher d'examiner le dallage et le mur de brique. Il n'y restait aucune trace de sang, mais il s'en dégageait une forte odeur de produits nettoyants et aussi, crut-il, de cire.

Flavia ne l'invita pas à le suivre dans le séjour, le gardant dans l'entrée pour pouvoir lui demander à voix basse : « Avez-vous découvert quelque chose ?

– À propos du dottor Semenzato ? »

Elle acquiesça.

Avant qu'il ait eu le temps de répondre, la voix de Brett s'éleva, dans le séjour : « Arrête de comploter, Flavia, et fais-le venir ici. »

La cantatrice eut la bonne grâce de sourire, puis elle haussa les épaules et fit demi-tour pour précéder Brunetti. La grande pièce était comme dans son souvenir, remplie de lumière en dépit du temps sinistre qu'il faisait, grâce aux six vastes lucarnes ouvertes dans le toit. En pantalon bordeaux et chandail à col roulé noir, l'Américaine était assise sur le canapé placé entre les deux grandes fenêtres. La partie tuméfiée de son visage, si elle était nettement moins boursouflée qu'à l'hôpital, restait encore d'un bleu agressif. Elle se déplaça sur la gauche pour lui ménager un peu d'espace, et lui tendit la main.

Il la lui serra et s'installa à côté d'elle, l'étudiant de plus près.

« Je ressemble un peu moins à Frankenstein », dit-elle avec un sourire qui montrait que non seulement l'appareil de fils de fer qui avait immobilisé sa mâchoire, à l'hôpital, ne lui passait plus entre les dents, mais que la coupure de sa lèvre était suffisamment cicatrisée pour qu'elle puisse fermer la bouche.

Brunetti, qui n'ignorait pas que les médecins italiens, se considérant comme omniscients, manquaient passablement de souplesse, lui demanda comment elle avait réussi à les convaincre de la laisser sortir.

« Je leur ai fait une scène », répondit-elle simplement.

Comme elle avait l'air de vouloir s'en tenir à cette explication laconique, il jeta un coup d'œil à Flavia, qui se cacha les yeux de la main et secoua la tête, au souvenir de l'incident.

« Et ? demanda-t-il.

– Ils m'ont dit que je pouvais partir si j'étais capable de manger, si bien que mon régime s'est amélioré jusqu'à comporter des bananes et des yaourts. »

À l'évocation de la nourriture, Brunetti l'examina plus attentivement et constata que sous ses bleus et ses ecchymoses, ses traits paraissaient plus minces, plus anguleux.

« Vous devriez manger autre chose que ça », observa-t-il. Il entendit Flavia qui riait à côté lui, mais lorsqu'il se tourna vers elle, elle lui rappela pour quelles raisons il était venu en lui demandant : « Qu'est-ce qui est arrivé à Semenzato ? Nous avons appris la nouvelle par le journal, ce matin.

– L'article était assez fidèle à la vérité. Il a été assassiné dans son bureau.

– Qui l'a trouvé ?

– La femme de ménage.

– Mais comment ça s'est passé ? Comment a-t-il été tué ?

– On l'a frappé à la tête.

– Avec quoi ? voulut savoir Flavia.

– Avec une brique. »

Soudain prise de curiosité, Brett demanda : « Quel genre de brique ? »

Brunetti se souvint du moment où il avait aperçu l'objet sur le sol, à côté du cadavre. « Une brique bleu foncé, grande comme deux fois ma main, à peu près, qui porte quelques marques dorées dessus.

– Qu'est-ce qu'elle faisait là ?

– D'après la femme de ménage, il s'en servait comme presse-papiers. Pourquoi cette brique vous intéresse-t-elle ? »

Elle hocha la tête comme si elle répondait à un autre genre de question, se leva et traversa la pièce en direction de la bibliothèque. Brunetti fit la grimace en voyant les précautions qu'elle prenait pour marcher, la lenteur avec laquelle elle leva le bras pour prendre un gros livre sur l'une des étagères les plus hautes. Tenant le volume sous le coude, elle revint s'asseoir à la même place, posa l'ouvrage sur la table basse, l'ouvrit et commença à en tourner quelques pages. Arrivée là où elle le voulait, elle maintint le livre bien à plat en pesant des mains sur les deux marges.

Brunetti se pencha vers la photo en couleurs qui s'étalait sur la double page. Il vit ce qui lui parut être une porte monumentale, sans cependant pouvoir se faire une idée exacte de l'échelle, car l'édifice n'était relié à aucun mur ; il se trouvait même à l'intérieur d'une salle qui était peut-être la galerie d'un musée. D'immenses taureaux ailés se tenaient de part et d'autre de l'ouverture. Le matériau était de ce même bleu cobalt que la brique utilisée pour tuer Semenzato, le corps des animaux du même or intense que les marques de la brique. Un examen plus attentif du cliché lui permit de constater que la paroi était entièrement faite de briques rectangulaires, la silhouette des taureaux étant simplement traitée en bas-relief.

« De quoi s'agit-il ? demanda le commissaire.

– De la porte d'Ishtar, à Babylone, répondit-elle. Elle a été presque entièrement reconstruite, mais c'est bien de là que provient la brique. Ou d'une structure semblable du même site. Je me rappelle, enchaîna-t-elle sans lui laisser le temps de poser la question, que certaines de ces briques figuraient dans les réserves du musée, à l'époque où j'y ai travaillé.

– Comment se fait-il que l'une d'elles se soit retrouvée sur le bureau de Semenzato ? »

Brett sourit de nouveau. « Les petits avantages du métier, je suppose. Il était le directeur, si bien qu'il pouvait faire mettre dans son bureau à peu près n'importe quel objet pris dans les collections permanentes.

– Est-ce quelque chose d'habituel ? s'étonna Brunetti.

– Oui, tout à fait. Bien entendu, il n'est pas question de décrocher un Léonard de Vinci ou un Bellini pour avoir le privilège de le contempler seul, mais il est courant d'utiliser des pièces de musée pour la décoration d'un bureau, en particulier celui du directeur.

– Existe-t-il des traces officielles de ce genre d'emprunt ? »

De l'autre côté de la table, Flavia croisa les jambes dans un bruissement soyeux. « Ah, c'est donc comme ça que ça se passe, dit-elle doucement, ajoutant, comme si Brunetti venait de le lui demander : Je ne l'ai rencontré qu'une fois, mais il ne m'a pas plu.

– À quelle occasion l'as-tu rencontré, Flavia ? voulut savoir Brett, sans répondre à la question de Brunetti.

– Une demi-heure environ avant de faire ta connaissance, *cara*. Quand j'ai visité ton exposition au *palazzo* Ducale. »

Presque automatiquement, Brett la corrigea. « Ce n'était pas *mon* exposition. » Le policier eut l'impression que ce n'était pas la première fois que l'Américaine rétablissait ainsi la vérité.

« Comme tu voudras, peu importe. On me faisait les honneurs de la ville, le grand tour et tout le tralala – j'étais la diva de passage, vous comprenez. » À son ton, on aurait dit qu'il y avait quelque chose de légèrement ridicule dans le fait d'être célèbre. Étant donné que Brett connaissait évidemment l'histoire de leur rencontre, cette explication, supposa Brunetti, lui était destinée.

« Semenzato m'a fait visiter les galeries, mais j'avais une répétition l'après-midi même et je l'ai peut-être traité avec une certaine brusquerie. » De la brusquerie ? Brunetti avait déjà eu droit à des manifestations de l'humour acerbe de la cantatrice et trouvait que le terme relevait de l'euphémisme.

« Il n'arrêtait pas de me dire à quel point il admirait mon talent. » Elle marqua un temps d'arrêt et se pencha vers Brunetti pour lui expliquer, posant une main sur son bras : « Cela signifie qu'ils ne m'ont jamais entendue chanter et que, de toute façon, ça ne les aurait pas intéressés, mais ils ont au moins entendu dire que j'étais célèbre, et ils se sentent obligés de me flatter. » Cette précision donnée, elle reprit sa position sur son siège. « J'ai eu l'impression que tout en m'expliquant à quel point cette exposition était merveilleuse – et elle l'était, ajouta-t-elle à l'adresse de Brett –, il voulait me faire sentir à quel point lui-même était quelqu'un de merveilleux d'avoir pensé à l'organiser. Alors qu'il n'y était pour rien. Évidemment, je ne savais pas à ce moment-là que c'était à Brett qu'on la devait, mais il se donnait des airs d'une manière qui m'a agacée. »

Brunetti n'eut pas de mal à imaginer que la compétition d'un vaniteux ne lui ait pas plu. Non, il était injuste. La cantatrice n'était pas quelqu'un qui plastronnait et se donnait des airs. Il avait été obligé de le reconnaître, la première fois qu'il l'avait rencontrée. Ce n'était pas de la vanité qu'il y avait chez elle, mais la paisible acceptation de sa valeur et de son talent, et il en savait suffisamment sur son passé pour comprendre qu'il avait dû être très dur pour elle de parvenir au sommet.

« C'est alors que tu es arrivée à mon secours avec une coupe de champagne et que tu m'as tirée de ses griffes, reprit Flavia à l'intention de Brett.

– C'est une bonne idée, du champagne », dit l'Américaine, coupant court au flot de souvenirs de Flavia. Brunetti fut frappé par la similitude de cette réaction avec celle qu'avait Paola à chaque fois qu'il commençait à raconter comment elle et lui s'étaient rencontrés – à savoir en se rentrant dedans au coin d'une allée, dans la bibliothèque de l'université. Combien de fois, depuis qu'ils faisaient vie commune, lui avait-elle demandé de préparer un verre ou l'avait-elle interrompu dans son récit en posant une question à quelqu'un d'autre ? Et pour quelle raison raconter cette histoire lui procurait-il autant de joie ? Le mystère restait entier.

Saisissant l'allusion, Flavia se leva et traversa la pièce. Il n'était que onze heures et demie du matin, mais si les deux femmes avaient envie de champagne, il ne lui revenait en aucun cas de les contredire ou de les en empêcher.

Brett tourna une page du livre et se rassit sur le canapé, tandis que la feuille venait se poser lentement sur la précédente ; Brunetti vit le taureau doré dont un élément était venu tuer Semenzato.

« Comment l'avez-vous rencontré ? demanda Brunetti.

– Nous avons collaboré dans le cadre de l'exposition sur la Chine, il y a cinq ans. La plupart des dispositions ont été prises alors que j'étais encore sur le site des fouilles. Cela se faisait par courrier ; je suggérais telle et telle pièce, j'envoyais des photos avec leurs dimensions et leur poids ; tout, en effet, devait faire le voyage par avion depuis Xi'an, en premier lieu jusqu'à New York, puis passer par Londres et Milan. Et elle est finalement venue à Venise par camion et bateau. – Elle marqua un temps d'arrêt. – En fait, je n'ai fait sa connaissance que lorsque je suis venue ici pour l'installation.

– Qui a décidé quelles seraient les pièces que prêterait la Chine ? »

Question qui provoqua chez Brett une grimace, au souvenir de son exaspération d'alors. « Comment savoir ? » Comme il ne comprenait manifestement pas, elle ajouta : « Dans cette affaire, les acteurs sont très nombreux : le gouvernement chinois, le ministère des Antiquités, celui des Affaires étrangères, et, de notre côté – il remarqua que Venise, inconsciemment, était *notre* côté –, le musée, le département des Antiquités, la brigade financière de la police, le ministère de la Culture, et un certain nombre d'autres services dont j'ai tout fait pour oublier l'existence. » Elle se laissa néanmoins envahir par le souvenir de ces complications administratives. « Ici, ç'a été abominable, bien pire qu'à New York ou à Londres. Et je devais régler tous les problèmes depuis Xi'an, avec les retards du courrier, les lettres interceptées par la censure.

Finalement, au bout de trois mois – c'était environ un an avant l'inauguration –, je suis venue passer quinze jours ici et j'ai pu régler l'essentiel des problèmes, mais il m'a fallu faire deux aller et retour en avion jusqu'à Rome.

– Et Semenzato ?

– Il faut tout d'abord que vous sachiez, je crois, que sa nomination avait un caractère politique. – Elle sourit en voyant l'expression étonnée de Brunetti. – Il avait certes une certaine expérience personnelle des musées, mais ce poste était une récompense politique. De toute façon, il y avait – il y a toujours – des conservateurs, au musée, qui s'occupent parfaitement des collections. Ses responsabilités étaient avant tout administratives, et de ce point de vue il s'en sortait très bien.

– Et l'exposition chinoise ? Vous a-t-il aidée à la monter ? » Il entendait Flavia aller et venir dans la cuisine, ouvrir des tiroirs, des portes de placard, puis ce fut le tintement des verres.

« Dans une certaine mesure, mais pas beaucoup. Je vous ai déjà dit comment j'avais fait la navette entre Xi'an et New York, puis entre Xi'an et Londres ; ici aussi, je suis venue pour l'installation. » Il pensait qu'elle avait fini, mais elle ajouta : « En fait, je suis restée environ un mois à Venise.

– Avez-vous eu beaucoup de contacts avec lui ?

– Non, très peu. Il était en vacances pendant la plus grande partie du temps où je procédais moi-même à la mise en place ; quand il est revenu, il a dû partir pour Rome où il avait une réunion au ministère de la Culture ; il s'agissait d'organiser un échange avec le palais Brera de Milan, pour une autre exposition.

– Vous avez quand même dû avoir affaire à lui à un moment ou à un autre, pendant tout ce temps ?

– Oui, bien sûr. Il était absolument charmant et son aide était précieuse, quand il pouvait faire quelque chose. Il m'avait laissé carte blanche pour la disposition des pièces ; j'ai pu les présenter à ma guise. Pour la fermeture, il a fait de même avec mon assistante.

– Votre assistante ? »

Brett donna un coup d'œil en direction de la cuisine avant de répondre. « Matsuko Shibata. Elle me secondait pour les fouilles de Xi'an ; elle nous avait été "prêtée" par le musée de Tōkyō, dans le cadre d'un échange entre les gouvernements chinois et japonais. Elle avait étudié à Berkeley et était revenue à Tōkyō après avoir eu son diplôme.

– Et maintenant, où est-elle ? »

L'Américaine se pencha sur le livre et tourna plusieurs pages à la fois ; sa main vint se poser à côté de la photographie d'un délicat paravent japonais, sur lequel étaient peints des hérons volant au-dessus d'un bosquet de hauts bambous. « Elle est morte. Elle s'est tuée accidentellement sur le site.

– Et comment est-ce arrivé ? » demanda Brunetti d'un ton très retenu, conscient que la mort de Semenzato donnait à cet accident un éclairage entièrement nouveau, sous lequel Brett avait certainement déjà commencé à l'envisager.

« Elle a fait une chute. Les fouilles de Xi'an se résument à une fosse ouverte recouverte par un hangar d'aéroport. Toutes les statues étaient enterrées – l'armée de soldats que l'empereur avait emportée avec lui dans l'éternité. À certains endroits, il nous fallait creuser jusqu'à trois ou quatre mètres de profondeur pour les atteindre. Il y a, le long du périmètre extérieur des fouilles, un muret qui empêche les touristes de tomber ou d'envoyer de la terre en contrebas quand ils passent et que nous sommes en train de travailler. Mais dans les secteurs où les touristes ne sont pas admis, ce mur n'existe pas. Matsuko est tombée… » Brunetti la vit qui s'interrompait, consciente de nouvelles possibilités, et ajustait son langage à celles-ci. Elle reformula sa pensée. « On a trouvé le corps de Matsuko au fond de l'une de ces fosses. Elle était tombée d'environ trois mètres et s'était rompu le cou.

– Quand cet accident a-t-il eu lieu ? »

Il y eut une violente détonation en provenance de la cuisine. Sans prendre le temps de réfléchir, Brunetti bondit de sa place, vint se placer entre Brett et la cuisine, genoux fléchis, et passa la main dans sa veste pour prendre son pistolet. C'est alors qu'ils entendirent Flavia s'écrier : *« Porca vaca ! »*, ainsi que le bruit tout à fait reconnaissable du champagne qui débordait et coulait sur le sol.

Il relâcha la poignée de son arme et revint s'asseoir sans rien dire. En d'autres circonstances, l'incident aurait pu être comique, mais aucun des deux n'eut envie de rire. Ils gardèrent le silence par consentement tacite, préférant oublier l'incident, et Brunetti répéta sa question.

Décidant de gagner du temps et de répondre en une fois à toutes les interrogations qu'il pourrait se poser, elle lui dit : « C'est arrivé environ trois semaines après l'envoi de ma première lettre à Semenzato.

– C'est-à-dire ?

– Au milieu de décembre. J'ai ramené le corps à Tōkyō – je l'ai accompagné, si vous préférez. » Elle s'arrêta, la voix blanche à l'évocation d'un souvenir qu'elle n'avait aucune envie de partager avec Brunetti.

« Je devais aller à San Francisco pour la Noël, reprit-elle. J'ai quitté Xi'an un peu plus tôt et j'ai passé trois jours à Tōkyō. J'ai vu sa famille… Puis je suis partie pour San Francisco. »

Flavia revint de la cuisine, tenant en équilibre, de la main droite, un plateau en argent avec trois flûtes à champagne, et agrippant de la gauche, par son col, une bouteille de Dom Pérignon qu'elle tenait comme une raquette de tennis. On ne mégotait pas dans cette maison – pas sur le champagne d'après petit déjeuner.

Elle avait entendu les derniers mots de Brett. « Es-tu en train de raconter à Guido le joyeux Noël que nous avons passé à San Francisco ? » L'emploi de son prénom ne passa pas inaperçu aux oreilles de Brunetti, pas plus qu'à celles de Brett, de même que la manière dont Flavia avait prononcé « joyeux ».

Brunetti lui prit le plateau des mains et le plaça sur la table basse, et Flavia versa libéralement le champagne dans les flûtes. Les bulles débordèrent de l'un des verres, puis du plateau, menaçant le livre d'art posé à côté. Brett le referma vivement et le mit sur le canapé, près d'elle. Flavia tendit un verre à Brunetti, en posa un autre face à son propre siège et tendit le troisième à son amie.

« Tchin tchin ! » s'écria Flavia avec une fausse jovialité. Tous trois levèrent leur verre. « Si nous devons parler de San Francisco, je vais avoir besoin de champagne. » Elle s'assit en face d'eux et prit une gorgée qui avait tout de la rasade.

Brunetti lui adressa un regard inquisiteur et elle s'empressa de lui donner des explications. « Je chantais là-bas. Tosca. Bon Dieu, quel désastre ! » Dans un geste volontairement théâtral qui le rendait parodique, elle appuya le revers de sa main à son front, ferma les yeux, et enchaîna : « Notre metteur en scène était un Allemand qui avait accouché d'un *concept*. Malheureusement, le concept en question consistait à mettre l'opéra au goût du jour pour le rendre pertinent – mot qu'elle prononça avec un mépris particulier –, et il l'avait situé pendant la révolution roumaine ; Scarpia était supposé représenter Ceaucescu – et je ne vous dis pas comment cet affreux bonhomme prononçait le nom. J'étais censée être toujours la diva en titre, non pas de Rome, mais de Bucarest. » Elle se mit la main devant les yeux à l'évocation de ce souvenir, mais n'en poursuivit pas moins vaillamment son récit. « Il y avait des tanks et des mitrailleuses sur la scène et, à un moment donné, je devais dissimuler une grenade dans mon décolleté.

– N'oublie pas le téléphone, lui dit Brett, qui porta la main à sa bouche, appuyant sur ses lèvres pour se retenir de rire.

– Oh, Seigneur, le téléphone ! Je n'y pensais plus – c'est dire à quel point j'ai essayé d'oublier cette histoire. » Elle se tourna vers Brunetti, prit une lampée de champagne qui, par son volume, aurait mieux convenu à de l'eau minérale, et reprit son récit, l'œil pétillant. « Au milieu de *Visse d'arte*, le metteur en scène voulait que je téléphone pour essayer de demander de l'aide. Il faut m'imaginer, allongée sur un sofa, essayant de convaincre Dieu que je ne méritais pas ce qui m'arrivait – ce qui était on ne peut plus vrai – lorsque le Scarpia – je crois que c'était un vrai Roumain, en tout cas je ne comprenais pas un mot de ce qu'il disait… ou chantait. »

Brett l'interrompit. « Il était bulgare, Flavia. »

La cantatrice agita la main qui tenait le verre, geste qui rendait la remarque absolument oiseuse. « C'est la même chose, *cara*. Ils ressemblent tous à des patates et empestent le paprika. Et tous gueulent de la même manière, y compris les sopranos. » Elle vida sa flûte et prit le temps de la remplir à nouveau. « Où en étais-je ?

– Sur le sofa, en train d'implorer Dieu, avança Brett.

– Ah, oui. Et alors le Scarpia, une espèce de grand flan mou, s'est arrangé pour trébucher sur le fil du téléphone et l'a arraché du mur. Et moi, je me retrouve vautrée sur mon sofa, ma communication avec Dieu coupée, et je voyais le metteur en scène dans les coulisses qui me faisait de grands signes, comme un fou, dans le dos du baryton. Je crois qu'il voulait que j'aille rebrancher la prise, que je m'arrange pour avoir l'air de téléphoner vraiment. » Elle prit une gorgée de champagne, sourit à Brunetti avec une chaleur qui poussa celui-ci à l'imiter, et reprit son récit. « Une artiste, cependant, se doit d'avoir ses propres normes – elle jeta un coup d'œil à Brett – ou comme vous dites, vous les Américains, savoir où passe la ligne de ce qu'elle peut faire ou non. »

Elle s'interrompit, et le policier trouva sans peine la réplique adéquate. « Et qu'avez-vous fait ?

– J'ai pris le combiné et j'ai chanté dedans, comme si personne n'avait vu que la prise avait été arrachée. » Elle reposa son verre sur la table, se leva, tendit les bras comme si elle était dans les angoisses de la crucifixion et, sans le moindre avertissement, se mit à chanter les dernières mesures de l'air. *« Nell'ora del dolor perché, Signor, ah perchè me ne rimuneri così ? »* Comment faisait-elle ? Comment arrivait-elle à passer, sans aucune préparation, d'une voix normale à ces notes vibrantes, parfaites ?

Brunetti éclata bruyamment de rire et renversa même un peu de champagne sur sa chemise. Brett posa son verre sur la table et porta les mains à ses lèvres.

Flavia, aussi tranquillement que si elle revenait de la cuisine voir où en était le rôti, reprit place sur sa chaise et continua le récit. « Scarpia fut obligé de tourner le dos au public tellement il riait. C'était bien la première fois que je le trouvais sympathique. J'en arrivais presque à regretter de devoir le tuer quelques minutes plus tard. Le metteur en scène se montra hystérique pendant l'entracte, hurlant que je massacrais sa scénographie, jurant qu'il ne retravaillerait plus jamais avec moi. Il ne croyait pas si bien dire, l'animal. Les critiques ont été féroces.

– Voyons, Flavia, ce sont les critiques de la mise en scène qui ont été terribles ; les tiennes étaient excellentes. »

Comme si elle expliquait quelque chose à une enfant, la cantatrice répondit : « Mes critiques sont toujours excellentes, *cara.* » Textuellement. Puis elle se tourna de nouveau vers Brunetti. « Brett est arrivée au milieu de ce fiasco, enchaîna-t-elle. Nous devions passer les vacances de Noël avec mes enfants – elle secoua la tête. Brett venait tout juste de ramener le corps de cette malheureuse jeune femme à Tōkyō. Non, ce ne fut pas un Noël bien joyeux. »

Le commissaire décida que, champagne ou pas, il lui fallait en apprendre un peu plus sur la mort de l'assistante japonaise. « Le soupçon qu'il ait pu s'agir d'autre chose que d'un accident a-t-il effleuré quelqu'un, sur le moment ? »

Brett secoua la tête, ayant oublié le verre posé devant elle. « Non. Il nous était arrivé pratiquement à tous, à un moment ou à un autre, de glisser en marchant au bord des fouilles. Un archéologue chinois avait même fait une chute et s'était cassé la cheville, un mois plus tôt. Il aurait très bien pu s'agir d'un accident, ajouta-t-elle avec un manque de conviction dans la voix qu'amplifiait le conditionnel.

– Et elle a travaillé ici, pour l'exposition ? demanda Brunetti.

– Pas pour la préparation. Pour cela, j'étais venue seule. Mais c'est Matsuko qui a supervisé l'emballage des pièces avant leur départ de Chine.

– Étiez-vous ici ? »

L'Américaine hésita longtemps, jeta un coup d'œil en biais à Flavia et baissa la tête. « Non. »

Flavia tendit de nouveau la main vers la bouteille et remplit tous les verres, bien que ce fût surtout le sien qui en avait besoin.

Personne ne dit mot pendant quelques secondes. Puis Flavia, s'adressant à Brett, posa une question qui était en réalité une affirmation. « Elle ne parlait pas italien, n'est-ce pas ?

– Non, pas un mot.

– Mais si je me souviens bien, elle comme Semenzato parlaient anglais.

– Qu'est-ce que ça change ? » répliqua Brett avec dans la voix une tension de colère que Brunetti ressentit sans pouvoir en deviner la raison.

Flavia émit un petit « Tss-tss » et, se tournant vers Brunetti, feignit l'exaspération. « Ce que disent les gens sur nous autres, Italiens, est peut-être vrai, et je veux bien admettre que l'honnêteté n'est pas tellement notre fort, par rapport à d'autres pays. Vous comprenez, n'est-ce pas ? »

Il acquiesça. « Cela signifie, expliqua-t-il à Brett lorsqu'il vit que Flavia ne le ferait pas, qu'elle ne pouvait traiter avec personne ici, en dehors de Semenzato. Ils avaient en commun de parler l'anglais.

– Attendez une minute, intervint Brett, qui comprenait maintenant où ils voulaient en venir – sans pour autant que cela lui plaise. Alors maintenant, Semenzato serait coupable, juste comme ça ? Et Matsuko aussi, simplement parce qu'ils parlaient anglais tous les deux ? »

Brunetti, comme Flavia, garda le silence.

« J'ai travaillé avec Matsuko pendant trois ans, reprit Brett. C'était une archéologue, une conservatrice. On ne peut pas conclure de but en blanc que c'était une voleuse, vous n'avez pas le droit de jouer au tribunal et de décider qu'elle était coupable sans plus d'informations, sans apporter de preuves. » Brunetti observa qu'elle semblait cependant ne pas remettre en question leur sentiment sur l'éventuelle culpabilité de Semenzato.

Mais l'un comme l'autre gardèrent encore le silence. Plus de trente secondes s'écoulèrent ainsi. Finalement, Brett se redressa sur le canapé et prit son verre. Mais elle ne but pas, se contentant de faire tourbillonner le champagne dans la flûte avant de la reposer sur la table. « Le rasoir d'Occam », dit-elle finalement en anglais, d'un ton résigné.

Brunetti attendit de voir ce qu'allait répondre Flavia, pensant que la remarque allait susciter une réaction chez elle, mais elle se tut. « Le rasoir de qui ? demanda-t-il.

– Le rasoir de Guillaume d'Occam, répéta Brett, sans quitter son verre des yeux. Un philosophe du Moyen Âge. Anglais, je crois. Il a émis une théorie selon laquelle la bonne explication d'un problème, quel qu'il soit, est en général celle qui fait l'utilisation la plus parcimonieuse possible des informations disponibles. »

Le signor d'Occam, pensa Brunetti à part soi, n'était manifestement pas italien. Il jeta un coup d'œil à Flavia. Il aurait juré que son sourcil levé trahissait la même réflexion.

« Est-ce que je pourrais avoir autre chose à boire, Flavia ? » demanda Brett en tendant son verre à demi vide. Brunetti remarqua l'instant d'hésitation qu'eut la cantatrice, le regard soupçonneux qu'elle lui jeta, revenant ensuite sur Brett, et il trouva une grande ressemblance avec les regards que lui adressait Chiara quand, voulant être seul avec Paola, il lui demandait d'aller faire une corvée qui l'obligeait à sortir de la pièce. D'un mouvement fluide, la cantatrice se leva, prit le verre de Brett et se dirigea vers la cuisine. Sur le seuil, elle marqua un temps d'arrêt pour lancer : « Je vais te chercher de l'eau minérale. Je prendrai tout mon temps pour ouvrir la bouteille. » Sur ce, la porte claqua.

Qu'est-ce que tout cela voulait dire ? se demanda Brunetti.

Il l'apprit de la bouche de Brett, dès que Flavia fut partie. « J'avais une liaison avec Matsuko. Je ne l'ai jamais dit à Flavia, mais elle le sait tout de même. » Un tintement violent en provenance de la cuisine vint le leur confirmer.

« Tout a commencé à Xi'an, un an environ après son arrivée sur le site. » Puis, pour que les choses soient bien claires, elle ajouta : « Nous avons préparé l'exposition ensemble, et elle a écrit un des chapitres du catalogue.

– À qui revenait l'idée de la faire collaborer à l'exposition ? »

Brett ne chercha pas à dissimuler sa gêne. « À moi ? À elle ? Je ne m'en souviens plus. C'est arrivé, c'est tout. On en a parlé un soir. (Elle rougit sous ses ecchymoses.) Et le matin, il avait été décidé qu'elle écrirait un article du catalogue et viendrait à New York pour l'installation des pièces.

– Cependant, vous êtes venue seule à Venise, non ? »

Elle acquiesça. « Nous sommes reparties ensemble pour la Chine après l'inauguration, à New York. C'est moi qui suis retournée à New York pour la fermeture, et c'est Matsuko qui est allée à Londres pour l'installation. Et nous sommes une fois de plus revenues ensemble en Chine. Je me suis chargée d'aller faire la fermeture de Londres pour expédier les pièces à Venise ; je pensais qu'elle viendrait me rejoindre ici pour l'inauguration, mais elle a refusé. Sous prétexte qu'elle voulait… » La voix de l'Américaine s'étrangla et elle dut s'éclaircir la gorge. « Sous prétexte qu'elle tenait à ce que le mérite de cette dernière exposition me revienne entièrement.

– Elle est cependant venue quand elle a été terminée ? Au moment où il a fallu renvoyer les pièces en Chine ?

– Oui. Elle a quitté Xi'an pour trois semaines. » Elle s'arrêta de parler et contempla ses mains, qu'elle tenait serrées sur les genoux. « Je n'arrive pas à y croire, murmura-t-elle, je n'arrive pas à y croire. » Ce qui signifiait au contraire, du point de vue du policier, qu'elle n'en doutait pas.

« Notre liaison était terminée, à ce moment-là – quand elle est venue ici. J'avais rencontré Flavia à l'inauguration. J'ai tout avoué à Matsuko lorsque je suis revenue à Xi'an, environ un mois après.

– Comment a-t-elle réagi ?

– Comment croyez-vous qu'elle ait pu réagir, Guido ? Elle était lesbienne, à peine adulte, prise entre deux cultures, avait grandi au Japon et fait ses études aux États-Unis. Lorsque je suis retournée à Xi'an après l'inauguration de Venise – cela faisait presque deux mois, en tout, que j'étais partie –, elle a pleuré en voyant le catalogue italien avec son article dedans. Elle avait contribué à organiser l'une des plus grandes expositions dans notre domaine depuis des dizaines d'années, elle était amoureuse de sa patronne et pensait que sa patronne était amoureuse d'elle. Et voilà que je débarque de Venise pour lui dire que tout est terminé, que je suis amoureuse de quelqu'un d'autre. Et quand elle me demande pourquoi, je suis assez stupide pour lui répondre que c'est une question de différence culturelle. Que nous ne partagions pas la même culture, elle et moi, ce qui était en revanche le cas entre Flavia et moi. » Un nouveau fracas en provenance de la cuisine souligna ce que cette affirmation avait de mensonger.

« Vous ne me dites toujours pas comment elle a réagi.

– Flavia, elle, m'aurait sans doute tuée. Mais Matsuko était restée tout à fait japonaise, en dépit des années qu'elle avait passées en Amérique. Elle s'est inclinée très profondément et a quitté la pièce.

– Et ensuite ?

– Ensuite, elle s'est montrée l'assistante parfaite. Très formaliste, très distante, très efficace. » Elle resta longtemps silencieuse avant d'ajouter, d'une voix très douce : « Je n'aime pas ce que je lui ai fait, Guido.

– Comment se fait-il que ce soit elle qui soit venue remballer l'exposition ?

– J'étais à New York », dit Brett, comme si cette explication suffisait. Pour Brunetti, ce n'en était pas une, mais il préféra ne pas insister pour le moment. « J'ai appelé Matsuko et je lui ai demandé si elle voulait bien venir superviser l'emballage des pièces et leur expédition pour la Chine.

– Elle a accepté ?

– N'oubliez pas qu'elle était mon assistante. Ce projet avait autant d'importance pour elle que pour moi. » Prenant conscience de ce qu'elle venait de dire, elle se reprit : « C'était du moins ce que je pensais.

– Et sa famille ? »

Manifestement surprise par la question, l'Américaine prit un air étonné. « Quoi, sa famille ?

– Est-elle riche ?

– *Ricca sfondata*, richissime. Mais pourquoi me le demandez-vous ?

– Pour savoir si elle l'a fait pour l'argent.

– Je n'aime pas votre façon de la considérer d'emblée comme étant impliquée dans cette histoire, protesta-t-elle sans grande conviction.

– Suis-je autorisée à revenir ? lança Flavia depuis la cuisine.

– Arrête ça, Flavia ! » rétorqua Brett d'un ton de colère.

La cantatrice réapparut, portant un unique verre d'eau minérale avec des bulles remontant joyeusement depuis le fond. Elle le posa devant Brett et consulta sa montre. « C'est l'heure de prendre tes pilules... (silence). Veux-tu que j'aille te les chercher ? »

Sans avertissement, Brett frappa du poing sur la table de marbre, faisant trembler le plateau et provoquant une éruption de bulles dans tous les verres. « Je suis capable d'aller me les chercher, nom d'un chien ! »

Elle se leva et partit à grandes enjambées. Deux secondes plus tard, le violent claquement d'une porte se répercuta une fois de plus dans le séjour.

Flavia reprit sa place dans le fauteuil et voulut boire une gorgée dans sa flûte qui attendait, à moitié pleine. « Tiède », dit-elle. Parlait-elle du champagne ? De la température de la pièce ? Du caractère de Brett ? Elle versa le reste de son champagne dans le verre d'eau de son amie et vida le fond de la bouteille dans sa flûte. Elle prit une gorgée prudente, puis sourit à Brunetti. « Mieux. » Elle reposa le verre sur la table.

Ne sachant pas s'il avait affaire ou non à de la comédie, Brunetti décida de jouer le jeu en lui tenant compagnie, et ils sirotèrent ensemble leur verre, en silence, jusqu'au moment où Flavia lui demanda finalement : « Était-il bien nécessaire d'envoyer un policier monter la garde à l'hôpital ?

– Tant que je n'aurai pas une idée plus claire de ce qui se passe, je ne saurai pas dire si ce que je fais est nécessaire ou non. »

Elle eut un grand sourire. « Cela fait du bien d'entendre un représentant de l'autorité reconnaître son ignorance », dit-elle en replaçant le verre vide sur le plateau.

Le champagne terminé, elle adopta un timbre de voix plus sérieux. « Matsuko ?

– Probablement.

– Mais comment a-t-elle connu Semenzato ? Ou plutôt, comment a-t-elle pu en savoir assez sur lui pour en déduire que c'était la personne à contacter ? »

Brunetti réfléchit. « Il semble qu'il ait eu une réputation un peu particulière. À Venise, en tout cas.

– Et Matsuko aurait pu être au courant de cette réputation ?

– Peut-être. Cela faisait des années qu'elle s'occupait d'antiquités, et elle aurait très bien pu entendre parler de certaines choses. Brett m'a dit que sa famille était très riche. Il n'est pas impossible que les gens très riches soient au courant de ce genre de bruit.

– Oui, nous le sommes souvent, répondit-elle avec un détachement qui, il n'en doutait pas, n'était pas affecté. C'est presque comme un club privé, dans lequel nous aurions fait vœu de garder mutuellement nos secrets. Rien n'est plus facile, par exemple, que d'avoir le nom d'un spécialiste de l'évasion fiscale, même si spécialiste de la fiscalité et de l'évasion fiscale sont presque synonymes, du moins dans ce pays. Ou d'avoir le téléphone de quelqu'un qui pourra vous procurer de la drogue, ou des garçons, ou des filles, ou encore qui s'arrangera pour qu'une toile transite d'un pays à un autre sans que personne ne pose la moindre question gênante. Évidemment, je ne sais pas comment se passent ces choses au Japon, mais je ne vois pas pourquoi cela serait différent. La richesse possède son propre passeport.

– Avez-vous entendu dire quelque chose, sur Semenzato ?

– Comme je vous l'ai dit, je ne l'ai rencontré que cette fois-là et il ne m'a pas plu, si bien que ce qu'on pouvait raconter à son sujet ne m'intéressait pas. Et c'est trop tard, à présent, étant donné que les gens seront bien trop occupés à lui trouver toutes les vertus. » Elle se pencha, prit le verre de Brett et but sans broncher le mélange d'eau minérale et de champagne. « Évidemment, tout aura changé dans quelques semaines, et les gens se mettront à raconter de nouveau la vérité. Mais ce n'est pas le bon moment pour la chercher. » Elle reposa le verre.

Bien que se doutant de ce qu'allait être la réponse, il demanda néanmoins : « Brett a-t-elle dit quelque chose à propos de Matsuko ? Depuis que Semenzato a été tué, du moins ? »

Flavia secoua la tête. « Depuis que cette histoire a commencé, elle n'a pratiquement rien dit. Que ce soit sur Matsuko ou sur tout autre sujet. » Elle se pencha pour repousser la flûte de quelques millimètres vers la gauche. « Brett est quelqu'un qui redoute la violence. C'est d'autant plus absurde, à mes yeux, qu'elle est par ailleurs très courageuse. Nous autres, les femmes italiennes, nous ne nous distinguons pas tellement par le courage, comme vous le savez. Nous sommes impétueuses et effrontées, mais nous n'avons guère de courage physique. Elle, elle part vivre au fin fond de la Chine, couche sous une tente les trois quarts du temps, circule dans le pays. Elle est même allée au Tibet en autocar. Elle m'a raconté que lorsque les autorités chinoises lui avaient refusé son visa, elle en avait simplement fabriqué un faux. Elle ne craint pas ce genre de chose qui terrifie pourtant la plupart des gens : avoir des ennuis avec les autorités ou être arrêtée. Mais la violence physique la cloue sur place. Je crois que c'est parce qu'elle vit tellement par l'esprit et passe son temps à résoudre des problèmes intellectuels, à appliquer des solutions de type intellectuel. Elle n'est plus la même depuis que c'est arrivé. Elle refuse d'aller ouvrir quand on sonne à la porte. Elle fait comme si elle n'avait pas entendu ou elle attend que je le fasse. Mais en réalité, c'est parce qu'elle a peur. »

Brunetti se demanda pourquoi Flavia lui racontait tout cela. « Je dois partir la semaine prochaine, dit-elle, répondant à la question non formulée. Mes enfants viennent de passer quinze jours à la montagne avec leur père et vont rentrer. J'ai annulé trois représentations, mais je ne peux pas me permettre d'en annuler une quatrième. D'ailleurs, je n'en ai aucune envie. Je lui ai demandé de venir avec moi, mais elle a refusé.

– Pourquoi ?

– Je l'ignore. Elle n'a pas voulu le dire. Ou elle ne peut pas le dire.

– Pour quelle raison me racontez-vous tout cela ?

– Je crois qu'elle vous écouterait.

– Si je lui disais quoi ?

– Si vous lui conseilliez de m'accompagner.

– À Milan ?

– Oui. Ensuite, en mars, je dois aller chanter à Munich. Elle pourrait venir avec moi là-bas.

– Et la Chine ? Est-ce qu'elle ne doit pas retourner sur le chantier de fouilles, en principe ?

– Pour terminer en se rompant le cou au fond de ce trou ? » Même en sachant que cette colère n'était pas dirigée contre lui, il ne put s'empêcher de grimacer.

« A-t-elle parlé de retourner là-bas ? demanda-t-il.

– Elle n'a parlé de rien, je vous l'ai dit.

– Savez-vous quand elle aurait dû repartir, normalement ?

– Je ne crois pas qu'elle ait fait le moindre projet. Quand elle est arrivée, elle m'a dit qu'elle n'avait pas réservé de billet de retour. » Elle soutint le regard interrogatif de Brunetti. « Cela dépendait de ce qu'allait lui apprendre Semenzato. » À son ton, il ne s'agissait de toute évidence que d'une partie de l'explication. Il attendit la suite. « Mais dépendait aussi en partie de moi, je suppose… » Elle se tut un instant, détourna brièvement les yeux et revint sur le policier. « Elle s'est arrangée pour que je sois invitée à donner des cours à Pékin. Elle voulait que moi, je l'accompagne.

– Et ? » l'aiguillonna Brunetti.

Elle rejeta l'idée de ce projet d'un geste de la main, disant seulement : « Nous n'en avions pas parlé davantage, avant l'agression.

– Et pas depuis ? »

Elle secoua la tête.

Cette longue conversation sur Brett lui fit soudain prendre conscience que l'Américaine s'était absentée depuis un bon moment. « Est-ce la seule issue ? » demanda-t-il avec un geste vers l'entrée.

La question avait été posée à brûle-pourpoint et Flavia mit quelques instants à la comprendre, puis à saisir tout ce qu'elle sous-entendait.

« Oui. Il n'y en a pas d'autre. Et le toit est séparé, sans aucun accès extérieur. » Elle se leva. « Je vais voir ce qui se passe. »

Elle s'absenta un long moment. Brunetti prit le livre que Brett avait abandonné sur le canapé et se mit à le feuilleter. Il contempla longtemps la photo de la porte d'Ishtar, essayant de deviner de quelle partie du mur provenait la brique qui avait tué Semenzato. C'était exactement comme dans un puzzle, mais il fut incapable de découvrir, au milieu de l'ensemble impressionnant que formait l'ancienne porte de Babylone, l'emplacement de la pièce manquante, laquelle se trouvait à présent dans le laboratoire de la police, à la questure.

Près de cinq minutes s'étaient écoulées lorsque Flavia revint. Elle resta debout pour s'adresser à Brunetti, lui faisant ainsi comprendre que la conversation était terminée. « Elle s'est endormie. Les antalgiques qu'elle prend sont très puissants et je crois qu'ils comprennent aussi un tranquillisant. Le champagne n'a rien arrangé. Elle va dormir plusieurs heures.

– Je vais avoir besoin de l'interroger encore.

– N'est-il pas possible d'attendre demain ? » C'était une simple question ; elle n'exigeait rien.

Il aurait préféré répondre non, mais il n'avait pas le choix. « Si. Est-ce que ça vous va, si je viens à peu près à la même heure ?

– Bien sûr. Je lui dirai que vous allez passer. Et j'essaierai de limiter le champagne. » L'entretien était terminé mais l'armistice tenait toujours, semblait-il.

Brunetti, qui en était arrivé à la conclusion que le Dom Pérignon constituait une excellente boisson pour le milieu de la matinée, trouva que cette précaution n'était pas indispensable et espéra que Flavia oublierait de la prendre le lendemain.

12

Était-ce le début de l'alcoolisme, se demanda Brunetti, pris de l'envie soudaine de s'arrêter dans un bar pour avaler une nouvelle coupe de champagne avant d'arriver à la questure ? Ou bien était-ce l'inéluctable réaction à l'idée qu'il allait être obligé de faire un rapport à Patta, ce matin ? La première explication lui paraissait presque préférable.

Lorsqu'il ouvrit la porte de son bureau, il fut accueilli par une vague de chaleur tellement palpable qu'il se retourna : il n'aurait pas été étonné de la voir envahir le palier et peut-être même submerger quelque âme innocente, ignorant tout des errements du système de chauffage. Chaque année, à peu près à l'époque de la Sainte-Agathe, soit le 5 février, la chaleur connaissait un pic dans les pièces du côté nord au quatrième étage de la questure, tout en disparaissant des couloirs et des bureaux du troisième étage côté sud. Les choses restaient en l'état pendant environ trois semaines, en général jusqu'à la fête de saint Léandre, auquel rendait grâces pour cette délivrance une bonne partie des gens travaillant dans le bâtiment. Personne n'avait pu comprendre et encore moins corriger ce phénomène, alors qu'il se produisait tous les hivers depuis quatre ou cinq ans. À plusieurs reprises, des techniciens différents avaient vérifié le système de chauffage central ; ils avaient démonté les appareils, contrôlé le matériel, procédé à des ajustements, bricolé des éléments, sacré et juré, donné des coups de pied dedans – rien n'y avait fait. Le personnel qui occupait ces deux étages avait fini par se résigner et prenait alors les mesures qui s'imposaient, les uns tombant la veste tandis que les autres enfilaient leurs gants et mettaient un cache-nez.

Brunetti en était venu à associer si étroitement ce phénomène avec la Sainte-Agathe qu'il ne pouvait jamais voir une image de cette martyre, invariablement représentée tenant un plat sur lequel étaient posés les deux seins qu'on lui avait coupés, sans imaginer qu'il s'agissait, en réalité, de deux éléments destinés à réparer la chaudière du chauffage central – deux grandes valves manquantes, par exemple.

Il traversa la pièce tout en enlevant son manteau et son veston, et ouvrit les deux hautes fenêtres. Il se retrouva sur-le-champ glacé jusqu'aux os et retourna prendre le veston qu'il avait jeté en passant sur le bureau. Avec les années, il avait fini par mettre au point un rituel d'ouverture et de fermeture des fenêtres qui, certes, contrôlait efficacement la température de la pièce, mais qui l'empêchait aussi de se concentrer sur quoi que ce soit. Se pouvait-il que le responsable de l'entretien soit soudoyé par la Mafia ? À chaque fois qu'il lisait le journal, il avait l'impression que la moitié du personnel de la police l'était, alors pourquoi pas le responsable de l'entretien ?

Sur son bureau l'attendait le lot habituel de rapports personnels et de demandes d'informations venues d'autres services de police, ainsi que des lettres émanant de citoyens de Venise. Il y en avait une d'une femme habitant la petite île de Torcello, qui lui demandait de se lancer personnellement à la recherche de son fils, enlevé selon elle par les Syriens. La malheureuse était folle et ils étaient plusieurs dans la police à recevoir d'elle, tous les mois, une lettre concernant toujours le même fils (elle n'en avait pas), mais dont les ravisseurs changeaient en fonction des aléas de la politique internationale.

S'il y allait tout de suite, il pouvait voir Patta avant le déjeuner. Avec cette idée en perspective, il mit le mince dossier sur les affaires Semenzato et Lynch sous le bras et prit la direction du bureau de son supérieur.

En dépit d'une abondance d'iris fraîchement coupés, la signorina Elettra n'était pas dans son petit local. Elle avait probablement fait un saut chez un fleuriste. Il frappa, et on lui dit d'entrer. Les caprices du système de chauffage ne concernaient pas le bureau du vice-questeur ; il y régnait une agréable température de 22 degrés, l'idéal pour tomber la veste lorsque le rythme de travail devenait trop frénétique. Cette nécessité lui ayant été jusqu'ici épargnée, Patta siégeait derrière son bureau en veston croisé, l'épingle à cravate rehaussée d'un rubis parfaitement à sa place. Comme toujours, il avait l'air d'avoir été modelé sur un profil de pièce romaine, avec ses grands yeux bruns parfaitement réguliers au milieu d'autres traits qui ne l'étaient pas moins.

« Bonjour, monsieur, dit Brunetti en s'installant dans le siège que lui indiquait Patta du geste.

– Bonjour, Brunetti. »

Lorsque le commissaire se pencha pour poser le dossier sur le bureau, Patta eut un geste de la main signifiant que c'était inutile. « Je l'ai déjà lu. Attentivement.

Si j'ai bien compris, vous travaillez à partir de la thèse voulant que le meurtre de Semenzato et l'agression de la dottoressa Lynch aient un rapport ?

– Oui, monsieur. Je ne vois pas comment il pourrait ne pas y en avoir. »

Il crut un instant que Patta, comme il le faisait d'ordinaire avec lui, allait soulever des objections devant tant de certitude – considérant sans doute qu'il était seul habilité à en avoir –, mais il prit Brunetti par surprise en hochant la tête et en disant : « Oui, vous avez probablement raison. Qu'avez-vous fait jusqu'ici ?

« J'ai interrogé la dottoressa Lynch, commença-t-il.

– J'espère que vous avez été poli avec elle. »

Brunetti se contenta de répondre que oui, il l'avait été.

« Bien, bien. C'est une importante bienfaitrice de la ville, et elle doit être traitée en conséquence. »

Le commissaire laissa se dissoudre cette remarque avant de reprendre son compte rendu. « J'ai appris l'existence d'une assistante japonaise, venue à Venise pour remballer l'exposition et superviser le retour des pièces en Chine.

– L'assistante de la dottoressa Lynch ?

– En effet, monsieur.

– Encore une femme ! » s'exclama Patta.

Il avait craché cela avec un tel mépris que Brunetti ne put répondre tout de suite. « Oui, monsieur, une femme.

– Je vois.

– Dois-je continuer, monsieur ?

– Oui, bien sûr, bien sûr.

– La dottoressa Lynch m'a dit que cette assistante s'était tuée dans un accident, en Chine.

– Quel genre d'accident ? demanda Patta, comme s'il allait se révéler que la mort de la jeune femme était la conséquence inévitable de ses préférences sexuelles.

– Elle s'est tuée en faisant une chute sur le site des fouilles où elle travaillait.

– Cela remonte à quand ?

– Trois mois. L'accident a eu lieu après que la dottoressa Lynch eut écrit à Semenzato pour lui dire qu'elle croyait que certaines des pièces renvoyées en Chine étaient des faux.

– Et si je comprends bien, la femme qui a été tuée était celle venue à Venise emballer les pièces en question ?

– C'est ce qu'il semble, monsieur.

– Avez-vous demandé à la dottoressa Lynch quelles étaient ses relations avec cette femme ? »

Il les avait certes apprises, mais il n'avait rien demandé. « Non, monsieur. La dottoressa paraissait troublée par sa mort et par la possibilité que la jeune femme pouvait être plus ou moins impliquée dans ce qui se passe ici, mais c'est tout.

– En êtes-vous bien sûr, Brunetti ? » Les yeux de Patta se rétrécirent lorsqu'il posa sa question.

« Absolument, monsieur. Je suis prêt à mettre ma réputation en jeu là-dessus. » Comme toujours quand il mentait à Patta, il le regarda droit dans les yeux, sans ciller, l'expression ferme. « Dois-je continuer, monsieur ? » À peine avait-il prononcé ces paroles que le commissaire se rendait compte qu'il n'avait plus rien à dire – ou plutôt, qu'il y avait certaines choses qu'il n'avait aucune envie de dire à Patta. Par exemple, que la famille de la jeune fille était tellement riche que la Japonaise n'avait probablement pas procédé à une substitution de pièces, si c'était bien elle, pour des motifs pécuniaires. À l'idée de la manière dont Patta risquait de réagir s'il apprenait que le mobile était peut-être à chercher du côté de la jalousie amoureuse, Brunetti se sentit presque mal.

« Pensez-vous que cette Japonaise savait que les pièces renvoyées en Chine étaient fausses ?

– C'est possible, monsieur.

– Il n'est pas possible, en revanche, dit Patta avec emphase, qu'elle ait pu organiser cette affaire toute seule. Elle a dû bénéficier de complicités ici, à Venise.

– C'est ce que j'ai tendance à croire, monsieur. C'est avec cette éventualité en tête que je travaille.

– Comment ?

– J'ai lancé une enquête sur les finances du dottor Semenzato.

– Et sous l'autorité de qui ? fit vivement Patta.

– La mienne, monsieur. »

Patta n'insista pas. « Quoi d'autre ?

– J'ai déjà parlé de Semenzato avec certaines personnes et je m'attends à avoir bientôt des renseignements sur sa véritable réputation.

– Que voulez-vous dire, par "véritable réputation" ? »

Oh, qu'il est rare que le destin nous jette l'ennemi pieds et poings liés dans les bras, pour que nous puissions en faire ce que bon nous semble ! « Ne croyez-vous pas, monsieur, que tous les bureaucrates ont une réputation officielle, qui est ce que l'on dit d'eux en public, mais aussi une réputation réelle, à savoir ce que les gens savent sur eux et se disent entre eux en privé ? »

Retournant sa main gauche à l'envers sur son bureau, Patta se mit à jouer avec la bague de son petit doigt, l'examinant comme pour s'assurer qu'elle tournait confortablement autour. « Peut-être, dit-il, peut-être. » Il releva la tête. « Continuez, Brunetti.

– Je me suis dit que je pouvais commencer par là, et voir où cela me conduirait.

– Oui, l'idée ne paraît pas mauvaise. Mais n'oubliez pas que je tiens à être tenu au courant de tout ce que vous faites et de tout ce que vous pourrez apprendre. » Il consulta sa Rolex Oyster. « Je ne voudrais pas vous retenir inutilement, Brunetti. »

Le commissaire se leva, bien conscient que l'heure du repas venait de sonner pour le vice-questeur, et se dirigea vers la porte ; il était curieux de savoir comment Patta allait lui rappeler de mettre des gants pour interroger Brett.

« Ah, Brunetti, dit Patta lorsque son subordonné eut atteint la porte.

– Oui, monsieur ? » Pour une fois, il avait très envie de savoir la formulation qui serait choisie.

« N'oubliez pas. Je veux que vous mettiez des gants avec la dottoressa Lynch. »

Ah bon, tout bêtement.

13

De retour dans son bureau, Brunetti appela Lele dès qu'il eut rouvert sa fenêtre. Personne ne répondant au domicile du peintre, il composa donc le numéro de la galerie. Lele décrocha à la sixième sonnerie.

« Ciao, Lele, c'est Guido. Il me tardait de savoir si tu avais du nouveau.

– À propos de cette personne ? répondit Lele, lui faisant clairement comprendre qu'il ne pouvait parler librement.

– Oui. Tu n'es pas seul, n'est-ce pas ?

– En effet, maintenant que vous me le dites, je pense que c'est vrai. Allez-vous rester encore un moment dans votre bureau, signor Scarpa ?

– Oui, quelque temps. Environ une heure.

– Très bien, signor Scarpa, je vous rappelle dès que possible.

– Merci, Lele. »

Qui donc pouvait se trouver en compagnie du peintre, pour que celui-ci ne veuille pas qu'on sache qu'il parlait avec un officier de police ?

Il reprit les documents du dossier, qu'il annota en plusieurs endroits. Il avait été en contact à deux ou trois reprises, par le passé, avec la branche de la police qui s'occupait des vols d'œuvres d'art, mais, à ce stade, il n'avait strictement rien à leur mettre sous la dent, en dehors du nom de Semenzato. Ce dernier pouvait très bien avoir une réputation, dans son milieu, dont rien n'avait filtré.

Quatre ans auparavant, il avait eu à travailler avec l'un des capitaines spécialisés dans ce domaine, à Rome ; l'affaire concernait un triptyque d'autel volé dans l'église San Giacomo dell'Orio. Un certain Giulio quelque chose – Brunetti n'arrivait pas à se rappeler son nom de famille. Il appela la signorina Elettra.

« Oui, commissaire ? dit-elle lorsqu'il se fut identifié.

– Avez-vous eu des informations de Heinegger, ou des réactions de vos amis de la banque ?

– Cet après-midi, monsieur.

– Bien. En attendant, auriez-vous la gentillesse de regarder dans nos dossiers pour voir si vous ne pourriez pas me trouver le nom d'un capitaine, au service des œuvres d'art volées, à Rome. Giulio quelque chose. Nous avons correspondu, tous les deux, à propos d'un vol à San Giacomo dell'Orio. Il y a environ quatre ans. Peut-être cinq.

– Sous quel titre le dossier a-t-il été classé, monsieur ? En avez-vous une idée ?

– Soit sous mon nom, étant donné que j'ai rédigé le rapport original, soit sous le nom de l'église ou peut-être encore à vol d'œuvres d'art. » Il réfléchit un moment avant d'ajouter, « Vous pourriez aussi regarder dans le dossier d'un certain Sandro – Alessandro, si vous préférez – Benelli, qui habitait dans le temps à San Lio. Je crois qu'il est toujours en prison, mais le nom du capitaine est sans doute mentionné ; il me semble bien qu'il a déposé, lors du procès.

– Certainement, monsieur. Aujourd'hui ?

– Oui, signorina, si c'est possible.

– Je vais descendre tout de suite aux archives. Avec un peu de chance, je trouverai quelque chose avant le déjeuner. »

L'optimisme de la jeunesse. « Merci, signorina. » Dès qu'il eut raccroché, le téléphone se mit à sonner. C'était Lele.

« Je ne pouvais pas te parler, Guido. J'avais justement quelqu'un, dans la galerie, qui pourrait t'être utile dans cette affaire.

– Qui donc ? »

Le peintre ne répondit pas. « Désolé, Lele. Oublie que je t'ai posé la question. » C'était de l'information qu'il avait besoin, pas de sa source. « Qu'est-ce que tu as appris ?

– Il semble que le signor Semenzato se soit intéressé à beaucoup de choses. Non seulement il était conservateur en chef du musée au palais des Doges mais, comme je te l'avais laissé entendre la dernière fois, il était l'actionnaire occulte de deux magasins d'antiquités, un ici et l'autre à Milan. L'homme avec qui je parlais travaille dans l'un de ces magasins. »

Brunetti résista à l'envie de demander dans lequel. Il garda même le silence, sachant que Lele lui dirait ce qu'il estimait nécessaire de lui communiquer.

« Il semble que le propriétaire de ces boutiques – pas Semenzato, le propriétaire officiel – se soit trouvé en possession d'œuvres qui ne furent jamais mises en vente. D'après mon homme, par deux fois, dans le passé, certaines pièces auraient été apportées par erreur et déballées, et dès que le propriétaire les avait vues, il les avait remballées et emportées, en disant qu'elles étaient destinées à sa collection privée.

– T'a-t-il précisé de quelles pièces il s'agissait ?

– L'une était un bronze chinois et l'autre de la céramique préislamique. Il a aussi dit, et j'ai pensé que ce détail pouvait t'intéresser, qu'il était à peu près certain d'avoir vu une photo de la céramique en question dans un article sur des objets dérobés au musée du Koweït.

– Ces deux affaires remontent à quand, Lele ?

– La première date d'environ un an, et la seconde de trois mois.

– T'a-t-il dit autre chose ?

– Oui. Qu'un certain nombre de clients du propriétaire avaient accès à sa collection privée.

– Comment le sait-il ?

– Parfois, en parlant à ces clients, le propriétaire faisait allusion à certaines pièces qu'il possédait mais qui n'étaient pas dans le magasin. Ou bien il téléphonait à l'un de ces clients et lui disait qu'il allait recevoir telle pièce particulière à tel moment, mais celle-ci n'arrivait jamais dans la boutique ; cependant, plus tard, il avait l'impression que la vente avait eu lieu.

– Pour quelle raison t'a-t-il fait toutes ces confidences, Lele ? ne put s'empêcher de demander Brunetti.

– Nous avons travaillé ensemble à Londres, il y a des années, et je lui ai rendu quelques menus services.

– Et comment as-tu su que c'était à lui, et non à quelqu'un d'autre, qu'il fallait t'adresser ? »

Au lieu de se vexer, Lele éclata de rire. « Oh, j'ai posé quelques questions sur Semenzato, et je ne sais plus qui m'a dit d'interroger mon ami de Londres.

– Merci, Lele. » En bon Italien, Brunetti comprenait les mécanismes délicats des faveurs et obligations qui structuraient le réseau des relations dans le système social du pays. Cela semblait parfaitement naturel : on avait un entretien avec un ami, on appelait un cousin, les renseignements s'échangeaient.

Et, à chaque nouvelle information transmise, se créait un nouvel équilibre entre crédit et débit. Tôt ou tard, on était remboursé, les comptes étaient apurés.

Restait une question qu'il fallait tout de même bien poser. « Qui est le propriétaire de ces boutiques ?

– Francesco Murino, répondit Lele sans hésiter. C'est un Napolitain. J'ai fait quelques affaires avec lui, quand il a ouvert son magasin de Venise, il y a plusieurs années. Je peux te dire que c'est un *vero figlio di puttana*. S'il y a une entourloupe en train de se faire ici, il est certainement dans le coup.

– C'est celui qui tient la boutique près de Santa Maria Formosa ?

– Oui. Tu le connais ?

– De vue, seulement. Pour autant que je sache, il n'a jamais eu d'ennuis.

– Je t'ai déjà dit que c'était un Napolitain, Guido. Évidemment, qu'il n'a jamais eu d'ennuis. N'empêche, c'est une fripouille de première grandeur. » La passion avec laquelle Lele s'exprima fit que Brunetti s'interrogea sur les rapports que son ami avait pu avoir avec Murino, par le passé.

« Personne ne t'a rien dit d'autre sur Semenzato ? »

Lele émit un son dégoûté. « Tu sais comment ça se passe, lorsque quelqu'un meurt. Il n'y en a pas un pour dire la vérité.

– Oui, quelqu'un m'a fait la même remarque ce matin, justement.

– Et que t'a-t-on dit d'autre ? demanda Lele avec ce qui semblait être une authentique curiosité.

– Qu'il suffisait que j'attende quinze jours, et que les gens se remettraient à raconter la vérité. »

Lele éclata de rire si bruyamment que Brunetti dut écarter l'écouteur de son oreille. « C'était fichtrement bien vu, observa le peintre lorsqu'il eut retrouvé son calme. À mon avis, ça devrait prendre encore moins de temps.

– Cela veut-il dire qu'il y en a un peu plus à raconter sur lui ?

– Non, je ne voudrais pas t'induire en erreur, Guido. Cependant, je connais deux ou trois personnes qui n'ont pas paru particulièrement surprises lorsqu'elles ont appris de quelle façon il était mort. » Comme Brunetti ne lui demandait pas de précisions, le peintre ajouta : « Il semblerait qu'il ait été en contact avec des gens du Sud.

– Commenceraient-ils à s'intéresser à l'art, à présent ?

– Oui, on dirait que la drogue et les prostituées ne leur suffisent plus.

– Je pense qu'il va falloir dorénavant envisager de doubler le nombre des gardiens dans les musées.

– À qui crois-tu donc qu'ils achètent leurs peintures, Guido ? »

Par désir d'ascension sociale, la Mafia se retrouvait-elle maintenant en concurrence avec Sotheby's ? « Dans quelle mesure peut-on faire confiance à tes informateurs, Lele ?

– Tu peux croire tout ce qu'ils m'ont rapporté, Guido.

– Merci, Lele. Si tu entends dire autre chose, n'hésite pas à m'appeler.

– Bien entendu. Et si jamais ces gentlemen du Sud étaient impliqués là-dedans, il faudrait se montrer prudent, Guido, entendu ? » Signe évident du pouvoir déjà conquis dans les terres du Nord, on répugnait de plus en plus à prononcer à voix haute le nom de la Mafia.

« Entendu, Lele. Et encore merci.

– Je ne plaisante pas », dit le peintre avant de raccrocher.

Brunetti reposa le téléphone et, presque machinalement, alla ouvrir la fenêtre pour laisser un peu d'air frais entrer dans la pièce. Les travaux s'étaient arrêtés pour l'hiver sur la façade de San Lorenzo qui faisait face à son bureau, et l'échafaudage était déserté. Un grand pan de la bâche en plastique qui l'enrobait s'était déchiré et, même à cette distance, le policier l'entendait claquer hargneusement dans le vent. Au-dessus du clocher, déboulant du sud, il vit les nuages sombres qui allaient certainement provoquer de nouvelles pluies avant la fin de l'après-midi.

Après un coup d'œil à sa montre, il conclut qu'il n'avait pas le temps de rendre visite au signor Murino avant le déjeuner ; il passerait au magasin cet après-midi pour tenter de jauger la réaction de l'antiquaire à l'arrivée de quelqu'un se présentant comme commissaire de police. La Mafia. Des œuvres d'art volées. Il n'ignorait pas que plus de la moitié des musées du pays étaient plus ou moins fermés en permanence, mais il ne s'était jamais demandé comment cet état de fait pouvait se traduire en termes de chapardage, de vol, ou, comme dans le cas de l'exposition de Chine, de substitution. Mal payés, les gardiens avaient néanmoins un syndicat tellement puissant qu'ils empêchaient les volontaires de travailler gratuitement pour compléter leurs effectifs. Il se souvenait d'avoir entendu raconter, des années auparavant, qu'on avait suggéré dans les milieux politiques que les jeunes gens qui choisissaient deux ans de service social au lieu d'un an et demi de service militaire puissent servir de gardiens dans les musées. En fin de compte, cette proposition n'avait même pas été présentée devant le Sénat.

Si l'on tenait pour acquis que la substitution de pièces était une affaire dans laquelle Semenzato avait trempé, qui mieux qu'un antiquaire pouvait négocier les originaux ? Non seulement il disposait de la clientèle et de la compétence pour faire une estimation précise, mais en outre, si nécessaire, il aurait su comment assurer la livraison sans qu'interviennent la brigade financière de la police ou la commission des Beaux-Arts. Quant à ce qui était de faire entrer ou sortir des objets du pays, c'était un jeu d'enfant. Un coup d'œil à la carte d'Italie suffisait à comprendre combien ses frontières étaient perméables. Des milliers de kilomètres de côtes, truffées de baies abritées, de criques discrètes, d'estuaires… ou, pour ceux qui étaient bien organisés ou qui disposaient des bonnes relations, il y avait les ports et les aéroports, par lesquels on pouvait faire transiter n'importe quoi sans beaucoup de risques. Les gardiens de musée n'étaient pas les seuls à être mal payés.

Sa rêverie fut interrompue par un coup frappé à la porte. « *Avanti !* » lança-t-il avant de refermer la fenêtre. Le moment de se remettre à cuire était revenu.

La signorina Elettra entra dans la pièce, un carnet de notes dans une main, un dossier dans l'autre. « J'ai trouvé le nom du capitaine, monsieur. Il s'appelle Carrara, Giulio Carrara. Il est toujours en poste à Rome, mais il a été promu au grade de major l'an dernier.

– Comment avez-vous réussi à trouver cela, signorina ?

– En téléphonant à son service, à Rome, et en parlant à la secrétaire. Je lui ai demandé de le prévenir qu'il devait s'attendre à un appel de votre part, cet après-midi. Il est déjà parti déjeuner, et il devrait être de retour à quinze heures trente. » Brunetti savait ce que quinze heures trente voulait dire à Rome.

Il aurait pu tout aussi bien parler à voix haute, car la signorina Elettra vint dissiper ses doutes. « J'ai posé la question. Elle m'a affirmé qu'il serait vraiment de retour à cette heure-là. Vous pourrez donc l'appeler.

– Merci, signorina », dit-il, rendant une fois de plus grâce au ciel, en silence, que cette merveille ait réussi à résister aux assauts d'autorité quotidiens de l'autocrate Patta. « Si je puis vous poser la question, comment avez-vous réussi à mettre la main sur son nom aussi rapidement ?

– Je vous l'ai dit, la secrétaire du service. Je n'ai pas eu besoin de fouiller les archives pour le trouver. Des capitaines Giulio quelque chose, il n'y en a pas tellement à la brigade des œuvres d'art. »

Brunetti ne trouva strictement rien à répondre et la signorina Elettra eut le bon goût d'enchaîner. « Par ailleurs, je me suis permis de procéder à quelques changements dans les archives ; tel qu'il était, le système n'avait pas la moindre logique. J'espère que vous ne m'en voudrez pas.

– Non, probablement pas. Étant donné que personne n'a jamais été capable d'y trouver quoi que ce soit, vous n'avez pas pu rendre les choses pires qu'elles n'étaient. En principe, tout devrait être sur ordinateur. »

Elle lui adressa le coup d'œil de quelqu'un qui venait de passer un certain temps au milieu de la masse des documents accumulés ; il ne lui répéterait pas cette remarque. Elle s'avança jusqu'au bureau, sur lequel elle posa le dossier. Elle portait aujourd'hui une robe noire en lainage, retenue autour de la taille, qu'elle avait très mince, par une audacieuse ceinture rouge serrée au maximum. Retirant un mouchoir de sa poche, elle s'essuya le front. « Est-ce qu'il fait toujours aussi chaud ici, monsieur ?

– Non, signorina. C'est un phénomène curieux qui se produit pendant quelques semaines au début de février, et se termine généralement avant la fin du mois. Il n'affecte pas votre bureau.

– C'est le sirocco ? » La question était loin d'être stupide. Si le vent chaud qui soufflait d'Afrique était capable de provoquer l'*acqua alta*, il n'y avait aucune raison pour qu'il ne puisse pas faire monter la température des bureaux.

« Non, signorina. Cela provient du système de chauffage. Personne n'est arrivé à comprendre ce qui provoque cette montée de température. Vous vous y habituerez, et ce sera fini dans peu de temps.

– J'espère bien, dit-elle en s'essuyant de nouveau le front. S'il n'y a rien d'autre, monsieur, je vais aller déjeuner. »

Brunetti vit à sa montre qu'il était déjà presque une heure. « N'oubliez pas de prendre un parapluie, en sortant. J'ai l'impression qu'il va se remettre à pleuvoir. »

Brunetti alla déjeuner chez lui, en famille, et Paola tint parole : elle ne parla pas de l'incident des seringues à Raffi ni de ce que son père avait redouté en les découvrant. Pour prix de son silence, cependant, elle réussit à arracher à son mari la promesse que non seulement il l'aiderait à transporter la table sur la terrasse au premier signe de beau temps, mais qu'il participerait aussi à l'injection du poison dans les nombreux trous où s'abritaient les vers pour passer l'hiver dans un état léthargique.

Raffi alla dans sa chambre après le repas, sous prétexte qu'il avait un devoir de grec à faire : dix pages d'Homère à traduire pour le lendemain matin. Deux années auparavant, quand il se prenait pour un anarchiste, il s'enfermait chez lui pour ruminer de sombres pensées assassines sur le capitalisme, sans doute en vue d'en précipiter la chute. Cette année, cependant, non seulement il s'était trouvé une petite amie, mais il avait apparemment décidé d'entrer à l'université. Il n'en disparaissait pas moins toujours dans sa chambre tout de suite après les repas, et Brunetti se disait que ce désir de solitude avait davantage à voir avec l'adolescence qu'avec la politique.

Paola brandit d'obscures menaces au cas où Chiara ne l'aiderait pas à faire la vaisselle et, pendant que la mère et la fille se débarrassaient de cette corvée, Brunetti passa la tête par la porte de la cuisine pour annoncer son départ pour le travail.

Lorsqu'il quitta la maison, les nuages, eux, avaient mis leur menace à exécution et la pluie commençait à tomber. Une faible précipitation, pour le moment, qui ne présageait cependant rien de bon. Il déploya son parapluie et tourna à droite dans Rugetta pour rejoindre le pont du Rialto. Au bout de quelques minutes, il fut content de ne pas avoir oublié de mettre ses bottes, car de grandes flaques s'étalaient partout sur les dalles du sol, lui donnant envie de patauger dedans. Le temps de traverser le pont, l'averse était devenue violente, et le temps d'atteindre la questure, il avait le pantalon trempé entre les genoux et le haut des mollets, là où s'arrêtaient les bottes.

Une fois dans son bureau, il retira son veston et regretta de ne pouvoir en faire autant avec son pantalon, pour les faire sécher tous les deux au-dessus du radiateur, ce qui n'aurait pris que quelques minutes ; au lieu de cela, il garda la fenêtre ouverte suffisamment longtemps pour abaisser la température de la pièce, puis il alla s'asseoir derrière son bureau et demanda au standardiste de lui passer la brigade de Répression des fraudes, au quartier général de la police, à Rome. La communication établie, il demanda à parler au major Carrara.

« *Buon giorno*, commissaire.

– Félicitations, major.

– Merci. Il était temps qu'ils se décident, tu sais.

– Voyons, major, tu es encore un jeune homme. Tu as tout le temps de devenir général.

– Le temps que ce soit fait, il ne restera plus une seule peinture accrochée dans les musées de ce pays. » Le rire de Carrara vint avec un temps de retard, juste ce qu'il fallait pour que Brunetti, sur le moment, ne soit pas sûr qu'il s'agisse d'une plaisanterie.

« C'est à ce sujet que je t'appelais, Giulio.

– Quoi donc ? Des peintures ?

– Des peintures, je ne sais pas exactement, mais des musées, oui.

– Ah bon ? Et de quoi s'agit-il ? demanda-t-il avec vivacité et curiosité ; une attitude, Brunetti s'en souvenait, que le major avait toujours dans son travail.

– Nous avons un meurtre sur les bras, ici.

– Oui, je suis au courant, Semenzato, au palais des Doges, répondit-il d'un ton égal.

– Sais-tu quelque chose sur lui, Giulio ?

– Officiellement ou officieusement ?

– Officiellement.

– Absolument rien. Pas la moindre chose. » N'attendant pas que Brunetti lui en demande plus, il enchaîna, sur un ton ironique : « Est-ce que cela suffit pour que tu aies envie de me poser la question suivante, Guido ? »

Brunetti sourit au téléphone. « Très bien. Officieusement ?

– Comme c'est curieux que tu me le demandes. J'avais fait une note pour me rappeler de te téléphoner. Elle est devant moi, sur mon bureau. Ce n'est que ce matin, en lisant ton nom dans le journal, que j'ai appris que tu t'occupais de l'affaire, et je me suis dit que ce serait une bonne idée de t'appeler pour te donner quelques tuyaux. Et t'en demander aussi, par la même occasion. Je pense qu'il y a un certain nombre de choses qui pourraient nous intéresser tous les deux.

– Quoi, par exemple ?

– Ses opérations bancaires.

– Celles de Semenzato ?

– C'est bien de lui que nous parlons, non ?

– Désolé, Giulio, mais les gens, aujourd'hui, n'ont pas arrêté de me rappeler qu'il ne fallait pas dire du mal des morts.

– Si on ne peut pas en dire des morts, de qui peut-on en dire, alors ? demanda Carrara avec un surprenant bon sens.

– J'ai déjà mis quelqu'un là-dessus. Je devrais avoir tout ça demain. Autre chose ?

– J'aimerais pouvoir jeter un coup d'œil au relevé de ses appels longue distance, ceux qu'il a fait de chez lui comme du musée. Crois-tu pouvoir me trouver ça ?

– Officieusement ?

– Oui.

– Je les aurai.

– Bien.

– Ensuite ?

– As-tu pu parler avec sa veuve ?

– Non, pas personnellement. C'est l'un de mes hommes qui s'en est chargé. Pourquoi ?

– Elle pourrait peut-être nous dire quelle a été la destination de ses voyages, au cours des quelques derniers mois.

– Pourquoi ses déplacements t'intéressent-ils ? demanda Brunetti, dont la curiosité était à son tour éveillée.

– Pour rien de particulier, Guido. Mais on aime bien avoir ce genre de renseignements, lorsque le nom de quelqu'un nous est passé plusieurs fois sous les yeux.

– Ce qui est le cas ?

– En effet.

– Et comment ça ?

– Rien de précis, pour dire la vérité. » Carrara paraissait déçu de ne pas avoir d'accusation spécifique à formuler contre Semenzato. « Nous avons arrêté deux hommes, à l'aéroport de Rome, qui transportaient des statuettes de jade chinoises ; ils ont déclaré avoir entendu prononcer son nom dans une conversation. Ce n'étaient que des passeurs ; ils savaient très peu de chose et n'avaient pas la moindre idée de la valeur que représentait ce qu'ils transportaient.

– Et quelle était cette valeur ?

– Ça se chiffrait en milliards. Ces statuettes provenaient du musée de Taïwan, où elles avaient été volées trois ans auparavant. Personne n'a jamais su comment.

– On n'avait pris que ces objets ?

– Non, mais ce sont les seuls que l'on a retrouvés. Jusqu'ici.

– À quelle autre occasion as-tu entendu prononcer son nom ?

– Oh, par l'un des petits minables que nous manipulons. Nous pouvons le faire coffrer du jour au lendemain pour trafic de drogue et vol avec effraction, mais on le laisse en liberté en échange des bribes d'informations qu'il nous donne. Il prétend avoir entendu prononcer le nom de Semenzato, au téléphone, par l'un des hommes auquel il revend ses trucs.

– Des objets volés ?

– Bien entendu. Que pourrait-il avoir d'autre à vendre ?

– L'acheteur parlait-il à Semenzato, ou seulement de lui ?

– Seulement de lui.

– Ton indic t'a-t-il répété ce qu'il en disait ?

– D'après lui, l'homme conseillait à son interlocuteur d'essayer de prendre contact avec Semenzato. Nous avons tout d'abord pensé que cela ne portait pas à conséquence, étant donné qu'il était directeur de musée. Mais nous avons ensuite arrêté les deux passeurs de l'aéroport. Et puis voilà maintenant qu'on retrouve Semenzato assassiné dans son bureau. C'est pourquoi j'ai pensé qu'il était temps de t'appeler. » Carrara garda suffisamment longtemps le silence pour faire savoir qu'il n'avait plus rien à dire, et que son tour d'apprendre quelque chose était venu. « Et toi, qu'as-tu trouvé, de ton côté ?

– Tu te souviens de l'exposition d'archéologie chinoise, il y a quelques années ? »

Carrara émit un grognement d'assentiment.

« Certaines des pièces renvoyées en Chine étaient des copies. »

Le sifflement de Carrara, de surprise ou d'admiration devant un tel haut fait, passa très bien par le téléphone.

« Et il semble qu'il ait été associé occulte dans deux boutiques d'antiquités : l'une à Venise et l'autre à Milan, poursuivit Brunetti.

– Lesquelles ?

– Celles de Francesco Murino. Tu le connais ? »

C'est d'un ton lent et mesuré que Carrara répondit : « Seulement de la même manière que nous connaissions Semenzato, officieusement. Mais j'ai vu passer son nom plus d'une fois.

– Des choses précises ?

– Non, rien. Il semble très bien savoir comment se couvrir. » Il y eut un long silence, et Carrara ajouta, d'une voix soudain tout à fait sérieuse : « Ou avoir des appuis haut placés.

– C'est donc ça… » Cependant, la remarque pouvait s'appliquer à n'importe quoi : à un service du gouvernement, à la Mafia, à un gouvernement étranger, même à l'Église.

« Oui. Nos tuyaux ne nous mènent nulle part. Son nom apparaît, et puis plus rien. La brigade financière l'a contrôlé par trois fois au cours des deux dernières années ; ses comptes sont irréprochables.

– A-t-on déjà prononcé son nom en liaison avec celui de Semenzato ?

– Pas que je sache. As-tu autre chose ?

– Connais-tu la dottoressa Lynch ?

– L'Américaine ?

– Oui.

– Bien entendu. N'oublie que je suis diplômé en histoire de l'art, Guido.

– Est-elle aussi célèbre que ça ?

– Son livre sur l'art chinois est le meilleur de tous. Elle est toujours en Chine, n'est-ce pas ?

– Non, elle est à Venise.

– À Venise ? Et qu'est-ce qu'elle y fait ? »

Brunetti s'était posé la même question. Elle devait décider si elle retournait en Chine, ou si elle restait à cause de Flavia, ou encore, à présent, pour essayer de savoir si son ancienne petite amie avait été assassinée. « Elle était venue pour parler à Semenzato des copies renvoyées en Chine à la place des originaux. Sur quoi deux gros bras lui sont tombés dessus, la semaine dernière. Elle a eu la mâchoire fracturée et quelques côtes cassées. C'était dans les journaux de Venise. »

Le sifflement de Carrara retentit à nouveau dans l'écouteur, réussissant cependant, cette fois, à exprimer de la compassion. « Pas dans ceux de Rome.

– Son assistante pour les fouilles en Chine, une Japonaise qui était venue à Venise pour superviser la réexpédition des pièces, est morte dans un accident là-bas, sur le site.

– C'est bien Freud qui a dit quelque part qu'il n'y avait jamais de hasard, n'est-ce pas ?

– Je ne sais pas s'il pensait à la Chine quand il a dit ça, mais, en effet, on peut penser que cet accident n'en était pas un. »

Le grognement du major pouvait signifier n'importe quoi. Brunetti décida que c'était une manifestation d'approbation. « Je vais parler avec la dottoressa Lynch demain matin.

– Pour lui dire quoi ?

– Je voudrais la convaincre de quitter Venise pendant quelque temps, et aussi en apprendre davantage sur les pièces qui ont fait l'objet d'une substitution. De quoi il s'agissait exactement, quelle était leur valeur marchande… »

Carrara l'interrompit. « Leur valeur marchande ? Énorme, forcément.

– Oui, je m'en doute bien, Giulio. Mais j'aimerais savoir ce que l'on pourrait en tirer, et s'il serait possible de les vendre ouvertement.

– Désolé. Je n'avais pas compris ce que tu voulais dire, Guido. » Le silence qui suivit pouvant être considéré comme des excuses, il ajouta : « Si ces objets sortent des fouilles de Xi'an, tu peux mettre dessus pratiquement n'importe quel prix.

– À ce point ?

– À ce point. Mais que voudrais-tu savoir de plus, sur ces pièces ?

– Avant tout où et comment ces copies ont pu être faites. »

Carrara l'interrompit de nouveau. « Ce ne sont pas les ateliers capables d'en fabriquer qui manquent en Italie, Guido. Tu peux tout trouver : des statues grecques, des bijoux étrusques, des poteries Ming, des peintures de la Renaissance. Demande ce que tu veux, et tu trouveras un artisan italien pour te faire un faux capable de tromper les experts.

– Vous disposez bien, dans vos services, de tout un tas de techniques pour les dépister, non ? J'ai lu ça quelque part. La datation au carbone 14, par exemple. »

Carrara se mit à rire. « Parles-en à la dottoressa Lynch, Guido. Elle a écrit tout un chapitre sur la question, dans son livre. Je suis sûr qu'elle pourra te raconter des choses qui te tiendront éveillé par les longues nuits d'hiver. » Brunetti entendit des bruits divers, à l'autre bout du fil, puis il y eut le silence : Carrara avait mis la main sur le micro. « Excuse-moi, Guido, dit-il au bout de quelques instants, mais j'ai un appel en provenance du Vietnam ; il m'a fallu deux jours pour avoir la communication. Rappelle-moi si tu as du nouveau, j'en ferai autant de mon côté, si j'en ai. » Sans laisser le temps à Brunetti de donner son accord, le major raccrocha.

14

Tout à fait inconscient de la chaleur qui régnait à nouveau dans la pièce, Brunetti resta assis à son bureau, réfléchissant à ce que Carrara venait de lui apprendre. Prenez un directeur de musée, ajoutez-y les gardiens, les syndicats, un doigt de Mafia, agitez le tout, et vous obtiendrez un cocktail carabiné, capable de donner une méchante migraine au service des fraudes. Prenant une feuille de papier dans un tiroir, il entreprit de dresser la liste des informations qu'il voulait recueillir auprès de Brett. Il lui fallait une description détaillée des pièces qu'elle déclarait fausses. Il avait besoin de se faire une idée sur la manière dont la substitution avait pu être opérée, et sur la façon dont les faux avaient pu être fabriqués. Et d'un compte rendu complet de tous les échanges – conversations ou lettres – qu'elle avait pu avoir avec Semenzato.

Il arrêta d'écrire et laissa ses pensées se tourner vers les aspects plus personnels du problème : repartirait-elle ? À force de penser à elle, de se la représenter comme il l'avait vue la dernière fois, frappant la table de la main et effectuant une sortie rageuse, il prit conscience d'une contradiction à laquelle il n'avait pas fait attention jusqu'ici. Comment se faisait-il qu'elle n'ait eu droit qu'à une raclée, alors que l'on avait tué

Semenzato ? Il était convaincu que ses deux agresseurs avaient reçu l'ordre de la menacer avec suffisamment de violence pour l'empêcher d'honorer son rendez-vous – et seulement cela. Mais pour quelle raison prendre ce risque, puisque de toute façon Semenzato allait être tué ? L'intervention de Flavia aurait-elle perturbé le déroulement prévu des choses ? Ou Semenzato n'aurait-il pas précipité, par sa réaction, les violences qui lui avaient été fatales ?

Il fallait commencer par les choses pratiques. Il demanda à Vianello de monter, lui disant de s'arrêter en passant dans l'antichambre du bureau de Patta ; il voulait que la signorina Elettra se joigne à lui. Le rapport d'Interpol n'était pas arrivé et il estimait que le moment était venu de se mettre lui-même à fouiner. Il alla ouvrir la fenêtre en attendant leur arrivée.

Ils se présentèrent ensemble quelques minutes plus tard, et Vianello tint la porte pour laisser entrer la jeune femme la première. Brunetti referma la fenêtre dès qu'ils furent arrivés, et le sergent – oui, cet ours toujours mal léché de Vianello – avança une chaise devant le bureau de Brunetti qu'il tint pendant que la signorina Elettra s'asseyait. Vianello !

Elle se pencha et déposa une unique feuille sur le bureau de Brunetti. « Voilà ce que Rome nous a envoyé, monsieur. » Puis, devant la question muette que lui adressait le commissaire, elle ajouta : « Ils ont retrouvé les empreintes digitales. »

Sur la lettre à en-tête des carabiniers, et sous une signature indéchiffrable, il était précisé que les empreintes trouvées sur le téléphone de Semenzato appartenaient à un certain Salvatore La Capra, âgé de vingt-trois ans et résident de Palerme. En dépit de sa jeunesse, La Capra avait amassé un palmarès aussi considérable que peu reluisant : on l'avait arrêté et incarcéré pour extorsion de fonds, viol, agression, tentative de meurtre et association de malfaiteurs à caractère mafieux. Toutes ces inculpations, au cours de la longue procédure pénale qui avait séparé l'arrestation du procès, avaient fait l'objet d'un non-lieu. Les trois témoins, dans l'affaire d'extorsion de fonds, s'étaient volatilisés ; la femme, dans celle de viol, avait retiré sa plainte. Un seul délit avait été retenu contre lui, en définitive : un procès-verbal pour excès de vitesse, infraction qui lui avait valu une amende de quatre cent vingt mille lires. Le rapport précisait que La Capra, sans emploi, vivait chez son père.

Lorsqu'il eut fini sa lecture, Brunetti leva les yeux vers Vianello. « En avez-vous pris connaissance ? »

Le sergent acquiesça.

« Comment se fait-il que ce nom me dise quelque chose ? » demanda-t-il en s'adressant aux deux.

La signorina Elettra et Vianello commencèrent à parler ensemble, mais le policier s'arrêta et fit signe à la jeune femme de continuer.

Celle-ci hésitant, Brunetti s'impatienta. « Eh bien ? dit-il, agacé par ces assauts de courtoisie.

– L'architecte ? » avança la signorina Elettra, tandis que Vianello hochait la tête.

Cela suffit à Brunetti. Cinq mois auparavant, l'architecte qui dirigeait les très gros travaux de restauration d'un *palazzo* du Grand Canal avait déposé plainte contre le fils du propriétaire du vieil immeuble, affirmant que le jeune homme l'avait menacé d'exercer des violences au cas où de nouveaux délais seraient demandés dans l'exécution des travaux, commencés depuis déjà huit mois. Le fils avait balayé d'un revers de main toutes les tentatives faites par l'architecte pour expliquer les difficultés qu'il y avait à obtenir tous les permis, et déclaré que son père n'était pas homme à dépendre du bon vouloir des uns et des autres, et qu'il arrivait souvent des choses très désagréables aux personnes qui le fâchaient pour une raison ou pour une autre. Le lendemain, alors que la police n'avait pas encore eu le temps d'agir, l'architecte était déjà de retour à la questure et retirait sa plainte, sous prétexte que toute l'affaire n'était qu'un stupide malentendu et que jamais il n'y avait eu de menaces proférées. Les choses en étaient restées là, mais Brunetti, Vianello et la signorina Elettra avaient tous les trois lu la plainte et se rappelaient parfaitement qu'elle avait été déposée contre Salvatore La Capra. « Je pense que nous devrions vérifier si le signor La Capra ou son père ne seraient pas chez eux, proposa Brunetti. De plus, ajouta-t-il en se tournant vers la jeune femme, vous pourriez peut-être voir si l'on n'a pas quelque chose sur le père, si vous n'êtes pas trop occupée par ailleurs.

– Volontiers, dottore, répondit-elle. J'ai déjà réservé la table pour le dîner du vice-questeur ; je vais m'y mettre tout de suite. » Elle sourit, se leva et Vianello la précéda, telle son ombre, jusqu'à la porte qu'il tint ouverte pendant qu'elle quittait le bureau. Le sergent revint ensuite s'asseoir.

« J'ai vu la femme, monsieur. La veuve, plus exactement.

– Oui. J'ai lu ton rapport. Je l'ai trouvé bien court.

– L'entretien a été court, dit Vianello sans se départir de son calme. Il n'y avait pas grand-chose à noter. Elle était malade de chagrin et c'est à peine si elle pouvait parler. Je lui ai posé quelques questions, mais elle n'a pas arrêté de pleurer et j'ai dû y renoncer. Je ne suis même pas sûr qu'elle ait compris pourquoi j'étais venu l'interroger.

– Un chagrin authentique ? » demanda Brunetti. Tous deux dans la police depuis des années, ils en avaient trop vu, d'un genre comme de l'autre, des vrais comme des simulés.

« Ç'a été mon impression, monsieur.

– Comment est-elle ?

– Elle doit avoir une quarantaine d'années, soit dix de moins que lui. Ils n'ont pas eu d'enfants, il était donc toute sa famille. J'ai l'impression qu'elle ne cadrait pas très bien dans le tableau.

– Et pourquoi ?

– Semenzato était vénitien, mais elle est du Sud. Sicilienne. Elle ne s'est jamais plu à Venise. Elle a dit qu'elle voulait retourner chez elle, une fois que tout cela serait fini. »

Combien de pistes, dans cette affaire, allaient prendre le chemin du Sud ? se demanda Brunetti. Certes, le lieu de naissance de l'épouse n'était en rien un motif pour la soupçonner de complicité criminelle. C'est en songeant à cela qu'il dit : « Fais mettre son téléphone sur écoute.

– Le téléphone de la signora Semenzato ? » Vianello paraissait sincèrement étonné.

« Et de qui d'autre parlions-nous, Vianello ?

– Mais je viens de la voir, et c'est à peine si elle arrive à tenir debout toute seule. Elle ne simule pas son chagrin, monsieur, j'en suis sûr.

– Je ne remets pas son chagrin en question, Vianello. C'est à son conjoint que je m'intéresse. » Brunetti aurait aussi bien aimé apprendre ce que la veuve savait des agissements de son mari, mais étant donné l'humeur particulièrement galante de Vianello en ce moment, peut-être valait-il mieux ne pas en parler.

Le sergent accepta, mais à contrecœur. « Même si c'est la raison… »

Brunetti le coupa. « Et le personnel du musée ? »

Vianello accepta sans broncher ce rappel à l'ordre. « Ils m'ont fait l'effet d'apprécier Semenzato. Il était efficace, savait négocier avec les syndicats, et il avait l'art de déléguer les responsabilités, au moins dans la mesure où son ministère de tutelle le lui permettait.

– Que veux-tu dire ?

– Eh bien, par exemple, il laissait aux conservateurs le soin de décider quelles peintures il fallait restaurer, quelles techniques employer, ou quand faire appel à des experts extérieurs. D'après ce que m'ont dit ceux à qui j'ai parlé, j'ai cru comprendre que son prédécesseur tenait à tout contrôler par lui-même et en détail, ce qui provoquait d'incessants retards. La plupart d'entre eux préféraient Semenzato.

– Autre chose ?

– J'ai été faire un tour du côté du bureau de Semenzato, de jour, pour voir un peu quelle était la disposition des lieux. Une porte conduit dans le couloir depuis l'aile gauche, mais elle est barricadée. Et personne n'aurait pu s'y introduire par le toit. Ils ont donc dû emprunter l'escalier…

– En passant juste devant le poste des gardiens, acheva Brunetti.

– À l'aller et au retour, ajouta Vianello, peu charitable.

– Qu'est-ce qui passait à la télévision, ce soir-là ?

– On donnait *Colpo Grosso*, une fois de plus », répondit le sergent avec une vivacité qui poussa Brunetti à se demander si son subordonné n'avait pas été chez lui à regarder, comme la moitié des Italiens, des demi-célébrités enlever leurs vêtements les uns après les autres sous les cris excités d'un public de studio. Si les seins au programme avaient été assez gros, les voleurs auraient sans doute pu venir enlever la basilique de la place Saint-Marc sans que personne ne le remarque avant le lendemain matin.

Le moment était venu, songea Brunetti, de changer de sujet. « Très bien, Vianello. Vois donc ce que tu peux faire pour ces écoutes téléphoniques. »

Par consentement mutuel autant que tacite, l'un et l'autre considérèrent alors que la conversation était arrivée à son terme.

Vianello se leva, toujours aussi peu enthousiaste à l'idée d'aller espionner le chagrin de la veuve Semenzato, mais accepta l'idée qu'il fallait s'y résigner. « Autre chose, monsieur ?

– Non, je ne crois pas. » D'habitude, Brunetti aurait demandé à être informé de la mise en place de l'écoute, mais il laissa cela à Vianello. Le sergent déplaça son siège de quelques centimètres de façon à ce qu'il soit bien dans l'axe du bureau, adressa un vague salut à son supérieur et quitta la pièce sans ajouter quoi que ce soit. Brunetti estima qu'ayant déjà une prima donna à Cannaregio, il n'en avait pas besoin d'une seconde à la questure.

15

Lorsque Brunetti quitta la questure, un quart d'heure plus tard, il n'avait pas oublié d'enfiler ses bottes ni de prendre son parapluie. Il tourna à gauche, dans la direction du Rialto, puis tout de suite à droite et encore à gauche pour se retrouver rapidement sur le pont qui conduisait au campo Santa Maria Formosa. En face de lui, de l'autre côté de la place, s'élevait le *palazzo* Priuli, édifice laissé à l'état d'abandon depuis si longtemps que Brunetti ne se souvenait pas de l'avoir vu autrement. Ce palais était l'enjeu d'une bataille de succession féroce autour d'un testament contesté. Si bien que pendant que les différents héritiers putatifs s'en prenaient les uns aux autres, tous sûrs de leur bon droit, le *palazzo*, de son côté, indifférent aux querelles et prétentions des héritiers, menait à bien avec une détermination farouche la tâche qu'il s'était fixée : l'autodestruction. De longues traînées de rouille coulaient des grilles censées en interdire l'accès et déparaient les murs de pierre ; le toit prenait une inclinaison curieuse et s'affaissait par endroits, se trouant même de lucarnes imprévues ici et là qui permettaient au soleil d'assouvir sa curiosité pour ce que contenaient les greniers, fermés depuis tant d'années. Brunetti le rêveur avait souvent songé que le *palazzo* Priuli serait le lieu idéal où enfermer une tante folle, une épouse récalcitrante ou encore une héritière rebelle ; par ailleurs, son côté pratique de bon Vénitien lui permettait de voir le bâtiment comme un placement immobilier de choix et d'en étudier les fenêtres en essayant d'imaginer comment diviser l'intérieur en appartements, bureaux et ateliers.

Il croyait se souvenir vaguement que la boutique de Murino se trouvait sur le côté nord du *campo*, entre une pizzeria et un magasin de masques. La pizzeria était fermée pour la saison, en attendant le retour des touristes, mais les deux autres magasins étaient ouverts, et les lumières des vitrines ressortaient d'autant plus qu'il faisait sombre, sous la pluie de cette journée d'hiver.

Lorsque Brunetti poussa la porte de l'antiquaire, une cloche retentit quelque part, au-delà d'une paire de rideaux en velours frappé qui dissimulait un passage conduisant à l'arrière-boutique. Il régnait dans la salle d'exposition l'ambiance cossue et feutrée de la richesse, cette richesse faite de stabilité que seul le temps peut accumuler. Les pièces exposées étaient étonnamment peu nombreuses ; chacune d'elles, cependant, avait de quoi captiver le curieux. Devant le mur du fond était disposée une sorte de crédence en noyer comprenant une rangée de tiroirs sur le côté gauche, et dont le bois présentait la patine inimitable due à des siècles de soins attentifs. À portée de main, se dressait devant lui une longue table de chêne qui venait probablement du réfectoire de quelque institution religieuse. Elle aussi luisait doucement, dans des tons opulents, bien que rien n'eût été fait pour dissimuler les éraflures et les taches laissées par un long usage. À ses pieds étaient couchés deux lions de marbre, montrant les dents d'une manière qui avait pu jadis paraître terrifiante. Mais les siècles avaient usé leurs crocs et estompé leurs traits, si bien qu'ils avaient l'air à présent de bâiller face à l'ennemi et non de le menacer.

« *C'è qualcuno ?* » lança Brunetti en direction des rideaux. Baissant les yeux, il se rendit compte que son parapluie replié avait déjà provoqué la formation d'une belle flaque sur le parquet de la boutique. Sans doute le signor Murino était-il un optimiste – en plus de ne pas être vénitien – pour avoir fait poser un parquet dans cette partie de la ville, située très bas, et donc particulièrement menacée par l'*acqua alta* ; en cas de montée des eaux sérieuses, le bois serait endommagé et la marée descendante emporterait avec elle sa belle patine, son vernis, la colle de ses joints.

« *Buon giorno ?* » lança-t-il à nouveau. Il fit quelques pas vers les rideaux de velours, laissant derrière lui une piste de gouttes d'eau.

Une main écarta les rideaux. L'homme qui entra dans le magasin était bien celui que quelqu'un (il ne se souvenait plus qui) lui avait désigné un jour en ville, en lui disant qu'il était antiquaire à Santa Maria Formosa. Comme beaucoup de Méridionaux, Murino était de petite taille ; ses cheveux d'un beau noir lustré encadraient son visage de boucles qui venaient effleurer son col. Il avait le teint mat, la peau lisse, les traits délicats et bien proportionnés. Le plus déconcertant, dans ce tableau on ne peut plus classique du séducteur méditerranéen, était ses yeux, d'un vert clair d'opale. Ils avaient beau se dissimuler derrière des lunettes à monture d'or et s'abriter sous des cils aussi longs que noirs, ils n'en demeuraient pas moins ce que son visage avait de plus frappant. Les Français avaient fait la conquête de Naples au cours du Moyen Âge,

Brunetti ne l'ignorait pas, mais l'héritage génétique le plus courant qu'ils avaient laissé derrière eux était les cheveux roux que l'on voyait parfois dans la ville, et non ces yeux clairs de Viking.

« Signor Murino ? » demanda-t-il en tendant la main.

– *Sì*, répondit l'antiquaire, répondant au geste de Brunetti d'une poigne ferme.

– Je m'appelle Guido Brunetti et je suis commissaire de police. J'aimerais avoir un entretien avec vous. »

L'expression de Murino resta celle de la curiosité polie.

« J'aurais quelques questions à vous poser à propos de votre associé. Je devrais peut-être plutôt dire *feu* votre associé, n'est-ce pas ? »

Brunetti observa l'antiquaire pendant que celui-ci absorbait ces informations, attendant de le voir définir la réaction apparente qu'il devait avoir. Tout ceci ne prit que quelques secondes, mais le policier avait observé ce manège depuis de nombreuses d'années et en connaissait tous les détours. Les gens auxquels il se présentait disposaient d'une réserve d'attitudes qu'ils considéraient comme appropriées et son travail consistait, à ce moment-là, à les regarder faire leur tri et chercher celle qui convenait le mieux. La surprise ? La peur ? La curiosité ? Il observa donc Murino pendant que celui-ci feuilletait son catalogue, étudia son visage pendant qu'il envisageait puis rejetait diverses possibilités. Il se décida, apparemment, pour la dernière.

« Oui ? Et que voudriez-vous savoir, commissaire ? » Il avait parlé d'un ton courtois et amical. Il baissa les yeux et remarqua le parapluie de Brunetti. « Permettez, laissez-moi le prendre », dit-il en réussissant à avoir l'air de s'inquiéter davantage du confort de

Brunetti que des dégâts que l'eau pourrait faire à son plancher. Il porta l'encombrant objet jusqu'à un porte-parapluies en porcelaine orné de motifs floraux, placé près de la porte. Il y déposa le parapluie et revint vers Brunetti. « Puis-je vous prendre votre manteau ? »

Le policier comprit que Murino tentait d'établir le climat de leur entretien sur un mode amical et détendu – la manifestation verbale de son innocence. « Merci, ne vous donnez pas cette peine », répondit Brunetti qui, par cette réaction, reprit la maîtrise du ton qu'il voulait donner à la discussion. « Pouvez-vous me dire depuis combien de temps vous êtes associé dans cette entreprise ? »

Murino fit comme s'il n'avait rien perçu de ce combat pour la direction de l'entretien. « Depuis cinq ans, c'est-à-dire depuis l'ouverture de cette boutique.

– Et celle de Milan ? Votre association vaut-elle également pour le magasin que vous avez là-bas ?

– Oh, non. Ce sont deux affaires distinctes. Nous ne sommes associés qu'ici.

– Et comment se fait-il que vous soyez devenus associés ?

– Vous savez comment ça se passe. L'information circule.

– Non, je crains bien de ne pas comprendre ce que vous voulez dire, signor Murino. Comment est-il devenu votre associé ? »

Le sourire de l'antiquaire restait parfaitement détendu ; il ignorait sans peine la sécheresse et le ton cassant de Brunetti. « Lorsque j'ai eu l'occasion de louer ce local, j'ai pris contact avec quelques amis ici, à Venise, pour leur emprunter de l'argent. Le stock de la boutique de Milan représentait alors l'essentiel de mon capital, qui était d'autant plus bloqué que le marché était en plein marasme.

– Et vous souhaitiez néanmoins ouvrir une seconde boutique ? »

Le sourire de Murino était celui de l'innocence même. « C'était un pari sur l'avenir. Les gens pouvaient certes rester un certain temps sans rien acheter, mais cela ne dure jamais éternellement, et il était inévitable qu'ils reviennent un jour ou l'autre ; l'attrait des beaux objets est irrésistible. »

Si Murino avait été une femme, Brunetti aurait dit qu'il allait à la pêche aux compliments et cherchait à lui faire admirer les objets de la boutique, moyen d'atténuer la tension créée par les questions.

« Votre optimisme a-t-il été récompensé, signor Murino ?

– Je ne peux pas me plaindre.

– Et votre associé ? Par quel concours de circonstances a-t-il appris que vous cherchiez à emprunter des fonds ?

– Oh, les nouvelles vont vite. » C'était là, apparemment, l'explication la plus précise que le signor Murino était prêt à donner.

« Et il a débarqué comme ça, un beau jour, le carnet de chèques à la main, vous demandant de le prendre comme associé ? »

Murino se dirigea vers un coffre de mariage Renaissance et entreprit d'essuyer une marque de doigt à l'aide de son mouchoir. Il se pencha ensuite pour examiner son travail, l'œil presque à l'horizontale par rapport à la surface, et donna encore deux ou trois coups de mouchoir pour faire disparaître complètement la trace. Puis il replia soigneusement le carré de tissu, le remit dans sa poche et se pencha une dernière fois à hauteur du coffre. « Oui, on peut présenter les choses de cette façon.

– Et qu'est-ce que lui rapportait son investissement ?

– Cinquante pour cent des bénéfices sur une période de dix ans.

– Qui tient les comptes ?

– Nous avons un comptable qui s'en occupe pour nous.

– Qui se charge des achats, pour la boutique ?

– Moi.

– Et des ventes ?

– Également moi. Ou ma fille. Elle travaille ici deux jours par semaine.

– Si bien qu'il n'y a que vous et votre fille qui connaissiez vos bénéfices nets ?

– Des reçus sont établis pour tous nos achats comme pour toutes nos ventes, dottor Brunetti », répondit Murino, une pointe d'indignation dans la voix.

Le policier envisagea un instant de lui faire remarquer que tout le monde, en Italie, pouvait présenter des reçus pour n'importe quoi, et que toutes ces factures ne prouvaient strictement rien, qu'elles n'étaient que des preuves falsifiées ayant pour fonction de tromper le fisc. Cependant, personne ne prend la peine d'expliquer que lorsqu'il pleut, les gouttes tombent du ciel vers la terre, ou que c'est au printemps que les arbres fleurissent. De la même manière, on n'avait pas à souligner l'existence de l'évasion fiscale, en particulier pas devant un antiquaire, et encore moins devant un antiquaire napolitain.

« Je ne doute pas que vous en ayez, signor Murino. » Brunetti préféra changer tout de suite de sujet. « Quand l'avez-vous vu pour la dernière fois ? »

Murino s'attendait visiblement à la question, car il répondit immédiatement. « Il y a deux semaines. Nous avons pris un verre ensemble, et je lui ai parlé du voyage d'achat que j'envisageais de faire en Lombardie, à la fin du mois. Comme pour cela il me fallait fermer la boutique pendant une semaine, je voulais savoir s'il n'y verrait pas d'objection.

– En a-t-il vu ?

– Non, aucune.

– Et votre fille ?

– Elle prépare ses examens. Elle est à la fac de droit. À cette époque de l'année, on peut passer toute une journée ici sans voir entrer un seul client. C'est pourquoi il m'a semblé que la période était propice. Par ailleurs, il y a aussi certains travaux à effectuer.

– Quel genre de travaux ?

– Nous avons une porte qui donne sur le canal et qui ne tient plus très bien sur ses gonds. Pour pouvoir l'utiliser, il faut faire refaire tout le chambranle, expliqua-t-il avec un geste vers les rideaux de velours. Désirez-vous la voir ?

– Non, je vous remercie. Ne vous est-il jamais venu à l'esprit, signor Murino, que votre associé pouvait se trouver pris dans un conflit d'intérêts ? »

L'antiquaire eut un sourire perplexe. « Je crains de ne pas bien comprendre.

– Je vais essayer d'être plus clair. La situation qu'il occupait aurait pu lui servir à, disons, procurer des avantages à l'investissement qu'il avait fait avec vous.

– Je vous prie de m'excuser, mais je ne vois toujours pas ce que vous voulez dire. » Le sourire de Murino n'aurait pas été déplacé sur le visage d'un séraphin.

Brunetti ne perdit pas patience. « Par exemple, en vous engageant comme consultant indépendant, ou en apprenant, du fait de ses fonctions, que telles pièces ou telle collection allaient être vendues. Ou encore en recommandant votre boutique à des personnes s'intéressant à tel ou tel type d'objets.

– Non, cela ne m'est jamais venu à l'esprit.

– Ni à celui de votre associé ? »

Murino reprit son mouchoir et se pencha pour nettoyer une nouvelle trace douteuse. Lorsqu'il fut satisfait de la propreté du meuble, il répondit : « J'étais son associé en affaires, commissaire, pas son confesseur. C'est une question, je le crains, à laquelle lui seul aurait pu répondre.

– Mais, hélas ! il ne le pourra plus. »

Murino secoua tristement la tête. « En effet.

– Que va devenir sa part d'investissement, à présent ? »

Le visage de Murino fut l'expression même de l'innocence étonnée. « Oh, je vais continuer à partager les bénéfices avec sa veuve.

– Et vous et votre fille allez continuer à vous occuper des achats et des ventes ? »

La réponse de Murino mit un certain temps à venir ; pourtant, lorsqu'elle vint, elle se réduisait au simple constat d'une chose évidente. « Bien entendu.

– Bien entendu », répéta Brunetti – même si, dans sa bouche, les deux mots n'avaient ni la même intonation, ni tout à fait le même sens.

Une soudaine expression de colère envahit le visage de l'antiquaire, mais Brunetti ne lui laissa pas le temps de dire quoi que ce soit. « Merci de m'avoir accordé un peu de votre temps, signor Murino. J'espère que votre voyage en Lombardie sera fructueux. »

L'homme se détacha du coffre contre lequel il s'était appuyé, alla repêcher le parapluie de Brunetti dans le porte-parapluies, et le lui tendit par la poignée, le tenant par la partie encore mouillée. Il ouvrit la porte et la tint poliment pour laisser passer le commissaire, puis la referma doucement derrière lui. Brunetti déploya son parapluie sous l'averse. Une brusque rafale de vent chercha à le lui arracher des mains, mais il le tenait fermement, et il prit la direction de son domicile. Pendant toute cette conversation, ni l'un ni l'autre n'avaient prononcé une seule fois le nom de Semenzato.

16

Tandis qu'il traversait le *campo* balayé par la pluie, Brunetti se prit à se demander si Semenzato pouvait avoir eu suffisamment confiance en cet homme pour lui laisser gérer tous les achats et toutes les ventes. Brunetti avait certes vu des dispositions, dans le domaine des affaires, bien plus étranges que celle-ci, et il lui fallait garder présent à l'esprit que par la force des choses, il ne connaissait Semenzato que d'une manière rétrospective, point de vue qui ne favorise guère la clarté. Néanmoins, qui aurait pu être stupide au point de croire un antiquaire sur parole ? S'il y avait bien un métier où les pratiques douteuses étaient courantes… Une voix plus forte que sa tentative pour la rembarrer claironna alors : *« Et un Napolitain, de surcroît ! »* Personne, au grand jamais, ne prendrait la parole d'un antiquaire napolitain pour argent comptant. Cependant, si l'essentiel de leurs activités, en tant qu'associés, concernait des faux ou des objets volés, les gains légitimes de la boutique devenaient sans importance. Et dans ce cas, Semenzato n'aurait jamais mis en doute que telle armoire ou telle table avait été achetée à tel prix, et revendue à tel prix, avec telle marge bénéficiaire. Lorsqu'il se mit à penser en termes de profit, de perte et de prix, il se rendit compte qu'il n'avait pas la moindre idée des ordres de grandeur concernés, pas plus que des pièces qui, d'après Brett, avaient fait l'objet d'une substitution. Demain.

Du fait de la pluie, de plus en plus soutenue, et de la menace d'*acqua alta*, les rues étaient désertées et prenaient un aspect étrange, alors qu'on était à l'heure où la plupart des gens sortaient du travail, pressés de rentrer chez eux, ou bien faisaient quelques courses de dernière minute avant la fermeture des magasins. Mais, ce soir, Brunetti n'avait aucun mal à circuler dans les ruelles étroites et n'était pas obligé de constamment soulever son parapluie pour permettre aux gens plus petits que lui de passer dessous avec le leur. Même le sommet du pont du Rialto était vide sur toute sa largeur, chose qu'il ne se souvenait pas avoir jamais vue. Sur le marché, de nombreux éventaires étaient vides, et après avoir mis leurs caisses de fruits et de légumes à l'abri, les commerçants n'avaient pas attendu l'heure de la fermeture pour fuir le froid mordant et la pluie qui tombait à verse.

Il claqua la porte de l'immeuble derrière lui : par temps humide, la serrure avait tendance à rester collée et seule une poussée violente arrivait à ouvrir ou fermer le lourd battant en bois massif. Il secoua énergiquement son parapluie, le roula et le mit sous le bras, puis saisit la rampe de la main droite et entreprit la longue montée jusqu'à leur appartement. Au premier étage, la signora Bussola, veuve d'un avocat et sourde comme un pot, regardait le *Telegiornale*, ce qui voulait dire que personne, à cet étage, ne pouvait échapper au bulletin d'information. Bien entendu, c'était celui de la RAI Uno ; pas question qu'elle écoute toute cette racaille de gauchistes et de communistes de la RAI Due. Au deuxième, il n'entendit aucun bruit en provenance de l'appartement des Rossi ; manifestement, leur dispute était terminée et ils se trouvaient au fond de leur domicile, dans la chambre. Le troisième était également silencieux. Un jeune couple était venu s'y installer deux ans auparavant, ayant acheté tout l'étage, mais Brunetti aurait pu compter sur les doigts d'une main le nombre de fois où il avait croisé l'un ou l'autre dans l'escalier ; on disait le mari fonctionnaire de la ville, sans que personne ne sache exactement dans quel service. Quant à sa femme, elle partait tous les matins et ne revenait pas avant dix-sept heures trente, mais personne ne savait où elle allait ou ce qu'elle faisait, chose que Brunetti trouvait miraculeuse. Au quatrième il n'y avait que des odeurs. Les Amabile sortaient rarement de chez eux, mais le palier embaumait toujours d'arômes de nourriture, opulents, tentants. Ce soir ils allaient manger du *capriolo* et, sauf erreur, des artichauts. Ou peut-être des aubergines grillées.

Puis il y avait sa propre porte et sa promesse de paix. Laquelle ne dura que le temps de faire tourner la clef dans la serrure. Dès qu'il fut entré dans le vestibule, il entendit en effet Chiara qui pleurait dans le fond de l'appartement. Chiara ? Chiara, sa petite spartiate, l'enfant qui n'avait pratiquement jamais versé une larme, la fillette qui, privée par quelque punition de la chose qu'elle désirait le plus, n'avait jamais poussé un sanglot, celle-là même qui s'était une fois cassé le poignet et n'avait pas bronché – seulement un peu pâli – lorsqu'on le lui avait remis en place ! Et elle ne faisait pas que pleurer ; elle sanglotait à chaudes larmes. Il se précipita dans le couloir et entra dans la chambre de l'adolescente. Paola était assise au bord du lit et tenait Chiara dans ses bras. « Je ne vois pas ce qu'on peut faire de plus, ma chérie. J'ai mis de la glace dessus, et il faut maintenant attendre que la douleur cesse.

– Mais ça me fait mal, maman ! Ça me fait horriblement mal ! Tu es sûre qu'on ne peut rien faire ?

– Je peux te donner encore de l'aspirine, Chiara. On ne sait jamais. »

L'adolescente ravala ses larmes et répéta, d'une voix devenue bizarrement suraiguë : « Je t'en prie, maman, fais quelque chose !

– Qu'est-ce qui est arrivé, Paola ? demanda Brunetti d'une voix très calme, très unie.

– Oh, Guido ! s'exclama-t-elle, se tournant vers lui, sans cesser, cependant, de tenir fermement sa fille. Chiara a fait tomber un pied de la table sur son gros orteil.

– Quelle table ? demanda-t-il – et non pas quel orteil.

– Celle de la cuisine. » Autrement dit, celle qui était attaquée par les vers. Qu'avaient-elles donc voulu faire ? La transporter toutes les deux ? Mais pourquoi, puisqu'il pleuvait ? D'ailleurs, elle n'aurait même pas pu la déplacer jusqu'à la terrasse ; elle était trop lourde pour elles.

« Mais comment a-t-elle fait ?

– Elle ne m'a pas crue quand je lui ai dit que la table était vermoulue, et elle a voulu la tourner de côté pour l'examiner – elle lui a échappé des mains et a atterri sur son orteil.

– Fais-moi voir », dit-il en remarquant seulement à ce moment-là que sa fille avait la jambe droite posée sur la couverture, et le pied enroulé dans une serviette de bain contenant un sac en plastique rempli de glaçons, pour essayer de juguler le gonflement de l'orteil écrasé.

Les choses étaient telles qu'il les avait imaginées, et l'orteil avait encore plus mauvaise allure que ce qu'il redoutait. Il avait presque doublé de volume et tout l'ongle était rouge, en attendant de virer au bleu.

« Il est cassé ?

– Non, papa, je peux le plier, et ça ne me fait pas plus mal. Mais ça m'élance, ça m'élance ! » répondit Chiara. Elle avait arrêté de sangloter, mais il voyait, à la crispation de son visage, qu'elle souffrait le martyre. « Je t'en prie, papa, fais quelque chose !

– Papa ne peut rien faire de plus, Chiara, observa Paola en déplaçant légèrement le pied.

– Quand est-ce arrivé ?

– Cet après-midi, juste après ton départ, répondit Paola.

– Et elle est restée tout l'après-midi comme ça ?

– Non, papa, protesta-t-elle devant l'accusation non formulée d'avoir passé tout ce temps à pleurer. Ça m'a fait mal au début, puis c'est allé mieux pendant un moment, mais maintenant ça me fait terriblement mal. » Chiara lui avait demandé alors de faire quelque chose ; elle n'était pas du genre à répéter une telle requête.

Brunetti n'avait pas oublié ce qu'il avait appris bien des années auparavant, alors qu'il faisait son service militaire ; l'un des hommes de son unité avait laissé tomber une plaque d'égout sur son pied. L'orteil, atteint à son extrémité, n'avait pas été cassé mais, comme celui de Chiara, il était devenu rouge et enflé.

« Il y a bien quelque chose à faire », dit-il. Paola et Chiara se tournèrent brusquement vers lui.

« Quoi ? dirent-elles ensemble.

– C'est répugnant, mais ça devrait te soulager.

– Qu'est-ce que c'est, papa ? demanda Chiara, dont les lèvres recommençaient à trembler sous l'effet de la douleur.

– Il faut transpercer l'ongle avec une aiguille brûlante pour laisser sortir le sang.

– Non ! s'écria Paola, serrant Chiara un peu plus fort contre elle.

– Et ça marche, papa ?

– Cela a marché la seule fois où je l'ai vu faire, mais c'était il y a des années. Par ailleurs, ce n'est pas moi qui l'ai fait ; j'ai simplement regardé comment s'y prenait le médecin.

– Tu crois que tu pourrais y arriver ? »

Brunetti enleva son manteau et le posa sur le pied du lit. « Je pense que oui, mon ange. Veux-tu que j'essaie ?

– Et je n'aurai plus mal, après ?

– Il y a une bonne chance que non.

– Très bien, papa. Vas-y. »

Il jeta un coup d'œil interrogatif à Paola. Celle-ci se pencha sur sa fille, déposa un baiser dans ses cheveux et l'étreignit de toutes ses forces. Puis elle regarda Brunetti et acquiesça ; elle avait du mal à sourire.

Il alla dans la cuisine où il prit dans un tiroir, à la droite de l'évier, une bougie qu'il enfonça dans un bougeoir, puis une boîte d'allumettes. Il retourna dans la chambre de Chiara, posa la bougie sur le bureau de sa fille, l'alluma et repartit pour le bureau de Paola. Il ouvrit le premier tiroir de sa table de travail, prit un trombone qu'il détordit pour en faire une tige à peu près droite, tout en revenant vers la chambre de Chiara. Il avait parlé d'aiguille, mais il s'était souvenu que le médecin avait utilisé, lui aussi, un trombone, après avoir expliqué qu'une aiguille était trop fine pour traverser d'un seul coup l'ongle.

Il posa la chandelle allumée au pied du lit, dans le dos de Paola, et s'adressa à sa fille. « Il vaut mieux que tu ne regardes pas, mon ange. » Et de manière à lui masquer la vue, il s'assit dos à dos avec Paola avant de découvrir le pied de Chiara.

Quand il la toucha, elle recula instinctivement le pied, marmonna une excuse dans l'épaule de sa mère et tendit de nouveau la jambe. Il la tint par la cheville, de la main gauche, et enleva le sac de glace. Il dut changer de position sur le lit, en prenant soin de ne pas renverser le bougeoir, afin de se retrouver finalement face à elles. Puis il souleva le pied de sa fille et le plaça entre ses genoux, le serrant par le talon pour qu'il ne bouge pas.

« Tu vas voir, ma chérie, il n'y en aura que pour une seconde. » Il présenta la partie redressée du trombone à la flamme de la bougie, mais la chaleur qui remontait dans le métal la lui fit brusquement lâcher, et il renversa un peu de cire fondue sur le couvre-lit. Paola et Chiara firent la grimace, mais elles ne protestèrent pas.

« Un instant, un instant », dit-il. Il retourna dans la cuisine en grommelant d'un ton sinistre dans sa barbe. Il trouva sans peine les pinces à leur place, dans le tiroir du bas. Une fois la bougie rallumée et la position qui immobilisait le pied de Chiara reprise, il serra la partie restée recourbée de l'attache dans les pinces, présentant l'extrémité redressée à la flamme. Il attendit qu'elle soit d'un rouge incandescent et, d'un geste si rapide qu'il n'eut pas trop le temps de penser à ce qu'il faisait, il appuya cette pointe rougie au milieu de l'ongle empourpré. Il la maintint ainsi tandis que la kératine commençait à fumer, serrant fortement la cheville de Chiara de son autre main pour l'empêcher de retirer son pied.

La résistance disparut soudain sous la pointe de métal et un sang sombre en jaillit, aspergeant les doigts de Brunetti. Il retira vivement le trombone et, agissant davantage par instinct qu'en fonction des souvenirs qu'il aurait pu avoir, il appuya sur la racine de l'ongle, forçant le sang à continuer de sortir par le trou.

Chiara, pendant toute l'opération, avait étreint Paola dans ses bras ; et celle-ci, de son côté, avait bien pris soin de détourner les yeux de ce que faisait son mari. Lorsque Brunetti se redressa, cependant, il vit que Chiara le regardait par-dessus l'épaule de sa mère, puis examinait son orteil blessé. « C'est fini ? demanda-t-elle.

– Oui. Comment te sens-tu ?

– Déjà mieux, papa. Je ne sens plus du tout la pression et les élancements ont disparu. » Elle examina les instruments avec lesquels il avait procédé : la bougie, les pinces, le trombone. « C'est tout ce dont tu avais besoin ? s'étonna-t-elle, prise d'une réelle curiosité, ses larmes déjà séchées.

– Oui, c'est tout, dit-il avec une légère pression de la main sur sa cheville.

– Tu crois que je pourrais le faire ?

– Sur toi-même ou sur quelqu'un d'autre ?

– Les deux.

– Je ne vois pas pourquoi tu n'y arriverais pas. »

Paola, que sa fille paraissait avoir oubliée tant elle était fascinée par cette nouvelle découverte scientifique, se dégagea des bras de Chiara et prit le sac de glace et la serviette. Elle se leva et regarda un instant le père et la fille, comme si elle étudiait quelque forme de vie extraterrestre ; puis elle sortit dans le couloir et prit la direction de la cuisine.

17

Le lendemain matin, Chiara se sentait suffisamment remise pour retourner au lycée, mais elle prit la précaution d'enfiler trois paires de chaussettes l'une sur l'autre avant de mettre ses hautes bottes de caoutchouc, non seulement à cause de la pluie qui tombait toujours avec la même intensité et du risque d'*acqua alta*, mais aussi parce que les bottes, un peu trop grandes pour elle, ne comprimeraient pas son orteil endommagé. Elle était déjà partie lorsque Brunetti eut fini de s'habiller, mais devant sa place habituelle à la table de la cuisine, il trouva une grande feuille de papier sur laquelle était dessiné un énorme cœur rouge avec dessous, écrit en lettres bâtons précises, « *Grazie, Papà !* » Il plia le dessin avec soin et le glissa dans son portefeuille.

Il n'avait pas pris la peine de téléphoner à Flavia et à Brett – il supposait que les deux femmes seraient à l'appartement – pour annoncer son arrivée ; mais comme il était presque dix heures lorsqu'il sonna à leur porte, il estima que c'était une heure suffisamment convenable pour venir parler d'un meurtre.

Répondant à la voix qui la lui demandait, il donna son identité par l'interphone et poussa le lourd battant lorsque se déclencha la commande électrique de la serrure. Il posa son parapluie dans un coin de l'entrée, s'ébroua comme un chien et entreprit de grimper l'escalier.

C'était Brett, aujourd'hui – en dépit de ce qu'en avait dit Flavia – qui se tenait près de la porte ouverte, et elle qui l'introduisit dans l'appartement. Elle lui sourit, mais c'est à peine s'il vit l'éclair blanc de ses dents.

« Où est la signora Petrelli ? demanda-t-il lorsqu'ils passèrent dans le séjour.

– Flavia est rarement présentable avant onze heures. Elle n'a jamais figure humaine avant dix heures. » Il remarqua, en la suivant, qu'elle marchait avec plus de facilité et paraissait moins craindre de faire, sans y penser, un mouvement ou un geste qui aurait pu lui faire mal.

Elle lui fit signe de s'asseoir et s'installa elle-même sur le canapé ; le peu de lumière qui filtrait dans la pièce, tant le jour était couvert, l'éclairait par-derrière et laissait son visage dans une demi-pénombre. Brunetti prit dans sa veste le papier sur lequel il avait jeté ses quelques notes, la veille, même s'il avait une idée très claire des questions qu'il souhaitait poser.

« J'aimerais que vous me parliez des pièces que vous avez repérées en Chine comme étant des copies, dit-il en manière d'introduction.

– Que voudriez-vous savoir exactement ?

– Tout.

– Ça fait pas mal de choses.

– J'ai besoin d'en apprendre le plus possible sur ces œuvres qui, d'après vous, ont été volées. Et aussi de savoir comment la substitution a pu se faire. »

Elle lui répondit sans hésiter. « Il y en a quatre pour lesquelles je suis sûre de moi ; la cinquième est authentique. » Sur quoi son expression changea, et elle lui adressa un regard perplexe. « Quant à la manière dont on s'y est pris, je n'en ai aucune idée. »

Ce fut au tour du policier de ne pas comprendre. « Pourtant, quelqu'un m'a dit hier que vous aviez écrit tout un chapitre sur la question, dans votre livre.

– Oh, dit-elle avec un réel soulagement, c'est ce que vous voulez dire, comment elles ont été fabriquées ! Je croyais que vous me demandiez comment elles avaient été volées. Sur ce dernier point, je n'ai aucune lumière, mais, par contre, je peux vous expliquer comment elles ont été faites. »

Brunetti ne tenait pas à en venir à l'implication éventuelle de Matsuko, en tout cas pas tout de suite, et il se contenta de dire : « Je vous écoute.

– Ce n'est pas très compliqué. » Sa voix avait changé ; elle parlait maintenant avec la vivacité et la conviction de l'expert. « Vous y connaissez-vous un peu en poterie et en céramique ?

– Très peu, admit-il.

– Les pièces volées datent du IIe siècle avant Jésus-Christ, commença-t-elle.

– Quoi ? Elles étaient vieilles de plus de deux mille ans ?

– Oui. Déjà à cette époque, les Chinois produisaient de remarquables poteries, en employant des techniques de fabrication hautement élaborées. Cependant, les pièces volées étaient des objets très simples, du moins à l'époque où elles ont été fabriquées. Elles ne sont pas vernies ; elles ont été peintes à la main et leur décoration représente en général des animaux. Les couleurs employées sont le rouge et le blanc, souvent sur fond noir. » Elle se leva et se dirigea vers la bibliothèque, devant laquelle elle resta une minute à étudier les titres qui s'alignaient devant elle, pour finir par prendre un livre qui se trouvait directement sous son nez et qu'elle rapporta jusqu'à la table basse. Elle consulta l'index, puis chercha la page qui l'intéressait, et tendit le livre à Brunetti.

Il vit la photo d'une poterie trapue, en forme de gourde et fermée d'un couvercle, sans pouvoir se faire une idée de son échelle. La décoration se répartissait sur trois bandes horizontales : le col et le couvercle, une large partie centrale et une troisième, plus étroite, qui courait à la base. Dans la bande centrale, située dans la partie la plus large de l'évasement, on voyait un animal à la gueule ouverte qui pouvait être un loup stylisé, ou encore un renard ou un chien ; son corps blanc se tenait debout, incliné sur la gauche ; il avait les pattes postérieures largement écartées et les antérieures levées et déployées. L'impression de mouvement créée par la position des membres se reflétait dans une série de formes géométriques courbes et tourbillonnantes, qui formaient un motif répétitif devant probablement faire tout le tour du vase. Des éclats avaient sauté à hauteur du col, mais l'image centrale était intacte et très belle. D'après la légende, il s'agissait d'un objet de la dynastie des Han, ce qui ne signifiait rien pour Brunetti.

« C'est le genre de choses que vous avez découvertes à Xi'an ?

– Elle provient en effet de la Chine occidentale, mais pas de Xi'an. C'est une pièce rare ; je doute que nous en retrouvions une de cette qualité.

– Pourquoi ?

– Parce que plus de deux mille ans ont passé. » Elle paraissait croire l'explication plus que suffisante.

« Expliquez-moi comment vous fabriqueriez une copie, dit-il tout en gardant un œil sur la photo.

– Il faut tout d'abord trouver un potier qui soit un expert ; quelqu'un qui aura eu le temps et l'occasion d'étudier les originaux, qui les aura vus de près, qui a travaillé sur eux ou a peut-être participé à leur découverte, ou encore qui les a manipulés en vue de leur exposition. Il aurait pu ainsi voir des fragments, par exemple, qui lui auraient permis de se faire une idée exacte de l'épaisseur des différentes parties. Il vous faudrait ensuite un très bon peintre, un homme capable de copier un style, de saisir l'esprit d'un travail comme celui-ci, puis de le reproduire si fidèlement qu'on en arrive à le confondre avec l'original.

– Cela présente-t-il beaucoup de difficultés ?

– Beaucoup. Mais on trouve des hommes – et des femmes – qui sont rompus à ce genre de travaux et qui les réussissent admirablement bien. »

Brunetti pointa la photo du doigt. « On voit des traces d'usure, sur la peinture ; elle paraît vraiment ancienne. Comment obtiennent-ils cette patine ?

– Oh, c'est relativement facile. On enterre les pièces dans le sol, certains les enfouissent même carrément dans des rejets d'égout. » Voyant la répulsion instinctive manifestée par Brunetti à cette idée, elle ajouta : « La corrosion de la peinture est ainsi accélérée, elle se dégrade plus vite. Ensuite, il suffit de faire sauter quelques éclats ici et là, sur le rebord supérieur ou sur le pied. » Elle montra du doigt le bord du vase, sur la photo, à un endroit qui avait sauté, juste sous le couvercle, puis une fissure sur la base, au point de jonction avec le sol.

« Et vous dites que ce n'est pas très difficile ?

– Non, pas si l'on cherche à simplement abuser le profane. Il est beaucoup plus difficile de fabriquer une pièce qui trompera un spécialiste.

– Quelqu'un comme vous ?

– Oui, répondit-elle, sans prendre la peine de feindre la modestie.

– Comment y parvenez-vous ? » demanda-t-il. Puis il précisa sa pensée : « Quels sont les détails qui vous permettent de dire qu'il s'agit d'un faux ? Les choses que les profanes ne voient pas ? »

Avant de répondre, elle feuilleta le livre sur quelques pages, s'arrêtant pour contempler deux ou trois photos. Finalement, elle le referma et se tourna vers le policier. « La peinture, déjà ; est-ce que la couleur correspond bien à la période à laquelle le vase est censé appartenir ? La ligne, aussi, peut trahir une main hésitante pendant l'exécution ; cela suggère que le faussaire s'efforçait de copier quelque chose, devait s'arrêter, réfléchir, pour que le dessin soit exact. Les artistes de l'objet original n'avaient pas à respecter de telles normes ; ils peignaient ce qui leur plaisait, dans le style qui était le leur, si bien que leurs lignes sont décidées et fluides. S'ils n'aimaient pas le résultat, ils brisaient probablement le pot. »

L'utilisation de ce mot banal l'intrigua, et il le releva. « Il faut dire un pot, ou un vase ? »

Elle rit de bon cœur à cette question. « Au bout de deux mille ans, ils sont devenus des vases, mais ce n'étaient certainement que de vulgaires pots, je crois, pour ceux qui les ont fabriqués et utilisés.

– À quoi leur servaient-ils ? Je veux dire, à l'origine ? »

Elle haussa les épaules. « À toutes sortes de choses : ils y mettaient leur réserve de riz ou d'autres grains, transportaient de l'eau avec. Celui que je vous ai montré possède un couvercle, ce qui signifie que le contenu devait être protégé, probablement des rongeurs. Il devait contenir du riz ou une autre céréale.

– Quelle est leur valeur ? »

Brett se laissa aller contre le canapé et croisa les jambes. « Je ne sais pas comment répondre à cette question.

– Comment ça ?

– Parce que pour avoir un prix, il faut qu'il y ait un marché.

– Et ?

– Et ce sont des pièces pour lesquelles il n'existe aucun marché.

– Pourquoi ?

– Du fait de leur très grande rareté. Celle du livre se trouve au Metropolitan, à New York. Il doit en exister trois ou quatre en tout, réparties dans différents musées du monde. » Elle ferma les yeux un instant, et Brunetti l'imagina qui parcourait, de tête, des listes et des catalogues. « J'en connais deux autres ; l'une est au musée de Taïwan et la troisième dans une collection particulière.

– C'est tout ?

– Oui… en tout cas, je n'en connais aucune qui soit exposée ou appartienne à une collection répertoriée.

– Et les collections privées ?

– On peut toujours l'imaginer, mais l'un d'entre nous en aurait entendu parler, et rien dans la littérature sur le sujet ne mentionne l'existence de telles pièces. C'est pourquoi je pense pouvoir affirmer sans grand risque d'erreur que nous n'avons que ces trois-là.

– Combien pourrait valoir l'une d'elles ? » Puis, comme elle se mettait à secouer la tête, il ajouta précipitamment : « Je sais, je sais : j'ai très bien compris qu'il est impossible de faire une estimation précise, avec de tels objets, mais ne pouvez-vous me donner au moins une fourchette de prix dans laquelle ils se situeraient ? »

Il fallut un moment à l'Américaine pour aboutir à une réponse. « Ce prix serait celui qu'en demanderait le vendeur, si élevé soit-il, dit-elle finalement, ou encore celui que l'acheteur serait prêt à mettre. Les prix du marché sont libellés en dollars. Cent mille ? Deux cent mille ? Davantage ? Mais, en réalité, il n'y a pas de prix, ces pièces sont trop rares. Leur valeur dépendrait entièrement du désir qu'a l'acheteur de se la procurer, et des moyens qu'il a à sa disposition. »

Brunetti transposa ces chiffres en lires : deux cents, trois cents millions ? Il n'eut pas le temps d'achever ses calculs, car Brett reprenait.

« Et cela ne concerne que les poteries, les vases. Pour autant que je le sache, aucune des statues de soldats n'a disparu ; si cela arrivait, cependant, on ne pourrait absolument pas faire une estimation.

– Son propriétaire n'aurait pourtant aucune possibilité de la montrer en public, non ? »

Elle sourit. « J'ai bien peur qu'il y ait des gens qui se moquent totalement de montrer leurs trésors. Ils n'ont qu'un désir, les posséder, s'assurer que certains objets sont entre leurs mains. J'ignore si ce qui les pousse est un amour immodéré de la beauté ou le simple désir de posséder, mais, croyez-moi, ce sont des personnages pour qui ne compte qu'une chose, avoir l'objet de leurs rêves dans leur collection, même si personne ne le voit. En dehors d'eux-mêmes, cela va de soi. » Elle se rendit compte que le policier demeurait sceptique, et ajouta : « Vous souvenez-vous de ce milliardaire japonais, celui qui voulait se faire enterrer avec son Van Gogh ? »

Brunetti se rappelait effectivement avoir lu quelque chose sur ce sujet, l'année passée. L'histoire voulait qu'après avoir acheté un Van Gogh à une vente aux enchères, l'homme avait rédigé un testament dans lequel il exigeait d'être enterré avec la toile, ou plutôt, pour mettre les choses dans une perspective plus juste, que la toile soit enterrée avec lui. Ce projet avait déclenché, se souvenait-il, une tempête dans le monde de l'art. « Il y a finalement renoncé, n'est-ce pas ?

– C'est en tout cas ce qu'on a dit. Je n'ai jamais tout à fait cru à cette histoire ; je la mentionne simplement pour vous donner une idée de ce que ressentent certaines personnes pour leurs possessions, cette façon qu'elles ont de croire que leur droit de propriété est la mesure absolue, le but principal de leur collection, et non pas la beauté des objets – elle secoua la tête. J'ai bien peur de mal m'expliquer mais, comme je vous l'ai dit, tout cela n'a aucun sens pour moi. »

Brunetti se rendit compte qu'elle n'avait répondu que partiellement à sa question initiale. « Je n'ai toujours pas compris comment vous parvenez à distinguer un original d'un faux. » Avant qu'elle réponde, il ajouta : « Un de mes amis m'a parlé de ce sixième sens que vous auriez, de ce quelque chose qui fait que l'objet vous paraît authentique ou non. C'est un argument très subjectif. Ce que je veux dire est ceci : si deux experts ne sont pas d'accord sur l'authenticité d'une pièce, comment résout-on le problème ? On en appelle un troisième et on les fait voter ? » Il sourit pour montrer qu'il ne faisait que plaisanter, mais il ne voyait pas comment on pouvait se sortir autrement de cette situation.

Le sourire qu'elle lui rendit montrait qu'elle avait saisi la provocation. « Non, nous faisons appel aux techniciens. Il existe un certain nombre de tests permettant d'établir l'âge d'un objet. Êtes-vous bien sûr de vouloir avoir le détail de tout cela ?

– Oui, tout à fait.

– Je vais m'efforcer de ne pas avoir l'air de faire un cours, dit-elle en repliant ses jambes sous elle, sur le canapé. On peut pratiquer toutes sortes d'examens sur les peintures : analyser la composition chimique des pigments pour vérifier qu'ils correspondent à ceux employés à l'époque à laquelle l'œuvre est censée appartenir ; on peut radiographier les toiles pour voir ce qu'il y a sous la couche de peinture, on peut même faire une datation au carbone 14. » Il acquiesça pour montrer qu'il avait entendu parler de tout cela.

« Mais ce n'est pas de peintures que nous parlons.

– Non, en effet. Les Chinois n'ont jamais travaillé à l'huile, au moins pendant la période que couvrait l'exposition. La plupart des objets qui nous sont parvenus sont en céramique ou en métal. Les pièces en métal ne m'ont jamais passionnée, pas vraiment, en tout cas, mais je sais toutefois qu'elles sont à peu près impossibles à authentifier par les moyens scientifiques. Dans leur cas, il faut se fier à son coup d'œil.

– Mais pas dans celui des céramiques ?

– Vous avez bien entendu besoin du coup d'œil d'un expert mais, fort heureusement, les techniques dont nous disposons sont aussi raffinées que pour les peintures. » Elle marqua une pause, avant de lui demander : « Tenez-vous vraiment à ce que je sois plus précise ?

– Oui, répondit Brunetti, qui chercha son stylo et se sentit tout à coup comme un étudiant.

– La principale méthode que nous utilisons – et la plus fiable – s'appelle la thermoluminescence. Pour cela, il nous suffit d'extraire trente milligrammes de céramique de la pièce que nous voulons vérifier. » Elle anticipa la question qu'elle sentait venir : « C'est facile. Nous détachons le fragment au dos d'un plat, ou au pied du vase ou de la statue. Nous n'avons besoin que d'une quantité négligeable, juste assez pour procéder au test. Ensuite, un multiplicateur de photons nous dira, avec une marge d'erreur de dix à quinze pour cent, l'âge du matériau.

– Comment cela fonctionne-t-il ? demanda Brunetti. Ou plutôt, sur quel principe ?

– Au moment de la cuisson de l'argile, si du moins celle-ci a lieu à une température supérieure à 300 degrés centigrades, tous les électrons du matériau sont en quelque sorte effacés – ce terme est sans doute la meilleure façon de décrire ce qui se passe. La chaleur, en effet, détruit les charges électriques. Puis, à partir de là, le matériau commence à en récupérer de nouvelles – de nouvelles charges électriques. C'est ce phénomène que mesure le multiplicateur de photons : l'énergie absorbée. Plus le matériau est ancien, plus il brille.

– Et la méthode est précise ?

– Comme je vous l'ai dit, la marge d'erreur est de dix à quinze pour cent. Ce qui signifie qu'avec une pièce supposée être âgée de plus de deux mille ans, nous pouvons obtenir la date à laquelle la céramique a été cuite, avec une marge d'erreur de trois cents ans maximum.

– Avez-vous procédé à ce test quand vous étiez en Chine ? »

Elle secoua la tête. « Non. Je ne disposais pas du matériel nécessaire, à Xi'an.

– Dans ce cas, comment pouvez-vous en être sûre ? »

Elle lui sourit. « Le coup d'œil. Je les ai regardées, et j'ai eu la certitude que c'étaient des faux.

– La certitude ? Avez-vous demandé une confirmation à quelqu'un d'autre ?

– Je vous l'ai dit : j'ai écrit à Semenzato. N'ayant pas de réponse de sa part, je suis venue. » Elle lui épargna de poser la question suivante. « Oui, j'ai apporté des échantillons avec moi, pris sur les trois pièces les plus douteuses, mais aussi sur deux autres qui l'étaient un peu moins.

– Semenzato savait-il que vous aviez prélevé ces échantillons ?

– Non, je ne lui en ai jamais parlé.

– Où se trouvent-ils, à présent ?

– J'ai fait un arrêt en Californie, avant de venir ici, et j'en ai laissé un jeu chez un ami qui est conservateur au Getty Muséum. Ils ont tout le matériel nécessaire, et je lui ai demandé de faire les tests, à titre personnel.

– Les a-t-il faits ?

– Oui.

– Et ?

– Je l'ai appelé dès mon retour de l'hôpital. Les trois pièces les plus douteuses ont été fabriquées au cours de ces dernières années.

– Et les deux autres ?

– L'une est authentique, et la dernière un faux.

– Un test suffit-il ?

– Oui. »

Même si ce n'était pas une preuve suffisante, se rendit-il soudain compte, ce qui était arrivé à Brett et à Semenzato en était une accablante.

Au bout d'un moment, Brett demanda : « Et maintenant, que se passe-t-il ?

– Nous essayons de découvrir qui a tué Semenzato et l'identité de vos deux agresseurs. »

Son expression trahit une bonne dose de scepticisme. « Et quelles chances avez-vous d'y parvenir ? »

Il sortit de sa poche intérieure les photos de police de Salvatore La Capra et les lui tendit. « Celui-ci était-il l'un d'eux ? »

Elle prit les clichés et les étudia pendant un moment. « Non, dit-elle simplement en les rendant à Brunetti. Ce sont des Siciliens. Ils ont été payés et sont sans doute de retour à la maison, à l'heure actuelle, bien tranquilles avec femme et enfants. Le voyage a été une réussite : ils ont accompli les deux missions qu'on leur avait données, me faire peur et tuer Semenzato.

– Sauf que cela ne tient pas debout, n'est-ce pas ?

– Qu'est-ce qui ne tient pas debout ?

– J'ai parlé à des gens qui le connaissaient et savaient certaines choses sur lui, et il semble que Semenzato ait été mêlé à plusieurs entreprises dans lesquelles jamais un directeur de musée ne devrait se lancer.

– Par exemple ?

– Il s'était associé, secrètement, avec un antiquaire. Et d'autres personnes m'ont affirmé que ses avis professionnels étaient à vendre. » Apparemment, Brett n'avait pas besoin de davantage d'explication pour comprendre ce que cela signifiait.

« Est-ce que tout cela est important ?

– Si leur intention première avait été de le tuer, ils auraient commencé par là, puis ils vous auraient conseillé de vous tenir tranquille si vous ne vouliez pas que la même chose vous arrive. Et si ce plan avait marché, Semenzato n'aurait jamais été au courant, au moins officiellement, des substitutions.

– Vous partez toujours du principe qu'il y a joué un rôle. » Brunetti acquiesça. « Je considère que c'est beaucoup s'avancer.

– Peut-être, mais c'est la seule explication qui tienne debout. Sinon, comment auraient-ils pu avoir l'idée de s'en prendre à vous et être au courant de votre rendez-vous avec lui ?

– Et si en dépit de tout, je le lui avais dit, même après ce qu'ils m'ont fait ? » Il était surpris qu'elle n'ait pas envisagé plus tôt ce qui se serait produit en pareil cas, et il ne tenait pas à avoir à le lui dire. Il ne répondit pas.

« Eh bien ? insista-t-elle.

– Si Semenzato était bien impliqué là-dedans, ce qui vous serait arrivé dans ce cas-là ne fait guère de doute, admit Brunetti, qui n'avait toujours pas envie d'être le porteur de la mauvaise nouvelle.

– Je ne comprends toujours pas.

– C'est vous qu'ils auraient tuée, et non lui », répondit-il simplement.

Il l'observa tout en parlant, vit l'idée faire son chemin, le choc, puis l'incrédulité se peindre sur son visage. Elle comprit au bout d'un instant et ses traits se durcirent, ses lèvres se serrèrent pour se réduire à un trait.

Heureusement, c'est le moment que choisit Flavia pour faire son entrée dans la pièce, précédée d'une onde parfumée – à base de savon, ou de shampooing, ou d'un de ces mystérieux produits qu'utilisent les femmes pour sentir merveilleusement bon au mauvais moment de la journée. Pourquoi le matin, en effet, et pas le soir ?

Elle portait une robe marron en lainage, toute simple, serrée à la taille par plusieurs tours d'une ceinture en tissu d'un orangé éclatant, et nouée sur le côté ; l'extrémité retombait à hauteur de ses genoux et se balançait à chacun de ses pas. Elle ne portait pas de maquillage et, en la voyant ainsi, Brunetti se demanda pourquoi elle prenait la peine d'en mettre le reste du temps.

« Buon giorno », dit-elle avec un sourire, lui tendant la main.

Il se leva et échangea une poignée de main avec elle. « Je vais faire du café, dit-elle avec un coup d'œil en direction de Brett, pour l'inclure aussi. En voulez-vous ? C'est un peu tôt pour le champagne », ajouta-t-elle avec un sourire.

Brunetti accepta, mais Brett secoua négativement la tête. Flavia fit demi-tour et disparut dans la cuisine. L'interruption provoquée par l'arrivée de la cantatrice avait eu l'avantage momentané de laisser en suspens la dernière remarque du policier ; mais à présent, il fallait bien y revenir.

« Pourquoi l'a-t-on tué ? demanda Brett.

– Je l'ignore. Une dispute avec les autres personnes dans le coup ? Un désaccord sur ce qu'il fallait faire – peut-être sur ce qu'il fallait faire de vous ?

– Êtes-vous sûr que c'est bien à cause de cela qu'il a été tué ?

– Je pense, en tout cas, qu'il vaut mieux travailler à partir de cette hypothèse », répondit-il diplomatiquement ; il n'était pas surpris de la répugnance qu'elle éprouvait à voir les choses sous cet aspect. Cela revenait en effet à reconnaître qu'elle-même était en danger : Matsuko et Semenzato morts, elle restait la seule à être au courant de l'escroquerie. Celui (ou ceux) qui avait tué Semenzato, ne pouvait se douter qu'elle avait rapporté de Chine des preuves de la substitution, ainsi que certains soupçons, et s'imaginait forcément que la disparition du conservateur en chef empêcherait définitivement de remonter la piste. Si jamais la tromperie était découverte un jour, il n'était guère probable que le gouvernement de la République populaire envisage que la cupidité meurtrière des capitalistes occidentaux soit à l'origine de la substitution ; probablement chercherait-on les voleurs en Chine même.

« Pendant que les pièces étaient encore en Chine, qui était responsable de celles qui furent choisies pour l'exposition ?

– Notre interlocuteur chinois était un représentant du musée de Pékin, Xu Lin. C'est l'un de leurs meilleurs archéologues, et un grand historien de l'art.

– A-t-il accompagné l'exposition à l'étranger ? »

Elle secoua la tête. « Non. Son passé politique lui interdit de quitter la Chine.

– Quoi ?

– Son grand-père était un grand propriétaire terrien, si bien qu'il était considéré comme politiquement dangereux, ou au moins suspect. » Elle vit l'expression d'étonnement de Brunetti et ajouta : « Je sais que cela paraît irrationnel… que c'est irrationnel, mais c'est ainsi. Pendant la Révolution culturelle, il a passé dix ans à soigner des cochons et à répandre du fumier dans des champs. Mais il est retourné à l'université dès la fin de la Révolution, et comme c'était un étudiant brillant, on n'a pas pu l'empêcher d'obtenir son poste à Pékin. Toutefois, on ne le laisse pas quitter le pays. Les seules personnes qui ont accompagné l'exposition étaient des apparatchiks du Parti qui avaient envie d'aller faire leurs courses à l'étranger.

– Et vous.

– Oui, et moi. » Puis au bout d'un instant, elle ajouta à voix basse : « Et Matsuko.

– Si bien que vous êtes la personne qu'on risque de tenir pour responsable des substitutions d'objet ?

– Mais je le suis. Il est bien clair qu'ils ne vont pas accuser les cadres du Parti venus avec l'exposition, surtout pas s'ils ont une Occidentale sous la main pour porter le chapeau.

– D'après vous, qu'est-ce qui s'est passé ? »

Elle secoua la tête. « Rien de tout ça ne tient debout. Ou si vous préférez, je n'arrive pas à croire ce qui paraît tenir debout.

– Et qu'est-ce qui vous paraît tenir debout ? »

Ils furent interrompus par Flavia qui arriva, un plateau dans les mains. Elle passa devant lui, alla s'asseoir à côté de Brett et déposa sa charge sur la table basse. Elle tendit l'une des deux tasses à Brunetti, prit l'autre et s'enfonça dans le canapé. « J'ai mis deux sucres. Je crois me souvenir que c'est ce que vous prenez d'habitude. »

Brett ignora cette interruption pour reprendre le fil de sa conversation avec le policier. « À mon avis, l'un des cadres du Parti a dû être contacté par quelqu'un, ici. » Bien que Flavia n'ait pas entendu la question qui provoquait cette explication, elle ne fit aucun effort pour déguiser sa réaction. Elle se tourna vers Brett et la fixa un instant froidement, puis foudroya Brunetti du regard. Comme personne ne disait mot, Brett reprit, au bout d'un moment : « Très bien, très bien. Ou bien Matsuko. Cela pourrait être Matsuko. »

Tôt ou tard, Brunetti en était sûr, elle devrait renoncer à ce conditionnel.

« Et Semenzato ? proposa-t-il.

– Peut-être. De toute façon, quelqu'un du musée.

– Dites-moi, ces personnes, celles que vous appelez les cadres du Parti… certaines d'entre elles parlaient-elles italien ?

– Oui, deux ou trois.

– Deux ou trois ? répéta-t-il. Combien étaient-elles, en tout ?

– Six, répondit Brett. Le Parti chouchoute les siens. »

Flavia renifla.

« Est-ce qu'ils parlaient correctement l'italien ? Vous en souvenez-vous ? demanda Brunetti.

– Assez bien », répondit-elle sèchement. Elle se tut un instant avant d'admettre finalement : « Non, pas assez bien pour ce genre de chose. J'étais la seule en mesure de parler aux Italiens. S'il y a eu une négociation quelconque, elle s'est passée en anglais. »

Brunetti se souvint que Matsuko avait poursuivi une partie de ses études à Berkeley.

C'est d'un ton exaspéré que Flavia intervint alors. « Quand vas-tu arrêter de te montrer aussi obtuse, Brett, et regarder enfin les choses en face ? Ce qu'il y avait entre toi et cette Japonaise m'est égal, mais tu dois essayer d'examiner objectivement ce qui a pu se passer. C'est avec ta vie que tu joues. » La cantatrice s'interrompit aussi brusquement qu'elle avait commencé et voulut prendre une gorgée de café ; mais, trouvant la tasse vide, elle la reposa brutalement dans la soucoupe.

Le silence se prolongea un bon moment, et c'est en fin de compte le commissaire qui le rompit. « À quel moment l'échange a-t-il pu avoir lieu ?

– Après la fermeture de l'exposition », répondit Brett d'une voix mal assurée.

Brunetti jeta un coup d'œil en direction de Flavia, mais celle-ci ne fit pas de commentaires. Elle contemplait ses mains, posées sur ses genoux.

Brett poussa un profond soupir et murmura : « Bon, très bien, très bien. » Puis elle s'enfonça dans le canapé, tête renversée, et regarda la pluie qui crépitait contre les lucarnes. Au bout d'un moment, elle reprit la parole. « Elle était présente à l'emballage. Il lui revenait de vérifier tous les objets avant que les douanes italiennes ne scellent les paquets, puis les caisses dans lesquelles ceux-ci étaient mis.

– Aurait-elle été capable de reconnaître un faux ? » voulut savoir Brunetti.

La réponse de Brett mit longtemps à venir. « Oui, elle l'aurait remarqué. » Le policier crut un instant qu'elle allait ajouter quelque chose, mais elle n'en fit rien et se remit à contempler la pluie.

« Combien de temps fallait-il pour tout emballer ? »

L'Américaine réfléchit encore une fois un long moment avant de répondre. « Quatre ou cinq jours, j'imagine.

– Et ensuite ? Où sont parties les caisses ?

– Elles ont pris l'avion jusqu'à Rome sur Alitalia, mais elles ont été retenues plus d'une semaine à Fiumicino à cause d'une grève des transports aériens. De là, elles sont parties pour New York, où les douanes américaines les ont encore retenues. Elles ont finalement pris un avion des lignes chinoises et sont arrivées à Pékin. Les sceaux étaient vérifiés à chaque fois qu'on les descendait d'un avion ou qu'on les y embarquait, et elles étaient gardées en permanence par des policiers quand elles transitaient par des aéroports étrangers.

– Combien de temps leur a-t-il fallu, en tout, pour aller de Venise à Pékin ?

– Plus d'un mois.

– Et combien de temps après les avez-vous vues vous-même ? »

Elle changea de position sur le canapé avant de répondre, ce qu'elle fit en continuant à ne pas le regarder. « Je vous l'ai dit, pas avant cet hiver.

– Où étiez-vous quand les pièces ont été emballées ?

– Je vous l'ai dit aussi. À New York. »

Flavia intervint de nouveau. « Avec moi. Je faisais mes débuts au Met. La première a eu lieu deux jours avant la fermeture de l'exposition de Venise. J'ai demandé à Brett d'être près de moi à ce moment-là, et elle est venue. »

Brett renonça un instant à la contemplation du ciel et se tourna vers la cantatrice. « Et j'ai laissé Matsuko prendre la responsabilité de l'expédition (elle reprit sa position, tête renversée). Je suis allée à New York où je suis restée une semaine, puis je suis retournée à Pékin attendre les pièces. Comme elles n'arrivaient pas, il m'a fallu revenir à New York pour leur faire passer la douane américaine. Mais du coup, j'ai décidé de rester à New York. J'ai appelé Matsuko et je lui ai dit que j'étais retardée, et je lui ai proposé d'aller elle-même assurer la réception des pièces en Chine.

– Était-il de sa responsabilité de vérifier tous les objets du chargement ? » demanda Brunetti.

Brett acquiesça.

« Si vous vous étiez vous-mêmes trouvée en Chine, est-ce que vous auriez personnellement supervisé le déballage des pièces ?

– C'est ce que je viens de vous dire, il me semble, répliqua-t-elle.

– Dans ce cas, vous auriez remarqué la substitution.

– Bien entendu.

– Avez-vous vu l'une de ces pièces avant l'hiver dernier ?

– Non. Quand elles sont arrivées en Chine, elles sont tombées dans un imbroglio administratif et se sont retrouvées pendant six mois dans les limbes. Puis elles ont été stockées dans un entrepôt, exposées ensuite à Pékin, avant d'être renvoyées enfin dans le musée auquel on les avait empruntées.

– Et c'est à ce moment-là que vous avez constaté la substitution ?

– Oui, et que j'ai écrit à Semenzato. Il y a environ trois mois. » Sans que rien ne l'ait laissé présager, elle donna, du plat de la main, un coup violent contre le bras du canapé. « Les salopards, s'écria-t-elle, les ignobles salopards ! »

Flavia posa une main apaisante sur le genou de l'Américaine. « De toute façon, il n'y a plus rien que tu puisses faire, Brett… »

C'est sans changer de ton que Brett répondit, tournée vers Flavia : « Ce n'est pas ta carrière qui est fichue, Flavia. Tu peux bien faire les bêtises que tu veux, les gens viendront t'écouter chanter. Moi, ce sont les dix dernières années de ma vie qui viennent d'être détruites. » Elle marqua un temps d'arrêt avant d'ajouter : « Et pour Matsuko, c'est sa vie elle-même qui l'a été. »

La cantatrice voulut objecter quelque chose, mais Brett ne lui en laissa pas le temps. « C'est fini. Une fois que les Chinois auront découvert le pot aux roses, ils ne me laisseront jamais revenir. Je suis responsable de ces pièces. Matsuko a rapporté les papiers de Pékin, et je les ai signés quand je suis revenue à Xi'an. Je suis censée avoir vérifié que tous les objets étaient là, dans le même état que lorsqu'ils avaient quitté le pays. J'aurais dû être présente, j'aurais dû tous les vérifier, mais je n'ai pas fait mon travail parce que j'étais à New York avec toi pour t'écouter chanter. Et ça m'a coûté ma carrière. »

Brunetti regarda Flavia et la vit qui s'empourprait devant la colère montante de son amie. Il admira l'arc élégant que dessinaient son bras et son épaule lorsqu'elle se tourna vers Brett, s'émut de la courbe qui reliait son cou à sa mâchoire. Peut-être valait-elle une carrière.

« Les Chinois n'ont pas besoin de découvrir le pot aux roses, dit-il.

– Quoi ? firent ensemble les deux femmes.

– Avez-vous dit à l'ami qui a fait les tests pour vous, sur les échantillons, d'où provenaient ceux-ci ? demanda-t-il à Brett.

– Non. Pourquoi ?

– Dans ce cas, nous sommes vraisemblablement les seules personnes, les individus qui ont fait le coup mis à part, à être au courant de la substitution. À moins que vous en ayez parlé à quelqu'un en Chine. »

Brett secoua négativement la tête. « Non, je n'en ai parlé à personne. Sauf à Semenzato. »

Flavia réagit alors. « Et je doute fort qu'il en ait parlé à qui que ce soit, mis à part à celui à qui il a vendu les originaux.

– Mais il faut que je le leur dise ! » s'entêta Brett.

Au lieu de la regarder, Brunetti et Flavia échangèrent un coup d'œil, au-dessus de la table basse, ayant tout de suite compris l'un et l'autre ce que l'on pouvait faire – et ce ne fut que par un acte de volonté héroïque qu'ils résistèrent à la tentation de marmonner : « Ah, ces Américains ! »

Flavia décida de lui expliquer leur point de vue. « Tant que les Chinois ne seront pas au courant, rien n'arrivera à ta carrière. »

Mais pour Brett, ce fut comme si son amie n'avait rien dit. « On ne peut pas laisser ces pièces présentées dans un musée. Ce sont des faux !

– Dis-moi, Brett, depuis combien de temps sont-elles de retour et exposées en Chine ?

– Presque trois ans.

– Et personne, à part toi, n'a remarqué que c'étaient des faux ?

– Non », admit l'Américaine.

Ce fut au tour de Brunetti d'intervenir. « Il est donc peu vraisemblable que quelqu'un le remarque jamais. Sans compter que la substitution peut très bien avoir eu lieu au cours des quatre dernières années, n'est-ce pas ?

– Oui, mais nous, nous savons qu'elle a eu lieu avant…

– Justement, *cara*, dit Flavia, bien décidée à recommencer ses explications. En dehors de ceux qui ont volé les vases, nous sommes les seules personnes à savoir exactement ce qu'il en est.

– Tout cela n'y change rien, rétorqua Brett, dont la voix monta d'un ton de plus dans la colère. En outre, tôt ou tard, quelqu'un va se rendre compte que ce sont des faux.

– Et plus tard ce sera, répliqua Flavia, moins il y aura de chance pour qu'on fasse le lien avec toi. » Elle marqua une pause pour bien la laisser se pénétrer de cette idée, puis ajouta : « À moins, bien entendu, que tu ne tiennes absolument à ficher en l'air dix ans de carrière. »

Brett resta longtemps sans répondre, renversée dans le canapé, tandis que les deux autres la voyaient réfléchir à ce qui venait d'être dit. Brunetti, en observant son visage, avait l'impression de pouvoir déchiffrer les émotions et les idées contradictoires qui jouaient dessus. Alors qu'elle était sur le point de parler, il dit brusquement : « Bien entendu, si nous trouvons celui qui a tué Semenzato, il est vraisemblable que nous récupérerons les originaux. » Il n'avait aucun moyen de savoir ce que valait cette affirmation, mais il avait cru lire, sur le visage de Brett, qu'elle était sur le point de refuser l'idée de garder le silence.

« De toute façon, il faudrait pouvoir les faire rentrer en Chine, et c'est impossible. Je…

– Un jeu d'enfant ! » l'interrompit Flavia en éclatant de rire. Se doutant que Brunetti serait plus réceptif, elle se tourna vers lui pour s'expliquer. « Les cours… »

La réaction de Brett fut instantanée. « Mais tu leur as dit non…

– C'était le mois dernier. À quoi me servirait d'être une prima donna, si je ne pouvais pas changer d'avis ? Tu m'as expliqué toi-même que je serais traitée royalement si j'acceptais. Ils ne vont sûrement pas fouiller mes bagages à l'aéroport de Pékin, pas si le ministre de la Culture est au bas de l'avion pour m'accueillir. Je suis une diva, et une diva voyage avec au moins onze grandes valises, c'est bien connu. J'aurais horreur de les décevoir.

– Et si jamais ils les fouillent tout de même ? » objecta Brett. Cependant, il n'y avait pas de peur dans sa voix.

La réaction de la cantatrice fut immédiate. « Si ma mémoire est bonne, l'un de nos secrétaires d'État a été pris avec de la drogue dans un aéroport quelque part en Afrique, et rien ne s'est passé. En Chine, une diva est certainement un personnage bien plus important qu'un secrétaire d'État. En outre, c'est de ta réputation qu'il est question, pas de la mienne.

– Sois un peu sérieuse, Flavia.

– Je suis sérieuse ! Il n'y a aucun risque que l'on fouille mes bagages, en tout cas, pas à mon arrivée. Tu m'as dit qu'ils n'ont jamais fouillé les tiens, et cela fait des années que tu entres et sors de ce pays.

– Il y a toujours un risque, Flavia, dit Brett – mais sans guère de conviction, comme le remarqua Brunetti.

– Il y a bien plus de risques, d'après ce que tu m'as toi-même expliqué sur leur façon d'entretenir les avions, que le mien s'écrase au décollage, mais ce n'est pas une raison pour ne pas y aller. Sans compter que c'est une expérience qui sera peut-être intéressante. Qui sait si je ne vais pas y trouver des idées pour *Turandot* ? » Brunetti crut qu'elle avait terminé, mais Flavia ajouta : « D'ailleurs, pourquoi perdre son temps à parler de tout cela ? » tout en regardant le policier comme si elle le tenait pour responsable des pièces subtilisées.

Non sans étonnement, Brunetti se rendit compte qu'il ne savait pas si la cantatrice était sérieuse ou non, lorsqu'elle parlait de ramener les objets en Chine dans ses bagages. Il s'adressa à Brett. « Toujours est-il que vous ne pouvez rien dire, pour le moment. Celui qui a tué Semenzato ignore ce que vous venez de nous dire, ignore même si nous avons découvert un mobile pour le meurtre. Et il faut qu'il reste dans l'ignorance.

– Oui, mais vous êtes venu ici et vous êtes aussi venu à l'hôpital, lui fit remarquer Brett.

– Vous m'avez dit vous-même qu'ils n'étaient pas vénitiens, Brett. À leurs yeux, je pouvais être tout aussi bien un parent ou un ami. Et je n'ai pas été suivi. » Ce qui était exact : seul un authentique Vénitien aurait pu suivre un compatriote dans les ruelles étroites de la ville. Seul un authentique Vénitien en aurait connu tous les tours et les détours, tous les culs-de-sac.

« Qu'est-ce que je dois faire, alors ? demanda Brett.

– Rien.

– Que voulez-vous dire, rien ?

– Rien, c'est tout. En fait, il serait même judicieux de quitter la ville pendant quelque temps.

– Je ne suis pas sûre de vouloir afficher ma bobine ailleurs », remarqua-t-elle – mais avec humour, ce qui était bon signe.

Flavia se tourna vers Brunetti. « J'ai essayé de la convaincre de m'accompagner à Milan. »

En bon équipier, Brunetti demanda aussitôt : « Quand devez-vous partir ?

– Lundi. Une répétition au piano est prévue le lendemain, dans l'après-midi. »

Il se tourna de nouveau vers Brett. « Partirez-vous aussi ? » Comme elle ne répondait pas, il ajouta : « Je crois que c'est une bonne idée.

– Je vais y réfléchir », fut tout ce qu'elle concéda, et le policier préféra ne pas insister. Si quelqu'un arrivait à la convaincre, ce serait Flavia, et non lui.

« Si vous décidez de partir, ayez la gentillesse de me le faire savoir.

– Pensez-vous qu'il puisse y avoir du danger ? » s'inquiéta Flavia.

Mais Brett précéda Brunetti. « Il y a probablement moins de danger s'ils pensent que j'ai parlé à la police : c'est trop tard pour m'en empêcher, à présent. C'est bien cela, n'est-ce pas ? » ajouta-t-elle à l'intention du commissaire.

Il n'était pas dans ses habitudes de mentir, même aux femmes. Mais parfois… « Oui, j'en ai bien peur. Du moment que les Chinois ne sont pas mis au courant, celui ou ceux qui ont tué Semenzato n'ont plus aucune raison d'essayer de vous réduire au silence. Ils auront compris que l'avertissement n'a pas réussi à vous arrêter. » Ou bien, se dit-il en son for intérieur, ils pouvaient tenter de la réduire définitivement au silence.

« Merveilleux, remarqua Brett, qui n'avait pas eu besoin que Brunetti parle à voix haute. Je peux mettre les Chinois au courant et sauver ma peau, mais je détruis ma carrière. Ou bien me taire, et sauver ma carrière, mais dans ce cas c'est pour ma peau qu'il me faudra m'inquiéter. »

Flavia s'inclina vers son amie et lui posa la main sur le genou. « C'est la première fois que je te retrouve telle que tu es vraiment depuis que toute cette affaire a commencé. »

Brett lui sourit. « Rien de tel que la peur de la mort pour réveiller quelqu'un, n'est-ce pas ? »

Flavia se tourna de nouveau vers Brunetti. « Pensez-vous que les Chinois soient dans le coup ? »

Brunetti n'était pas plus enclin à adopter la théorie de la conspiration que la moyenne des Italiens – ce qui voulait dire qu'il en imaginait souvent une dans la plus anodine des coïncidences. « Je ne pense pas que la mort de votre amie japonaise ait été accidentelle, dit-il à Brett. Cela signifie qu'ils ont au moins une personne en Chine.

– Quels que soient ces *ils*, intervint Flavia en soulignant lourdement le pronom.

– Le fait que je ne sache pas qui ils sont ne signifie pas qu'ils n'existent pas, lui fit remarquer Brunetti.

– Précisément, admit la cantatrice avec un sourire. C'est pourquoi j'estime, reprit-elle en s'adressant à Brett, qu'il vaudrait mieux que tu quittes Venise pendant un certain temps. »

L'Américaine hocha vaguement la tête, mais sûrement pas pour acquiescer. « Si je m'en vais, je vous le ferai savoir. » Voilà qui n'était guère s'engager. Elle s'enfonça de nouveau dans les coussins, la nuque appuyée contre le haut du canapé. Le crépitement de la pluie avait servi de fond sonore à toute cette conversation.

Brunetti se tourna vers Flavia, qui eut un coup d'œil éloquent, accompagné d'un petit mouvement de menton, en direction de la porte. Il était temps pour lui de prendre congé.

Il se rendit compte qu'il n'avait en fin de compte plus de question à poser et se leva. Brett, en le voyant faire, remit les pieds sur le sol et voulut aussi se lever.

« Non, ne bouge pas, lui dit Flavia, qui prenait déjà la direction du vestibule. Je vais raccompagner le commissaire. »

Brunetti s'inclina vers Brett et lui serra la main. Ni l'un ni l'autre ne dirent mot.

À l'entrée, Flavia lui prit la main et la lui serra avec une réelle chaleur. « Merci », fut tout ce qu'elle dit. Puis elle lui tint la porte pendant qu'il passait devant elle. Le battant, en se refermant derrière lui, coupa le bruit de la pluie.

18

Bien qu'ayant assuré Brett qu'il n'avait pas été suivi, Brunetti, lorsqu'il quitta l'appartement, marqua un temps d'arrêt avant de s'engager dans la calle della Testa et regarda des deux côtés, à la recherche d'un visage qu'il aurait déjà vu au moment où il arrivait. Il ne reconnut personne. Il allait tourner à droite lorsqu'il se souvint soudain de ce qu'on lui avait dit, quelques années auparavant, lorsqu'il cherchait l'appartement de Brett.

Il changea donc de direction et gagna la première rue importante, calle Giacinto Gallina, où il trouva, exactement comme dans le souvenir qu'il avait gardé de cette première visite, le kiosque de la marchande de journaux, en face du lycée, dans ce qui était l'artère principale du quartier. Et, comme si elle n'avait pas bougé depuis son dernier passage, il y découvrit la signora Maria, assise à l'intérieur sur son haut tabouret, enveloppée dans un châle tricoté à la main qui s'enroulait au moins trois fois autour de son cou. Elle avait le visage rouge, soit de froid, soit d'avoir pris quelque alcool matinal, ou peut-être pour les deux raisons conjuguées ; ses cheveux en paraissaient d'autant plus blancs.

« *Buon giorno*, signora Maria, dit-il avec un sourire à la silhouette enfouie au milieu des piles de journaux et de revues.

– *Buon giorno*, commissaire, répondit-elle avec autant de simplicité que si elle le voyait tous les jours.

– Étant donné que vous savez qui je suis, signora, vous savez sans doute aussi quelle est la raison de ma présence ici…

– *L'Americana ?* » demanda-t-elle – mais ce n'était pas vraiment une question.

Il sentit un mouvement derrière lui ; soudain une main féminine s'avança pour prendre un journal sur la pile, tendant en même temps un billet de dix mille lires à Maria. « Tu diras à ta mère que le plombier viendra cet après-midi à quatre heures, dit la marchande de journaux en rendant la monnaie.

– *Grazie*, Maria », répondit la jeune femme en repartant.

« Qu'est-ce que je peux faire pour vous ? lui demanda Maria.

– Surveiller tous les gens qui passent dans le coin, signora. » Elle acquiesça. « Si vous voyez quelqu'un qui traîne dans le quartier et qui ne devrait pas y être, pourriez-vous appeler la questure ?

– Bien sûr, commissaire. J'ai gardé un œil sur ce qui se passait par là depuis qu'elle est rentrée, mais je n'ai remarqué personne. »

Une autre main, manifestement masculine cette fois, passa devant Brunetti et s'empara d'un exemplaire de *La Nuova*. Elle disparut un instant, puis revint avec un billet de mille lires et un peu de monnaie que Maria prit en marmonnant un *Grazie*.

« As-tu vu Piero, Maria ? demanda l'homme.

– Il est chez ta sœur. Il m'a dit qu'il t'attendrait là-bas.

– *Grazie.* »

Le commissaire songea qu'il s'était adressé à la bonne personne. « Si vous appelez, demandez-moi, dit-il en voulant prendre une carte dans son portefeuille.

– Pas la peine, dottor Brunetti, je connais le numéro. J'appellerai si je vois quelque chose. » Elle leva la main d'un geste amical et il remarqua alors seulement qu'elle portait des mitaines de laine et non des gants. Sans doute plus pratiques pour rendre la monnaie.

« Puis-je vous offrir quelque chose, signora ? demanda-t-il avec un mouvement de la tête en direction du bar, situé de l'autre côté du carrefour.

– Un café me ferait du bien, avec ce froid, répondit-elle. Un *caffè corretto* », ajouta-t-elle. Brunetti acquiesça. S'il avait lui-même passé la matinée sans bouger dans ce froid humide, il aurait certainement eu envie, lui aussi, d'une goutte de grappa dans son café. Il la remercia de nouveau et passa au bar, où il paya le prix d'un *caffè corretto* en demandant qu'il soit apporté à la marchande de journaux. À la réaction du barman, il était clair que la procédure n'avait rien d'inhabituel dans le quartier. Le policier ne se rappelait plus s'il y avait ou non un ministre de l'Information dans le gouvernement actuel ; sinon, Maria aurait très bien pu occuper ce poste.

Une fois à la questure, il monta rapidement à son bureau et, à sa grande surprise, y trouva une température qui n'était ni tropicale ni arctique. Il se prit un instant à rêver que le système de chauffage avait finalement été réparé, mais un sifflement aigu, dû à la vapeur qui s'échappait de la vanne de sécurité sur le radiateur, mit très vite fin à ce mirage. L'explication, comprit-il, tenait à la pile épaisse de documents trônant sur son bureau. La signorina Elettra devait l'y avoir déposée récemment, et sans doute avait-elle ouvert la fenêtre quelques instants avant de quitter la pièce.

Il accrocha son manteau à la patère, derrière la porte, et se dirigea vers son bureau. Il s'assit et commença à consulter les documents. Le premier était une copie des relevés bancaires de Semenzato, des quatre dernières années. Brunetti n'avait aucune idée de ce qu'avait pu être le salaire du conservateur en chef, mais il se rendit néanmoins compte qu'il avait devant lui les comptes de trésorerie d'un homme riche. De gros dépôts avaient été effectués à des dates à première vue irrégulières ; de la même manière, c'est-à-dire sans logique apparente, il y avait des retraits pouvant atteindre cinquante millions de lires. À sa mort, le solde positif de Semenzato s'élevait à deux cents millions de lires, une somme énorme pour un compte courant. Sur la page suivante, il put constater que l'homme avait disposé d'un capital à peu près équivalent en obligations d'État. Aurait-il épousé une riche héritière ? Aurait-il eu de la chance en jouant en bourse ? Ou était-ce quelque chose d'autre ?

Les pages suivantes donnaient la liste des appels téléphoniques à l'étranger effectués depuis le bureau de Semenzato. Il y en avait des dizaines mais, là aussi, on ne détectait aucune régularité.

Les trois dernières pages étaient les photocopies des relevés de dépenses de Semenzato facturées avec des cartes de crédit, et portant sur les deux dernières années ; Brunetti put ainsi se faire une idée du nombre de billets d'avion qu'il avait achetés. Il parcourut rapidement la liste des yeux, stupéfait par la fréquence de ces voyages et par leurs destinations, pour la plupart lointaines. Le directeur du musée, semblait-il, allait passer un week-end à Bangkok tout aussi naturellement que d'autres vont en passer un dans leur maison de campagne ; il se rendait à Taipei pour trois jours, et s'arrêtait une nuit à Londres avant de rentrer à Venise. Une copie des paiements effectués par carte bancaire accompagnait les itinéraires et confirmait le fait que Semenzato ne se privait pas particulièrement au cours de ses déplacements. Sous tous ces documents, il trouva un certain nombre de fax que l'on avait agrafés ensemble. Ils avaient tous un rapport avec Carmello La Capra. Sur le premier, la signorina Elettra avait ajouté cette remarque au crayon : « Un individu intéressant, celui-ci. » Le père de Salvatore n'avait apparemment aucune source de revenus ; ou du moins, il n'avait ni profession ni emploi fixe. Sur sa déclaration aux services fiscaux, il se présentait comme « consultant », terme qui, quand on l'ajoutait au fait qu'il était originaire de Palerme, déclencha des sonneries d'alarme dans l'esprit de Brunetti. Ses relevés bancaires montraient que de gros transferts avaient été effectués sur ses divers comptes, et ceci dans des monnaies aussi exotiques – on aurait même pu dire suspectes – que le peso colombien, l'escudo équatorien et la roupie pakistanaise. Le policier trouva copie de l'acte de vente du *palazzo* que La Capra avait acheté deux ans auparavant ; sans doute l'avait-il payé en liquide, car on ne voyait aucun retrait correspondant sur les relevés.

Non seulement la signorina Elettra avait réussi à obtenir les copies des relevés bancaires de La Capra, mais elle s'était arrangée pour fournir aussi des relevés de cartes bancaires aussi complets que ceux concernant Semenzato. Parfaitement conscient du temps qu'il aurait fallu pour se procurer ces informations par la voie officielle, Brunetti dut se résoudre à reconnaître qu'elle avait procédé de manière non officielle, ce qui voulait probablement dire illégale. Cela admis, il poursuivit sa lecture. La salle des ventes Sotheby's et le Metropolitan Opéra quand il était à New York, la salle des ventes Christie's et Covent Garden à Londres, l'opéra de Sydney, apparemment alors qu'il revenait d'un week-end à Taipei. Bien entendu, La Capra était descendu à l'hôtel *Oriental*, à Bangkok, où il était resté deux nuits. Du coup, Brunetti fouilla parmi les papiers pour retrouver la liste des voyages de Semenzato et de ses factures par cartes de crédit ; puis il plaça les documents côte à côte. La Capra et Semenzato avaient passé les mêmes deux nuits à l'*Oriental*. Brunetti disposa alors les listes en deux colonnes verticales sur son bureau. À au moins cinq reprises, les deux hommes s'étaient trouvés aux mêmes dates dans les mêmes villes à l'étranger, descendant souvent dans le même hôtel.

Les chasseurs sentaient-ils cette bouffée d'excitation lorsqu'ils voyaient les premières empreintes dans la neige ou entendaient un bruissement dans les fourrés et apercevaient, en se retournant, les couleurs vives d'ailes qui battaient ? La Capra et son nouveau *palazzo*, La Capra et ses acquisitions dans les grandes ventes aux enchères, La Capra et ses voyages d'achat en Orient ou au Moyen-Orient... Ses déplacements lui faisaient souvent croiser le chemin de Semenzato et Brunetti soupçonnait que la raison en était à chercher dans l'intérêt qu'ils partageaient pour les objets d'une grande beauté et d'un prix encore plus grand. Et Murino ? Combien de pièces, parmi celles qui ornaient la demeure de La Capra, étaient-elles passées par la boutique de l'antiquaire ?

Il décida de descendre remercier la signorina Elettra, pour lui dire en personne qu'il ne ferait aucune enquête afin de savoir à quelle source elle avait puisé ses informations. La porte du petit bureau était ouverte et, assise derrière son plan de travail, la jeune fille tapait sur le clavier de son ordinateur, la tête tournée vers l'écran. Il remarqua que les fleurs, aujourd'hui, étaient des roses rouges et qu'il devait s'en trouver au moins deux douzaines… des fleurs qui parlaient d'amour et de désir.

Elle sentit sa présence, tourna les yeux vers lui, sourit et s'arrêta de taper. « *Buon giorno*, commissaire, dit-elle. Puis-je vous aider ?

– Je suis venu vous remercier, *bravissima* Elettra, pour les documents que vous avez laissés sur mon bureau. »

Elle sourit en s'entendant appeler par son prénom, comme si elle y voyait un hommage et non une liberté. « Mais c'est avec plaisir. Les coïncidences sont intéressantes, non ? demanda-t-elle, sans déguiser la satisfaction qu'elle éprouvait à les avoir relevées.

– En effet. Et les relevés d'appels téléphoniques ? Les avez-vous ?

– Ils sont en train de vérifier s'ils ne se sont pas mutuellement appelés. Ils ont les relevés téléphoniques du signor La Capra à Palerme ainsi que ceux des téléphones et fax installés à Venise. Je leur ai demandé de voir s'il n'aurait pas reçu d'appels de Semenzato, que ce soit de chez lui ou de son bureau, mais cela va leur prendre un peu plus de temps et nous n'aurons probablement les résultats que demain matin.

– Devons-nous ceci à votre ami Giorgio ? demanda Brunetti.

– Non. Il est à Rome pour je ne sais quel programme de formation. J'ai donc appelé et dit que le vice-questeur Patta avait besoin de ces informations sur-le-champ.

– Vous ont-ils demandé pourquoi ?

– Bien entendu, monsieur. Vous ne voudriez pas qu'ils livrent de tels renseignements sans avoir toutes les autorisations voulues ?

– Non, bien sûr que non. Et que leur avez-vous répondu ?

– Que c'était une affaire classée secret. Relevant du gouvernement. Ils devraient travailler plus vite, comme ça.

– Et si jamais le vice-questeur l'apprend ? Si par hasard quelqu'un faisait allusion devant lui à cette opération, en disant que vous avez utilisé son nom ? »

Son sourire devint encore plus éclatant. « Oh, je leur ai expliqué qu'il nierait être au courant de quoi que ce soit et qu'il préférerait beaucoup que cette affaire ne soit jamais mentionnée. En outre, j'ai bien peur qu'ils n'aient une certaine habitude de ce genre d'opération – surveiller les lignes téléphoniques privées et garder des traces des appels que donnent les gens.

– J'éprouve des craintes identiques », admit Brunetti. Il se demandait même s'il n'y avait pas des traces de la teneur de ces échanges téléphoniques, tendance à la paranoïa qu'il partageait probablement avec une bonne partie de la population, mais il ne prit pas la peine d'en parler à la signorina Elettra, à qui il préféra demander s'il y avait une chance d'obtenir la dernière fournée de documents avant la fin de la journée.

« Je vais les appeler. Nous les aurons peut-être cet après-midi.

– Pourrez-vous les apporter tout de suite s'ils arrivent, signorina ?

– Bien entendu », répondit-elle en se tournant de nouveau vers son clavier.

Avant d'atteindre la porte, cependant, Brunetti se retourna, sans doute enhardi par l'intimité des dernières minutes. « Veuillez m'excuser de vous poser cette question, signorina, mais j'ai toujours été très curieux de savoir pour quelle raison vous aviez décidé de venir travailler chez nous. Ce n'est pas tous les jours que quelqu'un laisse un emploi à la Banca d'Italia. »

Elle s'arrêta de taper, mais ses doigts restèrent en suspens au-dessus du clavier. « Oh, j'avais simplement envie de changer », répondit-elle, désinvolte. Et elle reprit sa frappe.

Oui, et les cochons voleraient s'ils avaient des ailes, se dit Brunetti en quittant le petit bureau de la signorina Elettra pour regagner le sien. En son absence, la chaleur était devenue tropicale, et il garda donc les fenêtres entrouvertes – pour éviter de laisser entrer la pluie – pendant quelques minutes, puis se résigna à les refermer avant d'aller s'asseoir.

La Capra et Semenzato, le mystérieux Méridional et le directeur de musée… Le Méridional au goût prononcé pour les objets d'art coûteux et assez riche pour se les offrir, et le directeur de musée disposant des contacts souvent indispensables pour que ces goûts puissent être pleinement satisfaits. Le duo était intéressant. Quels autres objets le signor La Capra possédait-il ? Se trouvaient-ils dans son *palazzo* vénitien ? La restauration était-elle terminée, et si oui, à quel genre de transformations avait-on procédé ? Voilà qui serait facile à découvrir ; il lui suffisait d'aller à l'hôtel de ville demander à voir le dossier. Malheureusement, la ressemblance risquerait de ne pas être évidente entre ce qu'il verrait sur les plans et les travaux réellement effectués. Pour découvrir ce qu'il en était exactement, il n'avait qu'à vérifier quel inspecteur des Bâtiments de Venise avait signé le procès-verbal d'exécution des travaux, et il aurait déjà une assez bonne idée de l'importance de ce décalage.

Restait néanmoins la question des objets que pouvait receler le *palazzo* fraîchement restauré, question qui se présentait très différemment. Le magistrat prêt à signer un mandat de perquisition en se fondant sur une concordance de dates entre des factures d'hôtel à Bangkok n'existait pas à Venise, où les *palazzi* comme celui de La Capra se vendent au prix de sept millions de lires le mètre carré.

Il décida de tenter la voie officielle pour commencer, ce qui signifiait qu'il lui fallait appeler à l'autre bout de la ville, au bureau du cadastre, où tous les plans, tous les projets et tous les transferts de propriété étaient obligatoirement enregistrés. Il lui fallut longtemps pour tomber sur le bon service, les différents fonctionnaires qui en étaient les responsables se renvoyant l'appel en affirmant à Brunetti, avant même qu'il ait eu le temps d'expliquer ce qu'il désirait, que c'était un autre bureau qui pourrait lui donner l'information. Il essaya à deux ou trois reprises de parler vénitien, certain que l'utilisation du dialecte local faciliterait les choses en faisant comprendre à son interlocuteur que non seulement il était de la police, mais, plus important, natif de Venise. Les trois premières personnes à qui on l'adressa répondirent en italien à toutes ses questions – apparemment elles n'étaient pas de Venise –, quant à la quatrième, elle se mit à baragouiner dans un dialecte sarde tout à fait incompréhensible jusqu'à ce que Brunetti, découragé, se remette à parler italien. Il n'en eut pas pour autant ce qu'il voulait, mais put au moins être transféré vers le bon service.

Il éprouva une bouffée de joie lorsque la femme qui lui répondit le fit en s'exprimant dans le vénitien le plus pur – qui plus est, avec l'accent de Castello le plus marqué. Dante pouvait bien faire le panégyrique de l'accent toscan, le plus doux à la bouche, le plus suave de tous était le vénitien de Castello.

Après ce parcours du combattant dans le maquis des instances officielles pour seulement obtenir qu'on lui parle, il avait abandonné tout espoir d'obtenir copie des plans et il se contenta donc de demander, à la place, le nom de l'entreprise qui avait effectué les travaux de restauration. Le nom lui était familier. Scattalon comptait en effet parmi les meilleures entreprises – et les plus chères – dans le domaine des travaux publics, à Venise. C'était d'ailleurs Scattalon qui avait le contrat, tacitement renouvelé depuis une éternité, pour l'entretien du *palazzo* Falier, celui du beau-père de Brunetti, contre les ravages tout aussi éternels du temps et des marées.

On lui passa Arturo, l'aîné des fils Scattalon, mais celui-ci refusa de discuter des affaires de l'un de leurs clients avec la police. « Je suis désolé, commissaire, mais ces informations sont confidentielles.

– Je désire seulement avoir une idée générale du coût global de ces travaux, un ordre de grandeur en dizaines de millions, expliqua Brunetti, qui ne voyait pas pour quelle raison ce genre de renseignement pouvait être classé comme confidentiel.

– Je suis navré, mais c'est absolument impossible. » Le silence se fit sur la ligne et Brunetti supposa que le jeune Scattalon couvrait le micro de la main afin de parler à quelqu'un d'autre, dans le bureau. Il revint rapidement. « Vous devez obtenir un mandat d'un juge pour que nous puissions vous donner ce genre d'information.

– Cela simplifierait-il les choses si mon beau-père appelait votre père à propos de cette affaire ? demanda Brunetti.

– Et qui est votre beau-père ? voulut savoir Scattalon fils.

– Le comte Orazio Falier », répondit Brunetti, savourant pour la première fois de sa vie, peut-être, la sonorité de chacune des syllabes au fur et à mesure qu'elles tombaient de sa bouche.

Le son disparut une deuxième fois à l'autre bout de la ligne, mais pas entièrement, car Brunetti distinguait vaguement le timbre grave de deux voix masculines. Puis le téléphone fut posé sur une surface dure, il y eut quelques bruits divers, et une voix différente parla. « *Buon giorno*, dottor Brunetti. Il faut excuser mon fils. Il est nouveau dans les affaires. Il sort à peine de l'université et il n'est pas encore tout à fait habitué à la manière dont se font les choses, voyez-vous.

– Bien entendu, signor Scattalon. Je comprends tout à fait.

– Quelles sont les informations dont vous dites avoir besoin, dottor Brunetti ?

– Je voudrais avoir une estimation approximative des dépenses faites par le signor La Capra pour la restauration de son *palazzo*.

– Volontiers, dottore, volontiers. Permettez, je vais chercher le dossier. » Le combiné fut de nouveau posé, mais l'entrepreneur le reprit rapidement. Il déclara ne pas savoir quel avait été le prix d'achat du bâtiment, mais il estimait que l'an passé, sa société avait facturé pour environ cinq cents millions de lires de travaux, ce prix comprenant bien sûr les matériaux et la main-d'œuvre. Brunetti supposa qu'il s'agissait du prix *in bianco*, celui qui figurerait sur la déclaration de revenus de l'entreprise au fisc. Il ne connaissait pas suffisamment Scattalon pour se permettre de lui poser la question, mais il ne prendrait pas beaucoup de risques en concluant qu'une grande partie du travail, peut-être même la majeure partie, avait été payée *in nero*, et à un taux plus bas, avantageux pour les deux parties, puisque Scattalon paierait d'autant moins d'impôts. Le commissaire considéra donc qu'il pouvait ajouter à la facture encore cinq cents millions de lires, versées *in nero* sinon à Scattalon, du moins à d'autres entreprises sous-traitantes, ou pour d'autres dépenses.

Pour ce qui était des travaux effectués dans le *palazzo*, Scattalon se montra tout à fait franc ; un toit et des plafonds neufs, un renforcement de la structure à l'aide de poutrelles d'acier, tous les murs débarrassés de leurs enduits jusqu'à la brique et réagréés, plomberie et électricité entièrement refaites, nouveau chauffage central, climatisation de l'air à commande centralisée, trois escaliers neufs, sols parquetés dans les salons d'apparat et pose de doubles fenêtres partout. Sans être un expert, Brunetti se rendit compte que tout cela avait dû coûter infiniment plus que la somme citée par Scattalon. L'affaire regardait l'entrepreneur et les services du fisc, pas la police.

« J'avais cru comprendre qu'il avait fait aménager une pièce pour y disposer sa collection, inventa Brunetti. Avez-vous travaillé là-dessus ? Il s'agirait d'une salle consacrée à des peintures, ou encore – il marqua un temps d'arrêt, espérant viser juste – à des céramiques. »

Après une brève hésitation, au cours de laquelle Scattalon dut comparer les obligations qu'il avait vis-à-vis de La Capra d'un côté et du comte de l'autre, il répondit : « Il y a bien une salle, au troisième étage, qui pourrait servir de galerie. Nous y avons installé des vitrages à l'épreuve des balles et avons posé des grilles à toutes les fenêtres. Cette salle se trouve à l'arrière du *palazzo* et les fenêtres font face au nord ; elle bénéficie donc d'un éclairage indirect, mais les fenêtres sont assez grandes pour qu'il soit suffisant.

– Une galerie ?

– C'est-à-dire… le mot n'a jamais été prononcé, mais on ne peut pas ne pas y penser. Il n'y a qu'une porte, une porte blindée, et il nous a demandé de creuser un certain nombre de niches dans les murs. Elles seraient parfaites pour y présenter des statues, pourvu qu'elles soient de petite taille, et bien sûr, aussi, des céramiques.

– Et le système d'alarme ? En avez-vous installé un ?

– Non, car cela n'est pas de notre ressort. Si le signor La Capra en a fait poser un, il a dû s'adresser à une autre société.

– Savez-vous si c'est le cas ?

– Je n'en ai aucune idée.

– Quel genre d'homme vous a-t-il fait l'effet d'être, signor Scattalon ?

– C'était merveilleux de travailler avec lui. Il était très raisonnable, et en même temps très inventif. De plus, il a un goût excellent. »

Brunetti traduisit dans sa tête : La Capra était un personnage extravagant, et probablement adonné à ce genre d'extravagance qui ne se soucie guère de discuter les factures ou de les examiner de trop près.

« Savez-vous si le signor La Capra occupe actuellement le *palazzo* ?

– Oui, il s'y trouve. En fait, il nous a appelés deux ou trois fois pour que nous nous occupions de détails qui avaient été négligés au cours des dernières semaines de travaux. » Ah, pensa Brunetti, les charmes de la voix passive : les détails avaient été négligés, mais les ouvriers de Scattalon n'étaient pas forcément responsables de cette négligence… Chose merveilleuse que le langage.

« Et savez-vous si certains détails ont été négligés dans la pièce que vous décrivez comme une galerie ? »

La réponse de l'entrepreneur fut immédiate. « Ce n'est pas le terme que j'ai employé, dottor Brunetti. J'ai simplement dit qu'elle pouvait effectivement remplir cette fonction. Et pour répondre à votre question, il n'y a eu aucun problème à traiter dans cette salle.

– Savez-vous si vos ouvriers auraient eu des raisons de retourner dans celle-ci lorsqu'ils sont allés au *palazzo* pour effectuer ces dernières retouches ?

– Du moment qu'il n'y avait aucun travail à y faire, ils n'avaient aucune raison d'y entrer, et je suis certain qu'ils ne l'ont pas fait.

– Bien sûr, bien sûr, signor Scattalon. Cela tombe sous le sens. » Quelque chose lui disait que les réserves de patience de son interlocuteur commençaient à s'amenuiser et ne dépasseraient pas une ou deux questions supplémentaires. « La porte est-elle le seul moyen d'accéder à la pièce ?

– Oui, mis à part les conduits du système d'air conditionné.

– Les grilles des fenêtres s'ouvrent-elles ?

– Non. » Que ce monosyllabe, prononcé sur un ton on ne peut plus définitif.

– Merci de votre aide, signor Scattalon. Je ne manquerai pas d'en parler à mon beau-père », conclut Brunetti, sans donner plus d'explication à la fin de cette conversation qu'au début, mais raisonnablement assuré que l'entrepreneur, comme la plupart des Italiens, se méfierait suffisamment de quelque chose qui avait un rapport avec une enquête de police pour n'en parler à personne, et certainement pas, en tout cas, au client qui ne l'avait peut-être pas encore intégralement payé.

19

Le signor La Capra, se demanda-t-il, serait-il encore l'un de ces hommes aux protections solides que l'on voyait apparaître sur la scène avec une fréquence quelque peu dérangeante ? Ces hommes riches, mais d'une richesse occulte, aux origines impossibles à retracer en tout cas, paraissaient se déplacer vers le Nord ; ils arrivaient de Sicile et de Calabre, immigrants dans leur propre pays. Pendant des années, les habitants de la Lombardie et de la Vénétie, les régions les plus riches du pays, s'étaient crus à l'abri de la Pieuvre, le monstre tentaculaire qu'était devenue la Mafia. Tout cela n'était que *roba dal Sud*, des histoires de Méridionaux, tous ces assassinats, tous ces attentats à la bombe dans des bars ou des restaurants dont les propriétaires avaient refusé de payer pour leur « protection », toutes ces fusillades de centre-ville. Et, devait-il admettre, tant que les choses en étaient restées là, tant que toutes ces violences et ces bains de sang s'étaient cantonnés au sud, personne ne s'en était réellement soucié ; le gouvernement lui-même n'avait voulu y voir rien de plus qu'une des coutumes bizarres d'une partie du pays. Au cours des dernières années, cependant, de même qu'une épidémie qui se révélerait impossible à arrêter, la violence avait gagné le Nord, des villes comme Florence et Bologne ; et, à présent, le cœur industrialisé du pays se trouvait contaminé et cherchait en vain un moyen de contenir la maladie.

Parallèlement à la violence, parallèlement aux tueurs engagés pour assassiner des gamins de douze ans afin que les parents sachent qu'ils ne plaisantaient pas, on avait vu arriver des hommes en costume cravate, le porte-documents à la main, des sponsors discrets de salles d'opéra et des autres arts, des gens dont les enfants allaient dans les meilleures universités, des gens fiers de leur cave à vin, des gens férocement désireux qu'on les considère comme des mécènes, des épicuriens et des gentlemen – et non pas comme la racaille qu'ils étaient, à se gargariser des notions d'*omertà* et de loyauté au clan.

Un instant, il dut se forcer à ne pas se laisser emporter et à accepter l'idée que le signor La Capra pouvait très bien n'être que ce qu'il paraissait être : un homme fortuné qui avait acheté et fait restaurer un *palazzo* au bord du Grand Canal. Mais à peine cette pensée l'avait-elle effleuré qu'il repensa aux empreintes digitales de Salvatore La Capra découvertes dans le bureau de Semenzato, ainsi qu'aux villes étrangères où Semenzato et La Capra père avaient fait escale les mêmes jours, descendant parfois dans le même hôtel. Des coïncidences ? Absurde.

Scatallon avait dit que La Capra occupait en ce moment le *palazzo* ; peut-être était-il temps que l'un des représentants officiels du bras armé de la Sérénissime aille saluer le nouvel arrivant et le mette en garde contre les risques que la criminalité qui régnait en cette malheureuse époque pouvait lui faire courir.

Étant donné que le *palazzo* se trouvait sur le même côté du Grand Canal que celui où il habitait, Brunetti déjeuna chez lui mais ne prit pas de café, pensant que le signor La Capra aurait peut-être la courtoisie de lui en offrir un.

Le *palazzo* s'élevait à l'extrémité de la calle Dilera, une petite impasse aboutissant sur le Grand Canal. Pendant qu'il s'approchait, le policier put constater des signes évidents de restauration. Le revêtement extérieur d'*intonaco* qui recouvrait les briques était encore vierge de tout graffiti. Ce n'est que vers le bas du mur qu'on apercevait les premiers signes d'usure : la dernière *acqua alta* avait laissé sa marque à la hauteur approximative des genoux de Brunetti, éclaircissant l'orangé sourd de l'enduit, dont une partie s'émiettait déjà et constellait la ruelle de taches plus claires. Des grilles en fer forgé étaient fixées aux quatre fenêtres du rez-de-chaussée, rendant toute tentative d'effraction impossible. Derrière les grilles il aperçut des volets en bois neuf, étroitement fermés. Il passa de l'autre côté de l'étroite *calle* et renversa la tête pour étudier les étages supérieurs. Tous présentaient les mêmes volets en bois vert sombre, qui ouvraient sur des fenêtres à double vitrage. Sous les tuiles neuves du toit, les gouttières qui recueillaient la pluie étaient en cuivre, tout comme les descentes pluviales qui collectaient les eaux. À partir du premier étage, cependant, les tuyaux n'étaient plus qu'en tôle, matière beaucoup moins tentante, avant de rejoindre le sol.

La plaque apposée à côté de l'unique sonnette était le bon goût incarné : elle comportait ce simple nom, en écriture italique, *La Capra*. Brunetti appuya sur la sonnette et attendit à côté de l'interphone.

« *Si, chi è ?* fit une voix masculine.

– *Polizia*, répondit-il, ayant décidé de ne pas gaspiller son temps en subtilités inutiles.

– *Si. Arrivo.* » La voix se tut, et Brunetti entendit un cliquetis métallique. Il patienta.

Au bout d'une bonne minute, un jeune homme en costume bleu foncé ouvrit la porte. Rasé de près, l'œil noir, il avait la beauté qui aurait convenu à un modèle s'il n'avait pas été un peu trop trapu, peut-être, pour être photogénique. *« Si ? »* demanda-t-il sans sourire, mais sans non plus paraître moins amical que tout citoyen moyen obligé d'ouvrir sa porte à la police.

« *Buon giorno.* Je suis le commissaire Brunetti ; j'aimerais parler au signor La Capra.

– À quel propos ?

– De la situation de Venise en matière criminelle. »

Le jeune homme resta où il était, un peu à l'extérieur de la porte, ne faisant ni mine de vouloir l'ouvrir complètement, ni de s'en écarter pour laisser entrer Brunetti. Il attendait que ce dernier s'explique de manière plus précise mais, lorsqu'il devint évident que cela n'arriverait pas, il dit : « Je croyais qu'il ne se commettait jamais de crime à Venise. » Son accent sicilien transparaissait dès qu'il faisait une phrase un peu longue ; à cela s'ajoutait un ton agressif.

« Le signor La Capra est-il chez lui ? demanda Brunetti qui en avait assez de ce petit jeu et commençait à se sentir gagné par le froid.

– Oui. » Le jeune homme recula d'un pas et tint la porte ouverte pour Brunetti. Le policier se retrouva dans une vaste cour intérieure entièrement close de murs et ornée, en son centre, d'un puits circulaire. Sur la gauche, des colonnes de marbre soutenaient une volée de marches donnant accès au premier étage ; revenant sur lui-même, l'escalier continuait jusqu'au deuxième, puis jusqu'au troisième étage. Des têtes de lion sculptées dans la pierre ponctuaient la rampe de marbre à intervalles réguliers. Des indices de travaux récents se trouvaient encore sous le plan incliné de l'escalier : une brouette pleine de sacs de ciment vides, un rouleau de ces épaisses feuilles de plastique qui isolent les échafaudages, et de grands pots métalliques frangés de coulures de peinture.

Au premier étage, le jeune homme ouvrit une porte et s'effaça pour laisser passer Brunetti. Dès qu'il était entré dans le *palazzo*, le policier avait entendu de la musique filtrer des étages supérieurs. Elle était devenue progressivement plus forte tandis qu'il suivait le jeune homme dans l'escalier, et il reconnut bientôt la présence d'une voix de soprano au milieu des instruments. Ceux-ci étaient surtout des cordes, semblait-il, mais le son, qui provenait d'une partie différente de l'édifice, était étouffé. Le jeune homme ouvrit une autre porte et, juste à ce moment-là, la voix s'éleva au-dessus des instruments, resta suspendue à une superbe altitude le temps de cinq battements de cœur, puis retomba dans le monde étriqué des cordes.

Ils empruntèrent un corridor dallé de marbre et attaquèrent un escalier intérieur. La musique devenait de plus en plus envahissante, la voix plus claire et éclatante au fur et à mesure qu'ils se rapprochaient de la source sonore. Le jeune homme paraissait ne pas la remarquer, alors qu'ils se déplaçaient dans un monde intégralement rempli de sons, ne laissant la place à rien d'autre. En haut de la deuxième volée de marches, le Sicilien poussa une autre porte, s'effaça à nouveau ; d'un signe de la tête, il invita Brunetti à s'engager dans un long couloir. Il ne pouvait d'ailleurs communiquer que par signes, car on n'aurait rien entendu s'il avait parlé.

Brunetti passa donc devant lui dans le couloir ; le jeune homme le rattrapa et alla ouvrir encore une porte, sur la droite ; cette fois-ci, il s'inclina lorsqu'il introduisit le visiteur, avant de refermer le battant derrière lui. Le policier se retrouva dans une grande pièce, complètement assourdi par la musique.

Ses sens pratiquement réduits à un seul, il vit, installés dans chacun des angles, quatre panneaux recouverts de tissu, de la hauteur approximative d'un homme, tous tournés de façon à faire face au centre de la salle. Là, se trouvait un homme allongé sur une chaise longue en cuir brun. Toute son attention tournée vers le petit livret carré qu'il tenait à la main, il ne parut pas avoir remarqué l'entrée de Brunetti. Celui-ci, qui s'était arrêté juste derrière la porte, regarda son hôte et écouta la musique.

Le timbre de la soprano était la perfection même, quelque chose né dans le cœur, qui s'était réchauffé là avant de se dilater avec cette absence apparente d'effort qui est le fait des plus grandes cantatrices – et encore, quand elles dominent complètement leur technique. La voix s'attardait sur une note, puis s'élevait, enflait, flirtait avec un instrument qu'il reconnut alors – une harpe – pour se reposer un instant pendant que la harpe dialoguait avec les cordes. Puis, comme si elle ne s'était jamais tout à fait tue, la voix revint, entraîna les cordes avec elle dans les aigus, toujours plus haut. Brunetti distinguait des mots et des fragments de phrase, ici et là, *disprezzo, perchè, per pietade, fugge il mio bene*, mots et fragments de phrases qui parlaient d'amour, de désir et de deuil. Un opéra, certes, mais il ignorait lequel.

L'homme allongé sur la chaise longue devait approcher la soixantaine ; qu'il menait une vie de coq en pâte amateur de bonne chère se voyait à la manière dont sa taille s'arrondissait. Le nez, imposant, charnu, dominait le visage, surmonté de lunettes de lecture en demi-lune – c'était ce même nez que Brunetti avait vu sur la photo de l'identité judiciaire, dans le dossier de l'homme accusé de viol, son fils. Il avait de grands yeux limpides à l'iris sombre, presque noir. Rasé de près, il avait une barbe si dure qu'une ombre bleue envahissait déjà ses joues, alors qu'on était au début de l'après-midi.

La musique diminua et vint mourir après un pianissimo glacial. Ce n'est que dans le rayonnement intense du silence qui suivit que Brunetti prit conscience de la qualité qu'avait eu le son, et que le volume avait été rendu supportable par cette perfection.

L'homme se détendit complètement. Le livret lui échappa des mains et tomba sur le sol. Il ferma les yeux, la tête renversée, dans un abandon total de tout son corps. Il n'avait pas donné le moindre signe d'avoir remarqué l'arrivée de Brunetti, mais ce dernier ne doutait pas, cependant, qu'il était parfaitement conscient de sa présence dans la pièce ; qui plus est, le policier avait le sentiment que cet étalage de ravissement esthétique avait été mis en scène uniquement pour son édification.

Délicatement, à la façon dont sa belle-mère applaudissait un air qu'elle n'avait pas aimé mais dont on lui disait qu'il avait été très bien chanté, il se tapota le bout des doigts à plusieurs reprises, très légèrement.

Comme si on venait de le rappeler de hauteurs où les mortels d'une extraction plus humble n'auraient jamais osé s'aventurer, l'homme sur la chaise longue ouvrit les yeux, secoua la tête avec une expression feinte d'étonnement et se tourna pour regarder d'où provenait cette réaction plutôt tiède.

« Vous n'avez pas aimé la voix ? demanda La Capra avec une réelle surprise.

– Oh, si, énormément..., répondit Brunetti, mais j'ai trouvé l'exécution un peu forcée. »

Si La Capra remarqua l'absence de pronom possessif, il choisit de n'en rien laisser paraître. Il ramassa le livret et l'agita en l'air. « La plus belle voix de notre époque, la seule grande cantatrice. » Les coups portés dans le vide avec le livret vinrent souligner cette affirmation.

« La signora Petrelli ? » s'enquit Brunetti.

L'homme eut une contraction de la bouche, comme s'il venait de mordre dans un fruit amer. « Chanter Haendel ? La Petrelli ? demanda-t-il avec une expression d'étonnement fatigué. Tout ce qu'elle est capable de faire, c'est de chanter Verdi et Puccini. » Il avait prononcé ces noms à la manière dont une religieuse aurait dit « sexe » ou « érotique ».

Brunetti faillit faire remarquer que Flavia chantait aussi Mozart, mais se contenta finalement de dire : « Signor La Capra, je suppose ? »

En entendant son nom, l'homme se remit sur ses pieds, brusquement arraché à ces considérations esthétiques par ses devoirs d'hôte et s'approcha de Brunetti, la main tendue. « Oui. Et à qui ai-je l'honneur ? »

Brunetti lui serra la main et lui rendit son sourire de manière tout aussi formelle. « Commissaire Guido Brunetti.

– Commissaire ? » Au ton de sa voix, on aurait cru que La Capra entendait ce mot pour la première fois.

Brunetti acquiesça. « Oui, de police. »

Une expression de confusion passa fugitivement sur le visage de l'homme, mais, cette fois-ci, Brunetti pensa qu'il s'agissait d'une émotion réelle, et non simulée pour impressionner un public. La Capra se remit cependant très vite et demanda, très poliment : « Et, si je puis me permettre de vous le demander, quelle est la raison de votre visite, commissaire ? »

Brunetti ne voulait surtout pas que La Capra soupçonne la police d'avoir fait le lien entre lui et l'assassinat de Semenzato, et il avait donc décidé de ne rien dire des empreintes digitales de son fils trouvées sur la scène du crime. Et tant qu'il n'aurait pas mieux cerné l'homme qu'il avait devant lui, il ne fallait pas non plus que celui-ci sache que le lien qui pouvait exister entre Brett et lui intéressait également les enquêteurs. « Les cambriolages, signor La Capra, les cambriolages. »

Sur-le-champ, La Capra ne fut plus qu'attention polie. « Oui, commissaire ? »

Brunetti lui adressa son sourire le plus amical. « Je suis venu pour vous parler de la ville, signor La Capra, étant donné que vous êtes un nouveau résident, et des quelques risques que l'on peut y courir.

– C'est très aimable de votre part, dottore, répondit La Capra, rendant sourire pour sourire. Dites-moi, nous ne pouvons rester ici comme deux statues. Puis-je vous offrir un café ? Vous avez déjà déjeuné, sans doute ?

– Oui, en effet. Mais j'accepterais volontiers un café.

– Ah, dans ce cas, suivez-moi. Nous allons descendre dans mon bureau, où je le ferai servir. » Précédant Brunetti, il le fit passer dans le couloir et descendre l'escalier intérieur. Au premier étage, il ouvrit une porte et s'effaça poliment pour laisser le policier entrer le premier. Deux des murs étaient recouverts de livres ; le troisième s'ornait de tableaux qui auraient eu bien besoin d'être nettoyés – et qui, du coup, paraissaient avoir une valeur inestimable. Trois fenêtres montant jusqu'au plafond composaient le quatrième mur ; elles donnaient sur le Grand Canal où les bateaux allaient et venaient, tout à leurs affaires de bateaux. La Capra fit signe à Brunetti de s'installer sur un divan recouvert de satin et s'approcha lui-même d'un grand bureau de chêne où il prit le téléphone, appuya sur un bouton et demanda qu'on apporte du café.

Il retraversa la pièce pour venir s'asseoir en face de Brunetti, prenant soin de tirer sur le pli de son pantalon pour éviter de déformer le tissu. « Comme je vous le disais, c'est très aimable de votre part d'être venu me voir, dottor Brunetti. Je ne manquerai pas de remercier le dottor Patta, la prochaine fois que je le verrai.

– Vous êtes ami avec le vice-questeur ? » demanda Brunetti.

La Capra eut un geste de la main exprimant la plus intense modestie, comme s'il repoussait la possibilité d'une telle gloire. « Non, je n'ai pas cet honneur. Mais nous sommes tous les deux membres du Lion's Club, et nous avons donc des occasions de nous rencontrer en société. » Il marqua une pause avant de répéter : « Je ne manquerai pas de le remercier pour votre prévenance. »

Brunetti acquiesça pour exprimer sa gratitude, sachant exactement ce que penserait Patta de la prévenance en question.

« Mais dites-moi, dottor Brunetti, contre quoi vouliez-vous me mettre en garde ?

– Oh, rien de vraiment spécifique, signor La Capra. Avant tout, je voudrais que vous compreniez que les apparences de Venise peuvent être trompeuses.

– Ah bon ?

– On a l'impression de se trouver dans la plus paisible des villes… » Brunetti s'interrompit pour demander, en aparté : « Vous savez que nous ne comptons que soixante-dix mille habitants, n'est-ce pas ? »

La Capra acquiesça.

« On pourrait donc avoir l'impression, à première vue, que Venise est une petite ville de province endormie, où les rues sont sûres – et elles le sont, se hâta d'ajouter Brunetti. On peut même dire qu'elles le sont de jour comme de nuit. » Il se tut un instant avant de remarquer, comme si la chose lui venait seulement à l'esprit : « Et d'une manière générale, les gens sont aussi en sécurité dans leur domicile.

– Si je puis me permettre de vous interrompre, commissaire, c'est l'une des raisons pour lesquelles j'ai choisi de venir m'installer ici : afin de profiter de la sécurité et de la tranquillité qu'on ne trouve plus, semble-t-il, qu'à Venise.

– Vous êtes de… ? » demanda Brunetti, même si l'accent qui transparaissait, en dépit des efforts que déployait La Capra pour le contenir, l'avait trahi depuis longtemps.

« De Palerme. »

Brunetti laissa résonner cette information avant de continuer. « Il n'y en a pas moins, et c'est pour cette raison que je suis venu vous parler, des risques de cambriolage. Notre ville compte de nombreux habitants fortunés et certains, peut-être trompés par la paix apparente qui règne ici, ne prennent pas, chez eux, toutes les dispositions de sécurité qui sont pourtant nécessaires. » Il regarda autour de lui et eut un geste gracieux de la main. « Je constate que vous avez ici beaucoup de belles choses. » La Capra sourit, mais inclina rapidement la tête avec une expression de modestie. « J'espère simplement que vous avez eu la prudence d'assurer au mieux leur protection », conclut le policier.

La porte s'ouvrit derrière lui, et le même jeune homme qui l'avait introduit entra dans la pièce, portant un plateau sur lequel étaient posés deux tasses à café et un sucrier en argent monté sur trois pattes griffues délicatement ciselées. Il se tint en silence à côté de Brunetti pendant que celui-ci sucrait son café, puis il en fit autant auprès du signor La Capra. Il quitta la pièce sans avoir dit un mot, gardant le plateau avec lui.

Lorsqu'il fit tourner la petite cuillère dans son café, Brunetti remarqua la présence de la fine couche de mousse que seules produisent les machines à expresso ; dans la cuisine du signor La Capra, on ne tenait pas la cafetière au chaud sur un coin du fourneau.

« C'est faire preuve de beaucoup de prévenance, dottor Brunetti, que de venir me mettre en garde comme vous l'avez fait. J'ai bien peur, en effet, que trop de gens voient Venise comme une oasis de paix dans une société de plus en plus criminelle. » Le signor La Capra secoua la tête à cette idée. « Mais je puis vous assurer que j'ai pris toutes les dispositions nécessaires, en ce qui me concerne.

– Je suis heureux de l'apprendre, signor La Capra, répondit Brunetti, qui posa tasse et soucoupe sur la table au plateau de marbre placée à côté du divan. Je suis certain que vous tenez à être prudent, avec toutes les belles choses que vous avez ici. D'autant qu'il a certainement fallu que vous vous donniez beaucoup de mal pour les acquérir, j'imagine. »

Le sourire de La Capra, cette fois, arriva avec un temps de retard et à une température légèrement plus basse. Il acheva son café, puis posa sa tasse et sa soucoupe à côté de celles de Brunetti. Il ne dit rien.

« Serait-il indiscret de vous demander quelles sortes de précautions vous avez prises, signor La Capra ?

– Indiscret ? demanda l'homme en ouvrant de grands yeux. Comment cela pourrait-il l'être ? Je suis bien certain que vous voulez le savoir uniquement par considération pour les citoyens de cette ville. » Il laissa cette remarque faire son chemin, puis enchaîna : « J'ai fait installer un système d'alarme contre l'effraction. Mais, ce qui est à mon avis plus important, j'ai un personnel qui veille en permanence sur la maison. Il y a toujours au moins un garde. J'ai tendance à avoir davantage confiance dans la loyauté de mon personnel que dans l'efficacité de tout système mécanique de protection que je pourrais me procurer. » Le signor La Capra fit monter la température de son sourire d'un degré ou deux. « Peut-être allez-vous penser que je suis vieux jeu, mais je crois en ces valeurs, la loyauté, l'honneur.

– Certainement, dit Brunetti d'un ton neutre, laissant à son sourire le soin de montrer qu'il avait compris. Permettez-vous aux gens de voir les autres pièces de votre collection ? Si ce que je vois ici est une indication, reprit-il avec un geste léger de la main qui incluait toute la pièce, elle doit être très impressionnante.

– Ah, commissaire, je suis désolé, répondit La Capra avec un petit mouvement de la tête, mais je crains bien que ce ne soit impossible, pour le moment.

– Ah bon ? fit poliment Brunetti.

– Voyez-vous, la pièce dans laquelle j'envisage de les présenter n'est pas encore dans l'état où j'aimerais la voir. L'éclairage, le carrelage, jusqu'aux caissons du plafond – rien de tout cela ne me convient, si bien que je serais gêné, oui, réellement gêné, de laisser quelqu'un voir ma collection en ce moment. Cependant, je serais très heureux de vous inviter à nouveau pour venir la voir quand la salle sera prête et… (il hésita, cherchant l'expression qui convenait)… quand les pièces seront présentables.

– C'est très aimable de votre part, signore. Je peux donc compter avoir le plaisir de vous revoir ? »

La Capra acquiesça, mais ne sourit pas.

« Je suis sûr que vous devez être très occupé », reprit Brunetti en se levant. Il trouvait singulièrement étrange qu'un amateur d'art éprouve autant de répugnance à montrer ses trésors à quelqu'un qui manifestait de la curiosité ou de l'enthousiasme pour les belles choses. C'était la première fois qu'il rencontrait un tel comportement. Et il trouvait encore plus bizarre que, alors qu'ils avaient parlé de la vie criminelle de la ville, La Capra n'ait pas jugé utile de faire allusion aux deux agressions qui, cette semaine même, avaient défrayé la chronique et perturbé le calme de Venise et la vie de personnes qui, comme lui-même, aimaient la beauté.

La Capra se leva à son tour et raccompagna le visiteur, tout d'abord jusqu'à la porte, puis, descendant l'escalier avec lui, il le reconduisit, de l'autre côté de la cour, jusqu'à l'entrée principale du *palazzo*. Il tira lui-même le battant et le tint pendant que Brunetti sortait. Ils se serrèrent cordialement la main, et le signor La Capra resta tranquillement près de la porte pendant que le commissaire repartait vers le campo San Polo.

20

La demi-heure que Brunetti venait de passer avec La Capra le rendait peu désireux de risquer une rencontre avec Patta le même jour ; il décida cependant de retourner à la questure, au cas où des messages l'attendraient. Deux personnes avaient appelé : Giulio Carrara, demandant qu'il le rappelle à Rome, et Flavia Petrelli, qui avait dit qu'elle tâcherait de le joindre à nouveau dans l'après-midi.

Le standard le mit en relation avec Rome et il eut rapidement le major à l'autre bout du fil. Carrara ne perdit pas son temps en considérations personnelles, attaquant tout de suite sur Semenzato. « Nous avons des éléments, Guido, qui peuvent faire penser qu'il était impliqué dans plus de choses que nous le pensions.

– Et quoi donc ?

– Il y a deux jours, nous avons intercepté, à Livourne, un chargement de cendriers en albâtre en provenance de Hong Kong, et destiné à un grossiste de Vérone. Le truc habituel : il achète les cendriers, il colle des étiquettes dessus et les vend sous le label *Made in Italy*.

– Pour quelle raison avez-vous intercepté ce chargement ? Ce n'est pas le genre de choses que tes gens recherchent, en général.

– Un des gaillards de notre écurie nous a conseillé de regarder le chargement de plus près, en disant qu'on ne le regretterait pas.

– Pour de fausses étiquettes ? s'étonna Brunetti, ne comprenant toujours pas. Ce sont les gars des finances qui s'en occupent, non ?

– Oh, ils ont eu leur pot-de-vin, ne t'en fais pas, répondit Carrara, désinvolte, et le chargement serait sans aucun doute arrivé tranquillement à Vérone. Mais c'est à cause de ce qu'il y avait avec les cendriers que le type nous a appelés. »

Cette fois, Brunetti comprit sur-le-champ. « Et qu'avez-vous trouvé ?

– Tu as entendu parler d'Angkor Vat, n'est-ce pas ?

– Au Cambodge ?

– Ta question montre que tu connais la réponse. Quatre des caisses contenaient des statues prises dans l'un des temples d'Angkor.

– Tu en es certain ? » La phrase à peine sortie de sa bouche, Brunetti regretta de l'avoir formulée de cette manière.

« C'est notre boulot d'en être certains, dit Carrara sans se formaliser. Trois des pièces avaient été repérées à Bangkok, il y a quelques années, mais elles ont disparu du marché avant que la police ait eu le temps de les confisquer.

– Je ne comprends pas comment tes services peuvent affirmer avec autant de certitude que ces pièces viennent bien d'Angkor Vat.

– Les Français ont fait des relevés très complets des temples, à l'époque où le Cambodge était l'une de leurs colonies ; et depuis, la majeure partie a été photographiée. Deux des statues que nous avons trouvées en proviennent indiscutablement ; c'est pour cela que nous en sommes sûrs.

– Quand ces photos ont-elles été prises ?

– En 1985. Une équipe d'archéologues américains est allée passer quelques mois là-bas ; ils ont fait des relevés, pris des photos, puis la guerre s'est rapprochée et ils ont été obligés de partir. Nous possédons cependant des copies de tous leurs travaux. Voilà pourquoi nous n'avons pas le moindre doute sur ces deux statues, et il est vraisemblable que les deux autres proviennent de la même source.

– Aucune idée de leur destination ?

– Non. Tout ce que nous avons, c'est l'adresse du grossiste de Vérone.

– Vous vous en êtes déjà occupés ?

– Deux de nos hommes surveillent l'entrepôt, à Livourne. Nous avons mis leurs téléphones sur écoute, à Livourne et au bureau de Vérone. »

Brunetti trouva la réaction démesurée – un tel branlebas pour quatre statues ? – mais garda cette réflexion pour lui. « Et le grossiste ? Avez-vous quelque chose ?

– Non, il est nouveau pour nous. Blanc comme neige. Le fisc n'a même pas un dossier sur lui.

– Et chez vous, qu'en pensez-vous ? »

Carrara réfléchit quelques instants avant de répondre. « Je dirais qu'il n'y est pour rien. Et que quelqu'un doit se charger de faire disparaître les statues avant la livraison du chargement.

– Où ? Comment ? demanda Brunetti, ajoutant aussitôt : Sait-on que vous avez ouvert les caisses ?

– Je ne crois pas. L'entrepôt avait été évacué et la brigade financière a fait tout un cirque à propos d'un chargement de dentelles en provenance des Philippines.

Pendant ce temps, nous examinions les cendriers ; nous avons ensuite refermé les caisses en les laissant en l'état.

– C'était quoi, ces dentelles ?

– Oh, l'affaire classique. Il y en avait deux fois plus que ce qui était déclaré dans les documents. Ils ont donc confisqué tout le chargement et sont en train de calculer le montant de l'amende.

– Et les cendriers ?

– Pour le moment, ils sont toujours dans l'entrepôt.

– Qu'allez-vous faire ?

– Je n'ai pas la responsabilité de cette affaire, Guido. Elle dépend du bureau de Milan. J'ai parlé avec mon collègue milanais qui m'a dit que son plan était d'intervenir dès qu'on viendrait prendre les caisses contenant les statues.

– Et vous, qu'en pensez-vous ?

– Mon idée serait plutôt de les laisser prendre le chargement et d'essayer de les suivre.

– S'ils emportent les caisses, remarqua Brunetti.

– Même s'ils les laissent, nous avons des hommes en planque vingt-quatre heures sur vingt-quatre dans l'entrepôt, et ce qu'ils feront ne peut donc pas nous échapper. De toute façon, les types qu'on enverra chercher les statues seront du menu fretin ; ils ne sauront probablement pas grand-chose, sinon où ils doivent transporter les statues ; c'est pourquoi j'estime qu'il est prématuré d'intervenir à ce stade pour les arrêter. »

Brunetti finit par poser la question qui le travaillait : « Dis-moi, Giulio, est-ce que ce n'est pas une manœuvre fichtrement compliquée, tout ça pour quatre statues ? Et tu ne m'as toujours pas dit si Semenzato était impliqué ou non dans cette affaire.

– Là-dessus, nous n'avons rien de précis, mais le type qui nous a balancé le tuyau a ajouté qu'elle pourrait intéresser les gens de Venise – il voulait parler de la police, Guido. » Le major ne laissa pas à Brunetti le temps de réagir et enchaîna : « Il n'a pas voulu s'expliquer davantage, mais il a ajouté qu'il y aurait d'autres chargements. Celui-ci n'en était qu'un parmi beaucoup d'autres.

– Et venant tous d'Orient ?

– Il ne l'a pas dit.

– Existe-t-il un gros marché pour ce genre d'objets, ici ?

– Pas en Italie, mais en Allemagne, oui ; et rien n'est plus facile que d'y faire transporter des choses, une fois qu'elles ont débarqué chez nous. »

Jamais un Italien n'aurait pris la peine de demander pourquoi les expéditions ne se faisaient pas directement en Allemagne. Une rumeur persistante voulait en effet que les Allemands considèrent la loi comme un ensemble de dispositions auxquelles on doit se soumettre, contrairement aux Italiens, qui estiment que l'on doit tout d'abord les étudier pour mieux y échapper ensuite.

« En termes de valeur marchande, qu'est-ce que ça vaut ? demanda Brunetti, non sans se sentir le Vénitien type en posant une telle question.

– Une fortune. Non pas à cause de la beauté des statues elles-mêmes, mais parce qu'elles viennent d'Angkor.

– Pourrait-on les vendre légalement, sur le marché ? » Brunetti venait de penser à la salle que le signor La Capra avait aménagée, au troisième étage de son *palazzo*, et il se demanda combien d'autres La Capra existaient de par le monde.

Une fois de plus, Carrara réfléchit longuement avant de donner sa réponse. « Non, probablement pas. Ce qui ne signifie pas qu'il n'y ait pas un marché pour elles.

– Je comprends. » Restait une éventualité qu'il lui fallait envisager. « Dis-moi, Giulio, avez-vous un dossier sur un homme du nom de La Capra, Carmello La Capra ? De Palerme. » Puis il expliqua au major les coïncidences entre les voyages de Semenzato et ceux du Sicilien, qui s'étaient retrouvés à plusieurs reprises aux mêmes endroits, aux mêmes dates.

La réaction de Carrara fut moins lente. « Ce nom me dit quelque chose, mais rien ne me vient directement à l'esprit. Donne-moi une heure, le temps que je consulte l'ordinateur et que je voie ce que nous avons sur lui. »

La question suivante de Brunetti n'était due qu'à la curiosité professionnelle la plus pure. « Qu'avez-vous donc comme renseignements, dans vos mémoires ?

– Des tas de choses, répondit le major, non sans fierté. Des listes par noms, par villes, par siècles, par styles d'art, par artistes, par techniques de reproduction. Si une œuvre a été volée ou copiée, elle est forcément sur l'ordinateur. Ton La Capra y figure sous son nom, ou sous n'importe quel pseudonyme ou surnom qu'il peut avoir.

– Le signor La Capra n'est pas le genre d'homme à permettre qu'on lui donne un surnom…

– Ah, c'est le style du bonhomme ? De toute façon nous le trouverons à la rubrique Palerme… pleine à craquer, celle-là », ajouta-t-il bien inutilement. Il marqua un temps d'arrêt pour laisser à Brunetti le temps d'apprécier, puis reprit : « Est-ce qu'il s'intéresse à un genre d'art particulier, à une technique quelconque ?

– Oui, aux céramiques chinoises.

– Ah ! s'exclama Carrara, l'air soudain plus intéressé. Je commence à replacer ce nom. Je ne me souviens toujours pas de quelle affaire il s'agit, mais si j'ai fait le rapprochement dans ma tête, je la trouverai forcément sur l'ordinateur. Est-ce que je peux te rappeler, Guido ?

– Je ne demande que ça. » Puis, poussé par une réelle curiosité, il demanda : « Existe-t-il une chance que tu sois envoyé à Vérone, Giulio ?

– Non, je ne crois pas. Les gens de Milan sont parmi les meilleurs que nous ayons. Je n'irai que s'il apparaît qu'il y a un lien entre cette affaire et une autre sur laquelle je travaillerais ici.

– Très bien. Rappelle-moi si tu trouves quelque chose sur La Capra. Je devrais rester ici tout l'après-midi. Et merci encore, Giulio.

– Ne me remercie pas tant que tu ne sais pas ce que j'ai à te dire. » Sur quoi, Carrara raccrocha avant que Brunetti ait eu le temps de réagir.

Il composa le numéro de la signorina Elettra, et lui demanda si elle avait reçu les relevés d'appels téléphoniques de La Capra et Semenzato ; il eut le plaisir d'apprendre que non seulement le bureau des Telecom les avait envoyés, mais qu'il avait également joint, à la liste des appels qu'ils s'étaient passés en Italie, celle de leurs communications faites de l'étranger. « Voulez-vous que je vous les monte, monsieur ?

– Oui, s'il vous plaît, signorina. »

Pendant qu'il attendait, il ouvrit le dossier sur l'affaire Brett Lynch, où il trouva son numéro de téléphone. Il laissa sonner sept fois, mais personne ne décrocha. Cela signifiait-il qu'elle avait suivi son conseil de quitter Venise, et qu'elle était déjà partie pour Milan ? Peut-être était-ce pour le lui dire qu'avait appelé Flavia.

Ses réflexions furent interrompues par l'arrivée de la signorina Elettra, habillée aujourd'hui en gris foncé ; enfin, tant qu'on ne regardait pas ses jambes, gainées de bas noirs ornés de motifs extravagants – des fleurs ? –, ni ses pieds, chaussés de souliers rouges avec des talons aiguilles que jamais Paola n'aurait osé porter. Elle s'approcha du bureau, sur lequel elle déposa un classeur brun. « J'ai entouré les numéros de téléphone qui correspondent, expliqua-t-elle.

– Merci, signorina. En avez-vous gardé une copie ? »

Elle acquiesça.

« Parfait. J'aimerais que vous vous procuriez le même genre de renseignements pour une boutique d'antiquités, celle de Francesco Murino, campo Santa Maria Formosa, pour voir si La Capra ou Semenzato ne l'aurait pas appelée. Et si lui, de son côté, n'aurait pas appelé l'un des deux.

– Entendu. J'ai pris la liberté d'appeler AT & T, à New York, pour leur demander si l'un ou l'autre n'aurait pas possédé l'une de leurs cartes téléphoniques internationales. La Capra en a bien une. L'homme à qui j'ai parlé m'a dit qu'il me faxerait la liste de ses appels pour les deux dernières années. Je l'aurai peut-être en fin d'après-midi.

– Lui avez-vous parlé en personne, signorina ? demanda Brunetti, intérieurement émerveillé. En anglais ? Vous avez un ami à la Banca d'Italia et en plus vous parlez anglais ?

– Bien sûr. Il ne parlait pas italien, alors qu'il travaillait pourtant au service international. » Attendait-elle que Brunetti soit scandalisé par une telle lacune ?

Dans ce cas, il le serait, car incontestablement, la signorina Elettra l'était.

« Et comment se fait-il que vous parliez anglais ?

– C'était mon travail à la Banca d'Italia, dottore. J'étais responsable des traductions en français et en anglais. »

La question fusa avant qu'il ait eu le temps d'y penser. « Et vous avez quitté un tel poste ?

– Je n'avais pas le choix, monsieur. » Puis, voyant sa confusion, elle s'expliqua davantage : « L'homme pour qui je travaillais m'a demandé de traduire en anglais une lettre pour une banque de Johannesburg. » Elle se tut et se pencha pour sortir un papier de la pile.

« Je suis désolé, signorina, mais je crains de ne pas comprendre, On vous a demandé de traduire une lettre pour Johannesburg ? » Elle acquiesça. « Et c'est pour cette raison que vous avez démissionné ? »

La jeune femme ouvrit de grands yeux. « Évidemment, monsieur. »

Il sourit. « Je ne comprends toujours pas, j'en ai peur. Pour quelle raison démissionner ? »

Elle le regarda en fronçant les sourcils, comme si elle se rendait compte, tout d'un coup, qu'il ne comprenait pas l'italien. « À cause des sanctions, dit-elle en détachant les syllabes.

– Les sanctions ?

– Les sanctions contre l'Afrique du Sud. À l'époque, elles étaient encore en vigueur, et je n'avais donc pas le choix ; j'étais obligée de refuser de traduire cette lettre.

– Vous voulez parler des sanctions contre les autorités de ce pays ?

– Bien sûr, monsieur. C'est l'ONU qui les a décidées, n'est-ce pas ?

– Oui, il me semble. Et c'est pour cette raison que vous avez refusé d'assurer cette traduction ?

– À quoi serviraient des sanctions que personne n'appliquerait ? demanda-t-elle avec une logique indiscutable.

– À rien, j'imagine. Qu'est-ce qui s'est passé, ensuite ?

– Oh, il s'est montré très désagréable. J'ai reçu une lettre de réprimande. Il s'est plaint au syndicat. Et personne ne m'a soutenue. Tout le monde avait l'air de penser que j'aurais dû faire cette traduction. Je n'avais pas d'autre choix que de démissionner. Je n'aurais pas pu continuer de travailler pour des gens comme ça.

– Bien entendu », admit-il, se penchant sur les documents – en se jurant d'éviter que Paola et la signorina Elettra se rencontrent un jour.

« Ce sera tout, monsieur ? » demanda-t-elle en lui adressant un sourire. Sans doute espérait-elle qu'il avait compris, à présent.

« Oui, je vous remercie, signorina.

– Je vous apporterai les fax de New York dès qu'ils seront arrivés.

– Merci, signorina. » Sur un dernier sourire, elle quitta le bureau. Où diable Patta avait-il réussi à la dénicher ?

Indubitablement, Semenzato et La Capra s'étaient parlé au moins cinq fois au cours de l'année écoulée ; huit, si les coups de téléphone donnés dans des pays étrangers par Semenzato pendant les périodes où La Capra voyageait avaient bien été adressés à ce dernier. On pouvait certes faire remarquer – système de défense que ne manquerait pas d'utiliser tout bon avocat, Brunetti n'en doutait pas – qu'il n'y avait rien d'extraordinaire à ce que ces deux hommes se soient connus ;

tous les deux étaient des amateurs d'art. La Capra pouvait très bien avoir consulté Semenzato sur un certain nombre de questions, comme la provenance, l'authenticité ou le prix de telle ou telle œuvre. Il examina les listes qu'il avait sous les yeux, essayant de déterminer si on ne pouvait pas faire le rapprochement entre les coups de fil et les transferts de fonds qui avaient eu lieu sur leurs différents comptes ; mais il n'en sortit rien.

Le téléphone sonna. Il décrocha et donna son nom. « J'ai essayé de t'appeler un peu plus tôt. » Il reconnut la voix de Flavia sur-le-champ, remarquant une fois de plus à quel point elle était grave, par rapport à son timbre, quand elle chantait. Mais son étonnement, devant cette curiosité, ne fut rien comparé à celui qu'il éprouva d'avoir été tutoyé par elle.

– J'étais allé voir quelqu'un. Qu'est-ce qui se passe ?

– C'est Brett. Elle refuse de m'accompagner à Milan.

– A-t-elle donné une raison ?

– Elle m'a vaguement raconté qu'elle ne se sentait pas assez bien pour faire le voyage, mais c'est du pur entêtement. Et de la peur. Elle ne veut pas reconnaître qu'elle a peur de ces gens, mais c'est un fait.

– Et toi ? demanda-t-il, trouvant que le tutoiement, en fin de compte, lui convenait parfaitement. Est-ce que tu pars ?

– Je n'ai pas le choix, répondit Flavia, se corrigeant tout de suite. Si, en fait, j'ai le choix. Je pourrais toujours rester, si j'en avais envie – mais je n'en ai pas envie. Mes enfants rentrent à la maison et je dois être là pour les accueillir. Et je dois être à la Scala mardi soir, pour la répétition. J'en ai déjà annulé une, mais j'ai promis que je chanterai. »

Il se demanda ce qu'il avait à faire dans cette histoire, mais Flavia ne le laissa pas attendre longtemps. « Est-ce que tu ne pourrais pas lui parler ? Essayer de la raisonner ?

– Flavia, dit-il, intensément conscient que c'était la première fois qu'il l'appelait par son prénom, si toi, tu ne parviens pas à la convaincre, je doute fort d'en être capable, quoi que je lui dise. » Puis, avant qu'elle ait eu le temps de protester, il ajouta : « Non, je ne cherche pas à m'esquiver. Je considère simplement que ça ne marchera pas.

– Et la question de la protection ?

– Pas de problème. Je peux mettre un de mes hommes chez elle. » Presque sans réfléchir, il se corrigea aussitôt. « Le garde peut être aussi une femme. »

La réaction de la cantatrice fut immédiate. Et pleine de colère. « Ce n'est pas parce que nous n'avons pas envie de coucher avec des hommes que nous avons peur d'être dans la même pièce qu'eux. »

Il garda si longtemps le silence que ce fut elle, finalement, qui demanda : « Eh bien, pourquoi ne dis-tu rien ?

– J'attendais que tu t'excuses pour cette réflexion stupide. »

Cette fois-ci, ce fut Flavia qui resta muette. Au bout d'un moment – au grand soulagement de Brunetti –, c'est d'une voix adoucie qu'elle dit : « Très bien, et d'avoir parlé sans réfléchir, aussi. Je suppose que j'ai un peu trop l'habitude de malmener les gens. Et je ne fais peut-être que chercher des ennuis, pour Brett et moi. »

Ces excuses formulées, elle retourna au sujet qui lui tenait à cœur. « Je ne sais pas si on pourra la convaincre d'héberger quelqu'un dans l'appartement.

– Je n'ai aucun autre moyen de la protéger, Flavia. » Soudain, il entendit, par le téléphone, le vacarme d’un gros moteur qui tournait au ralenti. « Qu’est-ce que c’est que ce boucan ?

– Un bateau.

– Où es-tu ?

– Sur la Riva degli Schiavoni. Je ne voulais pas t’appeler de la maison et je suis donc allée faire un tour », expliqua-t-elle. Puis sa voix changea. « Je ne suis pas loin de la questure. As-tu le droit de recevoir des visiteurs, dans la journée ? »

Il éclata de rire. « Bien sûr. Je fais partie des patrons.

– Est-ce que tu serais d’accord pour que je vienne te voir ? J’ai horreur de parler au téléphone.

– Pas de problème. Viens quand tu veux. Tout de suite, même. J’attends un coup de fil, mais tu ne vas pas passer l’après-midi à tourner en rond sous la pluie, c’est absurde. En outre, ajouta-t-il, souriant pour lui-même, il fait très bon ici.

– Très bien. Est-ce que je dois te demander ?

– Oui, dis au gardien, à l’entrée, que tu as rendez-vous avec moi, et il te conduira.

– Merci. Je serai là dans quelques minutes. » Elle raccrocha sans attendre de réponse.

À peine avait-il lui-même reposé le combiné que le téléphone se remettait à sonner. C’était Carrara.

« Ton signor La Capra était bien dans l’ordinateur, Guido.

– Oui ?

– C’est grâce aux céramiques chinoises que j’ai pu le trouver facilement.

– Et comment ça ?

– Deux affaires différentes. Tout d’abord, un bol en céladon qui a disparu d’une collection privée, à Londres, il y a environ trois ans. L’homme sur qui on a finalement mis la main a déclaré avoir été payé par un Italien qui voulait cette pièce bien précise.

– La Capra ?

– Il ne le savait pas. Mais la personne qui l'a fait plonger a dit que le nom de La Capra avait été prononcé par l'un des intermédiaires qui avaient organisé le coup.

– Organisé le coup ? Alors comme ça, on organise tout un cambriolage pour une seule pièce ?

– Oui. C'est de plus en plus courant, admit Carrara.

– Et la seconde affaire ?

– Là, il ne s'agit que d'une rumeur. L'information est d'ailleurs classée comme non confirmée.

– Et qu'est-ce qu'elle raconte ?

– Qu'il y a environ deux ans un marchand d'art parisien spécialisé dans la Chine, un certain Philippe Bernadotte, a été tué au cours d'une agression de rue, pendant qu'il promenait son chien. On lui a pris son portefeuille et ses clefs. On s'est servi des clefs pour entrer chez lui mais, bizarrement, on ne lui a rien volé. Ses papiers, cependant, ont été fouillés, et il semble qu'on en ait emporté un certain nombre.

– Et La Capra, là-dedans ?

– L'associé de Bernadotte se rappelait seulement que quelques jours avant d'être tué, Bernadotte lui avait fait part de la sérieuse dispute qu'il avait eue avec un client, qui l'accusait de lui avoir vendu un faux.

– Ce client était-il le signor La Capra ?

– L'associé l'ignorait. Tout ce dont il se souvenait, c'est que M. Bernadotte avait à plusieurs reprises fait allusion au client en question en l'appelant « la chèvre[1] » ; mais, sur le moment, l'homme avait pensé que c'était une plaisanterie.

1. Capra signifie chèvre en italien. *(N.d.T.)*

– Ce M. Bernadotte et son associé étaient-ils capables de vendre une pièce tout en la sachant fausse ? demanda Brunetti.

– L'associé, non. Mais tout indique que Bernadotte s'est trouvé impliqué dans un certain nombre de transactions qu'on pourrait qualifier, disons, de douteuses.

– C'est le service des œuvres d'art de la police française qui le dit ?

– Oui. Le bureau de Paris possède un dossier sur Bernadotte qui ne fait que s'épaissir depuis sa mort.

– Et cependant, rien n'a été pris chez lui après l'agression…

– Apparemment, non. Celui ou ceux qui ont fait le coup avaient cependant tout leur temps pour retirer ce qu'ils voulaient des archives de Bernadotte et faire disparaître des listes d'inventaire.

– Il est donc tout à fait possible que le signor La Capra soit la chèvre qu'il a mentionnée à son associé.

– Tout à fait possible, oui.

– Rien d'autre ? demanda Brunetti.

– Non. Nous apprécierions d'être mis au courant de tout ce que vous avez sur lui, de votre côté.

– Ma secrétaire va t'envoyer un double du dossier et je te ferai savoir tout ce que nous pourrons trouver de nouveau sur lui et Semenzato.

– Merci, Guido. » Et le major raccrocha.

Qu'est-ce que chantait le comte Almaviva, déjà ? *E mi farà il destino ritrovar questo paggio in ogni loco*[1] *?* Il semblait de même que le destin de Brunetti était de retrouver La Capra partout où il portait les yeux. À ceci près, cependant, que Chérubin paraissait

1. « Le destin me fera-t-il donc retrouver partout ce page ? » Mozart, *Les Noces de Figaro. (N.d.T.)*

notoirement plus innocent que le collectionneur sicilien. Brunetti en savait largement assez, à présent, pour être convaincu que La Capra avait quelque chose à voir avec Semenzato, peut-être même avec la mort de celui-ci. Mais tout cela était purement circonstanciel ; il n'avait aucune preuve solide à faire valoir devant un tribunal.

On frappa à sa porte et il lança un *« Avanti ! »* sonore. Un policier en tenue ouvrit, recula d'un pas et laissa entrer Flavia Petrelli. Lorsqu'elle passa devant le factionnaire, Brunetti vit celui-ci faire un salut militaire avant de refermer la porte. Brunetti n'avait aucun doute quant à la personne que ce geste était destiné à honorer.

Elle portait une pelisse marron foncé bordée de fourrure. La fraîcheur de cette fin d'après-midi avait coloré son visage, toujours non maquillé. Elle traversa rapidement la pièce et lui tendit la main. « C'est donc là que tu travailles ? » demanda-t-elle.

Le commissaire avait fait le tour de son bureau pour lui prendre la pelisse, que la chaleur de la pièce rendait inutile. Il alla la suspendre à un cintre, derrière sa porte, pendant qu'elle regardait autour d'elle. Le vêtement était mouillé, constata-t-il et, se tournant de nouveau vers Flavia, il se rendit compte qu'elle avait aussi les cheveux mouillés. « Tu n'as pas pris de parapluie ? » s'étonna-t-il.

D'un geste machinal, elle porta une main à ses cheveux et la retira, surprise de les trouver humides. « Non, il ne pleuvait pas quand j'ai quitté la maison.

– À quand cela remonte-t-il ?

– Je suis sortie après déjeuner. Vers deux heures, je suppose. » À la manière vague dont elle avait répondu, on avait l'impression qu'elle n'arrivait pas vraiment à s'en souvenir.

Il approcha une deuxième chaise de celle qui attendait déjà devant son bureau et attendit qu'elle se soit assise pour s'installer à son tour en face d'elle. Alors qu'il l'avait vue seulement quelques heures auparavant, il fut frappé par les changements intervenus depuis dans son apparence. Elle lui avait paru calme et détendue, ce matin, prête à s'allier avec lui dans un complot à l'italienne pour convaincre Brett qu'elle devait s'occuper de sa sécurité. Elle semblait au contraire tendue et à cran, à présent, la tension visible dans les plis qui cernaient sa bouche et qu'il n'avait pas vus – il en était certain – ce matin.

« Comment va Brett ? » demanda-t-il.

Elle poussa un soupir et eut un geste, rabattant les doigts de la main droite, qui voulait à peu près dire : « Ne m'en parle pas ». « Par moments, j'ai l'impression de m'adresser à l'un de mes enfants. Elle est d'accord avec tout ce que je dis, admet que j'ai raison sur toute la ligne, puis décide en fin de compte de n'en faire qu'à sa tête.

– Et de faire quoi, en l'occurrence ?

– De rester ici, de ne pas venir à Milan avec moi.

– Quand pars-tu ?

– Demain. Il y a un vol dans la soirée qui arrive à neuf heures. Cela me donne le temps d'ouvrir l'appartement et de retourner chercher les enfants, le lendemain matin.

– T'a-t-elle donné des raisons ? »

Flavia haussa les épaules, comme si ce que disait Brett et la vérité étaient deux choses sans rapport. « Elle prétend qu'on ne la fera pas déguerpir de chez elle en la terrorisant, qu'elle ne va pas fuir pour aller se cacher chez moi.

– Et ce n'est pas la seule vraie raison ?

– Qui peut savoir quelle est la vraie raison ? répliqua-t-elle avec une certaine véhémence dans la voix. Il suffit que madame veuille faire quelque chose ou ne veuille pas le faire. Elle n'a besoin ni de raisons ni d'excuses. Elle fait ce qu'elle veut, un point c'est tout. » Brunetti se fit la réflexion que seule une personne avec une force de volonté identique pouvait trouver cette qualité aussi scandaleuse.

Bien que tenté de demander à Flavia pourquoi elle était venue le voir, il posa une question différente. « Tu ne vois vraiment aucun moyen de la convaincre ?

– Il est évident que tu ne la connais pas très bien, répondit sèchement Flavia, tempérant aussitôt sa remarque d'un sourire. Non, je n'en vois aucun. Il aurait été plus facile de lui dire que surtout, il ne fallait pas partir ; du coup, elle se serait sentie forcée de le faire, je suppose. » Elle secoua la tête, répétant : « Exactement comme mes enfants.

– Souhaites-tu que je lui parle ? proposa Brunetti.

– Crois-tu que cela changerait quelque chose ? »

Ce fut à son tour de hausser les épaules. « Je ne sais pas. Je ne m'en sors que médiocrement avec mes enfants. »

Elle le regarda, étonnée. « J'ignorais que tu en avais.

– C'est assez naturel pour un homme de mon âge, non ?

– Oui, sans doute, répondit-elle, prenant le temps de réfléchir avant de faire la remarque suivante : « C'est simplement parce que je te connais comme policier, presque comme si tu n'étais pas une personne réelle. »

Avant qu'il ait pu le dire, elle ajouta : « Oui, je sais, et toi tu me connais comme cantatrice.

– En fait, pas vraiment, n'est-ce pas ?

– Que veux-tu dire ? Nous nous sommes rencontrés pour la première fois alors que je chantais.

– C'est exact, mais la représentation était terminée. Et depuis, je ne t'ai entendue chanter que sur des enregistrements. Et j'ai bien peur que ce ne soit pas la même chose. »

Elle lui adressa un long regard, jeta un coup d'œil à ses genoux, puis revint sur lui. « Si je te donne des billets pour la Scala, viendras-tu ?

– Oui, avec plaisir. »

Le sourire de Flavia s'élargit. « Et qui t'accompagnera ?

– Ma femme, répondit-il simplement.

– Ah », fit-elle, tout aussi simplement.

À quel point une seule syllabe peut être expressive, tout de même… Le sourire disparut un instant. Il était tout aussi amical quand il revint, mais légèrement moins chaleureux.

Il répéta sa question. « Veux-tu que j'essaie de lui parler ?

– Oui. Elle a une grande confiance en toi, et il est possible qu'elle t'écoute. Il faut que quelqu'un la convainque de quitter Venise. Moi, je n'y arrive pas. »

Un peu déstabilisé par l'inquiétude qu'il sentait dans sa voix, il répondit : « Je ne crois pas qu'elle coure un danger vraiment plus grand en restant ici. Son appartement est sûr, et elle a assez de bon sens pour ne pas laisser entrer n'importe qui. Les risques, en réalité, sont très réduits.

– Peut-être », admit Flavia, d'un ton manifestement peu convaincu. Comme si elle revenait de très loin et se retrouvait brusquement dans la pièce, elle regarda autour d'elle et demanda, en écartant le col de son chandail de son cou : « Dois-tu rester encore longtemps ici ?

– Non, je suis libre de partir, si tu veux. Je vais te raccompagner, et on verra bien si elle veut m'écouter ou non. »

Elle se leva et alla se poster devant la fenêtre, d'où elle regarda la façade de San Lorenzo, dissimulée derrière ses éternels échafaudages, puis le canal qui passait au bas du bâtiment. « C'est beau, dit-elle, mais je me demande comment tu le supportes. » De quoi parlait-elle ? Du mariage ? « Moi, j'y arrive pendant une semaine, mais ensuite je me sens prisonnière. » De la fidélité ? Elle se tourna pour lui faire face. « Mais en dépit de tous ses inconvénients, c'est la plus belle ville du monde, n'est-ce pas ?

– Oui », répondit-il sobrement en l'aidant à enfiler la pelisse.

Il prit deux parapluies dans son placard et en tendit un à Flavia lorsqu'ils quittèrent le bureau. En sortant de la questure, les deux policiers de garde qui se contentaient d'ordinaire de saluer Brunetti d'un simple *« Buona notte »*, se mirent tous les deux au garde-à-vous et saluèrent impeccablement. Il pleuvait à verse, et les eaux débordaient du canal et commençaient à envahir la chaussée. Il s'était arrêté pour enfiler ses bottes, mais Flavia ne portait qu'une paire de chaussures en cuir, à talon plat, déjà trempées.

Il la prit par le bras et tourna à gauche. Par moments, de brusques rafales de vent leur jetaient la pluie à la figure puis, paraissant faire demi-tour, venaient leur battre les mollets. Ils ne croisèrent presque personne, et les rares passants portaient tous des bottes et des cirés : des Vénitiens, manifestement, n'ayant quitté leur foyer qu'à cause d'une obligation majeure. Sans même y penser vraiment, il évita certaines rues où il savait que l'eau serait déjà haute et son itinéraire le fit passer par Barberia delle Tolle, près de l'hôpital, l'un des secteurs les plus surélevés de la ville. Mais alors qu'ils n'en étaient encore qu'à un pont, ils tombèrent sur une longueur de chaussée plus basse, déjà envahie par une quinzaine de centimètres d'une eau grise et d'aspect huileux. Il s'arrêta, se demandant comment faire pour que Flavia franchisse cet obstacle, mais elle lui lâcha le bras et poursuivit son chemin, ignorant complètement l'eau glacée qui ressortait de ses chaussures, à chaque pas, avec un bruit de succion.

Le vent et la pluie en prenaient à leur aise dans l'espace ouvert de campo San Giovanni e Paolo. À un angle, une religieuse, désespérément agrippée à son parapluie déchiqueté, attendait sous la banne d'un bar que secouaient follement les bourrasques. La place elle-même paraissait avoir rétréci, dévorée par la montée des eaux qui avait transformé le canal en un lac étroit, lorsqu'il avait débordé, inexorablement, de ses rives.

Marchant d'un pas vif, courant presque, soulevant des gerbes d'eau à chaque enjambée, ils traversèrent la place vers le pont qui allait les conduire par la calle della Testa jusqu'à l'appartement de Brett. Du haut du pont, ils comprirent déjà qu'ils auraient de l'eau à mi-mollet, mais ils n'hésitèrent ni l'un ni l'autre. Au moment où ils atteignaient le pied du pont, Brunetti fit passer son parapluie de la main droite à la gauche et saisit le bras de Flavia. Il était grand temps, car elle avait trébuché au même instant et se serait sans aucun doute étalée de tout son long dans l'eau, s'il ne l'avait pas retenue à la force des bras, la tirant vers lui.

«*Porco Giuda!* s'exclama-t-elle en se redressant. J'ai perdu une chaussure ! » Ils scrutèrent tous les deux les eaux sombres, à la recherche d'un indice qui trahirait la présence du soulier, mais ni l'un ni l'autre ne virent quoi que ce soit. Du bout du pied, Flavia essaya bien de tâter le sol, en vain. Il pleuvait plus fort que jamais.

« Tiens-moi ça », dit Brunetti en refermant le parapluie et en le lui tendant. Pliant les genoux, il se pencha pour la soulever dans ses bras, la prenant tellement par surprise que c'est par un mouvement réflexe qu'elle s'accrocha à son cou, lui heurtant la nuque au passage avec la poignée du parapluie fermé. Il trébucha, un bras passé autour des épaules de la cantatrice et un autre sous ses genoux, retrouva l'équilibre et se mit à marcher. Il tourna les deux coins de rue et ne la reposa au sol que lorsqu'ils furent devant la porte de Brett.

Il avait les cheveux trempés, et la pluie s'était infiltrée par son col et lui coulait sur le corps. À un moment donné, pendant qu'il la portait, il avait fait un faux pas et senti de l'eau passer par-dessus sa botte et atteindre sa chaussure. Il ne l'en avait pas moins portée jusqu'au seuil de sa maison, et il chassa les cheveux qui lui retombaient dans les yeux une fois qu'il l'eut posée à terre.

Elle ouvrit rapidement la porte de l'immeuble et entra en pataugeant – l'eau, dans l'entrée, était aussi haute qu'à l'extérieur. Une fois au sec, sur la deuxième marche de l'escalier, elle marqua un temps d'arrêt, entendit Brunetti qui la suivait, et grimpa encore deux marches. Là, elle s'arrêta et se retourna vers lui. « Merci, » dit-elle.

Elle se débarrassa de sa deuxième chaussure d'un coup de pied, l'abandonnant là où elle était tombée, et entreprit de grimper l'escalier, Brunetti la suivant de près. Au deuxième étage, ils entendirent de la musique venir du haut de la cage d'escalier. Une fois devant la porte blindée, Flavia choisit une clef, lui fit faire deux tours dans la serrure – mais le battant ne bougea pas.

Elle sélectionna une deuxième clef et l'introduisit dans la serrure située sur le haut de la porte, puis revint donner un tour supplémentaire au premier verrou. « C'est bizarre, dit-elle en se tournant vers lui. Elle a mis les deux verrous. » Mais Brunetti trouva raisonnable, de la part de Brett, d'avoir fermé sa porte à double tour de l'intérieur.

« Brett ? » lança Flavia en entrant. Seule la musique vint à leur rencontre. « C'est moi, Brett. Guido est avec moi. » Personne ne répondit.

Pieds nus, laissant une trace mouillée à chaque pas, elle alla dans le séjour, puis passa à l'arrière de l'appartement pour vérifier si Brett n'était pas dans l'une des deux chambres. Elle était plus pâle en revenant. Derrière elle, les violons montèrent dans les aigus, les trompettes claironnèrent et l'harmonie universelle fut restaurée. « Elle n'est pas ici, Guido. Elle est partie. »

21

Après que Flavia eut quitté la maison en claquant la porte, Brett était restée assise à son bureau, à contempler les pages de notes qui s'accumulaient dessus. Des graphiques sur les températures de combustion des différents types de bois, des statistiques sur la taille des fours de cuisson déterrés en Chine occidentale, les listes des isotopes trouvés dans le glaçage des poteries funéraires venant des tombes de la même région, un tableau de la reconstitution de la flore d'il y a deux mille ans en Chine... À condition d'interpréter et de combiner toutes ces données d'une certaine manière, elle obtenait un tableau vraisemblable de la manière dont les potiers procédaient à la cuisson de leurs vases ; mais si elle ordonnait ces variables différemment, sa thèse ne tenait plus debout, tout devenait absurde et elle en conclut qu'elle aurait dû rester chez elle, c'est-à-dire en Chine.

Du coup, elle se demanda si elle pourrait jamais retrouver le sentiment d'appartenir à ce pays, si Flavia et Brunetti arriveraient à « arranger tout cela » – elle ne voyait pas comment mieux exprimer son idée –, si elle pourrait un jour reprendre ses travaux. Elle repoussa les papiers, dégoûtée. Finir cet article n'avait aucun sens, si celle qui l'avait rédigé se voyait discréditée pour avoir plus ou moins trempé dans une affaire de faux en art de cette dimension. Elle quitta son bureau et alla se placer devant les rangées de disques compacts, soigneusement classés, à la recherche d'une musique qui puisse convenir à son humeur présente. Surtout pas de voix humaine. Pas de ces gros lards de ténors chantant l'amour et la déréliction. Et encore moins de harpe ; ses nerfs se hérissaient à la seule idée de ces notes piquées. Bon, très bien, la symphonie *Jupiter* : si quelque chose pouvait arriver à lui prouver que la raison, la joie et l'amour existaient encore en ce monde, c'était bien cette œuvre.

Elle commençait à être convaincue que la raison et la joie existaient et était sur le point de croire de nouveau à l'amour, lorsque le téléphone sonna. Elle ne décrocha que parce qu'elle pensait qu'il pouvait s'agir de Flavia, qui était partie maintenant depuis plus d'une heure.

« *Pronto* », dit-elle, se rendant compte que c'était la première fois qu'elle répondait au téléphone depuis presque une semaine.

« Professoressa Lynch ? s'enquit une voix masculine.

– Oui.

– Des amis à moi vous ont rendu visite, la semaine dernière », dit l'homme d'une voix bien modulée, dont le timbre calme était étiré par un courant sous-jacent d'accent sicilien. Comme Brett ne répondait pas, il ajouta : « Je suis sûr que vous vous en souvenez. »

Elle continua de ne rien dire, la main crispée sur le combiné et les yeux fermés, au souvenir de cette visite.

« Professoressa, j'ai pensé que vous aimeriez savoir que votre amie (la voix appuya ironiquement sur le mot), votre amie la signora Petrelli est en train de parler avec mes amis. Oui, pendant que nous bavardons ensemble, mes amis ont un entretien avec elle.

– Que voulez-vous ?

– Ah, j'avais oublié à quel point vous êtes directs, vous autres, Américains. Eh bien, j'aimerais tout simplement vous parler, professoressa. »

Après un long silence, Brett demanda : « De quoi ?

– Oh, d'art chinois, bien entendu, en particulier de certaines céramiques de la dynastie des Han que vous auriez sans doute plaisir à voir. Mais, avant cela, je crois qu'il est bon de parler un peu de la signora Petrelli.

– Je n'ai aucun désir de vous parler.

– Je craignais cette réaction, professoressa. C'est pourquoi j'ai pris la liberté de demander à la signora Petrelli de se joindre à moi. »

Brett dit la seule chose qui lui vint à l'esprit. « Elle est ici, avec moi. »

L'homme éclata de rire. « Je vous en prie, professoressa, je sais que vous êtes intelligente, alors je vous en prie, ne vous montrez pas stupide avec moi. Si elle était avec vous, vous auriez raccroché et seriez en train d'appeler la police en ce moment même. » Il laissa passer quelques secondes, le temps que l'idée fasse son chemin. « Est-ce que je me trompe ?

– Et qu'est-ce qui me dit qu'elle se trouve avec vous ?

– Ah, rien, professoressa. Cela fait partie du jeu, voyez-vous. Cependant, vous savez qu'elle n'est pas chez vous et qu'elle a quitté l'appartement à quatorze heures quatorze, pour prendre la direction du pont du Rialto. C'est une journée détestable, pour aller se promener. Il tombe des cordes. Elle devrait être de retour. En fait, si je puis me permettre l'audace de le suggérer, cela fait un moment qu'elle devrait être rentrée, n'est-ce pas ? » Comme Brett ne répondait pas, il répéta : « N'est-ce pas ?

– Que voulez-vous ? fit Brett d'une voix fatiguée.

– J'aime mieux ça. Que vous me rendiez visite, professoressa. Que vous partiez sur-le-champ. Enfilez votre manteau et quittez l'appartement. Quelqu'un vous attendra en bas de l'escalier et vous conduira chez moi. Dès que cela sera fait, la signora Petrelli sera libre de partir.

– Où est-elle ?

– Vous ne vous attendez tout de même pas à ce que je vous le dise, professoressa ? demanda-t-il d'un ton faussement étonné. Bon, allez-vous faire ce que je vous ai dit ? »

La réponse sortit de sa bouche avant qu'elle ait eu le temps d'y penser. « *Sì.*

– Parfait. Très sage de votre part. Je suis sûr que vous vous réjouirez d'avoir pris cette décision. Et que la signora Petrelli s'en réjouira aussi. Quand nous aurons fini de parler, vous ne raccrocherez pas. Vous ne ferez aucun autre appel. Est-ce bien compris ?

– Oui.

– J'entends de la musique, chez vous. La *Jupiter* ?

– Oui.

– Quelle version ?

– Abbado, répondit-elle, prise d'un sentiment d'irréalité de plus en plus fort.

– Ah, mauvais choix, très mauvais choix, dit-il vivement, sans chercher à dissimuler sa déception devant tant de mauvais goût. Les Italiens ne savent pas diriger Mozart. Nous pourrons discuter de cela quand vous serez ici. Nous écouterons peut-être la version de Karajan ; je la crois très supérieure à celle-ci. N'arrêtez pas la musique, prenez votre manteau et descendez. Et n'essayez pas de laisser un message ; quelqu'un va remonter avec vos clefs et fera le tour de l'appartement ; évitez donc de prendre cette peine. Vous m'avez compris ?

– *Si*, répondit-elle d'un ton abattu.

– Bien. Posez le téléphone, enfilez votre manteau et quittez l'appartement », ordonna-t-il d'un ton de voix qui, pour la première fois, se rapprochait de ce qu'il devait être en temps ordinaire.

« Comment savoir si vous allez relâcher Flavia ? » demanda Brett, luttant pour donner l'impression de garder son calme.

La question le fit rire. « Vous ne pouvez pas le savoir… Mais je puis vous assurer – en fait je vous donne ma parole de gentleman – que dès que vous aurez quitté l'appartement avec mes amis, je donnerai un coup de téléphone et la signora Petrelli pourra repartir librement. » Comme elle ne réagissait pas, il ajouta : « C'est à prendre ou à laisser, professoressa. »

Elle posa le combiné sur la table et alla prendre son manteau dans le grand placard de l'entrée ; puis elle revint dans le séjour, où elle prit un stylo sur son bureau. Elle écrivit rapidement quelques mots sur un petit morceau de papier et s'approcha de la bibliothèque. Elle parcourut des yeux le panneau de commandes du lecteur de CD, enfonça le bouton « repeat », et plaça le morceau de papier dans la boîte vide du compact de Mozart, avant de disposer l'emballage verticalement contre l'appareil. Puis elle prit ses clefs, sur la table de l'entrée, et sortit.

Lorsqu'elle ouvrit la porte cochère dans le hall d'entrée, deux hommes se faufilèrent rapidement à l'intérieur. Elle reconnut sur-le-champ l'un d'eux :

c'était le plus petit des deux voyous qui l'avaient battue, et ce n'est que par un effort conscient de volonté qu'elle retint son mouvement de recul. Il sourit et tendit la main. « Les clefs », exigea-t-il. Elle les sortit de sa poche et les lui tendit. Il disparut dans l'escalier pendant cinq minutes ; pendant ce temps, son acolyte regarda la minuscule première apparition de l'eau qui passait sous la porte, signalant l'arrivée de l'*acqua alta*.

À son retour, l'autre homme ouvrit la porte et ils sortirent tous les trois sous une pluie battante, pataugeant dans l'eau qui montait ; aucun d'eux n'avait de parapluie. D'un pas rapide, l'encadrant ou bien se mettant en file indienne avec elle au milieu lorsqu'ils croisaient quelqu'un dans les rues étroites, ils gagnèrent le Rialto et franchirent le pont. Une fois de l'autre côté, les deux hommes voulurent tourner à gauche, mais l'eau était déjà montée beaucoup trop haut sur la rive du Grand Canal, et ils durent passer par la place du marché, pratiquement désertée, quelques téméraires mis à part. Ils tournèrent à gauche, empruntèrent les planches d'un passage surélevé qui venait d'être installé, et poursuivirent en direction de San Polo.

Tout en marchant, elle prit conscience qu'elle avait agi de manière irréfléchie ; rien ne lui prouvait que l'homme qui l'avait appelée détenait Flavia… par ailleurs, comment pouvait-il savoir l'heure exacte à laquelle elle avait quitté l'appartement et la direction qu'elle avait prise, si elle n'avait pas été suivie ? Rien ne lui prouvait, non plus, qu'il relâcherait Flavia en échange de son acceptation de le rencontrer. Ce n'était qu'une chance à courir. Elle pensa à Flavia, la revit assise à côté de son lit lorsqu'elle s'était réveillée, à l'hôpital, l'évoqua sur scène dans le premier acte de

Don Giovanni, chantant « *E nasca il tuo timor dal mio periglio* », se souvint encore d'autres choses. Cette chance, il fallait la courir.

L'homme qui la précédait tourna à gauche, l'obligeant à descendre de la passerelle et à marcher dans l'eau pour prendre la direction du Grand Canal. Elle reconnut la calle Dilera, se rappela qu'il s'y trouvait un teinturier spécialisé dans les peaux, et s'émerveilla de sa capacité à penser à des détails aussi triviaux dans un moment pareil.

De l'eau bien au-dessus de la cheville à présent, ils s'arrêtèrent devant une grande porte cochère en bois. Le plus petit sortit une clef et l'ouvrit, et ils entrèrent dans une cour à ciel ouvert que la pluie transformait peu à peu en lac. Son escorte – l'un devant, l'autre derrière – l'entraîna à travers le déluge jusqu'à un escalier extérieur, en haut duquel ils s'engouffrèrent enfin dans le bâtiment. Ils furent accueillis par un homme plus jeune qui, d'un signe de tête, indiqua aux deux gorilles qu'ils pouvaient se retirer. Son nouveau guide se retourna sans rien dire, la précédant dans un corridor, puis lui fit monter un nouvel escalier, et enfin un troisième. Arrivé sur le dernier palier, il se tourna vers sa prisonnière et lui demanda de lui donner son manteau, passant derrière elle pour le lui enlever. Les doigts raidis par le froid, tremblant de l'état de choc dans lequel elle était, Brett eut le plus grand mal à se déboutonner mais finit par y parvenir. À peine le jeune homme avait-il pris le manteau qu'il le laissait tomber négligemment sur le sol.

S'avançant alors derrière elle, il lui entoura le buste de ses bras et lui prit les seins dans les mains, l'obligeant à se serrer contre lui, se frottant en cadence contre elle et lui murmurant à l'oreille : « Je parie que tu n'as jamais eu de véritable Italien, hein, *angelo mio* ? Attends un peu. Attends juste un peu. »

Brett se tenait la tête basse, sentant ses genoux sur le point de se dérober sous elle. Elle dut faire un effort pour rester debout, mais perdit le combat contre les larmes. « Ah, ça me plaît. J'aime vous voir pleurer », dit-il dans son dos.

Une voix parla, derrière la porte devant laquelle ils s'étaient arrêtés. Aussi soudainement qu'il l'avait empoignée, il la lâcha et ouvrit, s'effaçant pour la laisser entrer seule dans la pièce avant de refermer derrière elle. Elle resta où elle était, trempée et frissonnante.

Un homme corpulent, âgé d'une bonne cinquantaine d'années, se tenait au centre d'une pièce parquetée, remplie de présentoirs en Plexiglas posés sur des consoles qui les plaçaient à hauteur des yeux. Des spots, dissimulés entre les lourdes poutres du plafond, laissaient tomber un faisceau lumineux sur chacun de ces casiers, dont certains étaient vides. Dans les murs blancs, des niches pratiquées à intervalles réguliers étaient éclairées de la même manière ; elles paraissaient toutes contenir un objet d'une sorte ou d'une autre.

L'homme s'avança, souriant. « Dottoressa Lynch, c'est un honneur pour moi. Je n'aurais jamais rêvé avoir le plaisir de vous rencontrer. » Il s'arrêta devant elle, la main tendue, avant de poursuivre : « Je tiens à vous dire tout de suite que j'ai lu vos livres et que je les ai trouvés extrêmement éclairants, en particulier celui sur les céramiques. »

Elle ne fit aucun effort pour lui serrer la main ; il abaissa donc la sienne, mais ne recula pas pour autant. « Je suis si content que vous ayez accepté de venir me voir…

– Avais-je le choix ? » demanda Brett.

L'homme sourit. « Vous aviez certainement le choix, professoressa. Nous avons tous toujours le choix. Ce n'est que lorsqu'il devient difficile de choisir que nous prétendons que nous ne l'avons pas. Mais il y en a toujours un. Vous auriez pu refuser de venir et appeler la police, par exemple. Mais vous ne l'avez pas fait, n'est-ce pas ? » Il sourit de nouveau ; il y avait même une chaleur authentique dans ses yeux – de l'humour, ou bien quelque chose de tellement sinistre que Brett préféra ne pas s'y attarder.

« Où est Flavia ?

– Oh, la signora Petrelli va parfaitement bien, je vous assure. La dernière fois que j'ai entendu parler d'elle, elle s'éloignait de la riva degli Schiavoni et revenait dans la direction générale de votre appartement.

– Vous ne la détenez donc pas ? »

Il éclata de rire. « Bien sûr que non, professoressa. Je n'ai jamais eu ce plaisir. Il n'y a nul besoin d'impliquer la signora Petrelli dans cette affaire, d'ailleurs. En outre, s'il arrivait quelque chose à sa voix, je ne pourrais jamais me le pardonner. Même s'il est vrai que je n'aime pas toujours la musique qu'elle chante, ajouta-t-il avec le ton de tolérance condescendante de ceux qui ont des goûts plus relevés, je n'ai que le plus profond respect pour son talent. »

Brett fit brusquement demi-tour et fonça vers la porte. Elle pesa sur la poignée, mais le battant ne céda pas. Elle essaya de nouveau, plus vigoureusement, sans plus de succès. Pendant qu'elle s'agitait ainsi, l'homme était venu se placer devant l'un des présentoirs en Plexiglas éclairés. Quand elle se retourna, elle le vit qui contemplait les petits objets qui s'y trouvaient disposés, presque inconscient de sa présence.

« Allez-vous me laisser sortir d'ici ? demanda-t-elle.

– Aimeriez-vous voir ma collection, professoressa ? répondit-il comme si elle n'avait rien dit, ou comme s'il ne l'avait pas entendue.

– Je veux sortir d'ici. »

De nouveau, il ignora sa protestation.

Il continuait d'examiner les deux figurines du casier. « Ces petites pièces de jade datent de la dynastie Shang, vous ne croyez pas ? Probablement de la période Anyang. » Il se tourna vers elle et sourit. « Je suis bien conscient qu'elles sont antérieures d'environ un millénaire à la période dont vous êtes spécialiste, professoressa, mais je suis sûr que vous les connaissez. » Il alla se placer devant le casier suivant pour en étudier le contenu. « Regardez cette danseuse ; elle possède encore presque toute sa peinture. Rarissime, pour une pièce des Han occidentaux. Certes, quelques éclats ont sauté au bas de sa manche, mais si je la dispose légèrement de profil, on ne les voit pas, n'est-ce pas ? » Il souleva le couvercle de Plexiglas et le posa sur le sol, à côté. Puis il prit délicatement la statue, qui mesurait une trentaine de centimètres, et traversa la salle, l'objet dans les mains.

Il s'arrêta devant l'Américaine et souleva la danseuse de manière à ce qu'elle puisse voir les minuscules écaillures qui, en effet, déparaient l'une des longues manches tombantes. La peinture du haut de la robe était encore d'un beau rouge, après tous ces siècles, et le noir de la jupe brillait toujours. « Je suppose qu'elle n'est sortie que très récemment d'une tombe. Sinon, je ne vois pas comment elle aurait pu être préservée dans un tel état de perfection. »

Il remit la statue droite, donna un dernier coup d'œil à Brett et alla reposer soigneusement le précieux objet sur son piédestal. « Quelle magnifique idée, que de placer de belles choses, de belles femmes, dans une tombe avec le mort. » Il resta quelques instants méditatif, puis ajouta, en replaçant le couvercle : « Je suppose qu'il était barbare de sacrifier des servantes et des esclaves pour l'accompagner dans son voyage vers l'autre monde. C'est néanmoins une idée touchante, une manière tellement étonnante d'honorer les morts ! » Il se tourna de nouveau vers elle. « Ne croyez-vous pas, dottoressa Lynch ? »

Brett se demandait si elle avait affaire à une sorte de numéro raffiné, destiné, en la terrorisant, à lui faire faire ce qu'il attendait d'elle. Simulait-il son intérêt passionné pour ces objets, ou voulait-il qu'elle le prenne pour un fou capable de lui faire mal si elle refusait de se plier à sa volonté ? Mais quelle était cette volonté, justement ? Attendait-il seulement d'elle qu'elle admire sa collection ?

Elle commença à regarder autour d'elle dans la pièce, et vit en fait les objets pour la première fois. Il se tenait à présent auprès d'un vase du néolithique décoré d'un motif de grenouilles et comportant deux poignées placées bas. La poterie était dans un tel état de conservation qu'elle se rapprocha pour l'examiner plus en détail. « Ravissant, n'est-ce pas ? demanda-t-il sur le ton de la conversation mondaine. Si vous voulez bien venir par ici, professoressa, je vais vous montrer quelque chose dont je suis particulièrement fier. » Il s'approcha d'un autre casier, dans lequel était posé, sur du velours noir, un anneau de jade blanc ciselé à la perfection. « Superbe, n'est-ce pas ? À mon avis, il date de l'époque des Royaumes combattants, vous ne pensez pas ?

– Oui, répondit-elle. On dirait bien, en particulier à cause du motif animalier. »

Il eut un sourire de ravissement tout à fait sincère. « C'est exactement ce qui m'a convaincu, professoressa. » Il se tourna un instant vers l'objet et revint vers Brett. « Vous ne pouvez imaginer à quel point il est satisfaisant pour l'amateur de voir son jugement confirmé par un expert. »

Elle n'était nullement experte en objets du néolithique, mais elle estima plus sage de ne pas protester. « Vous auriez pu avoir facilement confirmation de cette hypothèse ; il aurait suffi de le montrer à un marchand spécialisé, ou au département Extrême-Orient d'un musée. »

Il s'éloigna d'elle et gagna l'autre extrémité de la salle, où il s'arrêta en face d'une niche du mur. Il en sortit une longue pièce métallique délicatement ouvragée d'incrustations en or et en argent. « Je ne m'intéresse que rarement aux objets en métal, dit-il, mais je n'ai pu résister à celui-ci, lorsque je l'ai vu. » Il le lui tendit et sourit lorsqu'elle le prit pour l'étudier des deux côtés.

« Ce n'est pas une boucle de ceinture ? » demanda-t-elle lorsqu'elle vit une sorte d'ardillon, à l'une des extrémités. Le reste de la pièce faisait la longueur de sa main et était plat et fin comme une lame.

Une lame.

Il sourit, au comble du ravissement. « Oh, bravo. Oui, j'en suis sûr. Il en existe une autre, au Metropolitan de New York, mais le travail de celle-ci est plus délicat. » D'un doigt boudiné, il indiqua une ligne incurvée fluide, gravée sur le plat de la pièce. Perdant brusquement intérêt pour la boucle de ceinture, il fit demi-tour et repartit de l'autre côté de la salle. Brett fit face à la niche et profita de ce qu'il lui tournait le dos pour glisser l'objet dans la poche de son pantalon.

Lorsqu'elle vit la pièce que contenait le casier vers lequel l'homme se penchait maintenant, Brett sentit ses genoux sur le point de la trahir et fut prise de frissons qui la glacèrent jusqu'aux os ; car ce qu'elle y découvrit n'était rien moins que l'un des vases à couvercle subtilisés lors de l'exposition du palais des Doges.

Il passa derrière le piédestal et se posta de manière à lui faire face, à travers les parois transparentes en Plexiglas. « Ah, je vois que vous reconnaissez ce vase, professoressa. Superbe, n'est-ce pas ? J'en voulais un de ce style depuis toujours, mais ils sont impossibles à trouver. Comme vous l'avez si bien fait remarquer dans votre livre. »

Elle serra les bras contre elle, espérant sans doute conserver le peu de chaleur qui lui restait et qui paraissait s'évaporer si rapidement de son corps. « Il fait froid, ici.

– Ah, oui, assez, n'est-ce pas ? Je possède un certain nombre de documents sur rouleau de soie, dans ces tiroirs, répondit-il avec un geste, et je ne peux risquer de chauffer la galerie tant que je ne pourrai pas les mettre dans une pièce spéciale climatisée, à l'humidité contrôlée. J'ai bien peur que vous ne souffriez de quelque inconfort tant que vous serez ici, professoressa. Je suis cependant persuadé que vous avez l'habitude de l'inconfort, avec tous vos séjours en Chine.

– Et avec ce que m'ont fait vos hommes, ajouta-t-elle d'un ton calme.

– Ah, oui, vous devez m'excuser pour cet incident. Ils avaient pour instruction de vous donner un avertissement, mais je crains que mes amis n'aient tendance à faire preuve d'un peu trop d'enthousiasme lorsqu'il s'agit de défendre ce qu'ils pensent être mon intérêt. »

Elle ignorait comment elle le savait, mais elle avait la conviction qu'il mentait et était sûre qu'il avait donné des ordres clairs et explicites. « Et le dottor Semenzato, avaient-ils pour consigne de simplement l'avertir, lui aussi ? »

Pour la première fois, il la regarda avec une expression de déplaisir qui n'était pas simulée, comme si cette remarque lui enlevait quelque chose du contrôle absolu qu'il exerçait sur la situation.

« Juste l'avertir ? demanda-t-elle doucement.

– Dieu du ciel, professoressa, quel genre d'homme croyez-vous que je sois ? »

Elle aima mieux ne rien répondre.

« Et après tout, pourquoi ne pas vous le dire ? reprit-il avec un sourire aimable. Le dottor Semenzato avait très peur. Je suppose que cela aurait pu être acceptable, mais il est du coup devenu très gourmand, et ceci ne l'était pas. Il a eu la folie de s'imaginer qu'il pouvait tirer un avantage financier des difficultés que vous créiez. Mes amis, comme je l'ai déjà laissé entendre, n'aiment pas du tout voir mon honneur compromis. » Il pinça les lèvres et secoua la tête à l'évocation de ce souvenir.

« Votre *honneur* ? »

La Capra ne s'expliqua pas. « Ensuite, la police est venue m'interroger et j'ai pensé qu'il valait mieux avoir un entretien avec vous. »

Pendant ce discours, Brett eut un instant d'effroyable révélation : pour qu'il puisse lui parler aussi ouvertement de Semenzato, c'est qu'il n'avait rien à craindre d'elle. Il y avait deux chaises à dossier droit, le long du mur opposé ; elle se dirigea vers la plus proche et s'assit lourdement. Elle se sentait tellement faible qu'elle se pencha, voulant poser la tête sur ses genoux, mais le douloureux élancement qui monta de ses côtes encore mal ressoudées la fit se redresser, haletante.

La Capra l'avait suivie des yeux. « Mais ne parlons pas du dottor Semenzato, alors que nous avons tous ces magnifiques objets à contempler. » Il enleva le couvercle de Plexiglas, prit le vase et s'avança vers elle. « Admirez celui-ci. Voyez la fluidité des lignes de la peinture, la manière dont les jambages jaillissent vers l'avant. Il aurait pu être peint hier, n'est-ce pas ? L'exécution est d'une modernité absolue. Une pure merveille. »

Elle regarda le vase, qu'elle ne connaissait que trop bien, puis l'homme qui le tenait.

« Comment vous y êtes-vous pris ? demanda-t-elle d'un ton las.

– Ah ! » Il se redressa et alla replacer, soigneusement, le vase dans son casier. « Ce sont des secrets professionnels, professoressa. Vous ne pouvez me demander de vous les révéler. » Il était manifeste, cependant, qu'il mourait d'envie de le faire.

« C'était Matsuko ? » Elle désirait au moins savoir cela.

« Votre petite amie japonaise ? fit-il, sarcastique. À votre âge, professoressa, vous devriez tout de même savoir qu'il n'est pas judicieux de confondre sa vie sentimentale et sa vie professionnelle, en particulier lorsqu'on a affaire à des personnes aussi jeunes. Elles n'ont pas notre vision du monde, et ne savent pas, comme nous, faire la part des choses. » Il se tut un instant, admirant la profondeur de sa sagesse, avant de reprendre : « Voyez-vous, elles ont tendance à tout prendre personnellement, à toujours se considérer comme le centre de l'univers. Et de ce fait, elles peuvent se montrer très, très dangereuses. » Il eut un sourire, à ces mots, qui n'était pas beau à voir. « Ou au contraire très, très utiles. »

Il traversa de nouveau la galerie pour venir se planter devant Brett, qui leva la tête vers lui. « C'était elle, évidemment. Ses motivations, cependant, n'ont jamais été bien claires. Elle ne voulait pas d'argent, et s'est même montrée offensée lorsque Semenzato lui en a proposé. Par ailleurs, elle ne voulait pas vous faire de tort, professoressa, pas vraiment, si cela peut vous être de quelque réconfort. Elle n'a pas pris le temps d'examiner lucidement les choses.

– Mais alors, pourquoi l'a-t-elle fait ?

– Oh, au début, c'était simplement pour se venger, un cas classique d'amoureuse éconduite qui veut rendre coup pour coup à celle qui lui a fait mal. Je ne pense pas qu'elle se soit clairement représenté ce qu'elle avait à l'esprit, tout ce que cela voulait dire. Je suis sûr qu'elle a cru que nous ne voulions que cette seule pièce. En réalité, je la soupçonne même d'avoir espéré qu'on découvrirait la substitution. Cela aurait remis votre jugement en question ; après tout, c'était vous qui aviez choisi les pièces de l'exposition, et si l'affaire avait éclaté au moment où tous les objets devaient repartir pour la Chine, on vous aurait accusée d'avoir envoyé des faux au lieu de pièces authentiques. Ce n'est que plus tard qu'elle s'est rendu compte que l'idée d'un faux en provenance du musée de Xi'an était une absurdité. À ce moment-là, il était trop tard. Les pièces avaient été copiées – ce qui m'a occasionné des frais considérables, je dois le dire –, et du coup il était d'autant plus nécessaire qu'elles soient toutes mises à la place des originaux.

– Quand ?

– Au moment de l'emballage, au musée. Les choses se sont passées sans problème, beaucoup plus facilement que nous ne l'aurions cru. La petite Japonaise a certes tenté de s'y opposer, mais il était bien trop tard, à ce moment-là. » Il se tut, le regard perdu au loin, tout à son souvenir. « Je crois que c'est à partir de là que j'ai compris qu'elle allait tôt ou tard devenir un problème. » Il sourit. « Et comme j'avais raison…

– Et c'est pour ça qu'il fallait qu'elle soit éliminée ?

– Évidemment, répondit-il d'un ton parfaitement naturel. Je me suis rendu compte que je n'avais pas le choix.

– Qu'avait-elle fait ?

– Oh, elle a commencé par manifester une certaine mauvaise volonté, ici ; puis, une fois en Chine, lorsque vous lui avez dit que vous pensiez que certaines pièces étaient fausses, elle a écrit à ses parents pour leur demander ce qu'il fallait faire. Il est évident que, du coup, je n'avais plus le choix : elle devait être éliminée. » Il inclina la tête de côté, en un geste suggérant qu'il allait lui faire une révélation. « Très franchement, j'ai été surpris que les choses soient aussi faciles. J'aurais cru me heurter à davantage de problèmes pour régler une affaire pareille en Chine. » Il secoua lentement la tête, comme s'il déplorait ce nouvel exemple de pollution culturelle.

« Mais comment avez-vous su qu'elle leur avait écrit ?

– Parce que j'ai lu sa lettre, évidemment », répondit-il, toujours sur un ton parfaitement naturel ; il ne se corrigea que par goût de la précision. « En réalité, j'ai lu une traduction de sa lettre.

– Comment l'avez-vous obtenue ?

– Mais parce que toute votre correspondance était interceptée, tout simplement. » C'est tout juste s'il n'avait pas adopté un ton de reproche, comme si elle aurait dû comprendre que cela allait de soi. « Comment avez-vous fait parvenir cette lettre à Semenzato ? » Il s'était exprimé avec une réelle curiosité.

« Je l'ai donnée à quelqu'un qui partait pour Hong Kong.

– Quelqu'un qui travaillait sur les fouilles ?

– Non, un touriste que j'ai rencontré à Xi'an ; il devait repartir pour Hong Kong, et je lui ai demandé de la poster. Je savais qu'elle arriverait beaucoup plus vite de cette façon.

– Très habile, professoressa, vraiment très habile. »

Une vague glacée la secoua des pieds à la tête. Elle souleva ses pieds – engourdis depuis longtemps – du sol de marbre et les posa sur le premier barreau de la chaise. La pluie avait traversé son chandail et elle avait l'impression d'être prisonnière d'une camisole d'eau glacée. Un nouveau et violent frisson la parcourut, et elle ferma les yeux, attendant qu'il passe. La douleur sourde qui rôdait dans sa mâchoire depuis ces derniers jours venait de se réveiller, fulgurante, aiguë.

Lorsqu'elle rouvrit les yeux, l'homme n'était plus à côté d'elle et se tenait maintenant de l'autre côté de la galerie, s'apprêtant à prendre un autre vase. « Qu'est-ce que vous allez me faire ? » demanda-t-elle, luttant pour parler d'une voix calme et assurée.

Il revint vers elle, tenant entre ses mains, avec le plus grand soin, un bol évasé en céramique. « Je crois que voici la pièce la plus belle de ma collection, dit-il en inclinant légèrement l'objet de façon à ce qu'elle puisse voir le motif qui l'entourait. Il vient de la province de Ch'ing-hai, vers l'extrémité de la Grande Muraille. Je me risquerai à dire qu'il est âgé d'environ cinq mille ans, qu'en pensez-vous ? »

Brett leva un œil morne vers lui. Elle vit un homme corpulent, d'un certain âge, tenant un bol brun décoré. « Je vous ai demandé ce que vous alliez faire de moi, répéta-t-elle, car c'était seulement cela, et non l'objet, qui l'intéressait.

– Hein ? fit-il vaguement, la regardant un instant avant de revenir sur le bol. Vous voulez dire de vous, professoressa ? » Il s'éloigna d'un pas vers la gauche pour aller poser le vase sur un piédestal vide. « J'ai bien peur de ne pas avoir encore eu le temps d'y penser. Il me tardait tellement de vous montrer ma collection !

– Mais pourquoi ? »

Il resta où il se tenait, pas tout à fait en face d'elle, faisant de temps en temps délicatement tourner le bol d'un millimètre ou deux, du bout du doigt, d'un côté ou de l'autre. « Parce que j'ai tellement d'objets merveilleux, et que je ne peux les montrer à personne. » Il avait parlé avec une note chagrinée tellement palpable qu'elle ne pouvait être feinte. Il se tourna vers elle et lui adressa un sourire amical, un sourire d'explication. « À personne qui compte, en tout cas. Voyez-vous, si je les montre à des gens qui n'y connaissent rien en céramique, je ne puis m'attendre à ce qu'ils apprécient la beauté et la rareté de ce qu'ils voient. » Il n'en dit pas davantage, espérant qu'elle avait compris le dilemme dans lequel il était plongé.

Ce qui était le cas. « Et si vous les montrez à des personnes qui s'y connaissent en art chinois ou en céramique, elles sauront d'où proviennent les pièces, n'est-ce pas ?

– Vous avez parfaitement saisi », dit-il en levant les mains, ravi de la vitesse à laquelle elle avait raisonné. Son expression s'assombrit. « C'est difficile d'avoir affaire à des personnes qui ne comprennent pas. Ils ont toutes ces splendeurs sous les yeux, reprit-il avec un geste de la main droite qui balaya tout ce que contenait la salle, et ne voient que des pots et des vases, sans avoir la moindre idée de leur beauté.

– Ce qui ne les empêche pas de faire ce qu'il faut pour vous les procurer, n'est-ce pas ? » Elle n'avait pas cherché à dissimuler ce que la question avait de sarcastique.

Mais il la prit au premier degré et réfléchit avant d'y répondre. « Non, ça ne les en empêche pas. Je leur dis ce que je veux, et ils s'arrangent pour me l'obtenir.

– Et leur expliquez-vous aussi comment ils doivent s'y prendre ? » Elle commençait à avoir du mal à parler ; il lui tardait que tout cela finisse.

« Cela dépend de qui travaille pour moi. Il m'arrive de devoir être très explicite.

– Avez-vous eu besoin d'être *explicite* avec les hommes que vous m'avez envoyés ? »

Elle vit qu'il était sur le point de lui répondre un mensonge, mais il préféra changer de sujet. « Que pensez-vous de ma collection, professoressa ? »

Elle en eut brusquement assez. Elle ferma les yeux et appuya la tête au dossier de la chaise.

« Je vous ai demandé ce que vous pensiez de ma collection », répéta-t-il, élevant à peine la voix. Avec une lenteur qui tenait de l'épuisement plus que de l'obstination, elle fit rouler négativement sa tête de côté, les yeux toujours fermés. D'un revers négligent de la main qui avait davantage pour objet de l'avertir que de la punir, il lui porta un coup qui l'atteignit à la tempe. Il ne fit en réalité que lui effleurer un peu sèchement le visage, mais la gifle eut néanmoins assez de force pour faire se rouvrir la fissure dans la mâchoire de Brett ; elle eut un violent sursaut, tandis qu'un éclair de douleur la submergeait et faisait disparaître toute pensée et toute conscience de son esprit.

Elle glissa au sol et ne bougea plus. Il la regarda pendant un moment, puis recula jusqu'au piédestal. Là, il se pencha pour récupérer le couvercle de Plexiglas, le replaça délicatement sur le bol, jeta un dernier coup d'œil à la femme allongée sur le sol et quitta la salle.

22

Brett est en Chine, dans la tente montée près des fouilles et réservée à l'équipe des archéologues. Elle dort, mais elle a choisi un mauvais emplacement pour son sac de couchage ; le sol est dur sous elle. Le chauffage au gaz doit être encore en panne, et le froid mordant de la steppe du haut plateau agresse son corps. Elle a refusé de retourner à Pékin pour se faire vacciner contre l'encéphalite et c'est de ça qu'elle souffre à présent, en proie au violent mal de tête qui en est le premier symptôme, secouée de frissons tandis que sa cervelle augmente de volume sous l'effet de l'infection qui va provoquer sa mort. Matsuko l'a pourtant mise en garde, Matsuko s'est fait vacciner avant de partir de Tōkyō.

Si seulement elle avait une autre couverture, si seulement Matsuko lui donnait quelque chose contre la douleur dans sa tête… Elle ouvre les yeux et s'attend à voir la paroi de toile de la tente. Au lieu de cela, elle découvre une pierre grise sous son bras, puis un mur. Et la mémoire lui revient.

Elle referma les yeux et resta sans bouger, tendant l'oreille pour deviner s'il y avait ou non quelqu'un dans la pièce. Elle leva la tête et estima que la douleur était supportable. Ses yeux lui confirmèrent ce que lui avait déjà dit son ouïe : il était parti, et elle était enfermée dans la salle avec la collection de cet homme.

Elle se mit péniblement à genoux, puis, s'aidant de la chaise, se releva complètement. Des élancements lui martelaient le crâne et la galerie tourbillonna un moment autour d'elle, mais elle tint bon et referma les yeux jusqu'à ce que les choses se stabilisent. La douleur rayonnait à partir d'un point situé sous ses oreilles et se répandait dans toute sa tête.

Lorsqu'elle rouvrit les yeux, elle constata que tout un mur de la galerie était percé de fenêtres que protégeaient des grilles de fer. Elle s'obligea à traverser la pièce pour essayer d'ouvrir la porte, mais celle-ci était fermée à clef. Au début, chacun de ses pas était ponctué d'un nouvel élancement, mais elle s'obligea à décrisper les muscles de ses joues et la douleur diminua un peu. Elle retourna près des fenêtres, tira la chaise près de l'une d'elles et, très lentement, grimpa sur le siège. Au-delà du vitrage, elle vit le toit d'une maison, de l'autre côté de la ruelle. À sa gauche s'étageaient des toits ; à sa droite, il y avait le Grand Canal.

Il pleuvait toujours aussi fort et elle prit soudain conscience des vêtements humides qui collaient à son corps. Elle descendit maladroitement de la chaise et regarda autour d'elle, à la recherche d'une source de chaleur dans la salle, mais elle n'en vit aucune. Elle s'assit donc sur la chaise, les bras serrés autour du buste, s'étreignant tout en prenant soin de ne pas réveiller la douleur dans ses côtes, et essaya de tenir tête aux vagues de frissons qui la secouaient. Elle sentit alors quelque chose de dur sous la main. La boucle de ceinture. À travers le vêtement mouillé, elle la pressa de toutes ses forces contre elle.

Un laps de temps indéfini s'écoula ; elle n'avait aucune idée de sa longueur. La lumière qui entrait par les fenêtres diminua, passant de la morosité plombée du jour à la pénombre du crépuscule qui tombait. Elle se doutait que la salle possédait un éclairage, mais elle ne se sentit pas la force de le chercher. D'autant que la lumière n'y changerait rien : c'était de chaleur qu'elle avait besoin.

Finalement, elle entendit le bruit d'une clef tournant dans la serrure et la porte s'ouvrit sur l'homme qui l'avait frappée. Il était suivi du jeune homme qui l'avait escortée dans l'escalier – elle ne savait plus combien d'heures auparavant.

« Professoressa, dit le plus âgé avec un sourire, j'espère que vous serez en mesure de poursuivre cette conversation. » Puis il se tourna et s'adressa au plus jeune, utilisant un dialecte sicilien tellement fluide et plein de sons élidés qu'elle n'en comprit pas un mot. Ils traversèrent ensemble la galerie pour s'approcher d'elle, et Brett fut incapable de résister à l'impulsion qui la fit se lever et s'abriter derrière sa chaise.

Le plus âgé s'arrêta près de la vitrine où il avait déposé le bol brun à bord évasé et se mit à le contempler. Le jeune se planta à côté de lui, son regard allant de Brett à son père.

Une fois de plus, en connaisseur, avec la délicatesse qui caractérisait tous ses mouvements lorsqu'il manipulait les pièces de son trésor, il souleva et posa le couvercle de Plexiglas, puis retira le bol du présentoir. L'air d'un prêtre portant une offrande jusqu'à un autel, tenant l'objet à deux mains, il s'approcha de l'Américaine. « Comme je vous le disais avant notre interruption, je pense qu'il provient de la province de Ch'ing-hai, bien qu'il puisse être aussi du Kansu.

Vous comprenez pour quelle raison je ne peux demander l'avis d'un expert. »

Brett redressa le menton et le regarda, puis se tourna vers le jeune homme qui se tenait à ses côtés, tel un acolyte. Elle reporta ensuite les yeux sur le bol évasé, vit qu'il était superbe et détourna les yeux ; ça ne l'intéressait pas.

« On peut voir, juste ici, reprit-il en faisant légèrement pivoter la poterie, la façon dont les anneaux ont été scellés. Étrange, comme il ressemble à un vase fait au tour. Et ce dessin… J'ai toujours été fasciné par l'utilisation des motifs géométriques chez les peuples primitifs ; on dirait qu'ils ont plus ou moins anticipé l'avenir et qu'ils savaient que nous y reviendrions. » C'est plus ou moins à contrecœur qu'il quitta la contemplation du bol pour se tourner vers Brett. « Comme je vous l'ai dit, c'est la plus belle pièce de ma collection. Peut-être pas la plus précieuse, mais c'est néanmoins celle que j'aime le plus. » Il partit d'un petit rire entendu, comme on peut en avoir avec une collègue. « Quand je pense à ce que j'ai dû faire pour le récupérer… »

Elle aurait aimé fermer les yeux, se boucher les oreilles, et ne plus avoir à subir ces propos délirants. Mais elle n'avait pas oublié ce qui s'était passé, la dernière fois qu'elle l'avait ignoré, si bien qu'elle le regarda et émit un grognement interrogatif, n'osant parler, de peur de la douleur.

« Un collectionneur de Florence. Un vieil homme très entêté. Je l'avais rencontré dans le cadre de mes affaires et quand il a appris que je m'intéressais aux céramiques chinoises, il m'a amené chez lui pour me montrer sa collection. Je suis tombé amoureux de cette pièce dès que je l'ai vue, sachant très bien que je ne serais pas heureux tant que je ne la posséderais pas. »

Il souleva un peu le bol et le tourna pour étudier le fin réseau de traits noirs qui couraient sur ses flancs et, franchissant le bord, allaient se rejoindre au centre. « Je lui ai demandé de me le vendre, mais il a refusé. Il m'a dit que l'argent ne l'intéressait pas. Je lui en ai offert une somme supérieure à sa valeur, et j'ai même fini par doubler mon offre, mais il refusait toujours. » Il détacha ses yeux du bol pour regarder l'Américaine, essayant de retrouver son indignation pour la lui faire partager. Il secoua la tête et revint sur le bol. « Pas moyen de le faire changer d'avis. Je n'avais donc pas le choix, ajouta-t-il, en oubliant son petit discours sur le fait qu'on l'avait toujours. Absolument pas le choix. C'est ainsi que j'ai employé d'autres méthodes. »

Il la regarda d'une manière qui exigeait manifestement qu'elle demande quelles étaient ces méthodes qu'il avait été contraint d'employer. Et comme ce terme lui traversait l'esprit, Brett comprit soudain que tout ce numéro n'était pas un scénario préparé pour justifier ses actes ; ce n'était pas une scène qu'il avait imaginée pour essayer de la piéger en lui faisant donner la réplique. Il y croyait. Il avait désiré une certaine chose, on la lui avait refusée, il avait donc été contraint de la prendre. Aussi simple que ça. Et, au même instant, elle comprit aussi où elle se trouvait : au milieu de son chemin, empiétant sur sa liberté de posséder à sa guise les céramiques de l'exposition du palais des Doges, qu'il avait pris tant de peine à se procurer et qui lui avaient coûté tellement d'argent. Et elle sut qu'il allait la tuer, l'effacer avec autant d'indifférence qu'il l'avait frappée lorsqu'elle avait refusé de répondre à sa question. Elle poussa un soupir involontaire, qu'il prit pour une interrogation.

« J'aurais voulu que cela ait l'air d'un simple cambriolage, mais la disparition du bol lui aurait fait comprendre que j'étais dans le coup. J'ai aussi pensé à le faire voler, puis à mettre ensuite le feu à sa villa. » Il poussa un soupir en évoquant ce souvenir. « Mais je n'en ai pas été capable. Il avait tellement de choses magnifiques ! Je ne supportais pas l'idée qu'elles soient détruites. » Il abaissa le bol pour lui montrer l'intérieur. « Regardez donc ce cercle, la manière dont les lignes ondulent autour, soulignant le motif. Comment savaient-ils faire une chose pareille ? » Il se redressa et murmura : « C'est simplement miraculeux. Miraculeux. »

Pendant tout ce monologue, le jeune homme avait gardé le silence, planté à côté de La Capra, écoutant chacune des paroles qui tombaient de sa bouche, suivant chacun de ses gestes des yeux, le visage inexpressif.

L'homme corpulent soupira à nouveau et poursuivit : « J'ai insisté pour que cela soit fait à un moment où il serait seul. Je ne voyais aucune raison pour que sa famille en pâtisse. Il revenait un soir en voiture de Sienne, et… » Il marqua un temps d'arrêt, cherchant la formule la plus délicate possible. « Et il a eu un accident. Un accident des plus malheureux. Il a perdu le contrôle de son véhicule sur l'autoroute. La voiture a pris feu et a brûlé dans le fossé. Dans la confusion qui a suivi sa mort, il s'est passé un certain temps avant que quelqu'un remarque la disparition du bol. » Il prit un ton plus feutré pour passer sur le mode philosophique. « Je me demande si le fait d'avoir dû aller si loin pour me le procurer a un rapport avec l'amour que je porte à cet objet… » Puis, reprenant un ton normal, il ajouta : « Vous ne pouvez imaginer à quel point je suis heureux de pouvoir le montrer enfin à quelqu'un qui peut l'apprécier. » Il jeta un coup d'œil au jeune homme. « Tout le monde, ici, essaie de comprendre, de partager mon enthousiasme, mais ils n'ont pas consacré des années à étudier ce sujet, comme je l'ai fait. Et comme vous l'avez fait, professoressa. »

Il eut un sourire qui était la bonté même. « Voudriez-vous le tenir entre vos mains, dottoressa ? Personne d'autre ne l'a touché depuis que, euh... depuis que j'en ai fait l'acquisition. Je suis certain que vous apprécierez le contact d'un tel objet dans vos mains, la perfection de sa courbure. Vous allez être stupéfaite par sa légèreté. Si vous saviez comme je suis désolé de ne pas avoir les capacités scientifiques... J'aimerais en vérifier la composition à l'aide d'un spectroscope, connaître la matière dont il est fait ; qui sait si cela n'expliquerait pas sa légèreté ? Peut-être accepterez-vous de me donner votre opinion ? »

Il sourit de nouveau et lui présenta le bol. Elle obligea ses muscles raidis à la repousser du mur contre lequel elle s'était adossée et tendit les mains. C'est avec précaution, le prenant par en dessous, qu'elle saisit l'antique objet pour en examiner le centre. Les lignes noires, tracées par la main habile d'un artiste mort depuis plus de cinq mille ans, se déployaient à l'intérieur du vase en tourbillons, apparemment aléatoires, qui venaient encercler des espaces blancs à l'intérieur desquels de petits ronds noirs faisaient penser à des cœurs de cible. La poterie était vibrante de vie, vibrante de l'humour du potier. Elle s'aperçut que les lignes n'étaient pas tracées à des intervalles parfaitement réguliers ; ces variations et ces hésitations ne faisaient que proclamer l'humaine faillibilité de leur auteur. À travers des larmes qu'elle ne pouvait retenir, elle crut voir la beauté du monde qu'elle s'apprêtait à rejoindre. Elle pleurait sa mort et déplorait le pouvoir qu'avait cet homme, toujours debout devant elle, de posséder des choses d'une telle beauté.

« Il est fabuleux, n'est-ce pas ? » demanda-t-il.

Brett releva la tête et regarda La Capra dans les yeux. Il était capable de l'estourbir aussi négligemment qu'il recracherait un noyau de cerise. Capable de faire cela et de continuer à vivre tranquillement, possédé par cette beauté, heureux de la détenir pleinement – sa plus grande joie. Elle recula d'un petit pas et leva les bras dans une pose hiératique, le bol à hauteur de son visage. Puis, très lentement, d'un geste délibéré, elle écarta les mains et laissa l'objet tomber sur le sol de marbre où il se brisa, projetant une pluie de fragments sur ses jambes et ses pieds.

L'homme avait bondi, mais pas assez rapidement pour sauver le vase. Son pied se posa sur un éclat qu'il pulvérisa, et il recula d'un pas, maladroitement, allant heurter le jeune homme à qui il dut s'accrocher pour ne pas tomber. Il rougit violemment puis devint blême. Il marmonna quelque chose que Brett ne distingua pas, avant de lui faire de nouveau face. La main levée, il voulut se jeter sur elle, mais le jeune homme se plaça derrière lui et le retint en lui entourant la poitrine d'un bras ; il lui fallut toute sa force pour l'empêcher d'atteindre Brett. « Pas ici, dit-il, Pas au milieu de toutes ces belles choses. » L'homme corpulent gronda une réponse indistincte. « Je vais m'en occuper. Mais en bas », lui répondit le plus jeune.

Pendant qu'ils parlaient et que le ton montait, Brett plongea la main droite dans sa poche et étreignit la boucle de ceinture ; l'autre extrémité avait une forme effilée, avec des bords assez fins pour être coupants. Tandis qu'elle regardait et écoutait les deux hommes, elle eut l'impression que leurs voix s'éloignaient ou au contraire se rapprochaient. Elle se rendit compte en même temps qu'elle ne sentait plus le froid ; tout au contraire, elle avait chaud, elle se sentait même brûlante. Et pendant ce temps, la discussion continuait, de plus en plus vive et tendue. Elle se dit qu'il fallait rester debout, s'agripper à la lame – mais soudain l'effort fut trop grand et elle se laissa retomber sur la chaise. Sa tête s'affaissa et elle vit les débris qui constellaient le sol sans même se rappeler d'où ils provenaient.

Au bout d'un long moment, elle entendit la porte s'ouvrir puis claquer en se refermant ; lorsqu'elle leva les yeux, il n'y avait plus que le jeune homme avec elle. Elle perdit la notion du temps. Quand elle reprit ses esprits, il l'avait saisie par le bras et l'obligeait à se lever. Elle le suivit. Ils redescendirent l'escalier, chaque pas ponctué d'une explosion de douleur dans sa tête, puis encore d'autres marches, traversèrent la cour ouverte sous l'averse qui n'avait pas cessé, pour atteindre une porte située au rez-de-chaussée.

Lui tenant toujours le bras, alors qu'il y avait presque de quoi rire tant la précaution était inutile, il déverrouilla la porte et poussa le battant. Elle regarda à l'intérieur et vit des marches luisantes, de faible hauteur, s'enfoncer dans l'obscurité. Dès la première, les ténèbres eurent quelque chose de palpable : de leur surface montaient de vagues reflets, ceux de la lumière jouant sur l'eau.

L'homme l'agrippa fermement et la poussa vers l'escalier. Elle trébucha lorsqu'elle franchit le seuil, son pied cherchant automatiquement la première marche ; il la trouva, mais sous le niveau de l'eau. La deuxième était gluante d'algues et de mousse, et elle glissa dessus. Elle eut le temps de tendre les bras devant elle, puis elle plongea dans l'eau qui continuait toujours à monter.

23

Flavia n'avait qu'une envie, que s'arrête cette musique qui résonnait de manière grotesque dans l'appartement. Elle s'approcha de la bibliothèque tandis que de superbes arpèges ruisselaient des bois et des cordes, mais elle ne désirait que le réconfort du silence. Elle examina le tableau de bord compliqué de la stéréo, impuissante contre les sons qui l'emprisonnaient, et se maudit de n'avoir jamais pris la peine d'apprendre comment fonctionnait l'appareil. Puis la musique s'éleva à des altitudes d'une beauté plus grande encore, l'harmonie générale fut proclamée – et la symphonie s'arrêta. Elle se tourna, soulagée, vers Brunetti.

Juste au moment où elle allait dire quelque chose, éclatèrent bruyamment les accords qui ouvrent l'œuvre. Elle fit volte-face, folle de rage, et voulut frapper le lecteur de CD, comme pour le réduire au silence. Sa main heurta l'emballage en plastique du compact – celui que Brett avait laissé en évidence, placé verticalement contre l'appareil – qui alla rouler sur le sol. Il tomba sur un angle, s'ouvrit et répandit son contenu aux pieds de Flavia. Elle voulut lui donner un coup de pied, le manqua, regarda où il était pour le piétiner, l'écrabouiller et de cette façon, peut-être, mettre un terme à la musique qui se répandait joyeusement dans l'appartement. Elle sentit Brunetti à côté d'elle, vit un bras qui s'allongeait et une main qui tournait le bouton du volume vers la gauche. La musique diminua et disparut, les laissant dans un silence d'une qualité explosive. Le policier se pencha, ramassa la petite boîte plate, puis se baissa de nouveau pour récupérer le feuillet qui en était tombé, ainsi qu'un bout de papier qu'il trouva dessous.

« Un homme a appelé. Ils ont Flavia. » Il n'y avait rien de plus. Pas le temps, rien qui expliquait ses intentions. Le fait qu'elle ne se trouvait pas dans l'appartement valait toutes les explications du monde.

Sans rien dire, il passa le mot à Flavia.

Elle le lut et comprit sur-le-champ. Elle froissa le papier en boule serrée entre ses doigts – mais bientôt, elle ouvrit la main et le défroissa en silence sur l'une des étagères, devant elle, ayant une conscience aiguë et terrifiante que ce bout de papier était peut-être le dernier contact qu'elle aurait jamais avec Brett.

« À quelle heure es-tu partie d'ici ? lui demanda Brunetti.

– Vers deux heures. Pourquoi ? »

Il consulta sa montre, faisant un rapide calcul. Ils avaient dû laisser Flavia s'éloigner suffisamment de l'appartement avant d'appeler ; sans doute quelqu'un l'avait-il suivie pour vérifier qu'elle ne faisait pas brusquement demi-tour. Il n'était pas loin de dix-neuf heures et ils devaient donc détenir Brett depuis plusieurs heures. À aucun moment, Brunetti n'eut le moindre doute sur l'identité de l'homme qui était à l'origine de tout ça. Le nom de La Capra lui était venu à l'esprit avec autant de force que s'il avait été prononcé à voix haute. Il se demanda où on l'avait emmenée. Dans la boutique de Murino ? Ce n'était envisageable que si l'antiquaire était impliqué dans les meurtres, chose qui lui semblait improbable. Le lieu le plus évident était donc le *palazzo* de La Capra. À peine cette hypothèse formulée, il se mit à imaginer des plans pour y pénétrer ; mais il comprit tout de suite qu'il n'avait aucune chance d'obtenir un mandat de perquisition à partir de trois dates sur des reçus de cartes de crédit et de la description d'une salle qui pouvait tout aussi bien servir de cellule que de galerie d'art. Les intuitions de Brunetti ne compteraient pour rien, concernant un homme de la stature apparente de La Capra – et plus important encore, détenteur d'une richesse manifestement considérable.

Si Brunetti se présentait au *palazzo*, il avait toutes les raisons de croire que La Capra refuserait de le recevoir, et il n'y avait aucun moyen d'y pénétrer sans son autorisation. À moins que…

Flavia le saisit par le bras. « Sais-tu où elle peut être ?

– Je crois. »

Elle ne fit aucun commentaire mais alla aussitôt dans le vestibule, dont elle revint quelques instants après, deux hautes bottes noires en caoutchouc à la main. Elle s'assit sur le canapé, les enfila par-dessus ses bas mouillés et se releva. « Je t'accompagne. Où est-elle ?

– Flavia…, commença-t-il, mais elle lui coupa la parole.

– J'ai dit que je t'accompagnais. »

Brunetti comprit que rien n'arrêterait la cantatrice et décida sans hésiter de ce qu'il fallait faire. « J'ai un coup de fil à donner, tout d'abord. Je t'expliquerai en chemin. » Il décrocha et composa le numéro de la questure, puis demanda à parler à Vianello.

« C'est moi, Vianello, dit Brunetti lorsque le sergent fut en ligne. Il y a du monde, autour de toi ? » Il y eut un grognement affirmatif à l'autre bout du fil. « Alors écoute-moi, je vais t'expliquer. Tu te souviens, quand tu m'as raconté comment tu avais enquêté pendant trois ans sur des cambriolages ? » Nouveau grognement sur la ligne. « J'ai besoin de toi pour quelque chose. Une porte. Celle d'un bâtiment… » Le grognement suivant avait un caractère nettement interrogatif. « Elle est en bois, neuve et plus ou moins blindée. Je crois qu'elle comporte deux serrures. » Cette fois-ci, il eut droit à un reniflement de mépris. Deux verrous seulement ? Tant de simplicité était une insulte. Brunetti réfléchissait rapidement, se représentant le quartier. Il regarda par la fenêtre ; la nuit était complètement tombée et la pluie n'avait pas cessé. « On se retrouve campo San Aponal. Dès que possible. Et, Vianello, ajouta-t-il, ne prends pas ta capote d'uniforme. » Un gros rire bref fut la seule réponse, et le sergent avait raccroché.

Lorsque Brunetti et Flavia arrivèrent au rez-de-chaussée, ils constatèrent que l'eau avait encore monté, tandis que la pluie continuait inlassablement à tambouriner de l'autre côté du lourd battant.

Ils ouvrirent leur parapluie et sortirent sous le déluge, avec de l'eau qui montait presque jusqu'en haut de leurs bottes. Rares étaient les passants, et ils arrivèrent rapidement au Rialto, où l'eau était encore plus haute. S'il n'y avait eu les passerelles surélevées, leurs bottes se seraient remplies et auraient empêché toute progression. Ils retrouvèrent l'eau en descendant de l'autre côté du pont et prirent la direction de San

Polo, trempés, sentant la fatigue les gagner à force de lutter contre les flots montants. Une fois à San Aponal, ils se faufilèrent dans un bar pour attendre Vianello, soulagés de ne plus être soumis au pilonnage insistant de la pluie.

Cela faisait tellement longtemps qu'ils allaient et venaient dans ce monde semi-aqueux qu'ils ne trouvèrent ni l'un ni l'autre étrange d'être debout dans un bar avec de l'eau à mi-mollet, tandis que le barman pataugeait derrière son comptoir en rangeant ses tasses et ses verres.

De la buée recouvrait les vitres de l'établissement et Brunetti ne cessait de l'essuyer de sa manche pour y ouvrir un cercle, par lequel il pouvait guetter l'arrivée de Vianello. Des formes penchées en avant traversaient laborieusement la petite place. Nombreux étaient ceux qui avaient renoncé au parapluie, tant le vent tournant était capricieux, chassant la pluie sous tous les angles imaginables.

Brunetti sentit soudain une lourde pression sur son bras et, quand il se tourna, vit le sommet de la tête de Flavia ; appuyée de tout son poids contre lui, elle l'obligea à se pencher pour écouter ce qu'elle voulait lui dire. « Est-ce qu'elle va s'en sortir ? »

Pas un mot ne lui vint à l'esprit ; pas le moindre mensonge pieux ne put franchir ses lèvres. Il ne trouva rien d'autre à faire que passer un bras par-dessus l'épaule de la cantatrice, et la serrer contre lui. Il la sentit qui tremblait et voulut se convaincre que c'était de froid, et non de peur. Mais il ne lui venait toujours rien à l'esprit.

Peu de temps après, la silhouette de plantigrade de Vianello apparut à un angle de la place, venant du Rialto Une bourrasque souleva les pans de son manteau, et Brunetti vit qu'il portait des cuissardes qui lui montaient jusqu'à la taille. Il serra le bras de Flavia. « Il arrive. »

Elle s'écarta lentement de lui, ferma les yeux un instant et essaya de sourire.

« Tu vas bien ?

– Oui », répondit-elle, soulignant cette affirmation d'un hochement de tête.

Il ouvrit la porte du bar et appela le sergent, qui se dépêcha de franchir l'espace dégagé. Le vent et la pluie s'engouffrèrent dans le bar surchauffé au moment où Vianello fit son entrée, dégoulinant d'eau, donnant tout à coup l'impression que la salle était plus petite. Il retira sa casquette de marin et la frappa à plusieurs reprises sur le dossier d'une chaise, éclaboussant tout autour de lui. Puis il jeta le couvre-chef trempé sur une table et se passa la main dans les cheveux – dont il fit jaillir encore de l'eau. Il jeta un coup d'œil à Brunetti, un autre plus long à Flavia et demanda : « Où est-ce ?

– Près du Canal, au bout de la calle Dilera. Le *palazzo* qui vient juste d'être restauré. Sur la gauche.

– Celui qui a des grilles aux fenêtres ? demanda Vianello.

– Oui. » Brunetti se demanda s'il existait un bâtiment, à Venise, qui soit inconnu du sergent.

« Qu'attendez-vous exactement de moi, monsieur ? Que je nous y fasse entrer ? »

Le commissaire ressentit un brusque soulagement à l'emploi de ce *nous*. « En effet. Il y a une cour intérieure, mais, avec cette pluie, il ne devrait y avoir personne. » Vianello acquiesça. Par une journée pareille, il aurait fallu être fou pour traîner dehors.

« Très bien. Attendez ici, je vais voir ce que je peux faire. Si c'est bien celle à laquelle je pense, il ne devrait pas y avoir de problème. Ça ne prendra pas longtemps. Donnez-moi à peu près trois minutes et venez. » Il adressa un coup d'œil rapide à Flavia, reprit sa casquette et sortit sous la pluie battante.

« Qu'as-tu l'intention de faire ? demanda la cantatrice.

– D'entrer dans la place et de voir si elle n'y est pas. » Il n'avait aucune idée, en réalité, de ce que cela signifiait. Brett pouvait se trouver n'importe où dans le *palazzo*, dans n'importe laquelle de ses innombrables pièces. Elle n'était même pas obligatoirement à l'intérieur ; à l'heure actuelle, son corps flottait peut-être à la dérive, dans les eaux malpropres qui avaient envahi la ville.

« Et si elle n'y est pas ? » demanda Flavia si vite qu'il comprit qu'elle partageait sa vision pessimiste du sort de Brett.

Au lieu de répondre à la question, il dit : « J'insiste pour que tu restes ici. Ou pour que tu retournes à l'appartement. Tu ne peux rien faire de plus. »

Elle ne prit même pas la peine de discuter et rejeta cette suggestion d'un geste de la main. « Il a eu assez de temps, non ? »

Sans lui laisser le loisir de répondre, elle sortit sur la place, où elle ouvrit vivement son parapluie, se tournant pour l'attendre.

Il quitta l'abri du bar et alla la rejoindre, la protégeant du vent de la masse de son corps. « Non, tu ne peux pas venir. Cette histoire est l'affaire de la police. »

Sous les assauts des rafales, les cheveux de Flavia volèrent devant son visage et lui cachèrent les yeux. Elle les repoussa d'un geste rageur et le regarda, l'expression figée. « Je sais où ça se trouve. Ou je t'accompagne ou, de toute façon, je te suis. »

Il voulut protester, mais elle lui coupa la parole. « C'est de ma vie qu'il s'agit, Guido. »

Brunetti se tourna et prit la direction de la calle Dilera, rouge de fureur, pris de l'envie de la jeter de force dans le bar et de l'y enfermer. Lorsqu'ils approchèrent du *palazzo*, il eut cependant la surprise de trouver la ruelle déserte. Aucun signe de Vianello ; le lourd battant de la porte cochère était fermé. Mais, au moment où ils arrivèrent à sa hauteur, il s'ouvrit brusquement de l'intérieur. Dans la lumière chiche qui éclairait la *calle*, une grande main apparut et leur fit signe d'entrer, bientôt suivie de la tête du sergent qui souriait, en dépit de l'eau lui ruisselant sur la figure.

Brunetti se glissa à l'intérieur et n'eut pas le temps de refermer derrière lui : Flavia était déjà entrée sur ses talons. Ils restèrent quelques instants immobiles et silencieux, tandis que leurs yeux s'ajustaient à la pénombre. « Trop facile », observa Vianello en repoussant doucement le battant.

Étant donné la proximité du Grand Canal, l'eau était encore plus haute ici et avait transformé la cour en un vrai lac que la pluie contribuait à faire monter encore. Le seul éclairage était celui qui tombait des fenêtres, sur le côté gauche du *palazzo*, illuminant le centre mais laissant la périphérie, et notamment l'endroit où ils se tenaient, dans une obscurité presque totale. En silence, Brunetti, Flavia et Vianello allèrent s'abriter de la pluie sous le balcon qui courait sur trois côtés, au premier étage, devenant totalement invisibles, même les uns pour les autres.

Brunetti se rendit compte qu'il avait agi très impulsivement, en venant ici, sans avoir réfléchi à ce qu'il ferait une fois à l'intérieur. Au cours de sa seule et unique visite au *palazzo*, on l'avait si rapidement introduit jusqu'aux étages supérieurs qu'il n'avait pu se faire une idée précise de la disposition des lieux. Il se souvint d'avoir franchi des portes et grimpé des escaliers intérieurs, mais il n'avait aucune idée de la distribution des pièces qui se trouvaient derrière les différentes portes devant lesquelles il était passé ; il ne connaissait que le salon de musique et le bureau, respectivement au second et au premier les pièces dans lesquelles il s'était entretenu avec La Capra. Il lui vint aussi à l'esprit que lui, un officier de l'État, venait de participer à un délit ; qui plus est, il avait entraîné dans ce délit non seulement un civil, mais un subordonné.

« Attends ici », murmura-t-il dans l'oreille de Flavia, même si le crépitement de la pluie aurait facilement couvert le son de sa voix. Il faisait trop sombre pour distinguer le geste qu'elle aurait pu faire pour montrer qu'elle acquiesçait, mais il sentit qu'elle battait encore un peu plus en retraite dans l'obscurité.

« Vianello, dit-il en prenant le sergent par la manche et en l'attirant vers lui, je vais emprunter l'escalier et essayer d'entrer là-dedans. Si ça tourne mal, fais sortir la signora Petrelli d'ici. N'interviens que si quelqu'un essaie de t'en empêcher. » Vianello poussa un grognement d'assentiment.

Le commissaire fit demi-tour et prit la direction de l'escalier extérieur, lentement, faisant un effort à chaque pas pour vaincre la résistance de l'eau. Ce ne fut qu'à partir de la deuxième marche qu'il retrouva un sol sinon sec, du moins libre, et n'éprouva plus cet effet permanent de succion. Il se sentit du coup curieusement léger, comme s'il avait pu flotter sans effort jusqu'en haut des marches. Cependant, cette sensation s'accompagna d'une autre – celle du froid mordant de l'eau qui lui remplissait les bottes, sans parler des vêtements trempés qui lui collaient au corps. Il s'assit sur une marche et retira ses bottes, reprit sa progression, puis changea d'idée et les lança dans l'eau, attendant qu'elles aient coulé pour finir de monter l'escalier.

En haut de la première volée de marches, il s'arrêta à la hauteur d'un petit balcon et saisit la poignée de la porte qui se trouvait là. Le loquet s'abaissa sous la pression de sa main, mais on avait donné un tour de clef et le battant ne bougea pas. En haut de la deuxième volée de marches, la porte était également fermée.

Il se tourna pour regarder, par-dessus la balustrade, l'endroit où Flavia et Vianello devaient se tenir, mais il ne vit rien, sinon les motifs concentriques brisés de la pluie, créés sur l'eau par les reflets de lumière.

Il eut la surprise de voir la porte s'ouvrir sous la poussée de sa main, au sommet de l'escalier, et il se retrouva au début d'un long corridor. Il entra, referma derrière lui et resta quelques instants immobile, n'entendant tout d'abord que le bruit de l'eau qui dégouttait de son manteau et commençait à former une flaque sur le sol en marbre.

Lentement, ses yeux s'ajustèrent à la faible lumière qui régnait dans le corridor, pendant qu'il attendait, l'oreille tendue pour saisir tout bruit éventuel, en provenance de l'une des portes qui s'ouvraient à intervalles réguliers.

Il fut soudain secoué d'un frisson et dut rentrer la tête dans les épaules pour essayer de trouver un peu de chaleur quelque part au fond de son corps. Le mouvement lui avait fait baisser la tête ; lorsqu'il la releva, La Capra se tenait dans l'encadrement d'une porte, à quelques mètres de lui, bouche bée de surprise à la vue du policier.

C'est le Sicilien qui reprit le premier ses esprits, affichant un sourire aimable. « Monsieur le policier, vous voici donc de retour ? Quelle heureuse coïncidence ! Je viens juste d'installer les dernières pièces, dans ma galerie. Souhaitez-vous que je vous les montre ? »

24

Brunetti le suivit dans la galerie et parcourut des yeux les différents présentoirs et socles disséminés dans la salle. La Capra se retourna vers lui. « Permettez-moi de vous débarrasser de votre manteau, dit-il. Vous devez être gelé, avec cette pluie. On n'a pas idée de sortir par un temps pareil. » Il secoua la tête à cette seule pensée.

Brunetti s'exécuta, conscient du poids de son vêtement trempé d'eau. En le prenant, La Capra fut lui aussi étonné et ne sachant trop quoi en faire, le posa finalement sur le dossier d'une chaise, d'où il laissa couler des filets d'eau sur le sol.

« Qu'est-ce qui fait que vous êtes revenu me voir, dottore ? demanda La Capra, ajoutant, avant que Brunetti ait pu répondre : Je vous en prie, permettez-moi de vous offrir quelque chose à boire. Une grappa, peut-être ? Ou un grog bien chaud. Je ne peux vous laisser ici, debout, glacé, alors que vous êtes mon hôte, sans que vous preniez quelque chose. » Sans attendre de réponse, il alla décrocher l'interphone et appuya sur un bouton. Il y eut un faible déclic quelques secondes après. « Monte une bouteille de grappa et de quoi faire un grog, s'il te plaît. »

Il se tourna vers Brunetti, souriant, l'hôte parfait. « Ce sera là dans un instant. À présent, dites-moi, dottore, pendant que nous attendons, la raison de cette nouvelle visite ?

– Votre collection, signor La Capra. J'ai appris beaucoup de choses sur elle. Et sur vous.

– Vraiment ? » Il n'y avait eu aucun changement dans le sourire de La Capra. « J'ignorais que j'étais si connu à Venise.

– Vous l'êtes aussi ailleurs. À Londres, par exemple.

– À Londres ? fit La Capra avec un air de surprise polie. Il ne me semble pas connaître qui que ce soit à Londres.

– Non, mais vous y avez peut-être fait l'acquisition de quelques pièces ?

– Ah, oui, c'est sans doute pour cela, je suppose, admit le Sicilien sans se départir de son sourire.

– Et à Paris », ajouta Brunetti.

La Capra eut une fois de plus un mouvement de surprise étudié, comme s'il s'était attendu à la mention de Paris après que Brunetti lui avait cité Londres. Avant qu'il ait pu dire quoi que ce soit, cependant, la porte s'ouvrait sur un jeune homme, mais pas celui qui l'avait introduit la première fois. Il portait un plateau sur lequel étaient disposés des verres et des bouteilles, dont une Thermos. Il déposa son chargement sur une table basse et fit demi-tour. Brunetti le reconnut non seulement à cause de la photo d'identité judiciaire, mais aussi du fait de sa ressemblance avec son père.

« Non, Salvatore, reste prendre un verre avec nous, dit La Capra, s'adressant ensuite à Brunetti : Qu'est-ce qui vous ferait plaisir, dottore ? Je vois qu'il y a du sucre. Voulez-vous que je vous prépare un grog ?

– Non, merci. Une grappa m'ira très bien. »

De la Jacopo Poli, dans une bouteille délicate soufflée à la main, rien que ce qu'on trouve de mieux pour le signor La Capra. Brunetti vida son verre d'un seul trait, et il l'avait reposé sur le plateau avant même que le Sicilien ait fini de verser l'eau bouillante de son grog ; tandis qu'il le sucrait et le remuait, Brunetti regarda à nouveau autour de lui. De nombreuses pièces ressemblaient aux objets qu'il avait vus dans l'appartement de Brett.

« Un autre, dottore ?

– Non, merci », répondit Brunetti, qui aurait bien aimé que s'arrêtent les frissons dont il était parcouru.

La boisson prête à sa satisfaction, La Capra en prit une gorgée avant de la reposer sur le plateau. « Suivez-moi, dottor Brunetti. J'aimerais vous montrer quelques-unes de mes nouvelles pièces. Elles ne sont arrivées qu'hier, et je dois reconnaître que je suis très excité de les avoir enfin. »

L'homme se tourna et se dirigea vers le mur de gauche de la galerie ; un bruit discordant de gravier écrasé parvint à ce moment-là à Brunetti, qui tourna les yeux vers le sol et vit, à l'endroit où le Sicilien venait de marcher, des débris d'argile dispersés sur ce côté de la pièce. Une ligne noire sinueuse courait sur l'un des fragments – un fragment rouge et noir, les deux couleurs dominantes de la poterie que Brett lui avait montrée dans le livre et dont elle lui avait parlé.

« Où est-elle ? » demanda Brunetti, de plus en plus frigorifié et qui en avait assez.

La Capra s'immobilisa et ne se retourna pas tout de suite. « Qui donc est où ? s'enquit le Sicilien, un sourire interrogateur aux lèvres, une fois face au policier.

– La dottoressa Lynch. »

La Capra eut beau ne pas quitter Brunetti des yeux, celui-ci sentit que quelque chose passait entre le père et le fils, un message quelconque.

« La dottoressa Lynch ? s'étonna La Capra, le ton toujours aussi poli. Vous voulez parler de cette archéologue américaine ? Celle qui a écrit ce livre admirable sur les céramiques chinoises ?

– Exactement.

– Ah, dottor Brunetti, vous ne pouvez savoir à quel point j'aimerais qu'elle soit ici ! J'ai deux pièces, deux de celles qui sont arrivées hier, sur lesquelles je commence à me poser des questions. Je ne suis pas sûr qu'elles soient aussi anciennes que ce que j'ai cru lorsque – la pause fut minimale, mais Brunetti la jugea intentionnelle-, lorsque j'en ai fait l'acquisition. Je donnerais n'importe quoi pour avoir l'avis de la dottoressa Lynch sur elles. » Il jeta un coup d'œil à son fils puis revint aussitôt sur Brunetti. « Mais qu'est-ce qui vous fait penser qu'elle pourrait se trouver ici ?

– Le fait qu'elle ne peut se trouver dans aucun autre lieu, expliqua Brunetti.

– J'ai peur de ne pas très bien vous suivre, dottore. Je ne vois pas ce que vous voulez dire.

– Je parle de ceci. » Du bout du pied, il écrasa quelques débris de poterie.

La Capra eut une grimace involontaire en entendant ce bruit, mais il ne se démonta pas. « Je ne vous comprends toujours pas. Si c'est de ces fragments que vous parlez, l'explication est simple. Pendant le déballage, quelqu'un s'est montré particulièrement maladroit. » Il secoua la tête, chagriné de la perte, et paraissant ne pas croire qu'on puisse être aussi empoté. « J'ai donné des ordres pour que le responsable de ce gâchis soit puni. »

Dès que La Capra se tut, Brunetti sentit un mouvement derrière lui ; mais avant qu'il ait pu se tourner pour voir ce qui se passait, le Sicilien s'était avancé jusqu'à lui et l'avait saisi par le bras. « Venez donc voir mes nouvelles pièces. »

Brunetti se dégagea sans ménagement et se tourna, mais le jeune Salvatore était déjà à la porte. Il ouvrit, sourit au policier, se glissa hors de la pièce et referma derrière lui. Et Brunetti entendit le bruit caractéristique d'une clef tournant dans une serrure.

25

Rapidement, les pas s'éloignèrent dans le corridor. Brunetti se tourna vers La Capra. « C'est trop tard, signor, dit-il, faisant un effort pour parler d'un ton calme et raisonnable. Je sais qu'elle est ici. Vous ne ferez qu'aggraver votre cas en essayant de lui faire quoi que ce soit.

– Je vous demande pardon, monsieur le policier, mais je ne vois vraiment pas de quoi vous voulez parler. » Il sourit poliment, prenant un air intrigué.

« Je veux parler de la dottoressa Lynch. Je sais qu'elle est ici. »

La Capra continua de sourire et eut un grand geste de la main qui englobait la salle et les trésors qu'elle recelait. « Je ne comprends pas que vous insistiez. Si elle se trouvait dans le *palazzo*, c'est avec nous qu'elle serait, pour profiter de toutes ces beautés. » Sa voix se fit plus chaleureuse. « Vous ne me croyez tout de même pas capable de la priver d'un tel plaisir, n'est-ce pas ? »

C'est d'un ton tout aussi calme que le commissaire lui répondit : « Je pense qu'il est temps de mettre un terme à cette farce, signore. »

Cette réplique eut le don de faire éclater de rire La Capra – un rire de pur délice. « Oh, je crois que c'est vous qui êtes le farceur, monsieur le policier. Vous entrez chez moi sans y être invité ; votre présence ici est déjà le résultat d'une effraction. Et vous n'avez aucun droit de me dire ce que je dois faire ou ne pas faire. » Le ton de sa voix était devenu vif et il sifflait presque en terminant. En s'entendant, il se ressaisit et reprit le rôle qu'il jouait. Il se tourna et fit quelques pas en direction d'un présentoir sous verre.

« Observez, si vous le voulez bien, les lignes sur celui-ci… Ravissante, tout simplement ravissante, la façon dont elles serpentent, n'est-ce pas ? » Il eut un geste délicatement fluide de la main pour imiter le mouvement du motif, sur le haut vase qu'il contemplait. « J'ai toujours trouvé remarquable le sens de la beauté de ces gens. Ils étaient déjà amoureux du beau – cinq mille ans avant nous ! » Avec un sourire, quittant la casquette d'amateur pour celle de philosophe, il se tourna vers Brunetti pour demander : « D'après vous, cet amour de la beauté pourrait-il être le secret de l'humanité ? »

Comme Brunetti restait sans réaction devant cette banalité, il laissa tomber le sujet et alla se planter devant le présentoir suivant. Il eut un petit rire – privé, en quelque sorte – et reprit : « La dottoressa Lynch aurait apprécié… »

Quelque chose dans sa voix, un ton évocateur de secrets ignobles, fit que Brunetti jeta un coup d'œil à l'objet qu'admirait le Sicilien. Sa forme ressemblait à celle de la poterie que Brett lui avait montrée dans son livre. Debout sur les pattes arrière et se déplaçant vers la gauche, il y avait sur le flanc de la poterie un renard à corps humain presque identique à celui de la photo.

L'idée lui vint spontanément à l'esprit : si La Capra se permettait de lui montrer cet objet, c'est qu'il n'avait manifestement plus rien à craindre de la part de Brett, la seule personne qui aurait pu en confirmer l'origine. Le commissaire fit un rapide demi-tour et se retrouva devant la porte en deux grandes enjambées. Il s'arrêta, arma son pied droit et donna le coup le plus violent qu'il put au battant, juste en dessous de la serrure. L'impact se répercuta dans tout son corps, mais la porte ne bougea pas.

Derrière lui, La Capra pouffa. « Ah, l'impétuosité des gens du Nord ! Je suis désolé, mais vous ne l'ouvrirez pas comme ça, monsieur le policier, vous pouvez taper tant que vous voulez. J'ai bien peur que vous ne deviez rester mon hôte en attendant que Salvatore revienne me dire que ce qu'il avait à faire est fait. » Tout à fait sûr de lui, il se tourna à nouveau vers les présentoirs vitrés. « Tenez, cette pièce est du premier millénaire avant Jésus-Christ. Ravissante, n'est-ce pas ? »

26

Lorsqu'il quitta la galerie, Salvatore prit le plus grand soin de refermer la porte à double tour derrière lui, laissant la clef dans la serrure. L'idée que son père soit en sécurité alors qu'il était justement seul avec un policier l'amusa ; elle avait quelque chose de tellement incongru qu'il éclata de rire dans le corridor. Mais son amusement cessa rapidement lorsque, ayant ouvert la porte donnant sur l'extérieur à l'extrémité du passage, il vit qu'il pleuvait toujours aussi fort. Comment ces gens pouvaient-ils supporter un climat pareil, avec par-dessus le marché ces eaux noires et crasseuses qui montaient directement du sol ? Il refusait de se l'avouer, mais cette eau lui faisait peur ; il craignait ce que son pied risquait de rencontrer quand il pataugeait dedans, ou, pire encore, ce qui pouvait se frotter à sa jambe ou se couler dans sa botte.

Mais, croyait-il, ce serait la dernière fois qu'il aurait à faire cette expérience. Sa tâche accomplie, cette question réglée, il rentrerait au *palazzo* et attendrait à l'intérieur que ces eaux dégoûtantes retournent dans le canal, dans la lagune, dans la mer – bref, à leur place. Il n'éprouvait pas la moindre affinité pour cette mer glacée, cette Adriatique si différente des vastes étendues de turquoise pur, celles de la mer Tyrrhénienne, qui s'étendaient à l'infini devant leur maison, à Palerme. Il ne comprenait pas ce qui avait pu pousser son père à acheter une maison dans cette ville, une ville où régnaient les immondices. Il avait prétendu que c'était pour mettre sa collection en sécurité, que le risque de vol y était beaucoup plus faible. Mais qui, en Sicile, aurait osé voler la moindre chose chez Carmello La Capra ?

Il était convaincu que son père avait agi pour la même raison qui lui avait fait réunir cette stupide collection de pots : afin de s'élever dans le monde et de prétendre au titre de gentleman. Chose que Salvatore trouvait absurde. Ils étaient, lui et son père, des gentlemen du seul fait de leur naissance ; ils n'avaient pas besoin d'avoir la reconnaissance de ces stupides *polentoni*.

Il jeta un nouveau coup d'œil à la cour inondée, conscient qu'il allait devoir enfiler des bottes et la traverser en pataugeant là-dedans. La pensée de ce qu'il ferait une fois de l'autre côté, cependant, suffit à lui redonner le moral ; il s'était déjà bien amusé avec l'*Americana* ; il était temps, à présent, de mettre un terme à la partie.

Il se pencha pour enfiler une paire de hautes bottes en caoutchouc par-dessus ses chaussures. Elles montaient jusqu'à ses genoux, où elles s'évasaient en retombant mollement, comme des pétales autour d'un cœur d'anémone. Il referma la porte derrière lui et descendit l'escalier extérieur d'un pas pesant, jurant contre ce déluge. Poussant à chaque enjambée sur l'eau, il entreprit la laborieuse traversée de la cour inondée pour atteindre la porte en bois, de l'autre côté. Depuis le moment où il l'avait refermée sur l'*Americana*, une heure ou deux avant, l'eau était encore montée et atteignait maintenant le panneau du bas. Peut-être s'était-elle noyée, depuis tout ce temps ; même si elle avait réussi à se réfugier dans l'une des deux grandes niches ouvertes dans le mur, il n'aurait pas de mal à achever le travail. Il regrettait seulement de ne pas avoir le temps de la violer. Il n'avait jamais violé d'homosexuelle auparavant, et il se disait que cela lui aurait peut-être plu. Qui sait si un autre coup de téléphone ne suffirait pas à faire rappliquer ici sa copine, la cantatrice ? Il aurait alors sa chance. Son père pourrait s'y opposer, mais il n'avait pas besoin d'être mis au courant, n'est-ce pas ? La prudence de son père l'avait empêché de participer à la première visite à l'*Americana*. On avait envoyé Gabriele et Sandro à la place, et ces deux crétins avaient salopé le boulot. Ce magma de pensées où se mêlaient violence, ressentiment et concupiscence l'occupa pendant qu'il traversait la cour.

Préparé à l'obscurité qui régnait, il prit une lampe torche dans la poche de sa veste et éclaira la barre transversale qui fermait la porte basse. Il la dégagea et tira le battant, obligé d'y mettre toute sa force pour lutter contre le poids de l'eau. Devant lui s'étendait un local voûté. Des chaises et des tables flottaient sur la surface huileuse de l'eau ; ce mobilier, rangé là pendant les travaux de restauration, avait été finalement abandonné dans ce qui avait servi jadis de quai d'appontement intérieur. Situé à un mètre en contrebas de la cour, ce débarcadère privé était protégé du canal par une autre lourde porte de bois que fermait une chaîne. Ce ne serait pas une affaire, lorsqu'il en aurait terminé avec elle, d'ouvrir la porte et de laisser le canal emporter le corps dans ses eaux profondes.

Il entendit le clapotis de l'eau, à sa gauche, et dirigea le faisceau de sa torche par là. Les yeux qui brillaient, tournés vers lui, étaient trop petits et trop rapprochés pour être humains. Sa queue fouettant l'eau, le rat se détourna et alla se réfugier en nageant derrière une caisse qui flottait.

Toute concupiscence s'évanouit de l'esprit de Salvatore. Il fit pivoter lentement son faisceau lumineux vers la droite, prenant le temps d'examiner chacune des petites niches que l'eau envahissait à présent sur une quinzaine de centimètres. Il finit par la retrouver, recroquevillée de côté dans l'une des alcôves, la tête sur les genoux. La lumière s'attarda sur elle, mais elle ne bougea pas.

Il ne lui restait plus, en fin de compte, qu'à traverser et à en finir. Il prit sur lui et avança un pied prudent dans l'eau, jusqu'au moment où il fut certain d'avoir un bon appui sur la première marche avant de passer à la suivante. Il jura violemment lorsqu'il sentit l'eau passer par-dessus le haut de ses bottes. Un instant, il envisagea de se débarrasser de ces cochonneries afin de se déplacer plus facilement, puis il se souvint des deux yeux rouges, à quelques mètres seulement de lui, et changea d'avis. Non sans hésiter, se blindant contre ce qui allait arriver, il fit un troisième pas et sentit l'eau envahir la deuxième botte et se couler dans sa chaussure. Il avança le pied droit, certain qu'il n'y avait en fait que trois marches, mais préférant attendre que le contact avec le sol le lui confirme. Ceci fait, il braqua sa torche sur la forme recroquevillée de la niche et s'avança dans l'eau, qui lui arrivait jusqu'à mi-cuisse.

Il ébauchait des plans tout en marchant, bien déterminé à tirer tout le plaisir possible de la situation. Il n'y avait aucun emplacement à sec où poser la torche et il allait devoir la garder coincée dans sa poche, en espérant qu'elle lui donnerait assez de lumière pour qu'il puisse voir son visage quand il la tuerait. Elle paraissait avoir perdu toute envie de lutter, mais il avait connu quelques surprises, par le passé et, avec un peu de chance, ce serait encore la même chose aujourd'hui. Il n'avait pas envie qu'elle se bagarre vraiment, pas avec toute cette eau, mais il croyait mériter au moins une résistance de principe, en particulier dans la mesure où il ne pourrait tirer d'elle certains autres plaisirs.

Tandis qu'il avançait en pataugeant vers Brett, celle-ci leva la tête et le regarda avec des yeux écarquillés, aveuglée par la lumière. « *Ciao, Bellezza* », murmura-t-il avec un petit rire étouffé identique à celui de son père.

Elle ferma les yeux et reposa la tête sur ses genoux. Il glissa la torche dans la poche extérieure de sa veste, en s'arrangeant pour qu'elle éclaire dans la direction générale de la femme prostrée devant lui. Il ne la distinguait que vaguement, mais il se dit que cela suffisait bien.

Avant de se mettre à la tâche, il ne put résister à la tentation de lui caresser légèrement la mâchoire, avec la délicatesse que l'on met à tapoter un cristal très fin pour le faire chanter. Puis il se détourna légèrement pour redresser la torche qui avait roulé dans sa poche. Comme il regardait celle-ci et non sa victime, il ne vit pas Brett qui brandissait son poing ; il ne vit pas non plus l'antique pointe métallique de la boucle de ceinture qui dépassait de ses doigts. Il n'en prit conscience que lorsque l'extrémité éraillée s'enfonça dans sa gorge, là où le cou et la mâchoire se rejoignent. Sous la force du coup et de la douleur, il eut un mouvement de recul, oscilla sur lui-même, se redressa pour la regarder et vit alors un jet épais et rouge qui jaillissait. Il se mit à hurler, comprenant que c'était son sang, mais il était trop tard. La torche s'éteignit lorsqu'il s'effondra dans l'eau.

27

Au bruit de la clef grinçant dans la serrure, Brunetti et La Capra se tournèrent vers la porte, qui s'ouvrit sur Vianello, trempé et dégoulinant d'eau. « Qui êtes-vous ? demanda le Sicilien d'un ton autoritaire. Qu'est-ce que vous faites ici ? »

Le sergent ignora la question et s'adressa à Brunetti. « Je pense qu'il vaudrait mieux venir avec moi, monsieur. »

Le commissaire s'avança tout de suite, passa devant Vianello et sortit dans le corridor sans prendre la peine de dire un mot. Ce n'est qu'au bout du passage, avant de s'exposer à la pluie qui tombait toujours aussi obstinément, qu'il demanda : « C'est l'Américaine ?

– Oui, monsieur.

– Elle va bien ?

– Elle est avec son amie, monsieur, mais je ne sais pas comment elle va. Elle est restée longtemps dans l'eau. » Sans attendre d'en savoir davantage, Brunetti dégringola rapidement l'escalier, le sergent sur les talons.

Il les trouva juste en bas des marches, serrées l'une contre l'autre sous le manteau de Vianello. À cet instant quelqu'un, dans la maison, appuya sur un interrupteur, et toute la cour fut envahie d'une lumière éblouissante, tellement éclatante que les deux femmes, qui s'étaient réfugiées sur le rebord légèrement surélevé courant tout le long du mur, furent transformées en une pietà ténébreuse.

Flavia, agenouillée dans l'eau, un bras passé autour de Brett, tenait le corps de son amie redressé contre le mur en pesant contre elle de tout son poids. Brunetti se pencha vers les deux femmes, n'osant pas les toucher, et appela Flavia par son prénom. La cantatrice se tourna vers lui avec une telle expression de terreur dans les yeux qu'il fut obligé de détourner les yeux ; il regarda l'autre femme. Les cheveux de l'Américaine étaient gluants de sang ; du sang avait ruisselé sur son visage et jusque sur ses vêtements.

« *Madre di Dio* », murmura-t-il.

Vianello pataugeait à côté de lui.

« Appelle la questure, Vianello. Pas depuis ici. Va téléphoner dehors. Qu'ils nous envoient un bateau avec tous les hommes qu'ils pourront trouver. Et une ambulance. Tout de suite ! »

Brunetti n'avait pas fini de parler que déjà le sergent partait vers la porte cochère, soulevant des gerbes d'eau à chaque enjambée. Lorsqu'il ouvrit le battant, il se forma une vague qui traversa la cour et vint mourir sur les jambes de Brunetti.

La voix de La Capra s'éleva à ce moment-là. « Qu'est-ce qui se passe, là en bas ? Qu'est-ce qui se passe ? » Le commissaire se détourna des deux femmes qui restaient immobiles, serrées étroitement l'une contre l'autre, pour regarder vers le haut de l'escalier. Le Sicilien se tenait appuyé à la balustrade, nimbé de la lumière puissante qui passait par la porte, derrière lui, Christ pervers attendant au seuil d'une tombe diabolique.

« Qu'est-ce que vous trafiquez ? » reprit-il, d'un ton plus autoritaire que jamais, le timbre d'un degré plus aigu. Il s'avança sous la pluie et commença de descendre l'escalier vers le groupe des deux femmes et de cet homme qui n'était pas son fils. « Salvatore ? appela-t-il dans les crépitements de la pluie. Réponds-moi, Salvatore ! »

Puis il fit brusquement demi-tour et disparut dans le *palazzo*. Brunetti se pencha et toucha Flavia à l'épaule. « Levez-vous, Flavia. Nous ne pouvons pas rester ici. » Rien n'indiqua qu'elle l'avait entendu. Il jeta un coup d'œil à Brett, mais elle tourna vers lui un regard fixe, hébété, qui ne voyait rien. Passant une main sous le bras de Flavia, il l'aida à se lever, et en fit autant avec Brett. Il fit un premier pas vers le battant toujours ouvert de la porte donnant sur la ruelle, sentant Brett peser de tout son poids sur le bras qui la maintenait debout. Elle glissa, et il dut lâcher Flavia pour prendre l'Américaine à bras-le-corps. Il la souleva et, la tirant et la portant en même temps, la força à bouger ses jambes dans l'eau glacée, à peine conscient que Flavia était à côté de lui et prenait aussi la direction de la porte.

« Salvatore, figlio mio, dove sei ? » fit la voix qui venait d'en haut, aiguë, implorante et sauvage. Brunetti se retourna et vit La Capra, au sommet des marches, un fusil de chasse à la main, qui les regardait s'éloigner. Avec une lenteur délibérée, il commença à descendre l'escalier, sans se soucier des bourrasques de pluie qui l'assaillaient.

Ralenti par le poids mort de Brett, Brunetti se rendit compte qu'il ne pourrait jamais franchir la porte avant que La Capra ait atteint le niveau de la cour. « Flavia, dit-il d'un ton précipité et urgent, sors d'ici. Je me charge d'elle. » La cantatrice le regarda, puis leva les yeux vers La Capra qui descendait toujours l'escalier, telle une furie impitoyable, et revint sur Brett. Elle se tourna ensuite vers la porte donnant sur la ruelle, à quelques mètres d'elle. Avant qu'elle ait pu bouger, cependant, trois hommes apparurent au sommet de l'escalier. Elle en reconnut deux : les agresseurs de Brett, ceux qu'elle avait chassés avec son couteau de cuisine.

« *Capo* », dit l'un d'eux en descendant vers La Capra.

Le Sicilien se tourna lentement vers le trio. « Rentrez. Cette affaire me regarde. » Comme ils ne bougeaient pas, il brandit le fusil dans leur direction, mais d'un geste qui n'avait rien de menaçant, comme s'il n'avait pas conscience de tenir une arme à la main. « Rentrez. Ne vous mêlez pas de cette affaire. » Effrayés et habitués à obéir, les trois hommes battirent en retraite à l'intérieur, et La Capra reprit sa descente.

Il avançait plus vite à présent, si vite, même, qu'il fut en bas des marches avant que Flavia ait fait un pas.

« Il est à l'intérieur », souffla la cantatrice avec un mouvement du menton en direction de la porte basse restée entrouverte, de l'autre côté de la cour.

La Capra entra dans l'eau comme s'il ne la sentait pas, mais il resta conscient de la présence de trois étrangers dans la cour, car il garda son arme pointée sur eux pour la traverser. Une fois à la porte de l'appontement couvert, il s'arrêta et cria dans l'obscurité : « Salva ? Salva, réponds-moi ! »

Ses genoux disparurent dans l'eau quand il mit le pied sur la première marche. Un instant, il regarda derrière lui, vers Brunetti et les deux femmes. Puis il parut complètement les oublier et se retourna vers les ténèbres de la caverne, dans laquelle il s'enfonça, un pas après l'autre.

« Flavia, vite ! » s'écria Brunetti. Il pivota sur lui-même, le poids de Brett pesant contre sa hanche, et poussa l'Américaine qui fit un pas incertain vers Flavia et trébucha. Surprise par ce mouvement soudain, Flavia tendit les bras sans réfléchir et voulut rattraper Brett, mais elle n'eut pas assez de force pour la retenir, et elles tombèrent toutes les deux à genoux dans l'eau. Brunetti les laissa et tenta de traverser la cour en courant, au milieu de gerbes d'eau. Il entendait, derrière la porte, la voix de La Capra qui répétait inlassablement le nom de son fils. Il saisit le lourd battant de bois à deux mains et pesa de toutes ses forces dessus, achevant de le refermer d'un solide coup de pied, puis il se hâta de tirer la barre qui le condamnait.

Une détonation assourdissante se réverbéra sur la voûte du local à bateau et des plombs vinrent s'enfoncer dans le bois ; mais le gros de la décharge avait atteint, en fait, la pierre de l'encadrement. Il y eut une deuxième détonation, mais La Capra avait tiré à l'aveuglette et les plombs se perdirent dans l'eau. Brunetti revint aussi vite que possible vers les deux femmes, qui s'étaient remises debout et se dirigeaient de nouveau vers la porte cochère, toujours ouverte. Il passa du côté de Brett et la prit par la taille, la poussant pour la faire avancer plus vite. Comme ils approchaient enfin de la porte, ils entendirent le tapage de plusieurs personnes qui pataugeaient dans l'eau et des cris tout aussi forts, en provenance de la ruelle. Brunetti vit Vianello franchir l'encadrement, suivi de deux policiers en uniforme, le pistolet à la main.

« Il y en a trois à l'étage, leur lança Brunetti. Soyez prudents. Ils sont probablement armés. Il y en a un autre dans l'abri à bateaux. Il a un fusil de chasse.

– C'est celui-ci que nous avons entendu ? demanda Vianello.

Le commissaire acquiesça, puis regarda derrière eux. « Où sont les autres ?

– Ils arrivent. J'ai appelé depuis le bar de la place. La questure a lancé un appel radio. Cinquegrani et Marcolini étaient dans le secteur, et ils sont donc venus aussitôt », expliqua le sergent avec un signe de tête vers les deux hommes, qui avaient pris place sous le balcon, hors de la ligne de feu éventuelle des étages supérieurs du *palazzo*.

« Est-ce qu'on va les déloger ? demanda Vianello avec un coup d'œil en direction du haut des marches.

– Non, répondit Brunetti, qui n'en voyait pas la nécessité, pour le moment. Attendons les autres. » Comme s'il venait de prononcer une formule magique, une sirène à deux tons se mit à hululer dans le lointain, devenant de plus en plus forte. Puis ils en entendirent une deuxième sur le Grand Canal venant de la direction opposée, celle de l'hôpital.

Brunetti se tourna vers la cantatrice. « Tu vas partir avec Vianello, Flavia. Il va vous conduire jusqu'à l'ambulance. » Puis, s'adressant cette fois au sergent : « Conduis-les en bas et reviens. Envoie-moi les hommes. » Vianello s'approcha et, avec l'aisance que donne une grande vigueur, souleva Brett dans ses bras. Suivi de Flavia, il quitta le *palazzo*, emprunta la ruelle et transporta l'Américaine jusqu'au quai, où deux gyrophares lançaient leurs éclairs intermittents sous la pluie qui paraissait ne jamais vouloir cesser.

Il y eut une courte accalmie dont Brunetti voulut profiter pour se détendre un peu ; mais du coup son corps lui fit brutalement sentir le prix de ses efforts : ses dents se mirent à claquer tandis qu'il devait combattre des vagues successives de frissons. Il se força à s'avancer dans l'eau pour aller rejoindre les deux policiers qui, sous le balcon, étaient au moins à l'abri de la pluie.

Un cri de terreur animale pure retentit soudain derrière la porte barricadée de l'abri à bateaux ; puis La Capra se mit à hurler sans fin le prénom de son fils. Au bout d'un moment, le prénom fut remplacé par des gémissements aigus qui emplissaient la cour de son chagrin.

Brunetti grimaça, priant pour que Vianello fasse vite. Il évoqua le crâne fracassé de Semenzato, le visage tuméfié de Brett, mais la déploration funèbre du Sicilien n'en devint pas plus supportable pour autant.

« Hé, là en bas ! lança une voix masculine depuis le haut des marches. On va descendre. On veut pas faire d'histoires. » Quand il leva les yeux, Brunetti vit trois hommes qui se tenaient près de la balustrade, levant les bras au-dessus de la tête.

C'est alors que Vianello réapparut, escorté de quatre policiers en gilet pare-balles et portant des mitraillettes. Les trois hommes en haut de l'escalier les virent aussi et le dernier « On veut pas faire d'histoires » mourut sur les lèvres de celui qui parlait. Les quatre policiers armés se dispersèrent dans la cour, poussés autant par leur instinct que par leur entraînement, et allèrent se mettre à couvert derrière des colonnes de marbre.

Brunetti commença à se diriger vers le hangar à bateaux mais se pétrifia sur place lorsqu'il vit les mitraillettes de deux des policiers se braquer sur lui.

« Vianello ! lança-t-il, maintenant qu'il avait une cible à sa colère, dis-leur donc qui je suis ! » Il se rendit compte qu'aux yeux des policiers, il n'était qu'une silhouette dégoulinante de pluie tenant un pistolet à la main.

« C'est le commissaire Brunetti ! » lança Vianello à travers la cour. Les deux mitraillettes remirent en joue les hommes figés en haut de l'escalier.

Brunetti continua d'avancer vers la porte, d'où montaient toujours les gémissements, qui n'avaient pas faibli. Il dégagea la barre et tira sur le battant, qui résista. Il dut forcer pour le faire racler sur le dallage, tant l'eau l'avait gonflé. Se découpant à contre-jour sur les flots de lumière qui inondaient la cour, il constituait une cible parfaite pour quiconque se serait trouvé dans l'obscurité du local. Mais il n'y pensa pas ; les gémissements rendaient impossible ce genre de réflexion.

Il fallut quelques instants à ses yeux pour s'ajuster à la pénombre, mais, lorsqu'il put distinguer quelque chose, il vit La Capra agenouillé, de l'eau jusqu'à la taille, penché dans une attitude qui n'était que la caricature de la pietà que Brunetti venait de voir un moment auparavant dans la cour. Ce spectacle, cependant, avait un caractère définitif que l'autre n'avait pas eu, car ici un père s'inclinait sur le corps sans vie d'un fils unique, un corps qu'il avait tiré des eaux sales pour le serrer contre lui.

28

Brunetti ouvrit la porte de son bureau et, découvrant qu'il y faisait bon et que le système de chauffage était silencieux, poussa un soupir et rendit silencieusement grâces à saint Léandre, alors que cela faisait des semaines que le saint avait opéré son miracle annuel. Il y avait d'autres signes annonçant le printemps : ce matin, à la maison, il avait remarqué que les pensées commençaient à se frayer un chemin à travers la terre durcie par l'hiver, dans les pots, et Paola avait déclaré qu'elle allait les replanter cette semaine ; la table en bois, les pieds gonflés de poison, cuisait au soleil, non loin des pots ; et il avait vu, un peu plus tard, les mouettes à tête noire qui venaient passer de petites vacances de printemps sur les eaux des canaux avant de partir ailleurs ; sans compter qu'il y avait dans l'air une douceur soudaine qui envahissait les îles et les eaux comme une bénédiction.

Il accrocha son manteau dans le placard, s'approcha de son bureau mais obliqua finalement vers la fenêtre. Il régnait une certaine animation sur l'échafaudage de San Lorenzo ; des hommes montaient et descendaient les échelles, d'autres parcouraient le toit. Contrairement à l'explosion têtue de la nature, toute cette activité d'origine purement humaine, Brunetti en était convaincu, ne serait rien de plus qu'un faux printemps voué à s'achever rapidement, sans aucun doute avec le renouvellement des contrats.

Il resta quelque temps dans cette contemplation, jusqu'au moment où le joyeux « *Buon giorno, signor* », de la signorina Elettra le tira de sa rêverie. Aujourd'hui, elle était habillée d'une robe jaune en soie fluide qui lui tombait jusqu'aux genoux, et elle portait des talons aiguilles tellement fins qu'il trouva heureux de ne pas avoir de plancher dans son bureau. De même que les fleurs, les mouettes et la douceur de la brise, elle apportait la grâce de sa jeunesse dans la pièce et il lui sourit avec quelque chose qui ressemblait bien à de la joie.

« *Buon giorno*, signorina. Vous êtes particulièrement ravissante, aujourd'hui. Comme le printemps lui-même.

– Oh, ce chiffon », répondit-elle avec un petit air de mépris, pinçant le bas d'une robe qui avait dû lui coûter plus d'une semaine de salaire. Son sourire contredisait sa réaction, si bien que Brunetti n'insista pas.

Elle lui tendit deux dossiers, dont l'un portait en outre une lettre agrafée dessus. « Pour votre signature, dottore.

– La Capra ?

– Oui. C'est votre déclaration sur les raisons pour lesquelles vous et le sergent Vianello êtes entrés ce soir-là dans le *palazzo*.

– Ah, oui », marmonna-t-il, tout en lisant rapidement les deux pages du document, rédigé en réponse à la plainte déposée par les avocats du Sicilien, au motif que le commissaire serait entré illégalement dans le domicile privé de leur client, deux mois avant. Adressée au procureur de la République, la réponse de Brunetti consistait à dire qu'il était devenu de plus en plus persuadé, au cours de son investigation, que La Capra avait joué un rôle dans l'assassinat de Semenzato, donnant comme preuve les empreintes de Salvatore La Capra trouvées dans le bureau du conservateur en chef du musée. Partant de cette information et inquiet de la disparition de la dottoressa Lynch, il s'était rendu au *palazzo* de La Capra avec le sergent Vianello et la signora Petrelli. À leur arrivée, ils avaient trouvé la porte du *palazzo* ouverte (comme le déclaraient par ailleurs, dans leurs dépositions respectives, le sergent Vianello et la signora Petrelli) et ils étaient entrés lorsqu'ils avaient entendu ce qui était manifestement des cris de femme.

Son rapport contenait la description détaillée d'un certain nombre d'événements ayant un rapport avec leur arrivée (confirmés, une fois de plus, par les dépositions du sergent Vianello et de la signora Petrelli) ; il offrait ces explications au procureur de la République pour que celui-ci sache bien que leur entrée dans les limites de la propriété privée du signor La Capra s'était incontestablement faite dans le cadre de la loi, dans la mesure où tout citoyen privé a sans aucun doute le droit, et même le devoir, de répondre à un appel au secours, en particulier s'il en a la possibilité pratique et légale Le rapport finissait sur une formule respectueuse. Il prit le stylo que lui tendait la signorina Elettra et signa le document.

« Merci, signorina. Est-ce qu'il y a autre chose ?

– Oui, dottore. La signora Petrelli a appelé pour confirmer votre rendez-vous. »

Nouvelles preuves de l'arrivée du printemps, autres grâces.

« Merci, signorina », dit-il en prenant les dossiers et en lui remettant la lettre. Elle sourit et s'éclipsa.

Le premier dossier émanait du bureau de Carrara, à Rome, et contenait une liste complète des pièces de la collection de La Capra que son service de police spécialisé en faux et objets volés avait identifiées. Les lieux de provenance avaient tout du dépliant touristique – ou du guide pour policier pour les sites les plus pillés de la planète : Herculanum, Volterra, Paestum… L'Orient et le Moyen-Orient étaient bien représentés : Xi'an, Angkor Vat, le musée du Koweït. Certaines des pièces avaient été acquises légitimement, mais elles étaient rares. Un certain nombre était des faux. Des faux bien faits, mais des faux tout de même. Les documents mis sous séquestre au domicile de La Capra prouvaient que c'était par l'entremise de Murino que bon nombre des pièces illégales avaient été acquises. La boutique de l'antiquaire, ainsi que son entrepôt de Mestre, avaient été fermés pour permettre à la police de procéder à un inventaire complet des objets qu'il y détenait. Il niait savoir quoi que ce soit sur ces acquisitions frauduleuses, et affirmait avec insistance que les pièces devaient être passées par les mains de feu son associé, le dottor Semenzato. On l'aurait peut-être cru s'il n'avait pas été arrêté au moment où il acceptait la livraison des quatre caisses de cendriers d'albâtre fabriqués à Hong Kong et des statues volées qu'elles contenaient. Si bien qu'il était en détention préventive, et c'était à son avocat de produire les documents, factures et connaissements qui impliqueraient feu son associé Semenzato et l'innocenteraient.

La Capra, qui était à Palerme où il avait ramené le corps de son fils pour l'enterrer, paraissait avoir perdu tout intérêt pour sa collection. Il n'avait tenu aucun compte des différents mandements à produire des documents d'achat ou de propriété plus probants que ceux qu'on avait trouvés à Venise. La police avait donc confisqué toutes les pièces réputées volées, et continuait ses recherches sur celles dont l'origine n'avait toujours pas été identifiée. Brunetti eut le plaisir de noter que Carrara avait veillé à ce que les pièces subtilisées pendant l'exposition chinoise du Palais des Doges ne figurent pas dans l'inventaire des objets répertoriés chez La Capra. Trois personnes seulement – Brunetti, Flavia et Brett – savaient où elles se trouvaient.

Le second dossier contenait les papiers, de plus en plus nombreux, relatifs à l'inculpation de La Capra, de son fils défunt et des hommes arrêtés en même temps que lui, dont les deux qui avaient battu la dottoressa Lynch et qui, s'ils admirent bien les faits, prétendirent qu'ils étaient venus avec l'intention de cambrioler l'appartement. Ils affirmèrent ne rien savoir sur l'assassinat du dottor Semenzato.

La Capra, de son côté, affirmait tout aussi clairement avoir ignoré que les deux hommes, qu'il reconnut être respectivement son chauffeur et son garde du corps, avaient eu l'intention de cambrioler l'appartement de la dottoressa Lynch, personne qu'il tenait en très haute estime pour des raisons professionnelles. Au début, il prétendit aussi n'avoir pas connu le dottor Semenzato et n'avoir traité aucune sorte d'affaires avec lui. Mais au fur et à mesure que s'accumulaient les informations sur les endroits où lui et Semenzato s'étaient rencontrés, et que des marchands d'art et des antiquaires de plus en plus nombreux signaient des dépositions faisant état des rapports qu'avaient eus les deux hommes dans d'innombrables affaires, l'histoire de La Capra se désagrégea et s'évanouit comme les eaux de l'*acqua alta* se retiraient avec la fin de la pleine lune, de la pluie et des vents du sud. Et avec ce changement de marée quelque peu particulier lui revint le souvenir d'avoir, par le passé, acheté une ou deux pièces – peut-être – au dottor Semenzato.

Il avait reçu l'ordre de retourner à Venise s'il ne voulait pas y être ramené de force par la police, mais il s'était placé sous la protection de la médecine en se faisant admettre dans une clinique privée, souffrant, d'après son certificat médical, « d'un effondrement nerveux à la suite d'un chagrin personnel ». Il n'en bougea pas et, dans un pays où le lien unissant les parents aux enfants restait la seule chose encore tenue pour sacrée, demeura intouchable.

Brunetti repoussa les dossiers et, contemplant la surface vide de son bureau, imagina les forces déjà à l'œuvre dans cette affaire. La Capra n'était pas sans jouir d'une certaine influence. Il disposait maintenant d'un allié inattendu : son fils, un jeune homme au caractère violent. Les deux voyous, le lendemain du jour où leur avocat s'était entretenu avec eux, n'avaient pas manqué de se rappeler avoir entendu Salvatore dire une fois que le dottor Semenzato avait manqué de respect à son père. Une histoire de statue qu'il avait achetée pour le compte de son père et qui, en réalité, était un faux – quelque chose comme ça. Et, oui, il leur semblait bien se souvenir qu'il avait déclaré que le dottore allait le regretter, d'avoir recommandé l'achat de faux à son père, ou à lui-même pour son père.

Brunetti ne doutait pas que, avec le passage du temps, les souvenirs des deux voyous allaient devenir de plus en plus précis, et que tous montreraient du doigt le pauvre Salvatore, acharné à défendre par tous les moyens, même maladroitement, l'honneur de son père et le sien. Et ils se rappelleraient certainement les nombreuses occasions où le signor La Capra avait essayé de persuader son fils que le dottor Semenzato était un homme honnête, ayant toujours agi de bonne foi, quand il recommandait l'achat de pièces vendues par son associé, Murino. Les juges, si l'affaire allait jamais un jour devant un tribunal, auraient peut-être droit à un conte dans lequel Salvatore n'avait eu comme seul désir que de faire plaisir à son père, en fils dévoué qu'il était. Et Salvatore, une personnalité un peu fruste, mais bon garçon dans l'âme, aurait essayé de se procurer ces cadeaux pour son père bien-aimé de la seule manière qui lui était venue à l'esprit, c'est-à-dire en recherchant les conseils du dottor Semenzato. Et étant donné sa dévotion à son père, son intense désir de lui complaire, il n'y avait qu'un pas à faire pour imaginer sa rage lorsqu'il avait découvert que ledit dottor Semenzato avait tenté d'abuser de son innocence et de sa générosité en lui vendant une copie et non un original. Et à partir de là, il n'y avait aucun pas supplémentaire à franchir pour comprendre qu'on ne pouvait ajouter l'injustice au chagrin d'un père, un père obligé d'encaisser d'un seul coup la mort de son fils chéri et la tragique révélation de jusqu'où ce fils chéri pouvait aller dans ses efforts pour lui faire plaisir et pour défendre l'honneur de leur famille.

Oui, ces fariboles tiendraient, et la complicité entre La Capra et Semenzato, au lieu de servir de preuve pour sa culpabilité, serait utilisée à contre-emploi, pour expliquer la bonne foi implicite qui régnait dans les rapports entre les deux hommes, une confiance détruite par la malhonnêteté de Semenzato et l'impulsivité de Salvatore – deux hommes qui, hélas ! ne pouvaient plus être traduits en justice. Pour Brunetti, il ne faisait pas de doute que Salvatore serait jugé coupable d'avoir tué le dottor Semenzato. C'était bien possible, mais on ne le saurait jamais avec certitude. Le fils ou le père – ou les deux – étaient les assassins, et l'un comme l'autre avaient payé, chacun à sa manière. S'il avait été enclin à faire du sentiment, Brunetti aurait estimé que c'était La Capra père qui, des deux, avait payé le prix fort ; mais ce n'était pas son genre et il trouvait que le plus puni était bien Salvatore.

Il se leva et s'éloigna de son bureau et des dossiers qui conduisaient à cette conclusion. Il avait vu La Capra avec son fils, il l'avait sorti des eaux fangeuses, avait aidé ce père hurlant sa douleur à faire flotter le corps de son enfant jusqu'aux marches de l'embarcadère. Et il lui avait fallu l'aide de Vianello et de deux autres policiers pour les séparer, pour faire cesser la tentative futile de La Capra d'obturer avec les doigts, dans le cou de son fils, le trou d'où aucun sang ne coulait plus.

Brunetti n'avait jamais cru qu'on pouvait payer une vie par une autre vie et, de nouveau, il rejeta l'idée que La Capra avait payé pour la mort de Semenzato. Les chagrins sont choses distinctes, sans rapport, sinon avec le sentiment de la perte qu'on vit. Il trouvait cependant difficile d'éprouver de la haine pour l'homme qui, lorsqu'il l'avait vu pour la dernière fois, hurlait entre les bras d'un policier dont le seul souci était de l'empêcher de voir le cadavre de son fils, emporté sur une civière, le visage caché sous le manteau trempé de Vianello.

Il repoussa ces souvenirs. Tout cela n'était plus de son ressort et dépendait à présent d'une autre juridiction que la sienne ; il ne pouvait plus avoir d'influence sur la décision finale. Il en avait assez de la mort et des brutalités, assez des belles choses chapardées, assez de ces violents désirs de perfection. Vivement le printemps et ses imperfections…

Une heure plus tard, il quitta la questure et prit la direction de la basilique Saint-Marc. Partout, il vit ce qu'il voyait déjà depuis plusieurs jours, mais décida aujourd'hui de déclarer le printemps arrivé. Même les chromos pour touristes, omniprésents, lui mettaient du baume au cœur. Par la via XXII Marzo, il gagna le pont de l'Académie, au-delà duquel il tomba, devant l'entrée du musée, sur la première longue file d'attente de touristes de la saison – mais il avait vu assez d'art, pour le moment. Pour l'heure, c'était l'eau qui l'attirait, ainsi que l'idée d'être assis sous un soleil tout neuf en compagnie de Flavia, de prendre un café tout en parlant de choses et d'autres, de voir son visage mobile passer si vite d'une émotion à une autre. Ils avaient rendez-vous à onze heures à *Il Cucciolo*, et l'évocation du bruit de l'eau clapotant sous la terrasse de bois, de la désinvolture des serveurs pas encore complètement sortis de leur léthargie hivernale, des grands et courageux parasols voulant à tout prix produire de l'ombre alors qu'il n'y en avait nul besoin – tout cela le ravissait déjà. Il se réjouit encore plus en imaginant le son de sa voix.

Il aperçut bientôt les eaux de la Giudecca et, au-delà du canal, les façades joyeuses des bâtiments, sur l'autre rive. Sur sa gauche, il vit apparaître un pétrolier, avançant à vide, haut sur l'eau, et même cette coque grise striée de rouille paraissait éclatante et belle dans cette lumière. Un chien détala, lança une ruade et se mit à tourner sur lui-même, voulant à tout prix s'attraper la queue.

Au bord de l'eau, il tourna à gauche et se dirigea vers la terrasse du bar, la cherchant des yeux. Il vit quatre couples, un homme seul, un deuxième homme seul, une femme et deux enfants, et une table autour de laquelle six ou sept jeunes filles pouffaient de rire si fort qu'il les entendait déjà. Mais pas de Flavia. Peut-être était-elle en retard. Peut-être ne l'avait-il pas reconnue. Il se remit à faire le tour des tables, dans le même ordre, mais plus attentivement. Et il la vit, assise avec les deux gamins, un garçon monté en graine et une adolescente aux formes encore rebondies de l'enfance.

Son sourire disparut, ou plutôt fut remplacé par un autre, d'une qualité différente. C'est en arborant ce dernier qu'il approcha de la table et prit la main tendue de la cantatrice.

Elle lui sourit. « Oh, Guido, c'est merveilleux de te voir. La journée est magnifique. » Elle se tourna vers le garçon. « Paolino, voici le commissaire Brunetti. » L'adolescent se leva – il était presque aussi grand que Brunetti – et lui serra la main.

« *Buon giorno, dottore.* Je tiens à vous remercier pour l'aide que vous avez apportée à ma mère. » Il donnait l'impression d'avoir répété sa réplique, qu'il récita de manière un peu mécanique – voulant tenir le rôle d'un homme devant quelqu'un qui en était déjà un. Il avait les yeux sombres de sa mère, mais le visage plus long et plus étroit.

« Et moi, maman ? » protesta la fillette. Et comme Flavia mettait du temps à réagir, elle se leva et tendit la main à Brunetti. « Je m'appelle Vittoria, mais mes amis m'appellent Vivi.

– Dans ce cas, j'aimerais t'appeler Vivi, moi aussi », dit Brunetti en lui serrant la main.

Elle était encore assez jeune pour sourire de toutes ses dents, mais déjà assez âgée pour détourner les yeux avant de rougir.

Il tira une chaise à lui et s'assit, puis déplaça le siège pour faire face au soleil. Ils échangèrent des banalités pendant quelques minutes, et il dut répondre aux questions des enfants sur son métier de policier – portait-il un pistolet ? Ah bon, et où le mettez-vous ? Du coup, Vivi lui demanda s'il avait déjà tué quelqu'un ; elle parut déçue lorsqu'il lui répondit que non. Il ne fallut pas longtemps aux deux enfants pour se rendre compte qu'être policier à Venise n'avait pas grand-chose à voir avec les héros de *Deux flics à Miami*. Après cette révélation, ils donnèrent l'impression de ne plus guère s'intéresser ni à sa carrière ni à lui.

Le garçon arriva et Brunetti commanda un Campari soda ; Flavia demanda tout d'abord un second café, puis changea pour un Campari. Les enfants commençant à s'impatienter et à s'agiter, Flavia leur proposa de remonter le quai jusque chez Nico et de s'acheter des glaces, suggestion qui fut accueillie à la satisfaction générale.

Lorsqu'ils furent partis, Vivi devant presser le pas pour suivre les grandes enjambées de son frère, Brunetti déclara que c'étaient des enfants charmants. Comme Flavia ne répondait rien, il ajouta : « Je n'avais pas compris qu'ils t'accompagnaient à Venise.

– Oui, j'ai rarement l'occasion de passer un week-end avec eux, mais je ne chantais pas en matinée, ce samedi, et nous avons décidé de venir ici. Je suis à Munich, en ce moment.

– Je sais. Je l'ai appris par les journaux. »

Elle regarda vers la Giudecca, vers l'église du Redentore. « C'est la première fois que je viens à Venise au début du printemps.

– Où loges-tu ? »

Elle quitta la contemplation de l'église pour le regarder. « Chez Brett.

– Oh… est-elle aussi ici ? » La dernière fois qu'il avait vu l'Américaine, c'était à l'hôpital ; mais elle n'y avait passé qu'une nuit, et elle et Flavia étaient parties pour Milan deux jours plus tard. Il n'avait eu aucune nouvelle des deux femmes jusqu'à hier, lorsqu'elle avait téléphoné et lui avait proposé de prendre un verre avec lui.

« Non, elle est à Zurich, pour une conférence.

– Et quand reviendra-t-elle ? demanda-t-il poliment.

– Elle doit aller à Rome la semaine prochaine. Moi, je termine à Munich jeudi soir prochain.

– Et ensuite ?

– Ensuite Londres, mais pour un concert seulement, et puis la Chine, répondit-elle, lui donnant l'impression qu'il aurait dû s'en souvenir, tout de même. Je suis invitée à donner un cours au conservatoire de Pékin. L'aurais-tu oublié ?

– Alors vous allez vraiment le faire ? Vous allez rapporter les pièces là-bas ? » demanda-t-il, estomaqué qu'elle s'y soit résolue.

Elle ne chercha pas à cacher le plaisir que lui procurait son étonnement. « Bien sûr, que nous allons les rapporter. Ou plutôt, que *je* vais les rapporter.

– Mais comment vas-tu t'y prendre ? Combien y en a-t-il ? Trois, quatre ?

– Quatre. Je vais partir avec sept valises et je me suis arrangée pour que le ministre de la Culture chinois m'accueille à l'aéroport. Je doute fort que la police fouille mes bagages pour chercher des antiquités *entrant* en fraude dans le pays.

– Mais si jamais ils les trouvaient ? »

Elle eut un geste de la main, purement théâtral. « Eh bien, je pourrais toujours dire que je les rapportais pour en faire don au peuple chinois, que j'avais eu l'intention de n'en parler qu'à l'issue des cours, de les leur remettre alors en signe de reconnaissance pour avoir été invitée. »

Non seulement elle en était capable, mais il ne doutait pas qu'elle s'en sortirait. Cette idée le fit rire. « Je te souhaite bonne chance…

– Merci », répondit-elle, ne doutant pas, pour sa part, que ce vœu était inutile.

Ils gardèrent le silence quelque temps, avec la présence invisible de Brett entre eux. Des bateaux à moteur passaient en pétaradant ; le garçon apporta les consommations et ils furent soulagés de cette diversion.

« Et après la Chine ? demanda-t-il finalement.

– Plusieurs voyages jusqu'à la fin de l'été. Une raison supplémentaire pour vouloir passer le week-end avec les enfants. Je dois aller tout d'abord à Paris, ensuite à Vienne, puis je retournerai à Londres. » Comme il ne disait rien, elle essaya d'égayer un peu l'ambiance. « À Paris et à Vienne, c'est pour mourir, Lucia et Violetta.

– Et à Londres ?

– Mozart. Le rôle de Fiordiligi. Et ma première tentative de chanter Haendel.

– Brett t'accompagnera-t-elle ? » demanda-t-il en prenant une gorgée de Campari.

Elle regarda de nouveau dans la direction de l'église. « Elle doit rester en Chine pour au moins plusieurs mois », fut tout ce qu'elle consentit à dire.

Il prit une nouvelle gorgée et regarda aussi vers l'eau, soudain conscient de la danse de la lumière sur les vaguelettes. Trois minuscules moineaux vinrent atterrir à ses pieds, sautillant à la recherche de nourriture. Lentement, il tendit la main, prit un fragment de la brioche qui restait dans l'assiette posée devant Flavia, et le leur lança. Les moineaux se jetèrent avidement dessus et le déchiquetèrent, puis s'enfuirent dans un endroit plus tranquille pour déguster leur butin.

« Sa carrière ? » demanda-t-il.

Elle acquiesça, puis haussa les épaules. « J'ai bien peur qu'elle ne prenne les choses trop au sérieux, comparée à…, mais elle n'acheva pas sa pensée.

– Comparée à toi ? s'étonna-t-il, peu enclin à la croire.

– Oui, d'une certaine manière. » Voyant qu'il allait protester, elle posa une main sur le bras de Brunetti pour s'expliquer. « Réfléchis un peu, Guido. N'importe qui peut venir m'écouter et hurler de joie à la fin, sans avoir besoin de s'y connaître le moins du monde en musique et en chant. Il suffit d'aimer mon costume, ou l'histoire, ou peut-être ne crie-t-on *brava !* que parce que tout le monde le fait. » Elle vit qu'il ne la croyait toujours pas. « Je t'assure, je n'invente rien. Ils se bousculent dans ma loge, après la représentation, et ils n'arrêtent pas de me dire à quel point j'ai été merveilleuse, même si j'ai chanté comme une casserole, ce soir-là. » Il vit, à son expression, qu'elle évoquait un souvenir réel, et comprit qu'elle disait la vérité.

« En revanche, pense un peu à ce que fait Brett, reprit-elle. Très peu de gens sont au courant de la réalité de son travail, mis à part un petit nombre de personnes qui savent exactement ce qu'il en est ; ce sont tous des experts, et eux seuls comprennent l'importance de ce qu'elle accomplit. Je suppose que la différence est qu'elle ne peut être jugée que par ses pairs, ses égaux, et que les critères sont beaucoup plus rigoureux ; là, les éloges veulent dire quelque chose. Alors que le premier imbécile venu peut m'applaudir, s'il en a envie.

– Mais ce que tu fais est superbe. »

Elle éclata de rire. « Surtout, ne répète pas ça devant Brett.

– Pourquoi ? Elle ne le croit pas ?

– Non, Guido, expliqua-t-elle, riant toujours. Tu ne m'as pas comprise. Elle trouve que la musique est belle, comme toi, mais elle estime que les choses sur lesquelles elle travaille sont aussi belles que la musique que je chante. »

Il se rappela alors qu'il y avait eu quelque chose d'ambigu, dans les déclarations de Brett, et qu'il avait voulu lui poser la question. Mais il n'en avait pas eu le temps ; elle avait tout d'abord été à l'hôpital, puis avait quitté Venise après avoir signé une déposition de pure forme. « Il y a un détail que je ne comprends pas », dit-il, éclatant à son tour de rire en se rendant compte combien cela était vrai.

Elle esquissa un sourire de curiosité. « Quoi donc ?

– Dans la déposition de Brett… (le visage de Flavia se détendit.) Elle a écrit que La Capra lui avait montré un bol, un bol chinois. J'ai oublié de quel siècle.

– Le troisième millénaire avant Jésus-Christ.

– Elle t'en a parlé ?

– Bien entendu.

– Alors tu peux peut-être m'aider. » De la tête, elle lui fit signe de poursuivre. « Dans sa déposition, donc, elle prétend qu'elle l'a cassé volontairement en le laissant tomber sur le sol. »

Flavia acquiesça. « Oui, nous en avons parlé. C'est bien ce qu'elle a dit. Et c'est ce qui est arrivé.

– C'est précisément cela que je ne comprends pas.

– Mais quoi donc ?

– Si elle aimait tellement ces choses, si elle avait pour elles autant de dévotion, si elle consacrait autant d'énergie à les sauver, ce bol devait donc être un faux – un de ces faux que La Capra avait achetés en croyant que c'étaient des pièces authentiques, non ? »

La cantatrice, au lieu de répondre, tourna la tête pour contempler le bâtiment industriel abandonné qui se trouve au bout de la Giudecca.

« Eh bien ? » insista Brunetti.

Elle lui fit de nouveau face. Le soleil l'éclairait par la gauche, ciselant son profil sur le fond des édifices, de l'autre côté du canal. « Eh bien quoi ?

– Ce ne pouvait être qu'un faux, pour qu'elle ait pu le détruire, non ? »

Un bon moment, il crut bien qu'elle allait ignorer la question ou refuser de lui répondre. Les moineaux étaient revenus, et cette fois c'est Flavia qui émietta le reste de la brioche et leur lança les fragments. Ils regardèrent tous les deux les petits oiseaux picorer ces miettes puis se tourner vers Flavia, comme s'ils en réclamaient encore. Ils relevèrent tous les deux la tête en même temps, et leurs regards se croisèrent. C'est finalement elle qui détourna les yeux la première ; elle aperçut alors ses enfants qui revenaient, le long du quai, tenant chacun une glace à la main.

« Eh bien ? » fit Brunetti, très désireux de connaître la réponse.

Ils entendirent tous deux le rire aigu de Vivi, porté par l'eau.

Flavia se pencha et posa de nouveau la main sur le bras de Brunetti. « Voyons, Guido, ça n'a pas d'importance, si ? »

DU MÊME AUTEUR

Mort à La Fenice
Calmann-Lévy, 1997
et « Points Policier », n° P514

Mort en terre étrangère
Calmann-Lévy, 1997
et « Points Policier », n° P572

Un Vénitien anonyme
Calmann-Lévy, 1998
et « Points Policier », n° P618

Le Prix de la chair
Calmann-Lévy, 1998
et « Points Policier », n° P686

Péchés mortels
Calmann-Lévy, 2000
et « Points Policier », n° P859

Noblesse oblige
Calmann-Lévy, 2001
et « Points Policier », n° P990

L'Affaire Paola
Calmann-Lévy, 2002
et « Points Policier », n° P1089

Des amis haut placés
Calmann-Lévy, 2003
et « Points Policier », n° P1225

Mortes-eaux
Calmann-Lévy, 2004
et « Points Policier », n° P1331

Une question d'honneur
Calmann-Lévy, 2005
et « Points Policier », n° P1452

Le Meilleur de nos fils

Calmann-Lévy, 2006
et « Points Policier », n° P1661

Sans Brunetti

Essais, 1972-2006

Calmann-Lévy, 2007

Dissimulation de preuves

Calmann-Lévy, 2007
et « Points Policier », n° P1883

De sang et d'ébène

Calmann-Lévy, 2008
et « Points Policier », n° P2056

Requiem pour une cité de verre

Calmann-Lévy, 2009
et « Points Policier », n° P2291

Le Cantique des innocents

Calmann-Lévy, 2010
et « Points Policier », n° P2525

Brunetti passe à table

Recettes et récits

(avec Roberta Pianaro)
Calmann-Lévy, 2011
et « Points Policier », n° P2753

La Petite Fille de ses rêves

Calmann-Lévy, 2011
et « Points Policier », n° P2742

Le Bestiaire de Haendel

À la recherche des animaux dans les opéras de Haendel

Calmann-Lévy, 2012

La Femme au masque de chair

Calmann-Lévy, 2012
et « Points Policier », n° P2937

Les Joyaux du paradis

Calmann-Lévy, 2012
et « Points Policier », n° P3091

Curiosités vénitiennes
Calmann-Lévy, 2013

Brunetti et le mauvais augure
Calmann-Lévy, 2013
et « Points Policier », n° P3163

Gondoles
Histoires, peintures, chansons
Calmann-Lévy, 2014

Deux veuves pour un testament
Calmann-Lévy, 2014
et « Points Policier », n° P3399

L'Inconnu du Grand Canal
Calmann-Lévy, 2014
et « Points Policier », n° P4225

Le garçon qui ne parlait pas
Calmann-Lévy, 2015
et « Points Policier », n° P4352

Brunetti entre les lignes
Calmann-Lévy, 2016
et « Points Policier », n° P4486

Brunetti en trois actes
Calmann-Lévy, 2016
et « Points Policier », n° P4649

Minuit sur le canal San Boldo
Calmann-Lévy, 2017
et « Points Policier », n° P4861

Les Disparus de la lagune
Calmann-Lévy, 2018
et « Points Policier », n° P5068

La Tentation du pardon
Calmann-Lévy, 2019